U0531985

教育部人文社会科学研究规划基金项目"明清女性别集传播考论"
（项目批准号：22YJAZH096）
西南交通大学"双一流"学科建设专项经费资助

清代女性文学新论

以文章为中心

唐新梅 —— 著

巴蜀书社

图书在版编目（CIP）数据

清代女性文学新论：以文章为中心／唐新梅著.
--成都：巴蜀书社，2024.12.--ISBN 978-7-5531-2381-3

I. I206.49

中国国家版本馆 CIP 数据核字第 2024B6F157 号

QINGDAI NÜXING WENXUE XINLUN YI WENZHANG WEI ZHONGXIN

清代女性文学新论：以文章为中心

唐新梅 著

策　　划	沈泽如
责任编辑	沈泽如　王　楠
责任印制	田东洋　谷雨婷
封面设计	苗　坤
出版发行	巴蜀书社
	四川省成都市锦江区三色路 238 号新华之星 A 座 36 楼
	邮编：610023
	总编室电话：(028) 86361845
	营销中心电话：(028) 86361852
制　　作	成都象帝文化传播有限公司
印　　刷	成都蜀通印务有限责任公司
版　　次	2024 年 12 月第 1 版
印　　次	2024 年 12 月第 1 次印刷
成品尺寸	145mm×210mm
印　　张	12.25
字　　数	300 千
书　　号	ISBN 978-7-5531-2381-3
定　　价	68.00 元

■ 版权所有・侵权必究

本书若有印装质量问题，请与印刷厂联系调换，电话：(028) 64715762

目 录

绪　论 / 001

第一章　昨是而今非：《吟红集》与王端淑的遗民写作 / 1
　　第一节　《吟红集》成书与版本 / 4
　　第二节　传言与事实：王端淑的遗民生涯 / 10
　　第三节　《吟红集》遗民纪事 / 33
　　第四节　小品文的变调 / 52

第二章　从香奁到砚匣：沈彩小品文与盛清闺阁游艺 / 67
　　第一节　沈彩诗词的香奁本色 / 73
　　第二节　"力"的赋予：校书侍女及其书画题跋 / 83
　　第三节　以文为戏：俳谐文对闺阁游艺的升华 / 93
　　第四节　偕隐存真：沈彩与隐逸文学传统 / 113

第三章　余岂好辩哉：王贞仪《德风亭初集》古文研究 / 123
　　第一节　循吏门庭的家学渊源 / 126

第二节 《德风亭初集》的古文成就 / 139
第三节 《德风亭初集》与古文传统 / 160
第四节 王贞仪与盛清女性文坛 / 172

第四章 内闱的焦虑：《陈尔士家书》与嘉庆末年士族家政 / 185
第一节 "大家"与"闺秀" / 189
第二节 典钗换米：兼论清代士族妇女的财产权 / 206
第三节 育儿与家教 / 219
第四节 夫妇伦理与女性尺牍 / 233

第五章 日殁而月代：左锡嘉《曾咏墓志铭》与华阳曾氏 / 247
第一节 曾、左联姻 / 250
第二节 《曾咏墓志铭》 / 259
第三节 曾氏家训 / 277
第四节 曾门女学：兼论清末民初才女文化的嬗变 / 291

附　录　旧式女性作品的最后检阅：试论胡文楷整理历代名媛文章的贡献 / 315

参考文献 / 334

后　记 / 357

绪　论

梁乙真《清代妇女文学史》认定清代前中期是妇女文学的极盛时期，从书中的具体章节来看，取得这种成就的文体主要是诗和词，因为诗、词的作家、作品数量最多，文学批评史料最丰富，理论阐释也较为深刻。后来学界对清代女性文学的研究也基本呼应了文学史书类撰写的这一导向，研究最成熟的当数女性诗歌，其次是女性词作。就文类所受到的关注而言，清代女性文章似乎一直处在学界研究视域的边缘。这大概是由于在梁乙真写作和出版《清代妇女文学史》的时候，清代女性文章大都还是散见于诸家别集，没有很好的汇编文献可兹参考，而诗、词方面则早已有《撷芳集》《国朝闺秀正始集》《小檀栾室闺秀词钞》等大型总集问世。清道光年间周寿昌就曾指出："我朝文教昌隆，超轶前代，仰惟家法严肃，宫闱徽藻，臣庶罕习。至于海内闺秀，不乏名才，拟别辑国朝女士文选一书。"① 可惜他最终并没有付诸实施。直到 20 世纪前期，才有学者开始结集清代女性文章，如戴淑慎《分类评注古今女子文库》、叶玉麟《详注历代闺秀文选》、程雯《注释历代女子小品文选》等，但其中所录不过零篇断简，远非全豹。与此同时，胡文楷夫妇也注意到了清代女性文章的数量和价值，并积数十年之功编成《清代玉台文粹》，然而当时国势艰难，全书无力付梓，仅以选本行世，未能入选的其他篇目最终也再次散佚。②

20 世纪 80 年代以来，海内外学术界兴起了再版、整理和研究中国古代女性文学作品的热潮。古代女性著作文献的影印再版以《美国哈佛大学哈佛燕京图书馆藏明清妇女著述汇刊》(2009)、《清代闺秀集丛刊》(2014) 和《清代闺秀集丛刊续编》(2018) 为代表。数字文献建设则有加拿大麦吉尔大学的"明清妇女著作"数据库，自 2005 年创立以来持续进行增补，先后收录了美国哈佛大学哈佛燕京图书馆、北京大学图书馆、中山大学图书馆、中国国家图书馆、华东师范大学图书馆、香港中文大学图书馆、香港浸会大学图书馆所藏明清时期女性别集、女性诗文总集以及女性诗文评等著作。③ 对古代女

---

① 〔清〕周寿昌：《宫闺文选》例言，道光二十六年（1846）刻本。
② 关于胡文楷汇集编选古代女性文章总集的始末，参见本书附录。
③ "明清妇女著作"数据库相关介绍，参见唐新梅：《中文古籍专题数据库研究支持功能分析——以麦基尔大学"明清妇女著作"数字计划为例》，程焕文、沈津、王蕾主编：《2014 年中文古籍整理与版本目录学国际学术研讨会论文集》（下），广西师范大学出版社 2015 年版，第 902—909 页。

性著作的点校整理以《江南女性别集》系列丛书为代表,自2008年至2022年已经出版了六编,其中收录有大量清代女性的别集。在女性著述目录的编辑方面,胡文楷《历代妇女著作考》于2008年修订再版,此外还有《明清安徽妇女文学著述辑考》(2010)、《嘉兴历代才女诗文徵略》(2014)、《清代女性别集叙录(初编)》(2020)等。这些大型丛书和文献目录为清代女性文章的汇集创造了有利条件,当然也就带来了清代女性文学研究新的历史机遇。面对这样的研究契机,我们应该反思和追问的是,除了文献不足征这一显性的条件缺失,清代女性文章研究薄弱还有哪些原因,而这样的薄弱环节是否蕴含着新的学术生长点,我们对这个分支领域的探索也可能会为清代女性文学研究打开全新的局面。

一、古代女性文章研究的缺席及其原因

从中国古代文学研究的范围来看,古代女性文章研究的不足与20世纪学术发展的主流对古典散文的忽视有关。陈平原曾经指出,20世纪中国学界专研"文学史"且成绩卓著的大有人在,以文体研究为例,有王国维《宋元戏曲考》、鲁迅《中国小说史略》、郭绍虞《中国文学批评史》、顾颉刚《孟姜女故事研究》等,唯独古典散文研究很难找到被公认的经典著作。这与古典散文在大转折时代的尴尬处境有关,清末民初的"文白"之争吸引了众多读者及专门家的注意力,而在这

场惊天动地的"文体变革"中,落败一方的古文背负着沉重的历史包袱。虽说白话文站稳脚跟后新文化人有效地调整了论述策略,不再严守死(文学)/活(文学)的边界,但研习古典散文的必要性,始终没有得到广泛的认可。日常生活里古文(广义的,兼及骈散)的功用迅速消退,不再激起巨大的学习及研究热情。① 基于这样的学术倾向和研究态势,20 世纪的古典散文研究在各方面都落后于其他文类,尤其是跟古代诗歌研究相比,古典散文在研究范式的开拓、文章学理论的探索等方面都还有很多可以推进的空间。在中国古代女性文学研究领域,也是古代女性诗歌研究遥遥领先,不仅追溯到《诗经》作为古代女性创作的源头,试图为女性诗歌写作确立统系②;同时,还有人认为重新审视古代女性诗歌总集可以修正学界对女性文学史甚至整个中国文学史的看法③。

相比之下,古代女性文章却远远没有引起同等程度的重视,或者说尚未真正被视为值得研究的对象。因为 20 世纪以来学界一直存在一种刻板印象,即认为古代女性无缘写作文章,所以也没有文章传世,即便偶有涉笔者,也只是凤毛麟角

---

① 陈平原:《古典散文的现代阐释》,《中山大学学报(社会科学版)》2004 年第 6 期。

② 张宏生、石旻:《古代妇女文学研究的现代起点及其拓展——胡文楷"历代妇女著作考"的价值和意义》,《历代妇女著作考(增订本)》附录,上海古籍出版社 2008 年版,第 1213—1214 页。

③ [美]孙康宜著,马耀民译:《明清女诗人选集及其采辑策略》,《中外文学》1994 年 7 月第 23 卷第 2 期。

而已，无谓进行专门研究。20世纪初期的妇女解放思潮引起了学界对女性写作的广泛关注，也提升了女性文学的地位。如胡云翼《〈女性词选〉小序》就说："中国文学是倾向婉约温柔方面的发展——婉约文学号为文学正宗，豪放则目为别派——而婉约温柔的文学又最适宜于女性的着笔；所以我们说：妇女文学实在是正宗文学的核心。"① 然而，即便是在这样拔高女性文学地位的时代，古代女性作家留下的文章依然没有进入文学史家的视野。谭正璧在《中国女性文学史·叙论》中概述称："女性作家所专长的是诗，是词，是曲，是弹词，他们对于散文的小说几乎绝对无缘；不但她们没有作过古文的传奇，就是白话的通俗小说的作者也仅发现一人。"②

上述观点是就通代女性文学史而言，断代方面，胡适发表了《三百年中的女作家——〈清闺秀艺文略〉序》，其中虽然肯定了清代女性写作有"量"的积累，却对其"质"进行了否定：

> 这三百年中女作家的人数虽多，但她们的成绩都实在可怜的很。她们的作品绝大多数是毫无价值的。……这近三千种女子作品之中，至少有百分之九十九是诗词，是"绣余""爨余""纺余""斋余"的诗词。……真正有文学价值的诗词，如纪映淮、王

---

① 胡云翼：《女性词选·小序》，亚细亚书局1928年版，第2页。
② 谭正璧：《中国女性文学史》，百花文艺出版社1991年版，第17页。

采薇之流，在这三千种书目里，只占得绝少数而已。
　　三百年中有两千三百多女子作家，不可算少了。但仔细分析起来，学术的作品不上千分之五；而诗词之中，绝大多数都是不痛不痒的作品，很少是本身有文学价值的。①

　　胡适首先否认了古代女性具有独立的人格，认为她们是社会的玩物，其文学作品当然也就不是个人智识的自由表达，而不过是迎合男性期待的应酬文字；其次则指出古代女性文学批评欠缺客观公允的尺度，往往是因为数量稀少而被溢美优待。总而言之，闺阁文艺就其实质不过是"不痛不痒"的闲笔而已。这里的"文艺"当然也包括了女性文章，连存量多达三千余家的清代女性诗词尚且是如此水准，更何况传世稀少的清代女性文章呢！
　　直到20世纪40年代，周作人藏阅清代闺秀文集后，开始注意到女性文章的成就与价值，他说："向来闺秀多做诗词，写文章的很少，偶或有之，常甚见尊重。"② 当时胡文楷整理历代女性著作的文献也陆续出版，其中一种便是《历代名媛文苑简编》，顾廷龙为之作序称："盖往昔妇女，并曰操

---

① 胡适：《三百年中的女作家——〈清闺秀艺文略〉序》，《胡适文存》第3册，华文出版社2013年版，第482—488页。
② 周作人：《女人的文章》，初刊于《古今》1944年10月第57期，后收入散文集《立春以前》，详见钟叔河编：《周作人文类编·上下身》，湖南文艺出版社1998年版，第401页。

劳，无才为德，相习安之。天才高隽者，或略经指示，便斐然成章。或观摩父兄，沾溉余艺，于针黹刀尺之间，为雪月风花之吟。至考订经史，及讲究经世之文，则犹凤毛麟角。此数千年来相承之风气也。"① 然而，这些"凤毛麟角"的存在并没有改变文学史对古代女性文章的总体看法。21世纪之初的研究者们依然认为"文"与古代女性的生活方式、写作状态、角色属性不相符合，所以女性文章史的开端往往被定位在近代以降。比如薛海燕认为"古代女性散文远逊于诗词"，"古代'文以载道'，'文'的政治性、实用性都很强，与古代女性的生活方式、写作状态都不合，大概是女性很少作'文'的原因"②。林丹娅也认为"在散文史上根本没有出现过可以与男作家作品相提并论的女作家作品，归根到底一句话：盖因古代散文文体属性与女性角色属性不相符所致"③。近百年来前辈学者对"女子无文"的概观性论断，大约是基于这样两种考虑④：一是同诗词相比，传世的女性文章不算太多；二是在这些篇目中，具备相当艺术水平的更加稀少。因此在后学的研究中，古代女性文章几乎被屏蔽在视野之外，即便是关注到诗、

---

① 胡文楷、王秀琴编：《历代名媛文苑简编·序言》，商务印书馆1947年版，第3页。
② 薛海燕：《近代女性文学研究》，中国社会科学出版社2004年版，第122—124页。
③ 林丹娅：《中国女性与中国散文》，云南人民出版社2007年版，第67页。
④ 比如张敏《王端淑研究》（南京师范大学硕士论文，2007年）和王云平《王贞仪〈德风亭初集〉研究》（安徽大学硕士论文，2007年）在探讨两位女性作家的作品时都只以诗歌为对象。

文兼擅的女性作家，也多是只探讨其诗歌成就，而忽略了文章的存在。

二、古代女性文章批评的学术史考察

与现代学术史对古代女性文章的认识不同，古人的诗文评在提及女性作家的各体文学作品时，诗歌和文章是并举的。如清中叶王初桐编纂的《奁史》专设"文墨门"，其二为诗，其三为文，后者辑录了历代文献中若干与女性文章有关的议论，例如：

> 孙琼者，晋钮滔母也，善诗文，有文集行世。（《玉台文苑》）
> 高祖窦后工于篇章，规诫文雅有礼。（《唐书》）
> 殷保诲始举进士时，文章皆内子封夫人为之，动合规式，中外皆知。（《野航史语》）
> 李清照母，王状元拱辰女，亦工文章。（《宋诗纪事》）
> 蔡卞妻，王安石女也，有文集。（《池北偶谈》）
> 胡淑修，宿之女，嫁李之仪。读书，善属文。宋嘉祐中，从其祖母至内庭，光献皇后拊之曰："是胡氏有学能文之女乎？"（《闺阁内编》）
> 张琼如，字赤玉，善诗赋及古文。（《名媛诗

纬》）

桐城张令仪，字柔嘉，文端长女，工古文。（《蠹窗集》序）

《朱鸟逸史》备记闺秀之能文者。（《十笏草堂集》）

黄媛介小赋颇有魏晋风致。（《池北偶谈》）

宋徽宗郑后好览书，奏疏文皆能自制。（《女世说补》）

方孟式，字如耀，张舍之妻也。与孙氏妇郑、翁氏妇吴，以篇咏相往复。如耀刻《纫兰阁集》，两妇作序，其文纵横辨博，殊为闺房吐气。吴名慧镜。（《淑秀集》）

陆卿子为祖母卞太夫人作诔，曲雅可诵。（《列朝诗集》）

徐悱卒，妻刘令娴为祭夫文，词甚凄怆。时悱父勉欲为哀章，见令娴文，遂阁笔。（《四六法海》）

李易安祭赵湖州文，妇人四六之工者。（《四六谈麈》）

田田、钱钱，辛弃疾二妾也。皆善笔札，常代弃疾答尺牍。（《书史会要》）

孙文恪娶于杨，诸子登进士榜者四人，皆杨夫人教之。夫人精帖括，断决不爽。（《静志居诗话》）

会稽女子商婉人，能为制举文字。尝评沈硐芳文

一卷，沈赠诗云："细笔猩红绝妙辞，扫眉窗下拜名师。从来玉秤称才子，楼上昭容字婉儿。"（《梅花草堂笔谈》）

胡桢妻张氏通制举业，桢作文，辄就之评骘。（《居易录》）

吴芳华，嘉兴女，制艺极工，近隆、万人。（《别裁集》）

线娘，夏邑士族女也，工于帖括。（《谐铎》）[①]

从《奁史·文墨门》所辑的材料来看，自魏晋至清代都不乏擅长文章的女性作家，不过像宋代王拱辰、王安石二人之女虽有文章，却未能传世。古代女性涉笔的文体多样，至少有辞赋、奏疏、祭文、尺牍、帖括，等等。对此，前代学者如谢伋、王志坚、张大复、钱谦益、王士禛、王士禄、朱彝尊等人早已经注意到了，所以他们对部分女性作家的文章特色也各有价值评判。

1944年10月，周作人在《古今》上发表了《女人的文章》，这是学术史上较早深入探讨古代女性文章的专论。清代女性别集的刊刻流传虽然较之前代更为常见，但到民国时期几经动荡，存世的也不算多，因此成为藏书家关注的对象。当时学人如郑振铎、陈乃乾、罗振常等都曾经收藏过清代女性别

[①] 〔清〕王初桐纂述，陈晓东整理：《奁史》卷四十五，文物出版社2017年版，第675—688页。

集,周作人也是其中之一。他收藏有徐叶昭《职思斋学文稿》、袁镜蓉《月蕖轩传述略》、王照圆《晒书堂闺中文存》和陈尔士的《听松楼遗稿》《什一偶存》等著述。周作人基于自己的文学观念,对女性别集内容的关注与其他学者不尽相同,他特别重视体现女性见识与性情的文章。而且,他的议论不止于清代女作家的文章,还进一步上溯到历代:

> 周寿昌编《宫闺文选》二十六卷,前十卷为文,自汉迄明,所收颇广,翻阅一过,不少佳篇,但鄙意以为可取者则亦不多见。说也奇怪,就文章来说,我觉得这几个人最好,就是汉明帝马后、唐武后,以及宋李清照。我们对于文章的要求,不问是女人或男人所写,同样的期待他有见识与性情,思想与风趣,至于艺术自然也是必要的条件。……总结起来说,我对于文章只取其有见识,有思想,表示出真性情来,写的有风趣,那就是好的。反过来说,无论谈经说史如何堂皇,而意思都已有过,说理叙事非不合法,而文字只是一套,凡此均是陈言,亦即等于赝鼎,虽或工巧,所不取也。

陈平原认为,周作人对明清文章有不少精彩见解,从反正统、通人情、有雅趣、能文章的角度,极力表彰李贽、王思任、叶绍袁、张岱、傅山、冯班、李渔、袁枚、章学诚、郝懿行、俞正燮、蒋湘南等一大批此前不太被看好的文章家,这点很有见地,因为周氏的阅读不受传统诗评文论的束缚,更多体现了现代人的眼光与趣味。① 他对清代女性文章的评价与前述的标准也是一以贯之的,所以他觉得陈尔士的《听松楼遗稿》胜于清人盛赞的《授经偶笔》:

> 《听松楼遗稿》卷三家书二十七通,质朴真挚,最可以见著者之为人,而论者乃多恭维《授经偶笔》。《晒书堂闺中文存》中有遗稿跋一篇,自述有弗如者六,其第五云:"颜黄门云,父母威严而有慈,则子女畏慎而生孝。余于子女有慈无威,不能勤加诱导,俾以有成。今读《授经偶笔》及尺素各篇,思想勤绵,时时以课读温经形于楮墨,虽古伏生女之授《书》,宋文宣之传《礼》,不是过焉。余所弗如者五矣。"其实家书中说课读,亦只是理书作论等事而已,《偶笔》一卷,作笔记观本无不可,若当作说经,便多勉强处,反为不佳。

而《职思斋学文稿》则完全就范于八大家古文,是徐叶昭自我规训的结果,周作人认为她以此改造了一己之性灵,算是一种倒退:

---

① 陈平原:《古典散文的现代阐释》,《中山大学学报(社会科学版)》2004 年第 6 期。

《职思斋学文稿》文三十五篇，文笔简洁老到，不易多得，唯以思想论却不能佩服，因为不论好坏总之都是人家的。再苛刻的说一句，文章亦是八家派，不能算是自己的也。自序中云："颇好二氏之书，间有所作，庄列之唾余，乾竺之机锋，时时阑入。年过二十，始知其非，非程朱不观，以为文以载道，文字徒工无益也。"可见著者本来也是很有才情的女子，乃为世俗习气所拘，转入卫道阵营，自言曾为文辩驳金溪余姚，进到牛角湾去，殊为可惜。

周作人最为推崇的是袁镜蓉的经世文章，其中也暗含着他对历代古文的评价标准：

（袁镜蓉）《月蕖轩诗》似亦不弱，但是我只取其散文，共计二十二首，其中十五为传，皆质实可取。此外《自述》《风水论》《重修祠堂记》《老当年祭祀簿序》以及《收租簿序》，率就家庭、坟墓、祭祀各题目，率直真切的写去，不晓得这目的是应用或载道，这文字是俗还是雅，而自成一篇文章，亦真亦善，却亦未尝无美。平常作文，其态度与结果不正当如是耶。我的称赞或者亦难免有稍偏处，大体却是不谬，总之为了自己所要说的事情与意思而写，把人家的义理与声调暂搁在一旁，这样写下来的东西我想一定总有可取的。虽然比拟或者稍有不伦,上边说过的马后武后可以说也是这一路。

至于王照圆,周作人认为就生活境遇而言,她最似李清照。不过,王照圆在清代女性文学史上本不以诗文见称,而更近似于女学者,她的别集所收录的文章也富于学术特色:

> 《闺中文存》所收文只有十一篇,篇幅均不长,其自作序跋五首为佳,亦不足以见其才。此殆当于他书中求之,似以《诗问》为最宜。兹举其与妇女生活有相关者,如《诗问·国风》卷下,《七月流火》首章下云:"余问:'微行,《传》云墙下径。'瑞玉(引注:王照圆字)曰:'野中亦有小径。'余(引注:指郝懿行)问:'遵小径,以女步迟取近耶。'曰:'女子避人尔。'"又《诗说》卷上云:"瑞玉问,女心伤悲应作何解。余曰:'恐是怀春之意,管子亦云"春女悲"。'瑞玉曰:'非也,所以伤悲乃为女子有行,远父母故耳。'盖瑞玉性孝,故所言如此。余曰:'此匡鼎说诗也。'"这里他们也是在谈《诗经》,可是这是说诗而不是讲经,与别人有一个绝大的不同,而《诗经》的真意也只是这样才可逐渐明了。陆氏木犀香馆刻本《尔雅义疏》卷末有陈硕甫跋,叙道光中馆汪孟慈家时事云:"先生挟所

著《尔雅疏》稿径来馆中,以自道其治学之难,漏下四鼓者四十年,常与老妻焚香对坐,参征异同得失,论不合,辄反目不止。"案李易安《金石录后序》中云:"每饭罢坐归来堂,烹茶,指堆积书史,言某事在某书某卷第几叶第几行,以中否胜负为饮茶先后,中则举,否则大笑,或至茶覆怀中,不得而起。"此二者情景均近似,风趣正复相同,前面曾以李王相比较,得此可以加一证据矣。

周作人能在一众学人无视古代女性文章的潮流中看到其独特价值,这与他对明清文章的审美眼光不无关系。而且,他对女性文章的批评也沿用了一贯以来反对桐城派、反对唐宋八家文章的价值取向,对女性的卫道之文持保留态度,而对她们自出机杼的真知灼见、真情实意颇为认可。将这样的批评标准作为一个维度,非常值得当代学人参考和借鉴。

20世纪后半期至21世纪初,学界对古代女性文章的研究零星可见,且角度更加多元。就笔者眼界所及,大致有如下七种类型:

(1) 文献整合。颜建华《清代女性骈文作家及其创作述略》以列表形式对清代女性骈文作家做了简要统计,并附以部分作家小传[1];张丽杰《明代女性散文研究》附录《明代女

---

[1] 颜建华:《清代女性骈文作家及其创作述略》,《中国文学研究》2006年第1期。

性散文篇目一览表》汇集了明代女性散文作家的传记资料。①

（2）文体研究。曹虹《柔翰健笔：明代女性的文章造诣》从古代女性文章史的转折点切入，在回顾历代女性文章的同时引出明代女性古文家群体兴起的原因，还论述了明代女性各体文章的成就。② 束莉《魏晋南北朝女性的经世实践与文体成就》指出，魏晋南北朝特殊的时代背景，使得男性对社会事务的掌控往往有欠周备，女性得以在较为广阔的领域中，颇为深入地参与社会事务。生活状态的这种改变，客观上促成了女性的文体成就：从体裁角度而言，她们在社会领域的被赋权，构成了其创作具有经世功能之文类的契机，而参与的社会领域广泛，又直接促成了其撰述体裁的丰富。从体貌角度而言，她们既较为娴熟地掌握了主流文章规范，又在一定程度上以女性特有的情感取向、生存智慧与思维方式，影响了魏晋南北朝时期文学典范的形成和文章学发展的流向。③

（3）作家研究中包含对文章的讨论。钱南秀《中典与西典：薛绍徽之骈文用事》从骈文的文体特征着眼，论述的广度超越了文学史的藩篱，对晚清西学与旧学的冲突交融、社会发展与个人成长的交互影响在女性思想及创作中的呈现进行了

---

① 张丽杰：《明代女性散文研究》，中国社会科学出版社2009年版。
② 曹虹：《柔翰健笔：明代女性的文章造诣》，《江西师范大学学报（哲学社会科学版）》2010年第5期。
③ 束莉：《魏晋南北朝女性的经世实践与文体成就》，《南开学报（哲学社会科学版）》2014年第2期。

深入剖析。① 方秀洁《性别与传记：清代自我委任的女性传记作者》探讨女性被委托著传及女性自任传记作者的原因及动机，并分析她们选择传主的性别和传记体裁的社会意义，这对清代女性文章研究的开拓和推进大有裨益。②

（4）以女性文章为材料研究古代女性史。魏爱莲（Ellen Widmer）的《十七世纪中国才女的书信世界》利用《尺牍新语初编》《二编》和《广编》，通过解读其中的才媛书信，结合明末清初女性文学发展的历史语境，展示了女作家由文字往来构建的文化纽带，她们由此逾越了既定生活场域，使远距离的畅谈、跨性别的交流都成为可能。③ 王力坚《才媛书简：人伦关系折射下之女性世界》利用胡文楷主编的《历代名媛书简》清代部分，按书信的题材分类，主要阐述了女性尺牍的几类写作动机及其社会功用，包括女性作为妻、母的社会身份及其"课子诲女"的责任担当、两性情感世界、女性之间的才艺交流甚至同性情谊，等等。④ 孙春青《古代女性散文创作性别文化内涵初探》认为，古代女子创作的散文作品展示了

---

① 钱南秀：《中典与西典：薛绍徽之骈文用事》，南京大学古文献所、中文系编：《中国古代文学文献学国际学术研讨会论文集》上册，凤凰出版社2004年版，第582—612页。

② ［加］方秀洁：《性别与传记：清代自我委任的女性传记作者》，《社会科学》2020年第1期。

③ ［美］魏爱莲著，刘裘蒂译：《十七世纪中国才女的书信世界》，《中外文学》1993年第6期。

④ 王力坚：《清代才媛文学之文化考察》，台北：文津出版社有限公司2006年版。

较为丰富的女作者形象及其精神世界。明中期以后，受到个性解放思潮的影响，一方面明显受到注重女子创作"德性之美"的文化导向的制约，另一方面在某种程度上以"重情"对"明德"的导向及其创作传统进行了重构，呈现出德才兼美、德情统一的价值取向。部分女作者具有自觉的"立言"意识，希望通过文学创作称名于后世，她们对实现个体价值有潜在追求，作品表达了对女子不幸命运的同情和悲悯，一定程度上融入了对传统女性境遇的审视与质疑。①

（5）地域文学视野下的女性散文作家群体研究。南开大学康维娜的博士论文《清代浙江闺秀文章研究》虽以断代和地域为限，论述的范围却包括整个古代女性文集的编纂、流传和地域分布概况，并率先注意到尺牍和序跋文体在清代闺文中的重要性，又选取了徐叶昭、陈尔士、钱凤纶和沈彩四位浙江籍闺秀作家为个案，深入探讨了家世、婚姻等社会因素与才女作家文章风格之间的关系。② 张丽杰《明代女性散文中显现出的吴越地区江南女性的生态观》认为，明代吴越地区江南女性作家在散文写作中把自己的美好人格、炽热的感情与奇丽大美的自然物相结合，她们认为，人与自然物是相互寄意、相互映照、合二为一的关系，从而通过自然物来显现她们诡异神奇

---

① 孙春青：《古代女性散文创作性别文化内涵初探》，《南开学报（哲学社会科学版）》2019年第4期。

② 康维娜：《清代浙江闺秀文章研究》，南开大学博士学位论文，2010年。

的心理世界、高洁鲜丽的气质和浪漫豪迈的精神。①

（6）女性文章总集编纂研究。张丽杰《明代人对明代女性散文的编撰刊刻》指出："明代女性散文的编撰刊刻经历了零星出现、数量增多、繁盛的过程，明代人主动对女性散文加以阅读和品评，说明女性散文作品已经进入当时人的视野，展示了他们对女性散文的关注。这个过程还与当时文艺思潮相呼应，或推波助澜，或水涨船高，体现出女性散文编撰刊刻受到的特定时代氛围和编纂者刊刻意图的限制。"② 此外，她还在《明代编纂刊刻女性文集的选文标准及其目的》一文中进一步深入探讨了明代女性文集编辑中的男性价值观念，认为明代女性文集多由男性编纂刊刻，这种编纂刊刻显现出明代初期的德教、中期的复古、后期的立异、末期的用世等选文标准及其目的变化的过程，这个过程提示出身份转换下呈现的编选策略和刊刻意图，透露出明代女性作品在作品接受传播中呈现的男性中心价值及审美观点。③

（7）外文译介与研究。欧美汉学界在整理和研究中国古代妇女著作的过程中，也注意到文章对认识古代女性史的独特价值，一些具有代表性的选集都编译了女性文章。比如：

---

① 张丽杰《明代女性散文中显现出的吴越地区江南女性的生态观》，《语文学刊》2014 年第 9 期。
② 张丽杰：《明代人对明代女性散文的编撰刊刻》，《内蒙古大学学报（哲学社会科学版）》2010 年第 6 期。
③ 张丽杰：《明代编纂刊刻女性文集的选文标准及其目的》，《社会科学辑刊》2010 年第 2 期。

Susan Mann 和 Yu-yin Cheng 合编的 *Under Confucian Eyes: Writings on Gender in Chinese History* 一书收录了明末清初季娴、顾若璞、王端淑等人的杂文、尺牍、传记。该书从文类比较的角度指出，文章较之诗歌需要更多史学、哲学方面的修养，而且有赖于长时间的写作训练。[①] 女性无须参加科举，也很少涉足政坛和学界，应用文章的场合很少，所以通常只有简短的序言、书信和日记留下来。照此说来，凤毛麟角的女性散文作家是基于怎样的历史机缘涉笔了各类文体？支撑她们文辞的又是怎样的史学和哲学素养？这些无疑都是引人探寻的问题。序跋、尺牍等应用文体在女性手里又有怎样的文学表现，是否有不同于男性的审美旨趣？这些问题也大有研究的余地。Wilt Idema 和 Beata Grant 编辑的 *The Red Brush: Writing Women of Imperial China* 一书作为历代女性著作选集，编入了徐淑、左棻、武则天、牛应贞、李清照、张玉娘、沈宜修、叶琼章、梁孟昭、商景兰、王端淑、林以宁、骆绮兰、沈善宝、吴芝瑛等人的文章。该书认为，文章在女性别集中虽然不多见，但它们所揭示的女性人格及其内心世界却往往不是诗歌能表现的。[②] 这是一个富于启发性的论断，沿着它的思路，我们可以进一步发掘、整理女性文章文献，并在此基础上深入探讨古代女性史

[①] Susan Mann, Yu-yin Cheng: *Under Confucian Eyes: Writings on Gender in Chinese History*, Berkeley and Los Angeles: University of California Press, 2001.

[②] Wilt Idema, Beata Grant: *The Red Brush: Writing Women of Imperial China*, Cambridge, Mass: Distributed by Harvard University Press, 2004.

的诸多思想层面。

综上所述,《奁史·文墨门》和周作人的集评昭示了古代女性写作文章的事实,当代学者的研究则表明古代女性文章值得被关注,而且有多样化的探索空间。这就在一定程度上打破了二十世纪以来学界漠视古代女性文章写作、贬低女性文学作品价值的偏见。正如刘咏聪所言,随着近年学术界对大量明清女性著作之重新发现、整理和研究,二十世纪胡适指清代女作家诸作为"不痛不痒的闺阁文艺"(《三百年中的女作家》)一说,早已彻底淡出。① 不过上述研究在文献覆盖的广度和论述的深度方面还不足以完全修正近百年来文学史家的惯性认识,对古代文章与女性性别特质相背离的刻板印象依然存在。林丹娅《从闺阁诗到散文:从秋瑾看女性写作近代之变》虽然是对秋瑾个人的研究,但结论却上升到古代女性写作的共性,认为"中国散文的写作在历史上一直是与政治生活紧密联系在一起的,从而形成了它与拥有政治生活权利的男性这个性别紧密联系在一起的特性的话,那么,近代知识女性以介入政治生活的形态,开始前所未有地介入到中国散文的写作之中,从而改变了之前的那种性别与文体的关系"。② 而且,"由于古代文体与性别之间所特有的关系,诗词固然是一种男女皆

---

① 胡晓明主编:《历代女性诗词鉴赏辞典》,上海辞书出版社2016年版,第639—640页。
② 林丹娅:《从闺阁诗到散文:从秋瑾看女性写作近代之变》,《妇女研究论丛》2014年第6期。

可通用的文体，但以治化、学术、载道、教化为己任的散文文体，则全然为男性所有"。有鉴于此，我们应该从更全面的角度梳理古代女性文章传世的部分，通过深入的阅读和思考，对这个被遮蔽已久的分支领域重新进行界定和探讨，相信一定会有不同于前人的独到发现。

三、古代女性文章研究的新起点

杨庆存在《"文以载道"与中国散文》一书中曾经专门论述女性散文书写与文以载道的关系。他指出："研究晚明以降女性的散文书写，首先可以钩稽女性文章的总集、别集，梳理其刊刻及流传情况，了解女性文章创作的整体概貌。其次，以具体的女性作家为例，结合其文章创作来探析其中蕴含的文道精神。"[1] 这是当代学界为数不多的从正面肯定古代女性文章写作的观点，更重要的是揭示了古代女性文章研究两个重要的文献来源：别集和总集。如果结合历代文献目录的著录情况，并考察古代女性文章成稿之后传播的实际，女性作家别集的编订应该首先引起我们的注意。古代女性作品总集的成书情况各不相同，尤其是诗歌总集，学界已经有较多的研究，文章总集相对于诗集而言数量较少，笔者已有其他专著进行研究。本书主要以古代女性作家传世别集中收录的各体文章作为研究

---

[1] 杨庆存：《"文以载道"与中国散文》，广东人民出版社2019年版，第219—220页。

绪　论

对象。通过全面检索古代女性别集存世目录，我们发现明中叶以后女性诗文集收录文章的数量逐渐增加，到清代更甚，个别女性作家别集中文章的数量甚至超过了诗词，其文学面貌的形成也更多地得益于文章写作。现就个人目力所及，兹统计明清两代收录文章较多的女性作家别集及其通行版本如下：

〔明〕邹赛贞《士斋集》，嘉靖三年（1524）刻本

〔明〕徐媛《络纬吟》，万历四十一年（1613）刻本

〔明〕陆卿子《考槃集》，万历二十八年（1600）刊本；《玄芝集》，万历刊本

〔清〕王端淑《吟红集》，顺治十七年（1660）刻本

〔清〕季娴《雨泉龛文集》，顺治刻本

〔清〕夏菊初《栖香阁诗赋合刻》，光绪八年（1882）刻本

〔清〕林以宁《墨庄文钞》，康熙三十六年（1697）刻本

〔清〕高景芳《红雪轩文集》，康熙五十八年（1719）刻本

〔清〕张令仪《蠹窗文集》，雍正刻本

〔清〕沈采《春雨楼集》，乾隆刻本

023

〔清〕徐叶昭《职思斋学文稿》，乾隆刻本

〔清〕王贞仪《德风亭初集》，民国五年（1916）蒋氏慎修书屋校印本

〔清〕王照圆《晒书堂闺中文存》，光绪十年（1884）东路署刊本

〔清〕曹贞秀《写韵轩小稿》，嘉庆二十年（1815）刊本

〔清〕陈尔士《听松楼遗稿》，道光元年（1821）刻本

〔清〕汪嫈《雅安书屋文集》，道光二十四年（1844）刻本

〔清〕袁镜蓉《月蕖轩传述略》，道光二十八年（1848）刻本

〔清〕张纨英《餐枫馆文集》，道光三十年（1850）刻本

〔清〕梁德绳《古春轩文抄》，咸丰二年（1852）刻本

〔清〕赵棻《滤月轩文集》，同治八年（1869）复刻本

〔清〕吴茝《佩秋阁骈文稿》，光绪元年（1875）刻本

〔清〕左锡嘉《冷吟仙馆文存》，光绪十七年（1891）刻本

〔清〕杨庄《湘潭杨叔姬诗文词录》，1923年铅印本

〔清〕萧道管《道安室杂文》，光绪三十一年（1905）武昌刻本

〔清〕薛绍徽《黛韵楼文集》，宣统三年（1911）刻本

上述统计显示，明清女性散文作家先后相继，文脉不绝，完全可以做历时性研究。明代部分已经有张丽杰的专著《明代女性散文研究》，清代女性文章的规模更加可观，女性作家在文章写作上呈现出的独特个性也愈发鲜明，但断代研究却付之阙如。有鉴于此，本书所进行的初步探索可以看作是古代女性文章研究的新起点。

通观上述别集中收录的文章篇目，如果按照"纯文学"的标准来取舍，那么可以纳入研究视野的篇目将会大大减少。王水照、朱刚《三个遮蔽：中国古代文章学遭遇"五四"》一文认为，以审美价值为核心，重形象、重抒情的西方"纯文学"观念的传入，已为20世纪初国人开始编写的各类《中国文学史》所接受，编撰者纷纷以这把标尺来衡量中国古代文本，符合者取之，不合者弃之，形成了文学史的文本系统。这是一次在"纯文学"观念全面掌控下的重新划分，诗词、小说、戏曲进入叙述系列自无问题，问题发生在如何处理中国古代文章上。一般只叙述先秦的诸子散文和历史散文，两汉以

后，仅有散点叙述（如《史记》、唐宋八大家、明代唐宋派、清桐城派等）以及个别名篇的零星评赏，看不到中国散文史的线与面，这与我国学术史中文、史、哲分离过程的内在理路是完全脱节的。① 因此，郭英德指出："从汉语文章的实际出发，中国古代散文不能仅限于那些抒情写景的所谓'文学散文'，而是要将政论、史论、传记、墓志以及各体论说杂文统统包罗在内。不仅如此，连那些骈文、辞赋也都要包括在内，而且不能仅限于集部之文，还应包容经部、史部、子部之文。我认为，这种广义的散文观念，超越了20世纪以来学术界对散文的内涵与外延的纷繁歧异的辨析，更为符合中国古代文学的实际面貌。"② 而且，以狭义的"文学散文"为外延来研究古代女性文章的成果，基本遵循了20世纪以来文学史写作对文类划分的标准，这些成果的贡献在于充分阐释了古代女性文章的"纯文学"审美特质，但如果从古代女性作文的实际动机和应用场合来看，"纯文学"特质只是其中的部分内涵。由此，我们也更加深刻地认识到古代女性文章写作未能引起正面关注的另一层原因，"纯文学"的标准摒弃了古代女性文章中大量的应用写作，而这类文章或许才是古代女性文章更有价值的部分。

---

① 王水照、朱刚：《三个遮蔽：中国古代文章学遭遇"五四"》，《文学评论》2010年第4期。
② 郭英德：《论〈中国古代散文研究文献集成〉的编纂宗旨》，《文艺研究》2015年第8期。

绪　论

　　明确了清代女性文章的研究范围，进而应该根据研究对象的特点探索适当的研究方法。就中国古代散文研究已有的范式而言，郭英德总结为四种类型：一是文献研究，即立足于文献，采取文献文化学的方法，借鉴书籍史、阅读史、传播史以及出版史的资料与研究范式；二是文本研究，即关注散文研究的文本形态和话语体系，对文本的语言、修辞、文体及阐释等加以分析，探讨文本"怎么写"的问题；三是思想研究，即从哲学、美学、文艺学、心理学等方向对蕴含在散文文本中的思想加以解读；四是文化研究，即强调散文不仅是文学表达的媒介，更是塑造文化的手段，散文本身即文化。郭英德以此建立散文学体系的历史视野，关注散文与知识、学术、思想、政治权力等的互动，揭示散文对中国传统文化的深层影响及其在日常生活中不可或缺的作用，发现散文与"中国"、散文与文化共同体的关系。[①] 本书正是从检索和考订清代女性别集出发，进而厘清相关作家的传记和评述，从别集所收录的系列文章中发现女性散文作家各自擅长的文体类型，并借助文艺学、历史学、社会学等多元视角阐释其作品的思想内涵。全书充分参考了学界已有研究成果，在整体框架上以作家为纲，以作品为纬，按照女性散文作家在清代文学史上活动的时间先后为序，通过对其独特面貌的展现，还原其文章写作与传播的实

[①] 郭英德：《中国古代散文学会第十四届年会致辞》，中国古代散文学会第十四届年会暨全国学术研讨会，2023 年 7 月。

际，充分展示古代女性借由文章书写在家族、社会、学术等领域的历史贡献。

第一章 昨是而今非
——《吟红集》与王端淑的遗民写作

时以丧乱之后，家计萧然，暂寓梅山，无心女红，聊借笔墨以舒郁郁，愧未成文，恐不免班门弄斧之诮。但此六传，实系闻见最的，从无一字抑扬，不过粗粗书其节概大略，至于生平臧否，自有志状家乘，毋烦予赘。而睿子社友张陶庵，有《石匦书》之举，正缺此六传，来征者再四。予恐鄙俚，不敢出手。予辞之甚峻，而彼求之愈切。乃缮写付之，今备录《石匦书》中，竟不改削一字，何陶庵之虚心也，至此哉！

——《吟红集》卷二十

第一章 昨是而今非

朝代更替之后,是否出仕新朝,是判断男性遗民身份的标志之一。女子无须应举,当然也就不会出仕。如果易代之际的女子要表达自己的政治立场,该以怎样的方式?明遗民中有"闺嫒"一类,她们被视为遗民,大致有以下几种表现:阻止儿辈出仕新朝、与家人偕隐、为故国殉节或披剃为尼。[1] 其实,遗民的生存方式有很多种,在他们漫长的遗民生涯中又有很多微妙而复杂的变异,但由于鼎革之际关于女性遗民的文献并不多见,致使女性遗民较之男子更容易失载。明末清初山阴(今浙江绍兴)女史王端淑是一个应该录入遗民史册的女子,她对自己遗民立场的表达与其他闺嫒不无相同之处。此外,她还有对当时遗民史的关注思考。王端淑有《吟红集》三十卷传世,一部藏于湖南省图书馆,另一部则保存在日本国立公文书馆,两者卷数相同,篇目略有差异。较早根据该书指出王端淑遗民情怀的是美国学者魏爱莲(Ellen Widmer),她认为《吟红集》里面大量的诗文都属于明遗民写作[2](Ming-Loyalist Writ-

---

[1] 参见谢正光、范金民编:《明遗民录汇辑》,南京大学出版社1995年版,第1242—1258页。

[2] Susan Mann, Yu-yin Cheng: *Under Confucian Eyes: Writings on Gender in Chinese History*, Berkeley and LosAngeles: University of California Press, 2001, pp. 179-182.

ing）。这里的"明遗民"既是指王端淑书写的对象，也是指她写作的身份。透过这些史笔，不难看出明亡以后王端淑作为节臣之女、忠臣之妇、隐士之妻在抉择自己出处行藏时的心路历程，而其著述行为本身则显示了她独立于家人之外的遗民姿态。

第一节 《吟红集》成书与版本

据胡文楷《历代妇女著作考》，王端淑诗文集有《吟红集》三十卷及《留箧》《恒心》《无才》《宜楼》等集。除《吟红集》外，其余均未见传世。清顺治十三年（1656），毛奇龄为《留箧集》所作序尚保存在《西河文集》中。序云："玉映为季重先生少女，先生制文传海内，而玉映继之。中郎有女，可慰孰甚！乃七八年前，予亦得读所为《吟红集》者，时先生尚在，通家子弟，争相传道。"① 王端淑父亲王思任卒于顺治三年（1646），如果毛奇龄所记属实，则《吟红集》在顺治三年左右就已经有文本流传，但未必是刊刻定本。现存《吟红集》中收录了两首自题之作，即卷九《读姜绮季序予〈吟红集〉》和卷十一《阅〈吟红集〉》，似乎可以推断王端淑在《吟红集》初稿被"争相传道"之后，又不断增编新作，并请人作序，甚至自题本集。

---

① 〔清〕毛奇龄：《西河文集》序七《闺秀王玉映〈留箧集〉序》，《毛西河先生全集》，嘉庆元年（1796）萧山陆凝瑞堂补刊印本。下文所引毛奇龄著述均出此本，不另注。

第一章　昨是而今非

日本国立公文书馆所藏《吟红集》卷首有王绍美、吴国辅、王登三及王端淑丈夫丁圣肇序，并《刻〈吟红集〉小引》一篇，卷末有邢锡祯《跋》。其中王登三《小叙》署"己丑孟秋"题，己丑是顺治六年（1649）。此集总目作三十卷，正文只有二十九卷，卷二十六偶嗣刻付阙。其中诗、赋、词、曲十七卷，序、记、传、状、铭、赞各体文章十二卷，含遗民传记一卷，甲申以后浙江殉难忠臣、义士、烈女纪事三卷。是集主要作于顺治初年，其中有明确纪年的最晚作品是卷九的《辛卯三月五日，突有某氏之侮，闷气填胸，终夜不寐，偶集曲牌一律，得乂字》诗，辛卯为顺治八年（1651）。而湖南图书馆藏本增补了顺治九年至十一年（1652—1654）的作品。如卷二十八《盟铭》云："壬辰春杪，小雨初霁。"卷六《癸巳上元复一日代睿子寿涂四别驾四十初度》、卷九《甲午马日，王泰然将军、吴奉璋别驾、李枚臣明府、孙天印中翰、赵我法参戎过草堂，睿子出余集请教，阅竟留饮，泰然以春灯雪月颁令，我法遂拈首句，各续一律，代睿子咏》，壬辰、癸巳、甲午分别为顺治顺九年（1652）、十年（1653）、十一年（1654）。清初王士禄《然脂集》所录王端淑《留箧集》中有一首诗《青藤为风雨所拔歌》，该诗又见于王端淑所编《名媛诗纬》卷四十二，小序云："甲午正五月，忽大风雨，藤尽拔，予怜之，辄援笔作《青藤为风雨所拔歌》。"[1] 甲午为顺治

---

[1] 胡文楷编著，张宏生等增订：《历代妇女著作考（增订本）》，上海古籍出版社2008年版，第249页。

十一年（1654），前述毛奇龄为《留箧集》作序是在顺治十三年（1656），据此可知，《吟红集》与《留箧集》所收作品在时间上是衔接的。《吟红集》初刻仅收顺治八年以前作品，后来增补了顺治九年至十一年作品，而《留箧集》则收录顺治九年至十三年作品。毛奇龄序云："《吟红集》诗文多激切，而《留箧》反之。《留箧》独有诗，然其诗已及刘禹锡、韩翃，闺秀莫及焉。《留箧》者，予为之名也。"不仅时间相承，作品风格也有转变。盖写作《留箧集》时，明亡已十年，作者心态已趋平和，故不如《吟红集》之激切。

《吟红集》在海内外的两部藏本都没有标明具体刊刻时间。魏爱莲认为该书刊刻于顺治八年至十二年之间，所据的史料是邹漪编刊的《诗媛八名家集》。[①] 如果将《吟红集》的两个版本结合起来考察，会发现这一论断还不够准确。从版式上看，两个版本都是手写上版，笔迹相同；每半页八行，行十八字，白口四周单边，为同一底版所出。考书中"玄"字、"弘"字皆不避讳，当刊刻于清初。书中遇"皇明""圣明""弘光"等字样都顶格或空格书写刊刻，表示了忠于前明的遗民立场，而这些字样能够刊刻上版，当是在清初文禁兴起之前。公文书馆藏本前有丁圣肇《序》云："集曰《吟红》，不忘一十七载黍离之墨迹也。"明亡于崇祯十七年（1644），则丁圣肇之序当作于顺治十七年（1660）。顺治十八年（1661），诗人

---

① Susan Mann, Yu-yin Cheng: *Under Confucian Eyes: Writings on Gender in Chinese History*, Berkeley and LosAngeles: University of California Press, 2001, p. 180、p. 192.

徐夜南游杭州，读到王端淑的《吟红集》，对其才华十分钦佩，遂作《读〈吟红集〉赠玉映大家》一首①，自注云："玉映，明时王思任之女，因遭乱世为尼，所著诗刻有《吟红集》。"徐夜所见为《吟红集》刻本，与丁圣肇作序时间相符。因此，《吟红集》可定为顺治十七年（1660）刻本。日本国立公文书馆藏本为初刻本，湖南图书馆藏本为增刻本，增刻了不少篇目。日本国立公文书馆藏本有诗、词、曲293题404首，赋5篇，文56篇；湖南图书馆藏本有诗、词、曲309题421首，赋5篇，文63篇，以下是湖南图书馆增刻篇目：

卷二
《一矢冤》
卷三
《宝剑歌为李席玉寿代睿子咏》
《无衣二章章六句》
《喜周公勷盟兄别驾常州》（代）
《续九歌》（三章）
《过闽莆杨衮玄广文之青阳令叔德山先生任》（代）
卷五
《赠张子美学宪》（代）
《嵊邑吴亮工父母太翁昆老以现任司训练太君李

---

① 〔清〕徐夜著，武润婷、徐承诩校注：《徐夜诗集校注》，山东大学出版社1997年版，第276页。

母双寿》（代）

卷六
《癸巳上元后一日代睿子寿涂四长别驾四十初度》
《次钱穉农、钱子方坐两联句韵》（二首）

卷七
《寿纯所二伯翁代长裕》
《闻张振公婶舅父荣任云间》（代）

卷九
《兵宪耿玉齐，睿子同年也，候命台署，忽逢劲旅，其社友啍之，有安知非福岂虑谭句，玉齐步韵惠箑，睿子嘱余代和，仍用原韵》

《甲午马日，王泰然将军、吴奉璋别驾、李枚臣明府、孙天印中翰、赵我法参戎过草堂，睿子出余集请教，阅竟留饮，泰然以春灯雪月颂令，我法遂拈首句，各续一律，代睿子咏》

《仍用前首句代睿子送吴濬之孝廉还燕》
《代寿李席玉初度》

卷十
《明妃梦回汉宫次浮翠轩吴夫人韵》

卷十一
《三山》

卷二十七
《茹仔苍小像赞，仔苍予侄女子也，高才善咏》

《化愚大师寿赞》
《李席玉小像赞》（代）
《题李枚臣明府像赞》（代）
《季雍七弟行乐图赞》（代）
卷二十八
《盟铭》
《题吴梦勋别驾五十寿铭》

以上增补内容均置于卷末，是在原版基础上增刻而成的。增刻与原刻时间相差不远，字体也与原刻相同，当是同一刻工所刊。下图分别为两个版本的卷三和卷二十七原刻与增刻：

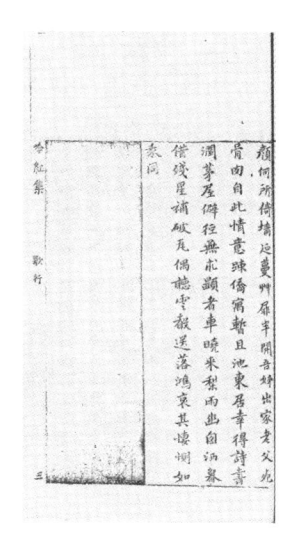

日本国立公文书馆藏本　　　湖南省图书馆藏本

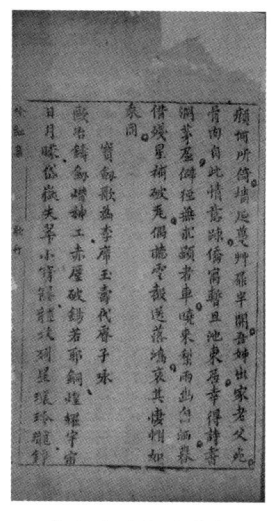

日本国立公文书馆藏本　　　　湖南省图书馆藏本

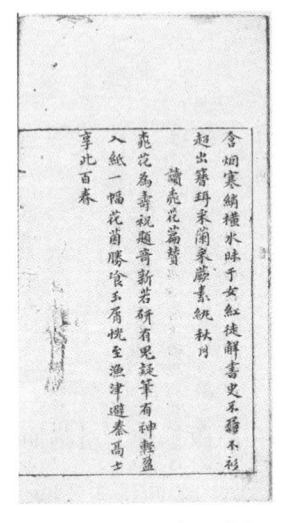

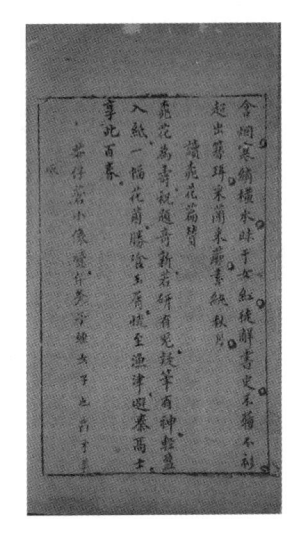

不过湖南图书馆藏本没有日本国立公文书馆藏本保存完好，卷三、卷七和卷三十均有残缺，前后序跋也仅存《刻〈吟红集〉小引》一篇。从文献价值来看，两个版本都不可或缺，应该互补。

第二节　传言与事实：王端淑的遗民生涯

王端淑一生有三件事情屡被后世传扬：一是与毛奇龄之间关于选诗的争议，二是清顺治年间推辞出任后宫教席的征召，三是客居徐渭的青藤书屋。她的才华、性情和家学渊源都在这三桩事迹中被突显，或者说被塑造，至于其中哪些是实有其事，哪些是空穴来风，前代笔记作者及女性史家似乎都没有细细考量。张敏《王端淑研究》一文细致分析了王端淑的生卒年限和交游网络，还附有王端淑生平系年，大致追溯了她在明天启二年（1622）至顺治十八年（1661）间的行迹。[①] 着眼于遗民写作的议题，无疑应该放大甲申以后王端淑的出处，其间恰恰包括了她一生中三件轶事。以此三事为中心，根据当事人的记述判别传言的真伪，并分析传言如何形成，也许更有助于认识王端淑的真实面目以及后人为她建构的多重印象。

一、王、毛之争的真相

清代查为仁《莲坡诗话》记载："毛西河选浙江闺秀诗，独遗山阴王氏。王氏有女名端淑，寄西河诗，结句云：'王嫱不是无颜色，怎奈毛君下笔何？'引用二姓恰合。"[②] 这两句诗并未见于王端淑传世的作品中，却因为《莲坡诗话》的记载而广为流传，并成为她不满毛奇龄选诗的证据，也被认为是她捷才巧思、善用典故的写照。毛奇龄是浙江萧山人，与王端淑所居的绍兴相去不远，对她父亲王思任的文才和公公丁乾学的操行也赞誉有加，因此便喻王端淑为蔡门之文姬。毛氏《西河诗话》称："王玉映有乞余作序一诗最佳，在《留箧集》中。又一首乞余选定其诗者，落句云'慎持千载笔，切勿恕

[①] 张敏：《王端淑研究》，南京师范大学硕士学位论文，2007年。
[②] 〔清〕查为仁：《莲坡诗话》；丁福保辑：《清诗话》，上海古籍出版社1987年版，第492页。

云鬟'，亦最佳。然集中不知何故，竟无此诗。"明崇祯十二年（1639）至清康熙三年（1664），王端淑自己编选了女性诗歌总集《名媛诗纬》，其中有对林氏诗歌评语云："《晚春》一诗仅成声律，殊无妙思，亦烦选者心目也。然出自闺阁口中，又当恕一着看。"① 她深知女子诗艺所成有限，但因为女性诗人数量不多，编者本着人以诗存的观念，往往降低诗作选录的标准。但对于自己的诗作被他人选辑，王端淑的自我要求却未必如此，所以才有"勿恕云鬟"之说。

顺治三年（1646）六月，清兵再度攻陷绍兴，鲁王时已逃亡海上，大学士张国维自知回天无力，赴水殉节，王端淑父亲王思任作为礼部右侍郎，闻变绝食而死。邵廷采《明侍郎遂东王公传》记："巡按御史王应昌，请拜新命，复书曰：'不忠思任，年七十有二，旦晚就木，鸠盘荼免使卖笑过生我矣。'亲党多以利害相劝，陆生曾澕独言不可，公笑谢之。自是遂不饮食，垂革拖绅，朝服，曰'以上见先皇帝'。目犹不瞑，及孤竹庵，乃瞑。时丙戌九月二十二日。"② 当时王端淑丈夫丁圣肇任浙江衢州推官，国变后携家眷逃往会稽，隐居东村漫池。《吟红集》卷十八《送雪痴兄北上序》记述道："丙戌（明弘光绍武元年，清顺治三年，1646），兄率侄德安自白下历姑苏，复至于越。时南北阻绝始通，予适随睿子薄宦三

---

① 〔清〕王端淑辑：《名媛诗纬初编》卷三，康熙六年（1667）清音堂刻本。
② 〔清〕邵廷采：《思复堂文集》卷二，光绪十九年（1893）会稽徐氏（友兰）铸学斋刊本。

衢，丧乱踉跄三阅月，方得抵里，侨居会稽之东村曰漫池。米薪多累，亦付之无可奈何而已。"此后来他们夫妇辗转山林，一直居无定所，毛奇龄对此寄予了无限同情。其《雨中听三弦子。适女士王玉映将之吴下，过宿萧城西河里，因作长句书感却示》有云：

> 江东女士当代希，会稽王氏留乌衣。著书不让汉时史，织素自怜机上诗。清晖阁中父书在，彩笔长濡旧螺黛。吟成红雨滴口脂，行得青藤绕裙带。（原注：王季重兵宪所居有清晖阁，后玉映徙居青藤书屋，徐文长故宅也。所著初刻名《吟红集》）风流遗世姿独殊，将从秦氏听啼乌。朝行卖珠暮无粟，天寒袖薄凉肌肤。可怜兵革满衢路，欲望西陵过江去。崎岖宛转进退难，只恐行来且多误。昨宵行李深巷宿，闻汝空奁脱车轴。今朝寂历风雨来，令我停弦抚心曲。梧宫木落愁复愁，女坟湖畔今难留。君行渺欲向何所，长江浩浩还东流。蛾眉掩抑自今古，况复哀弹最凄楚。今朝自雨昨自晴，不尽三弦此中苦。从来出处难复难，愿君弦绝勿再弹。

对此，王端淑有《同夫子读毛大可雨中听三弦子长句赋赠》一首：

亢阳懒龙鞭不起，焦枯万山河无水。会稽古道不俗人，株守不若行路尘。奔驰百里行最艰，三日始到萧然山。毛君有才过八斗，少年独炽词坛口。笔花落处烟霞从，惨淡余同秋芙蓉。如蓬踪迹朝暮更，虚楼夜闻龙吼声。卷衣急起风雨驰，妆成忽接长笺诗。弦索自新诗自古，内为羁人惜风雨。人情顷刻秋云变，谁向蛾眉思宛转。瑶篇不敢置几案，一字一读增一叹。才疏敢博名贤誉，且逐孤帆渡江去。

此番赠答应该是在顺治十三年（1656），在萧山中转之后，王端淑便接受锦衣都督吴国辅继室胡紫霞的邀请，前往吴下作闺塾师。《名媛诗纬初编》卷四十二选录王端淑自己的诗作，有诗题为《予客游半载，至丙申（顺治十三年，1656）春尚滞萧邑，浮翠吴夫人以扁舟相接赋此志感》。胡紫霞著有《浮翠轩集》，故王端淑惯称东主为浮翠轩主人或浮翠吴夫人。《吟红集》卷十又有《答浮翠轩吴夫人》，末句云："此情愿博云窗史，故向朱门作女师。"从米薪多累、天寒无衣的窘迫境地转而作闺门教席，意味着王端淑流亡生涯的结束。

这个转折之所以会发生，还要从丁、王两姓家门说起。据王端淑的《皇明敕赠孺人先妣李氏行状》《明文学先兄辑夫先生墓志铭》，丁家三代谱系如下表：

表1-1　丁家三代谱系简表

父	母	子	媳	孙
丁乾学	褚氏	圣期（行一，户部江西司郎中）		
	胡氏	圣嘉（行二，廪生）		
		圣功（行四，瑞州推官）		
	李氏	圣瑞（行三，崇祯己巳病卒，年十六）		
		圣肇（行五，浙江衢州推官）	王端淑	君喜
			陈素霞	君望、君卿
		圣衡（行六）		

如表所示，丁圣肇为第三房李氏所出，其兄丁圣瑞于崇祯二年（1629）病殁，时年十六岁，无嗣，第三房承嗣的责任自然落到丁圣肇肩上。王端淑嫁入丁家后，诞育一女，即丁君喜，但她自己体弱多病，似乎不宜再生育，遂于崇祯十七年（1644）正月出资为丁氏纳金陵陈素霞为妾，意在得子继嗣[1]。三月，崇祯自缢，明室政权散落四方，浙东于次年二月由鲁王朱以海监国，可惜维持了不到一年，就被清军攻陷。《吟红集》卷三有《苦难行》一首，言及当时奔逃惨状：

　　一自西陵渡兵马，书史飘零千金舍。髻鬟蓬松青

---

[1] 参见《吟红集》卷九《甲申春，予脱簪珥为夫子纳姬，昵甚，与予反目》及《名媛诗纬》卷首《陈素霞传》。

素裳，误逐宗兄走村野。武宁军令甚严肃，部兵不许民家宿。此际余心万斛愁，江风括面焉敢哭。半夜江潮若电入，呼儿不醒势偏急。宿在沙滩水汲身，轻纱衣袂层层湿。听传军令束队行，冷露薄身鸡未鸣。是此长随不知止，马嘶疑为画角声。汗下成斑泪如血，苍天困人梁河竭。病质何堪受此情，鞋跟踏绽肌肤裂。定海波涛轰巨雷，贪生至此念已灰。思亲犹在心似焚，愿餐锋刃冒死回。步步心惊天将暮，败舟错打江家渡。行资遇劫食不敷，凄风泣雨悲前路。暗喜生从矢上归，抱椒羞颜何所倚。墙延蔓草扉半开，吾姊出家老父死。骨肉自此情义疏，侨寓暂且池东居。

王思任生前家族人丁兴旺、富甲一方。张岱《王谑庵先生传》里提道："谑庵先生既贵，其兄弟子侄，宗族姻娅，待以举火者数十余家。取给宦囊，大费供亿，人目以贪，所由来也。"① 他自己有一妻五妾，膝下八子五女。王端淑和胞姐王静淑是第四房侧室姚孺人所生②，出嫁之后与正室及其他几房兄弟关系淡薄，王思任之死更加疏远了昆仲之间的情谊。所谓"暗喜生从矢上归，抱椒羞颜何所倚"，可见兵劫之后孤立无援的境地，暂居东池实在是无可奈何。

丁圣肇的父亲丁乾学本是王思任的挚友，"圣肇"之名亦

---

① 〔明〕张岱著，云告点校：《琅嬛文集》，岳麓书社2016年版，第156页。
② 参见《吟红集》卷十一《梦先慈姚孺人次真姊韵》。

是王思任所取,而且两家早议定儿女姻亲。① 后来丁乾学被魏忠贤折辱,至天启七年(1627)抑郁而终。《明史》卷二百四十五《丁乾学传》:"乾学,浙江山阴人,寄籍京师,官检讨。天启四年偕给事中郝土膏典试江西,发策刺忠贤,忠贤怒,矫旨镌三秩,复除其名。已,使人诈为校尉往逮,挫辱之,竟愤郁而卒。"因此,崇祯一朝皆以忠义视之,虽然门祚渐微,王思任仍然遵守约定,如期为女儿完婚。作为前朝士族,国变之后尽忠还是尽孝,成为丁圣肇与王端淑心中的矛盾。其时六弟丁圣衡尚未议婚,延嗣的责任仍然须要兄长来履行。顺治五年(1648)二月,陈素霞生女君望,弄瓦之喜同时也带来了家计之愁,士族人家也不得不亲理农事。《吟红集》卷五《代夫子赠邘上周允公》有句云:"闻有君子邘上来,斯文豪侠貌郁郁。予为农事出城南,倒屣无缘瞻贤淑。"饶是如此,断炊之忧仍然时时见诸王端淑笔端,如《吟红集》卷五《董大素柔过访乏炊》:

> 荒墟尘寂冷茅室,秋风乍起微寒栗。竹窗初晓犹朦胧,露封径草良人出。自君之出归暮迟,闺伴访予厨乏炊。诗书疗饥果不胜,弃却诗书无所宜。卜儿未谙口喃喃,望女添愁声唧唧。轻嘱我儿弗浪啼,米薪娘解罗衣质。膏粱子弟不识书,狐裘良马大厦居。箫

---

① 参见张敏:《王端淑研究》附录《端淑年谱》天启二年条。

鼓追随食甘味,丰粮盈积多饶余。人略聪明天亦嫉,势必焚书并瘗笔。富贵羞闻歌扊扅①,咏此无炊记今日。

与此同时,她却要以隐居山林的超脱来显示与新政权势不两立的姿态。《吟红集》卷八《蓬门》诗述志云:"骨傲岂随俗,宁攀山鬼邻。舒云聊作帐,集叶戏为茵。凤岭知难效,鹿门且耐贫。残篇任意读,不羡骑辚辚。""凤岭"代指京畿或者王驾,所谓"难效",反映了她心境的矛盾,因为空腹与傲骨并存毕竟是一种极为尴尬的生存状态。《吟红集》卷八《梦幻》一首泄露了王端淑厌乱求安的心愿:

产完喜已绝征胥,推是兵年事事除。为畏严冬怜敝帽,欲成新句捡残书。寒鸦窗外悲枝冷,饥鼠梁间叹室虚。堪笑霄来痴幻处,梦中催上七香车。

毕竟,她少年时代过的是"莺啭帘栊日影横,慵妆倦起香帏中"(《苦难行》)的锦绣生活。虽然她曾说"凡人处流离颠沛之时,即当百事灰心,视财帛为粪土,目家园为仇雠,方是达者。若恋恋死守,必至丧身亡躯"②,但作为主理中馈的"内助",对于家庭经济的关心本来就在"外子"之

---

① 扊扅(yǎn yí):指门闩。
② 参见《名媛诗纬》卷二,张妙净诗评。

上，吟咏唱和的慰藉、遗世独立的操行其实并无助于生计的改善。因此，当她读到毛奇龄的赠诗，尤其是"崎岖宛转进退难，只恐行来且多误"二句，定然叹为知己。这背后有毛奇龄对王端淑才性人格的敬佩，也有自己爱莫能助的遗憾，甚至不无才女薄命的痛心哀叹。穷则思变，出走吴下作闺塾师，既能获得糊口的薪资，又可以避免出仕新朝的内心冲突以及遗民士林的非议，保持内心为故国尽忠的信念。

二、"推辞征召"说

吴德旋《初月楼续闻见录》记载："顺治中，欲援曹大家故事，延（王端淑）入禁中教诸妃主，玉暎（映）力辞，乃止。"① 吴德旋与王端淑生活的年代相差一个多世纪，不过"力辞乃止"这样生动的措辞，却让人觉得他的记录似乎传闻有自。此前，与王端淑同时的人已经提到顺治征召一事。山东诸城丁耀亢号称与丁圣肇同宗，他曾有《再答山阴王玉映并宗弟睿子》诗，其中有两句是："又闻宫壸征闺范，不去翻来问索居。"② 浙江仁和遗民僧人澹归（原名金堡）也称"顺治中，有欲援曹大家故事延入宫教诸妃主者，映然子力辞之，于

---

① 〔清〕吴德旋：《初月楼续闻见录》卷一，周骏富编：《清代传记丛刊》学林类24，明文书局1985年版，第19册，第178页。
② 〔清〕沈德潜辑评：《清诗别裁集》卷十四，乾隆二十五年（1760）教忠堂刻本。

此见其亭亭特立、点渍不沾之概"①。对此美国学者高彦颐（Dorothy Ko）提出了质疑，她认为"作为明遗民的王家及其成员得到这一邀请，似乎让人费解"②，不过她是引用了顾敦鍒《李笠翁朋辈考》的说法，而并没有提出自己的新证据。③就记述者的立场而言，丁耀亢顺治四年已入京师，由顺天籍拔贡充任镶白旗教习，而金堡虽然逃禅为僧，却因为有歌颂新朝的笔墨，颇为士林非议。邵廷采《西南纪事》卷七《金堡》记载："堡为僧后，尝作圣政诗及平南王年谱，以山人歌功颂德，士林訾之。余初未信，及问之长老，皆云。"④那么，无论王端淑推辞征召的传闻是否属实，这个传言的流布至少说明了两种文化动向：一是清廷有意重修礼乐，缓和与汉族士人之间的文化冲突；二是王端淑及其家人在新朝已有合法身份，不再会因为先辈及自己的反清言行受到追究。⑤

顺治前期，由士林蜕变而来的遗民大量存在，很大程度上也是因为南下劫掠的满族军队让他们看不到文治的希望，而只

---

① 〔清〕金堡：《遍行堂集》文集卷十六《题映然子画荷花》，乾隆五年（1740）刻本。

② ［美］高彦颐著，李志生译：《闺塾师：明末清初江南的才女文化》，江苏人民出版社2005年版，第336页。

③ 顾敦鍒：《李笠翁朋辈考》，《之江学报》1935年第4期。

④ 〔清〕邵廷采：《西南纪事》，《台湾文献史料丛刊》第五辑，大通书局2009年版，第73页。

⑤ 丁圣肇也有抗清行为，《吟红集》卷十九收录了王端淑为他代作的《奏为陈乞当严事》，其中称："昨年七月间，旧枢臣徐人龙同今词臣王思任捐资起义，臣为监军。思任即臣妻之父。"

以蛮族视之。比如吴江叶绍袁在国变后次年出家,浪迹山林多年,避居不仕,直到顺治四年他笔下的清军仍然如同寇盗:

> 二月二十五日,虏在长岐岭钱家礆二潭杀人如刈蒯,抢掠妇女资什不可计。杨维斗如樊参军幕矣,故往一云,商更迁之策。迨夜,又闻虏于山中索九人焉,杨维斗、薛谐孟、姚文初、陆履常、顾端木、吴茂申、包朗威,惊几及余。
>
> 八月二十九,沈石沉先生在,见其自撰《豆渣和尚传》:"八月中,金陵洪某,进龙段四十箱。往北,大风卷入天半,有白龙在云际,毁箱,龙段寸寸碎落,四十箱无遗也。又火药失火毁尽,天意怒虏甚矣。"①

山中索人之事后来虽然证实只是传闻,但叶绍袁早已是惊弓之鸟,出家的生活其实与逃亡无异,无可奈何之下,连子虚乌有的怪诞奇谈也拿来作为心理安慰。前文也曾经提及王端淑逃难的诸般惨状,对于亲历战乱的一代人而言,对清军的仇恨也许终生难忘。在汉族士人的观念里,城破之后不杀不掠才是仁义之师,礼敬乡贤、资政兴邦才是治国者对文化传统应有的态度。可目睹的事实刚好相反,叶绍袁的朋友吴若英感叹:

---

① 〔明〕叶绍袁著,陈文新译注:《甲行日注》,湖北辞书出版社1997年版,第414页、第430页。

"旧国不堪悲彼黍，美人空自泣芳蒥。干戈满地乾坤窄，诗酒藏名日月迟。相对只今搔短发，江南文物是何时？"[1] 所谓"江南文物"，其实是叶绍袁、吴若英等人安身立命所倚，干戈满地，美人零落，诗酒无存，自然行藏局促，顿觉天地缚人，文化传统被击碎带来的不安似乎比杀戮流血更刺激士人的精神。

叶绍袁、吴若英的所闻所感王端淑也曾悉数经历，《吟红集》卷九《八月十四日姑胡太夫人生忌》表现了亡国后在家礼中对汉族文化传统的坚守：

> 仍依汉制献秋尝，跪对几筵进一觞。葛沽春风悲木落，若耶溪雨泪同浃。忆魂几欲祈来梦，扫墓无由买去航。瞻望燕京惟极目，迷矇苦被白云茫。

这种坚守又与复国愿望联系在一起，她自称"慕诗初学陆家翁"（《浮翠轩吴夫人索和赋答》），可从一系列志图中原的诗作中看出来。比如《吟红集》卷十《登种山有感》："九术图谋事已沉，漫将荒影对烟林。断云古冢悲王业，细柳空台吊子禽。隐隐歌回吹玉屑，飘飘香度落花音。触怀易感羁人泪，带雨啼鹃一样吟。"（引注：种山在绍兴以北，越王勾践灭吴后，杀功臣文种并将其葬于此。）又卷十三《读古今舆图

---

[1] 〔明〕叶绍袁著，陈文新译注：《甲行日注》，湖北辞书出版社1997年版，第342页。

次韵》:"浩气冲流水自波,怅然空对旧山河。金瓯碎尽知难复,一幅图留恨转多。数载兴亡事不齐,月痕清照古山嵇。此骸但得对丘壑,应共哀猿永夜啼。人事更移泪亦红,江山尚在旧图中。悠悠六合身何处,剩得神踪望巨公。霸志难成困下坯,汉歌未竟楚先哀。亚夫灰意扶王业,忘索舆图贮殿台。自来王业不偏安,鼎峙三分战取难。五月渡泸收远寇,祁山星落半霄寒。众象辉辉帝象孤,人心久失事难图。风流不展回天手,空识铜驼在荆芜。"当然,那些都不过是咏史怀古的将军梦,一代才女到底不可能有机会提剑挥戈,反而是以遗民身份在新朝做闺塾师,对保存故国衣冠文物或者会有一些作用。

女师在中国古代有久远的传统,可以追溯到先秦时期贵族家庭的"姆"。①《仪礼·士昏礼》注云:"姆,妇人年五十无子,出而不复嫁,能以妇道教人者也。"至于教育的具体内容,《礼记·内则》有云:"女子十年不出,姆教,婉娩听从,执麻枲,治丝茧,织纴组紃,学女事,以供衣服。观于祭祀,纳酒浆笾豆菹醢,礼相助奠。十有五年而笄,二十而嫁。"女教的内容与一定历史时期的妇女观有关,婚后主理家事和维系家庭关系历来被视为女性最重要的社会职能,女教当然也围绕婚后生活来展开,直到女子出嫁为止。王端淑生活的时代是妇女观发生变化并且充满争议的时期,当时文艺修养已经成为部分士族女子婚前教育的重要内容,诗书的习得可以为女性议婚创造更有利的条件。王端淑本人就"性嗜书史,工

---

① 姆,又写作"姥",《说文》:"姥,女师也。"

笔墨，不屑事女红"（丁圣肇《〈吟红集〉叙》）。胡紫霞也是诗道中人，家族几代女性联袂创作更是当时流行的风气，那么艺文讲习应该是王端淑从事闺塾教育的目标之一。

王端淑在《名媛诗纬》卷二为薛兰英诗作评称："古人评女之美者曰解语花，曰秀色可餐，然视墨迹如蜗牛，操毛颖如杵臼，虽绝色，犹俗女也。"无才而色减，这无疑肯定了学养对女子的重要性，不过在色与才之外，女子更应该有德。前代名媛如卓文君者，便属有才无行，后世赞扬她的人无非是"得罪名教者"①，其余如"吕雉、武曌是大恶人、大狠人；飞燕、玉环是大罪人、大蠢人。虽有才学，不足取也"②。同侪之中，王端淑十分敬重桐城方仲贤（维仪），她在《名媛诗纬》卷十二选录方氏诗后赞道："庭不留春，风霜满户，山川草木，悉成悲响，天地间何可无此人以采风艺苑，虽无旷眼，而风烈足尚，安敢以语言文字责仲贤也。"对于方氏其人其文，陈维崧《妇人集》评曰："文章弘赡，亚于曹大家。"③王端淑所谓"采风艺苑"，是指方氏编选《宫闱诗史》《宫闱文史》而言。钱谦益《列朝诗集小传》称："维仪《宫闱诗史》，主于刊落淫哇，区明风烈，君子尚其志焉。"④ 方仲贤及

---

① 《名媛诗纬》卷二，王娇凤诗评。
② 《名媛诗纬》卷十三，容湖女子诗评。
③ 〔清〕陈维崧著，〔清〕冒褒注：《妇人集》，《丛书集成初编》本，商务印书馆1936年版，第10页。
④ 胡文楷编著，张宏生等增订：《历代妇女著作考（增订本）》，上海古籍出版社2008年版，第81页。

其家族的妇女都以守节著称,她们所赓续的正是汉族《女诫》中以"妇德"为尚的闺范传统。王端淑编辑《名媛诗纬》与教导闺阁女子异曲而同工,她的女性观无不渗透其中,从这个意义上来讲,她是以教育与编辑这样的形式,在满族政权之下继续承袭"汉制"女学。而且,闺门的空间相对封闭,妇女的言论并不会轻易公之于众,王端淑在这里给她的女弟子讲述前朝女范,不必太担心有犯禁的危险。至此,或者可以引申论及女性文化传统的两面性。诚然,长久以来她们都与外间的社会保持距离,到了社会变革时期,这样的距离又对传统的延续起到一定的保护作用,闺阁文化的传递正是如此,无怪乎有学者指出"清代的妇女文学与明代是不可割裂来认识的"①,因为政治变革的影响远不能掩盖历史文化一脉相承的事实。

"朝廷征召"的说法使得王端淑以教习谋生的生活方式具有了合理性,出仕新朝的汉族文人纷纷与她结交。这些人中除毛奇龄、丁耀亢以外,还包括钱谦益、宋琬、王追骐等。钱谦益有《王玉映夫妇生日》诗:

> 织女黄姑嘉会同,红墙银汉本相通。共传王母为金母,又说丁公似木公。条脱赠来犹晋代,洞箫吹出

---

① 蒋寅主编:《中国古代文学通论(清代卷)》,辽宁人民出版社2005年版,第376页。

并秦宫。刘刚莫讶登仙晚,上树依然跨碧空。①

宋琬有《和王玉映前题四首》:

娥娥红粉羽林郎,横槊宵征校猎场。吴苑火攻教夜战,阿房星镜改新装。双弯铁月悬弓影,一点灵犀射甲光。自是偎师夸绝巧,眩人结队出昭阳。

瘦削腰支似沉郎,若为烽燧向沙场。夫人城外木兰戍,太乙宫中鞿鞊装。衫映星红天不夜,剑横绨练雪生光。更阑可怕金吾问,新佩铜符出上阳。

锦伞曾闻照夜郎,由来阃内制疆场。长城高挂秦时月,小队争看洗氏装。未到关山愁雨雪,为防火伴敛容光。天街不羡鱼龙戏,士女传呼满洛阳。

贝带浑疑傅粉郎,岂因射雉出平场。乍回金粟堆边影,又学燕支塞下装。神女行云环珮动,元妻如嫦鬓云光。迷离谁辨雌雄兔,不愿挥戈驻鲁阳。②

王追骐,字锦之,号雪洲,黄冈人,顺治己亥(1659)进士,改庶吉士,授礼科给事中,著有《居俟楼集》。他有《乙巳(引注:康熙四年,1665)秋七月寿映然子》:

---

① 〔清〕钱谦益著,〔清〕钱曾笺注,钱仲联标校:《钱牧斋全集》第五册,上海古籍出版社2003年版,第613页。
② 〔清〕宋琬:《安雅堂未刻稿》卷四,乾隆三十一年(1766)刻本。

> 幽人致宜秋，清秋兴宜月。月上秋山颠，照人采薇蕨。薇蕨化金光，奇芬流酕醄。香亦不可磨，光亦不肯歇。赫曜千载内，人与月同揭。①

这些诗作不无应酬的意味，不过对王端淑而言，更重要的是彼此之间以文化为纽带的认同感消弭了在政治立场上的对立，这种缓和的态势让她在文坛上建立了新的交际网络。《名媛诗纬初编》卷四十二有王端淑诗作《钱牧斋宗伯为柳夫人征予诗画，为其长姑佟汇白抚军配钱夫人寿》："惭予彤管滥吹竽，澹写溪山入画图。班史雄文兄有妹，谢庭高咏嫂酬姑。清新开府西湖在，南国佳人间世无。青乌云抟征翰墨，可容王母备云衢。"和钱谦益的诗作一样，王端淑的措辞金堆玉砌，恭维之心正可见酬唱之意。康熙初年《名媛诗纬初编》在杭州刊刻行世，钱谦益为之作序，这样的奖掖对于王端淑扬名文场、舌耕求薪无疑是很有助益的。

三、青藤书屋的寓意

前引毛奇龄赠王端淑诗有云："清晖阁中父书在，彩笔长濡旧螺黛。吟成红雨滴口脂，行得青藤绕裙带。"原注称："王季重兵宪所居有清晖阁，后玉映徙居青藤书屋，徐文长故宅也，所著初刻名《吟红集》。"从清晖阁到青藤书屋，说明王端淑早年的性情学养多得自父亲王思任，后来又曾接受徐渭

---

① 〔清〕魏宪辑：《百名家诗选》卷四十六，康熙年间魏氏枕江堂刻本。

的影响。后世的传记叙写王氏父女关系时往往会追述这样一个场景:"父季翁常抚而怜爱之,曰:'身有八男,不易一女。'"作如是记载的包括陈维崧《妇人集》、沈善宝《名媛诗话》、陶元藻《全浙诗话》、王初桐《奁史》等。不过,陈维崧也说:"山阴王家郎俱有凤毛,季翁情钟贤女,遂损誉儿之癖。"① 诸如此类的述评似乎都显示,王端淑是受父亲钟爱器重并悉心教养的才女,不过王思任传世的文集中却鲜有直接课女的篇章。倒是王端淑常以不能继承乃父的文名为憾事,她自陈:"日唉先严饭,文存即饭存。羹墙追夙嗜,菽粟便饔餐。班史胡能续?苏门讵敢援。恨非男子相,继述听诸昆。"(《吟红集》卷八《读先君〈文饭〉》之一)究竟王思任对王端淑品行才情有怎样的影响,借助徐渭及其青藤书屋这一文化载体,或者可以略做探讨,因为父女二人显然都对徐渭的人格才性持赞赏的态度,其处世为文也不无徐渭的遗风。

王思任曾和张岱祖父张汝霖一起编选《徐文长逸稿》并撰写序文,其中论道:

> (文长)性癖洁,阴瘠,不爱钱,贫即鬻所书画,得饮食便止,终不蓄余钱。不惧死,甚至感愤狂易,椓耳锤囊,终不死。不喜富贵人,纵飨以上宾,出其死狱,终以对贵人为苦,辄逃去。与不如公荣者饮,即快。卒然遭之,科头戟手,鸥眠其几,豕

---

① 《妇人集》,第19页。

接其盆。老贼呼其名字，饮更大快。一有当意，即衰童遏妓，屠贩田儓，操腥熟一盛，螺蟹一提，敲门乞火，叫拍要挟，征诗得诗，征文得文，征字得字。见激韵险目，走笔千言，气如风雨之集。虽有时荣不择茅，金常夹砾，而百琲之珠，连贯杳来，无畏之石，针坚立破。英雄气大，未有敢当文长之横者也。①

在王思任看来，徐渭似乎总能感受到权力关系的压抑，或者由于贫富悬殊的差异，或者由于社会阶层的高低，同时也滋长了近乎偏激的自尊，对合乎自己心意的人便无限悦纳之，甚至不惜干犯名教来固守自己的精神洁癖，诗文书画中的自由挥洒平衡了不甘被现实摆布的愤懑。王思任一生放浪形骸、疏狂不羁，于官场间嬉笑怒骂，以为天下事无不可为谑。他对徐渭由怜才而生出同情，从骨子里引之为同调，其实正有惺惺相惜之意，在恃才傲物这一点上，他们都让俗世侧目。

顺治八年（1651）五月，青藤书屋损于风雨，王端淑作乐府长歌一首为记：

> 青藤书屋，天池先生故居也。向时为老莲寓，今予徙居焉。藤百尺，缘木而上。甲午五月，忽大风

---

① 〔明〕王思任著，李鸣注评：《王思任小品全集详注》，北京联合出版公司2018年版，第286页。

雨，藤尽拔，予怜之，辄起援笔作青藤为风雨所拔歌：

青藤百尺缘枝起，叶叶凭云压花紫。今时记得徐天池，不识从来属谁氏。天池有文命亦薄，抵狱问天羡燕雀。拘系争知狱吏尊，只身犹被青藤缚。惜哉待诏陈章侯，隐沦书画徒淹留。余幸移居叹禾黍，每唤青藤相共语。藤怜竹影龙蛇徒，竹影入藤拂秋水。怒风忽拔势万斤，击栋破垣如千军。疾雷崩涛飘屋瓦，惊魂露立凭雨打。孰云树老数亦满，百载偏长今日短。阳春三月试花色，青藤主人正骄客。自起抱藤对藤哭，会藤何迟毁藤速。青藤青藤毋复悲，天池既死来何为？（《名媛诗纬初编》卷四十二）

其中显见对徐渭坎坷一生的悲悯感叹[1]，同父亲一样，王端淑也认同徐渭的特立独行和个性张扬。而且她作为女子，标榜一己才学，几乎受到举世的非议，在心理上与怀才不遇的兀傲文人有相似之处，不被世人认可接纳而产生的愤懑、狂狷也如出一辙。在王端淑身上，这种思想资源与遗民身份相叠加，便体现为与新朝权力的对抗。不过，意识上的对抗还要有行动的支撑才能实现，不能出仕带来的生存困境很大程度上会使观念上的抗拒受到牵制，晚明文人的另一种谋生手段——卖

---

[1] 关于该诗的赏析参见钟慧玲：《清代女诗人研究》第五章，里仁书局1989年版，第365—366页。

文为生恰好可以解决这样的困境。余英时在《士商互动与儒学转向——明清社会史与思想史之一面相》一文中已经阐明了润笔对晚明文人生活的重要性以及这种营生对士人价值观念的影响。① 在徐渭那里，表现为"贫即鬻所书画，得饮食便止"，王思任也以润笔之资维持家族生计，他为自己的集子取名《文饭小品》，其用意大概有两端：一则如王端淑所言，视文章如餐饭，不可朝夕暂离，可见嗜好之深；二则寓意有文章可作即有米粮下炊，是靠文笔谋生的诙谐说法。王端淑作女师虽然形式与卖文有所不同，但实质上并无二致，经济的自给可以让她保持政治上在野的立场，推辞朝廷的征召，从而获得人格的相对自由与独立。

与王思任不同的是，王端淑争取个性独立，不完全是文人洒脱不羁的心性使然，由于性别差异的张力和家国裂变的冲击，她笔下虽有"游于艺"的戏谑笔墨，但更多体现的是闺阁罕见的经世情怀。她对徐渭的赞许更大程度上是缘于《女状元辞凰得凤》对黄崇嘏这位历史人物的重塑。《女状元》是徐渭《四声猿》杂剧中的一本，改编自晚唐五代临邛黄崇嘏女扮男装登第做官的传说。宋人李昉等编《太平广记》将黄崇嘏视作女子中的异端，归入志异的"人怪"类。此后元末陶宗仪的《说郛》、明代陈耀文《天中记》、徐应秋《玉芝堂谈荟》、曹学佺《蜀中广记》、杨慎《丹铅余录》等书都有记述，不置褒贬，内容也不出《太平广记》的范围。徐渭以此

---

① 余英时：《士与中国文化》，上海人民出版社2003年版，第535—538页。

为蓝本，创作了一幕五出的杂剧，丰富了故事框架。原有情节为黄崇嘏偶因火事下狱，献诗脱罪，被前蜀丞相周庠赏识擢升。杂剧则改为家道中落的黄春桃为了生计，更名崇嘏，易装投考到周庠门下，以高才得中状元，治狱断案尽显吏能，其才干人品俱佳，让周庠萌生招赘之意，崇嘏被迫暴露女子身份，转而成为丞相子妇。在投考之前黄春桃自问："我这般才学，若肯去应举，可管情不落空，却不唾手就有一个官儿。"① 全剧应考、为官、招赘等细节莫不彰显黄崇嘏的聪慧。剧末还有下场诗云："世间好事属何人？不在男儿在女子。"② 至此，黄崇嘏其人已经脱去了异端色彩，完全是以才女的面貌出现，故王端淑才会视之为榜样，并在《浮翠轩吴夫人索和赋答》诗中感叹："未老诗心半已灰，莫烦使者再持来。立名不及黄崇嘏，辜负青藤赏鉴才。"王端淑生年也晚，未能得见如此嘉奖才女的徐渭，书屋与青藤遂成为隔代知音神交的寄托，因此所谓"自起抱藤对藤哭，会藤何迟毁藤速。青藤青藤毋复悲，天池既死来何为"，便是在为知音的稀少更兼零落而伤悼。徐渭之于她，是一种鼓励、向往，也是一个遗憾！

---

① 〔明〕徐渭著，周中明校注：《四声猿》，上海古籍出版社1984年版，第63页。

② 〔明〕徐渭著，周中明校注：《四声猿》，上海古籍出版社1984年版，第103页。

第三节 《吟红集》遗民纪事

《名媛诗纬初编》卷二十一选录了余尊玉女史的诗作。余氏自幼喜着男子衣冠,长而与四方贤士大夫交往,又欲应举出试,后被人质疑道:"黄崇嘏虽作状元,何益?不如学班大姑拥百城书,使海内贤豪皆北面也。"余氏遂改行习妇道,但仍保留了着男装的旧习。王端淑诗评中的引述或者正是她自己的疑惑,徐渭笔下的女状元终究只是戏中人物,当世固然不无黄崇嘏那样的女子,却未必有周庠那样慧眼识人的考官,而且黄崇嘏最终还是要回到妇道的传统下,以女子的身份为人妻母。而班昭拥书著史不失为另一种积极入世的作为,值得后人效法,因此王端淑在很多诗文里都表露了自己的著史之志。乐府《出门难》有云:"舌耕暂生为,聊握班生笔。"《读先君〈文饭〉》又称:"班史胡能续?苏门讵敢援。"在她看来,班昭的功业不在于撰写《女诫》,而是赓续正史、绛帐授经这些令男子也叹服的学行。陈维崧评价王端淑"意气落落,尤长史学"[1],这一方面体现了《名媛诗纬》的编辑保存了有明一代女性诗歌,另一方面表明《吟红集》包含了对甲申以后浙江遗民事迹的叙写。

---

[1] 《妇人集》,第19页。

一、遗民六传与《石匮书》

《吟红集》卷二十遗民传记之后附有王端淑的按语：

> 自管文忠至金陵乞丐六传，皆予戊、己间之率笔也。时以丧乱之后，家计萧然，暂寓梅山，无心女红，聊借笔墨以抒郁郁，愧未成文，恐不免班门弄斧之诮。但此六传实系闻见最的，从无一字抑扬，不过粗粗书其节概大略，至于生平贤否，自有志状家乘，毋烦余赘。而睿子社友张陶庵有《石匮书》之举，正缺此六传，来征者再四。予恐鄙俚，不敢出手，予辞之甚峻，而彼求之愈切。乃缮写付之，今备录《石匮书》中，竟不改削一字，何陶庵之虚心也至此哉！

《石匮书》是张岱自著的一部明史，自序称："余自崇祯戊辰，遂泚笔为此书，十有七年而遽遭国变，携其副本，屏迹深山，又研究十年而甫能成帙。"① 戊辰即崇祯元年（1628），后二十七年为清顺治十年（1653），与王端淑所言遗民六传的成稿时间吻合。不过《石匮书》纪事却是自元末以迄明天启朝，崇祯以后付之阙如，其原因有二：一是崇祯朝官修史乘的缺乏，二是民间私史不可确信。张岱在《与周戬伯》这封信

---

① 《琅嬛文集》，第2页。

里说:"弟向修明书,止至天启。以崇祯朝既无实录,又失起居;六曹章奏,闯贼之乱,尽化灰烬;草野私书,又非信史:是以迟迟以待论定。"① 但他始终心存续作的愿望,故有《征修明史檄》的号召:"且迟日月,再续琬琰;敢告兰茝,勿吝珠玉。"② 王端淑称"睿子社友张陶庵有《石匮书》之举,正缺此六传,来征者再四",大概就是在这样的背景之下发生的。这部"再续琬琰"之作一直到顺治十三年(1656)才有机会动笔,当时浙江提督学政谷应泰欲作《明史纪事本末》,广泛搜求了崇祯朝的邸报,张岱从中取材,撰写了崇祯本纪及诸臣列传,这些零星的续作后来被编成《石匮书后集》。③ 截至张岱请周戬伯为他校雠书稿之时,《石匮书后集》还只是初稿,他自陈"弟盖以先帝鼎升之时,遂为明亡之日,并不一字载及弘光,更无一言牵连昭代。兄可任意校雠,无庸疑虑也"(《与周戬伯》)。后来传世的《石匮书后集》则补充了大量南明史事,尤其是甲申(1644)至辛卯(1651)间忠臣义士的殉难列传。如果张岱确曾向王端淑征稿,那也是为了续写《石匮书后集》,王端淑所谓遗民六传"备录《石匮书》中,竟不改削一字"的说法不无可疑之处。

---

① 《琅嬛文集》,第114页。
② 《琅嬛文集》,第80页。
③ 参见李新达:《张岱与〈石匮书〉》,《河北大学学报》1984年第2期。此外,对照《石匮书》与《石匮书后集》目录与正文,会发现其中不无重出的篇章,如《石匮书》卷五十二与《石匮书后集》卷五十七均题名为"义人列传",其中《愧二先生》与《金陵乞丐》两篇,文字完全相同。

《吟红集》遗民六传中有五人见于《石匮书后集》，黄端伯属卷三十二，凌䮄、唐自彩属卷三十三，袁继咸属卷三十九，金陵乞丐属卷五十七。两部书的文本亦不尽相同，即以《金陵乞丐传》为例，《吟红集》作：

> 乞丐，不知其姓名，每于留都乞化。甲申四月中，哄传北都变信，乞丐询问未得耗。一日，偶乞于桃叶渡间，遇一士人，牵衣问信曰："相公识北都事乎？"士人曰："果有哀诏已到，崇祯皇帝自缢矣！"乞丐闻之，咨嗟不已，即向市中沽烧酒一盂，其一盂酒约值二分，乞丐罄囊止有七厘，曰："若肯与满，亦好事。如不然，照价与我可也。"市人慨然与之，乞丐一饮而尽，绕河而走，市人以为乞丐醉也，不之异。乞丐放声大哭，曰："崇祯皇帝真死耶？"连拍心胸数十，望北叩头数十，赴水而死。市人鸣之于当道，当道为之致祭殡葬。或曰，即愧二先生，未知孰是。

《石匮书后集》则作：

> 金陵乞丐，不知其姓名。甲申四月中，哄传北部变，乞丐遍访的信。一日，于桃叶渡遇一士人，牵衣问信曰："相公识北信乎？"士人曰："果有之，皇帝

自缢矣!"乞丐咨嗟不已,即向市中沽烧酒一盂,其一盂价值二分,乞丐罄囊止七厘,曰:"若肯与满,亦好事。如不然,照价与我可也。"市人慨然与之,乞丐一饮而尽,绕河走,市人以为醉也,不之异。乞丐放声大哭,曰:"崇祯皇帝真死耶?"连拍心胸数十,望北叩头,赴水而死。

其余各篇文字悬殊更为明显,《吟红集》各传篇幅相当,约三五百字左右,《石匮书后集》黄端伯、唐自彩传仅一二百字,凌䮕、袁继咸传则千字有余。两部书对史事的剪裁各具匠心,书写也各具笔法。殉节诸臣以其死难前后的事迹最为壮烈,这往往也是民间传说最易流播的段落,史家对此如何拣选甄别、增删订补,正体现其著书的才能。张岱将黄端伯归入《乙酉殉难列传》,对其当年被捕就义的过程记载道:

乙酉五月,南都陷,端伯以死自誓。王子逼勒三四,端伯僵卧不起。王子发马骑擒之,端伯衣冠进见,南向植立,左右曰:"何不朝王?"端伯曰:"先帝已晏驾,皇上又不在,我朝谁?"左右曰:"我家大王。"端伯曰:"尔家大王,与我何涉?"王子命通事致意曰:"黄先生鲠介孤直,予所素鉴,当奏请重用。"端伯摇头不应。王子又曰:"尔执意不从,岂不怕死?"端伯引颈曰:"不怕,不怕。"王子大怒,引出斩之。

王端淑的叙述更有许多生动的对话和心理细节,类似小说家言:

> 乙酉五月,金陵失守,文武僚属倡议投诚,端伯以死自誓,十余日不送职名。当事逼勒者再四,端伯僵卧不起。当事发马骑擒之,端伯角巾大袖进见,南向植立。
> 左右曰:"你是何官?不行朝见。"
> 端伯曰:"崇祯皇上已晏驾,弘光皇上又出狩,我朝谁?"
> 左右曰:"是大清豫王爷。"
> 端伯曰:"是你家的豫王,与我明朝臣子何涉?"
> 当事着通事致意曰:"黄先生向来鲠介孤直,予所素鉴,予当奏请,任先生要何官,都在予身上。"
> 端伯惟摇头不应。通事往返十余次,端伯仍前不语。
> 当事又致语曰:"你既不降,就不便留你。新朝法纪甚严,你不怕么?"
> 端伯引颈点头。当事大怒,着引出枭示,又密谕行刑官曰:"且缓行刑,若黄先生肯回心,我还要重用。看黄先生到临刑说什么。"又遣新降官并与端伯

相识者，往劝再三。

端伯大步而出，自脱衣服，朝日叩首，口呼太祖高皇帝及毅宗烈皇帝，更不他语，引颈就戮。诸降官见其志不可夺，报覆当事，当事曰："彼既不肯，可全他的名罢。"遂遇害，时年六十有一。

前文曾经提及徐渭的杂剧对王端淑的影响，除了思想观念的渗透以外，俗文学的艺术构思和文本形式也或多或少体现在王端淑的史传文字里。《名媛诗纬初编》专门编纂《幻集》上下卷，收罗传说中仙姬妖女的诗作，其材料来源多是杂记小说。这类俗文学读本本来具有消闲遣兴的作用，容易为女性所接受，王端淑的传记体叙事文受戏曲、小说影响也顺理成章。即便如此，在作者本人看来，自己仍然是本着求真纪实的严肃态度在撰写当代历史，故王端淑在《黄忠节公端伯传》结尾强调："端伯为先翁文忠公甲子门下士，知之最确，断不敢有溢美云。"从史料学角度看，王端淑生动曲折的记述也许更接近民间传闻，但作为以记事为纲的通代史乘，冗余笔墨皆应归入删削之列，即便张岱曾以王端淑的初稿为底本，他自作的成分也不容抹杀。

既然如此，那王端淑附张岱之骥尾的用意又何在呢？这应该从《石匮书》及其后集在当时的史学价值说起。康熙十八年（1679），毛奇龄以翰林入史馆参修《明史》，张岱的《石匮书》成为他访求的史料，其《寄张岱乞藏史书》云：

> 向闻先生著作之余，历纪三百年实际，饶有卷帙。即监国一时，亦多笔札。顷馆中诸君，俱以启、祯二朝记志缺略，史宬本未备，而涿州相公家以崇祯一十七年邸报全抄送馆，编辑名为实录，实则挂一漏万，全无把鼻。顷总裁启奏，许以庄烈皇帝《本纪》，得附福王、鲁王、唐王、桂王诸纪于其末。而搜之书库，惟南都一年有泰兴李映碧《南渡录》，西南建号有冯再来少司寇《滇黔诸记》，稍备考索。至鲁国隆武，始终阙然。今总裁竟以是纪分属某班，旋令起草，此正惇典殷献之时也。①

这段话与前引张岱《与周戬伯》中的文字正可对照，即所谓"并不一字载及弘光，更无一言牵连昭代。兄可任意校雠，无庸疑虑也"。而毛奇龄所看重的恰恰是"监国一时，亦多笔札"的南明史料，这段历史是清初撰写明史的敏感部分，张岱起初搁笔不作，以此来打消周戬伯校雠的疑虑。毛奇龄对张岱也有相似的安慰："若其中忌讳，一概不禁，只将本朝称谓一易便了，至其事则正无可顾虑也。"(《寄张岱乞藏史书》) 其实，回避也好，重视也罢，都显示了崇祯至弘光的变革对明史修撰的特殊意义。张岱意味深长地说，"郊锄麟折，鲁哀绝笔于《春秋》；湖鼎龙升，汉武阙编于《史记》"(《征修明史檄》)，《石匮书》初稿止于崇祯以前，也与之相

---

① 《琅嬛文集》，第314—315页。

类。史家无奈的背后其实也蕴含无穷的吸引，正如谢国桢所论："盖当时人士迫于清军之入关，痛统治者之朘削，积愤于中，不能不吐，因之发为文章，冀以警策将来，此群众之义愤，人民之心声也。"[①] 王端淑与张岱有相似的家国情结，遗民六传的写作缘起正是"丧乱之后，家计萧然"，"聊借笔墨以抒郁郁"。另一方面，《石匮书》的产生并非偶然，张岱著史的渊源可以上溯到他之前的三代长辈，其蓄志之久远，正可见传世愿望之殷切，故而才敢扬言："自幸吾先太史有志，思附谈、迁；遂使余小子何知，欲追彪、固。"（《征修明史檄》）山阴王氏由于王思任的盛名，使得王端淑具有文翰世家的自信，但是一个历经丧乱的女子，要独立著述一部史书谈何容易，那么效仿班昭续补可以名垂青史的皇皇巨著，也不失为实现一己志向的明智选择。张岱与王氏一门渊源颇深，他本人又是王端淑丈夫丁圣肇的诗酒文友，王端淑借由这样的家族社会关系，为自己的著述找到寄托。

二、忠义之死

谢国桢指出，综理晚明史事端绪有八，其中"甲申之变，吴三桂勾引清兵入关，农民军退出北京之后，自此清朝贵族与劣绅地主互相勾结，到处挞伐，至造成'扬州十日''嘉定三屠''广州放赏'悲惨血腥之事迹。而缙绅士夫在其统治阶级立场上，专注意于农民进入北京死事之臣，如冯梦龙之

[①] 谢国桢：《增订晚明史籍考》，上海古籍出版社1981年版，序言。

《绅志略》，吴伟业之《虞渊沉》，津津乐道某人是否死节或'从逆'，然于时事何补。惟如屈大均之《四朝成仁录》，查继佐《国寿录》，彭孙贻《甲申以后亡臣表》，统计有名抗清志士，慷慨不屈之气节，然所记亦有互异之处，此可以探讨者四也"（《增订晚明史籍考序》）。冯梦龙、吴伟业、屈大均、查继佐等人的著述优劣如何，不在本文讨论之列，倒是谢国桢所揭示的缙绅士大夫的著史立场很值得玩味，生死大义的确是当时士人面临国变时须严肃对待的问题，这也是后来的史家研究晚明史的一个重心。王端淑所在的浙江山阴及周边地区因为鲁王监国的关系，在明亡之后仍然有强烈的复国呼声，遗民的抗争死难事迹也就格外壮烈。作为当代史的记录者，王端淑不可避免受到士大夫阶层著述特点的影响，对臣子死节、义士殉难的行为予以表彰传扬，以期存忠于世，昭示来者。《吟红集》卷二十一和卷二十二集中记述了甲申以后浙江忠臣十五人、义士八人的死难事迹，正如《倪文正公鸿宝》这篇所云："越州古称名节之乡，诸君子俱以忠孝自命"是也。[1] 所记诸君子依次为山阴刘宗周、会稽钱凤览、上虞倪元璐、诸暨张鹏翼、山阴祁彪佳、余姚施邦曜、山阴高岱、山阴余煌、新昌俞志虞、山阴王思任、山阴陈潜夫、山阴吴从鲁、山阴周凤翔、会稽叶汝蘅、山阴郑之尹、会稽王毓蓍、山阴潘集、山阴周卜年、山阴高朗（高岱次子）、山阴倪文徵、暨阳傅炯、山阴朱玮和萧山杨雪门。其中大部分人物传记也见于查继佐《罪惟录》、温

---

[1] 《吟红集》卷二十一。

睿临《南疆逸史》、徐鼒《小腆纪传》、计六奇《明季南北略》、屈大均《皇明四朝成仁录》、张岱《石匮书后集》等史书。

王端淑记述可补时贤之不足者,首推山阴吴从鲁死事,《吟红集》卷二十一《吴襄愍公金堂》记述道:"公之死,不特四海不知,即吾越人亦不知也。予故特为表而出之,以为后世奖忠之劝。"吴从鲁为万历四十四年(1616)进士,后经王思任推荐补通政司左通议。浙东失守后,关于他殉国的过程,屈大均记作"不肯薙发,绝粒而死"①,温睿临记作"城陷绝粒以死"②,徐鼒记作"野服入山,盖棺自绝而死"③。从《吟红集》卷二十一《俞节愍公华邻》这篇传记来看,明亡之初就已有许多文本书写时事,如《北变纪事》《国变录》《大事纪》《中兴实录》《甲申纪略》《中兴颂治》等,王端淑也有参考,她的记述也是在此基础上结合见闻写成。吴从鲁传记沿用"不薙发死"之说作为小引,中间详述道:

> 六月朔日,浙东不守,公野服避至州山。侨居小楼,足不履地,不顾家事。誓不薙发,堂置一棺,有逼公剃发者,公即求其活钉棺内。时新令甚严,凡不

---

① 〔清〕屈大均:《皇明四朝成仁录》卷八,影印《广东丛书》本,商务印书馆1947年版。
② 〔清〕温睿临:《南疆逸史》卷三十列传第二十六,清傅氏长恩阁抄本。
③ 〔清〕徐鼒:《小腆纪传》卷四十二列传第三十五,光绪金陵刻本。

遵依者，十家连坐。予乡之人，素号刁顽，兼喜多事，公之得以不薙发，不受摧折者，皆平日居乡清正淳厚、敦睦邻里所致也。及死之日，仍服大明衣冠，望东南跪拜者四，曰："吴从鲁今日方得死所矣！"闻之者无不垂泣。

同遗民六传一样，王端淑的纪事仍然以生动的描写见长，不同于其他人简练的叙述，吴从鲁因不薙发而死，《吟红集》突出了他衣冠而殁的形象，这几乎是明遗民之死的一种标志。对衣冠的重视，显示了王端淑受明季士人价值观念影响之深，在另外两篇传记里，衣冠的具体配件"角巾"作为明代士冠之礼的象征，更是成为记述遗民之死须要照顾的重要细节。如《吟红集》卷二十二《高文学公子亮》对高岱次子高朗之死的记载：

（朗）公肃衣巾泣拜于前，曰："儿不能侍奉矣，当先死以俟大人。节愍公（高岱）乃瞠目送之，曰："尔能先我，真我子也。"遂呼工人驾舟之海口，翻身跃入涛中，工人力援而不能解，公啮其臂，工人负痛乃弛岸。帻浮去约丈余，复跃起，以两手整帻而没。

无独有偶，温睿临、徐鼒、屈大均、张岱也记述了高朗临死前复整巾帻这个细节,其中似乎包含了两层寓意:其一是认为士人应当保持素来端方整饬的举止,临危不苟,如同子路结缨于垂死之际;其二则系乎遗民对明代文物制度的缅怀与依恋,前文已经论及国变后士人对战乱中汉族文物沦丧之痛悼,清军入关强制推行剃发改服之令,让他们切身感受到前朝文物制度之速毁,挽留的情结更加深沉。《吟红集》卷二十二《朱茂才公鸿儒》称,"宁为戴发鬼,莫作剃头人",可见其志气是何等坚决。

王端淑将国难后父亲王思任尽忠始末写入《先严文毅公遂东府君》一文,与殉难诸臣并列纪事之中,是佐证王思任死节的可靠依据。① 但在这里王端淑作为史家的著述立场与身为人女的伦理情怀形成了尖锐的对立,又使得该篇成为后人指摘她有违孝道的口实。王思任身后,关于其名节的议论曾引发过不小的争议。明末清初张岱的《王谑庵先生传》和邵廷采的《明侍郎遂东王公传》一致认为他于绍兴失守后避居山中,绝食而死。到了清中叶,全祖望改写了前人的说法,其《与绍守杜君札》一函提到,王思任山居之时已有迎立新朝之意,因病而罢,后来王氏一门还开筵为王思任祝寿,可见并无黍离之悲,以至士林非议。② 及至晚清,李慈铭又有辩证,

---

① 参见何冠彪:《书全祖望答诸生问〈思复堂集〉帖后》第四条"王思任死节",《清史论丛》第六辑,中华书局1985年版,第217—221页。当时何冠彪也以不能得见日本内阁文库藏《映然子吟红集》为憾。

② 〔清〕全祖望:《鲒埼亭集外编》卷四十三,嘉庆十六年(1811)刻本。

《越缦堂日记》同治己巳七月二十二日条有引文称："思任有女曰端淑，能诗文，刻《映然子集》行世，中有言思任之死嫌其数十日之生之多者，盖谓死非殉难，不能择于泰山鸿毛之辩也。呜呼！臣而非君，女而非父，一何其报之之符也。"后附按语云："季重卒于丙戌，在鲁王航海之后。所云顺治初者，盖当甲申乙酉间时，秦中已奉正朔也。季重之死，国论已定，惟乡评尚在疑信间，观此则知其女已有违言，无待清议矣。惜《映然子集》今亦不得见耳！"① 李慈铭所引者为清人王宏的《甲申之变论》，所谓"嫌其数十日之生之多者"，《吟红集》卷二十一《先严文毅公遂东府君》原文作"至于兵败入绍之日，惜先文毅不即以身殉。……先文毅享年七十有三，予实恨其少；但此数十日，予又嫌其多。不识知者以为何如？"至此，王思任效忠明室的立场终于可以盖棺论定，但王端淑却不免被王宏和李慈铭认为悖于伦常。其实在当时父子、师徒、兄弟、夫妇之间以死相勉者所在多有，即以《吟红集》所记为例，前述有高岱、高朗父子，此外还有刘宗周弟子王毓蓍遗书促师殉国，张鹏翼、鹏飞、继荣三兄弟共同赴难，陈潜夫受妻孟氏激励自溺身死。因为作为臣子，在确信大明已经无望之后，他们如果不为国尽忠，就要面对社会舆论的苛责。《吟红集》卷二十一《施忠介公四明》传记中写道：

---

① 〔清〕李慈铭著，由云龙辑：《越缦堂读书记》，中华书局1963年版，第728页。

北变信至，有以公名入殉难内持向先严观者，先严哂曰："四明原何肯死？此说大约荒唐。"予反覆辩论以为实然。及公柩至，得其节略甚悉，先严推予为知人焉。

推人及己，既然当初王端淑论断施邦曜必死属于知人，那么后来推测父亲避守山中时求死的心理未尝不是基于对他的熟识而作的合理评价。

三、节烈之死

《吟红集》卷十三有七言绝句组诗《次宫妃宋蕙湘四韵》二十八首，其中一首写道："铁骑纷纷破国初，片时尘已蔽宫庐。健儿马上凌红粉，笑谓同群得美姝。"据计六奇《明季南略》记载，宋蕙湘为弘光时的宫女，十四岁被乱兵掳去，题诗于汲县墙壁云："风动江空羯鼓催，降旗飘占凤城开。将军战死君王系，薄命红颜马上来。广陌黄尘暗鬓雅，北风吹面落铅华。可怜夜月箜篌引，几度穹庐伴暮笳。"[1] 这首题壁诗传开之后，许多诗人纷纷和作，成为流行一时的诗题，[2] 王端淑的七绝组诗也是这股潮流的产物，而"马背红颜"的意象也成为战乱中被辱女子的象征。无论历史上是否真有宋蕙湘其

---

[1] 〔清〕计六奇辑：《明季南略》卷七，清钞本。
[2] 〔日〕合山究：《女子题壁诗考》，《明清时代の女性と文学》，汲古书院2006年版，第503—504页。

人，题壁诗的背后却实有其本事，国乱军兴之际，众多的女子都遭受了悲苦难言的凌虐，成为战争中最无辜的牺牲品。而且，就明末而言，女性受到的人身威胁竟然同时来自官军、清兵和李自成、张献忠的队伍，她们一旦流离失所，无论投靠何方似乎都没有安全保障。① 在这样的情况下，守节自尽似乎成了最有尊严的选择，而这样做也符合当时社会对女性的道德要求，因此晚明史家笔下不乏节妇烈女的事迹。物伤其类，作为离乱中朝不保夕的弱质女流，王端淑对题壁女子的遭遇也感同身受，《名媛诗纬初编》卷一评荆王宫人陈素诗曾叹道："予尝览铜驼荒草、故国荆榛，未尝不抚卷长叹。所可惜者，至今东西两院老妓半是流落宫人，所谓朝金谷而暮尘土，世态炎凉，可不增人肠断也。"基于对女性命运的同情，加之自己在战乱中的流亡体验，她的笔触又自有不同于男性作家之处。

《吟红集》卷二十三记载了九名女子守身殉节的事迹，导致她们死亡的直接原因几乎都是乱兵人身侵犯的威胁。诸如《智烈傅孺人》之类的记载屡见不鲜："孺人为某所擒，某悦孺人姿色，挟之上马。孺人略无难色，甜言诱某。某喜甚，以为从己，防之稍疏。行至赵墅桥上，孺人乃跃入江中。"更有甚者，如明遗将军会稽章钦臣妻金氏传：

钦臣及夫人皆被擒获，解送府城，钦臣尚娓娓置

---

① 参见刘正刚:《明末清初战争中女性遭受性暴力探析》，《妇女研究论丛》2004年第1期。

048

辩，哀辞求活。夫人目钦臣曰："君为将帅，不能成功，即死犹晚。今尚欲向胡虏求生，可不愧死！"当事大怒，以刀触其口，夫人骂声愈炽。钦臣竟坐凌迟死，夫人应赏兵伍。夫人大吼曰："夫既死矣，予岂肯生，亦愿速死。"当事曰："汝既要死，命推出斩之。"夫人曰："夫既坐凌迟，予岂应斩？亦应坐凌迟。"当事允之。行刑者刀一举，夫人大骂一声。剐至下体，夫人两足紧挟而绝。有马姓兵伍者，举刀刺其下体而戏曰："臭淫妇，妆憨儿，教你嫁汉子不肯，怎么也有今日哩？"至次日，马姓见夫人金冠蟒服，随侍者数十人，指马姓而大骂曰："剐我是正理，你原何污秽我？"命随侍击之，马姓顷刻口鼻喷血、遍体青肿而毙。当事闻之，曰："越城官宰百姓虽多，总不及此一妇人也。"

金氏殉难记又见于《石匮书后集》卷五十九，对应原文如下：

> 后堕计被擒，夫妇俱获，见镇将，钦臣屈膝卑辞求活，金氏坐地笑曰："委肉虎口，而求生全，有是事乎？若屈膝奚为也？"曳之起。狱成，钦臣罪剐，金氏年少有姿色，给赏幕将。金氏曰："妾义不受辱，愿从夫。"镇将曰："尔夫罪死。"曰："愿同

死。"镇将曰:"尔夫罪剐。"曰:"愿同剐。"镇将曰:"痴妮子,剐可儿戏邪?"婉谕再三,金氏不之听,乃命夫妇同剐,以成其名。金氏色喜,趋赴市曹。钦臣先剐,金氏合眼念佛,不忍视。及剐金氏,割一刀,辄念佛号一句。截其乳,乃大吼一声,始绝。行刑鞑子马某骂曰:"骚淫妇,装憨不肯嫁汉子,应万剐。"遂以刀刺其牝,金氏股夹住,死不可开,乃支解之,割其牝,传示观者,观者堕泪急走。次日马鞑子于白日归,见烈妇立其门,猝然自倒,乃叫曰:"剐我是正法,刺我丑,奚为邪?"家人百计禳之,不应,自捶其胸,呕血数升而死。

金氏之死在诸烈女中最为惨痛不堪,被擒之后本来自认必死,殒身倒在其次,但清兵在她身前死后极尽侮辱摧折,让人不禁怒叹兵燹中人不异禽兽,世间竟同鬼蜮!张岱的叙述更侧重记叙殉节事件本身,而王端淑则着意于人格魅力的展现。面对突如其来的暴力,女性反抗的力量微乎其微,金氏只能在作营妓与死亡之间选择,王端淑让她以刚烈抒愤怒,或者是代无辜罹难的冤魂发出的不平之鸣。而章钦臣乞降的行为也早有端倪,金氏本有脱却簪珥激励丈夫抗清的义举,后因章钦臣苛敛军粮,以至民心尽失,终为内应所出卖被擒。丈夫无勇无谋,而妻子勇毅不屈,难怪王端淑将此传题名为《正烈金夫人附夫章钦臣》,以男子附女子传记中,抑夫扬妻的倾向十分明显。

　　清末排满思潮兴起,明季妇女拒绝降清的义烈故事又被革命志士援引,作为激励汉人反对清政权的历史依据。金氏的事迹被南社柳亚子收入《女雄谈屑》一文,刊载于《女子世界》,在该文总叙中,柳亚子写道:"神州陆沉,迄今二百六十一载矣。须眉男子,低首伪廷者,何只千万!独女界豪杰,发奋民族,或身殉故国,或勠力新邦,事虽无成,抑愈于甘心奴隶者万万矣!"① 这虽然是王端淑身后近三百年才有的事,但柳亚子提出当时社会阴盛阳衰的说法,却与清初汉族士人的认识有相似之处。康乾间董榕的《芝龛记》传奇是对明末两位女英雄秦良玉、沈云英行迹的演绎,戏文凡例称,"盖明季,一纯阴之世界也",如秦良玉、沈云英者以女身而行男子之事,是以阳胜阴,即其阳性的才德战胜了生理本质的阴性。② "纯阴世界"之说固然太过夸张,但出自男性文人之口,似乎表明女子刚烈英勇的行为带给男子的性别危机意识,对比章钦臣屈膝乞降的懦弱言行,金氏一意守贞就不仅是服从社会既定的道德观念,而是秉持自己远胜于男子的气魄、胆识,坚守着忠于故国的立场。王端淑的书写首先是基于史家表彰节烈的用意,谩骂的细节则是张岱笔下所没有的,因为似乎有违班昭"择辞而说、不道恶语"的女诫观,但在王端淑

---

① 亚卢(柳亚子):《女雄谈屑》,《女子世界》第10期,1904年9月。
② 参见胡晓真:《"前有奢香后良玉"——明代西南女土司的女民族英雄形象构建》,《明清文学中的西南叙事》,台湾大学出版中心2019年版,第238—248页。

看来这却是金氏积极的反抗意志,即便被人践踏,也不放弃维护一己的尊严。所谓"越城官宰百姓虽多,总不及此一妇人"的评价,正流露了女性史家自发的性别价值观念。

第四节 小品文的变调

赵园《明清之际士大夫研究》第八章在论述遗民学术时认为,治史一向被视为特殊的文事,遗民文人也以治史为其名山事业。① 因此,这一类历史书写往往具有较强的文学性,尤其是传记一体,易代之际奇人轶事辈出,在纪实存真与抽象寓意之间,其实很难分清史笔与文心的界限。王端淑在当时本以作诗和编诗闻名,尽管父亲王思任是小品文的行家,但由于女子文章被关注得还不多,她的历史书写也就很少被人从文章的角度来审视。当然,王端淑未必刻意为文,不过源自晚明的文化土壤和父亲的人格熏陶,她的审美旨趣本来不出小品风雅的苑囿,史传写作恰好给了她一个表达的契机。不过,王端淑所处的文学语境与王思任已有很大的不同,闲适清幽的小品在明亡之后似乎只剩下哀婉的故国遗声,她的一篇奇文《酒癖散人传》也就是在这样的背景下登场的。

一、小姐归来,鹦鹉何在?

张潮为晚明小品文家黎遂球的《花底拾遗》作小引,有

---

① 赵园:《明清之际士大夫研究》,北京大学出版社2014年版,第345页。

所谓能与花间美人相与往还的五件物事：曰蝶，曰蜂，曰莺，曰鸳鸯，曰鹦鹉。黎遂球于正文中有分疏："金笼悬鹦鹉作花监"，"调鹦鹉舌教诵百花诗"，此两端为闺阁韵事与鹦鹉相合者。① 对女性风姿情态的鉴赏是晚明小品的常见题材，与闺阁庭院生活相关的花鸟草虫也一并被纳入这种审美视阈中，成为女性生活的一种象征。王端淑《吟红集》的诗词大量使用了"鹦鹉"的意象，甚至鹦鹉的进退语默也代表了闺阁女子的哀乐荣辱。贵族豢养鹦鹉的历史虽然不知可以追溯到何时，但在王端淑的文学想象中它的出场首先是伴随着宫闱后妃花团锦簇的闲居生活：

> 红润娇肤净，岚生晓黛明。颦笑宫人妒，新妆天子惊。香雾锦茵卫，汉珠玉掌擎。悲夫颜易悴，鹦鹉寂无声。（卷四《李夫人》）
> 小鬟切勿调鹦鹉，唤醒梨云恨转长。（卷十《明妃梦回汉宫次浮翠轩吴夫人韵》其二）
> 秋江开遍水红花，鹦哥巧唤杨妃茶。（卷五《群花篇》）

后来闺秀的日常生活也被引入诗文书画，鹦鹉随之进入寻常百姓家，成为与小姐丫鬟们笑语传音的玩伴，王端淑将之视

---

① 〔明〕黎遂球：《花底拾遗》，〔清〕虫天子辑：《香艳丛书》第1册，团结出版社2005年版，第7页。

为闺阁必要的装饰和娱乐的载体。同时,也是她对富贵安居生活的一种期待:

> 鹦鹉休言转叮咛,挑灯闲读牡丹亭。(卷五《小青》)
>
> 鹦鹉轻传花里恨,彩笺错谱鸳鸯。(卷十五《临江仙·赵文姝焚笔墨》)
>
> 镜光尘蔽拭重楷,粉褪容消冷竹钗。鹦鹉不传香阁恨,花枝偏向绮窗排。烟炉宿火熏鸳褥,堕燕新泥污绣鞋。步出素屏聊遣闷,凄凉又听鸟喈喈。(卷九《效闺秀诗博哂》其二)
>
> 鹦鹉鸣春草木香,柳烟轻发日初长。(卷五《答某子刺某氏诗》)
>
> 海棠仍不语,鹦鹉杳新音。(卷八《代睿子怀友》)
>
> 帘动乍惊鹦鹉舌,蜂喧慵整画眉心。(卷九《天易晓》)
>
> 名园花柳两依依,鹦鹉传音修竹扉。(卷十三《晤园同睿子联句》)
>
> 鹦鹉欲言含粉蒂,丁香初结小青丸。(卷十《梅花诗十首次韵》其九)
>
> 鹦鹉娇顽爱有年,笑啼强立素屏前。(卷十四《三月望风雨吴夫人阻归》)

"效闺秀诗博哂"一题体现了王端淑在《名媛诗纬》的诗评中的一贯主张,即以不带脂粉香奁意味为闺秀诗作之佳者,不过基于一直以来的女性诗词传统,轻浅婉约的风格仍然难免。而且,晚明女性对自身也颇有审美自觉,尤其在南国吴越之地女子风流自赏者代有其人,名噪一时的徐媛就在《越中偶成》诗中写道:"吴娇越艳称南国,粉泽胭脂多丽色。"① 王端淑生长于斯,加之才情富赡,也以"南国风流"自命,《吟红集》卷九有《赋得春闺人病时》二首,其一云:"一丛含恨写乌丝,香冷眉痕体怯支。暗月催光窥柳色,笑人啼乌弄春思。凭栏无语飞花候,揽镜还惊膏沐时。南国风流应已殆,启妆尽典燕钗枝。"不难想见,甲申国变之前王端淑过的正是"鹦鹉娇顽爱有年"的优游生活。

渔阳鼙鼓动地来,惊破霓裳羽衣曲。兵燹中鹦鹉的命运也与主人相始终,《吟红集》卷五《挽贞烈汤夫人》有所谓"涓涓御水乱红飘,禁苑笼开出鹦鹉"。鹦鹉飞去意味着小姐也走出了自己的绣楼、庭院,颠沛流离,浪迹萍踪。如毛奇龄《闺秀王玉映〈留箧集〉序》所说:"玉映以冻饥,轻去其乡,随其外人丁君者,率车出门,将栖迟道路,而自衒其书画笔札以为活。……予既闻其事,值有客抱三弦者托屋下,其哀弹与风雨而迸出,予乃作长句,既悲闺中之在道,而又自托于箜篌作讽,申无渡之意。"偕隐山中的生活当然没有了昔日的

---

① 〔明〕徐媛:《络纬吟》卷三,《四库未收书辑刊》第七辑第16册,北京出版社1997年版,第336页。

富裕安稳，对鹦鹉的怀念成为凭吊旧情的寄托，如《吟红集》卷四《刘夫人蔡音度过访》：

> 草垣山僻况，愁质病中存。贫无鹦鹉舌，春暖客临门。侨居孤竹舍，知辱贵人尊。舟来村妇避，犬卧带烟奔。疾卷流苏帐，挥巾拭枕痕。樽开恕窘乏，叨领世心论。神摇风雨瀑，疑是昨魂惊。

而流亡时"闺中在道"之人所见所闻往往惊骇至极，绮罗丛中绣户小姐的纤纤情怀完全土崩瓦解，血溅红花，藤绕白骨，繁华唯美转而变作凄凉萧条。《吟红集》卷四和卷七分别有乱后凭吊之作：

> 《吊义冢》：昨从城南归，累累多古圹。暗风吹寒花，高树饥乌望。日色欺败棺，牛马据其上。抔土瘗壮夫，狸穿吸枯髓。痴骨伴秋霜，燐燐阴光起。主祀叹无人，魂随草木徙。啼鹃泣空影，靡毁识何氏。视此心恻然，焉知不尔尔。

> 《吊钱塘战场》：萋萋岸草雨潇潇，战死寒戈恨未销。沙际萤光沉月影，阴房鬼泪泣秋宵。敲残远岫钟初寂，唳彻荒村雁已嘹。默默惊魂随败楫，离离故黍悼空弨。野花根畔惟膻血，过客朝吟带墨妖。雄志今随烟月冷，芳名何处纸幡招。深闺亦有孤灯妇，莫

听江声待晚潮。

高情雅致的精神追求和感官欲念的物质享受交织在晚明文士玩味文学的意识中。[1] 王端淑摹写鹦鹉的诗词正是催生于这样的文化土壤中，如果不是鼎革巨变的现实冲击，她的诗文很可能与上代才女徐媛等人的香奁做派并无二致。《吟红集》卷二十一《遗民忠义殉难纪事》写祁彪佳之死，最能表现她对晚明文化生态失衡的惋惜："忠敏之死有十不可焉：翩翩公子，一也；少年科甲，二也；给假完亲，三也；建节吴地，四也；风流倜傥，五也；琴瑟和合，六也；吟咏不辍，七也；子幼未婚，八也；家亦徵裕，九也；于情于理，十也。"亡国殒身的威胁刺激黎民百姓意识到自己与家国政治的联系，连金陵乞丐这样的卑微之人都感知到裂变的震动，曾经在小品中被疏远和弃置的经世情怀又在文士的笔下复苏。一部分遗民在精神冲突中仍然不懈作为，这也许是劫后余生的遭遇让他们加倍珍惜有限的生命。对于文士而言，正是著述未完的"后死之责"支撑着他们在新朝顽强地生存。王端淑也是遗民中"置之死地而后生者"之一，流亡归来，鹦鹉传恨的岁月恍如隔世，强烈的求生意志贯注于战后的诗篇中，势必销尽闺阁红粉的萎弱绮靡，小品的闲情雅趣注定会在末世才人手中转向。

---

[1] 参见吴承学：《晚明小品研究》第十二章《晚明心态与晚明习气》，江苏古籍出版社1998年版，第380—408页。

二、谑，父不能传女

才女对家学的传承历来是女性文学研究关注的话题。不可否认，她们的早慧离不开家庭文化氛围的熏陶。不过，当她们以自己成熟的面貌自立于文坛时，家学的影响在多大程度上起作用，她们又是否会在此基础上形成自己独特的风格，这些问题都有待具体个案的研究来说明。然而，女性文学创作的整体水平有限，能够在父兄的庇荫之外独树一帜的才媛并不多见，更不必说发扬与拓展家族文化，在家族谱系里担当传递薪火的责任。王思任身故之后，其《自叙年谱》并《文饭》均由第八子王鼎起等编辑刊刻，鼎起又为《文饭》冠以"小品"之名，此即《文饭小品》之由来。周作人以为鼎起可谓知言，并"可传谑庵衣钵矣"①。王端淑作为女儿，似乎就只能"恨非男子相，继述听诸昆"（《读先君〈文饭〉》），但事实却未见得是如此。

王端淑有一首题为《谑白莲庵新当家觉济尼师》的诗："檀越年来见识差，舍鸾弃凤去寻鸦。幸离接送勤劳扭，带上油盐酱醋枷。有用火头权首座，无能知客暂当家。鄙诗谑语聊相赠，糊钵为心苦苦巴。"（《吟红集》卷十）名为谑人，实乃自嘲，檀越就是她自己。《吟红集》里的诗作显示，王端淑有过习禅的体验。如卷八《新居》有"残篇绕课子，啜茗学参禅"之说，卷十三又有《初参三宜和尚》《三大师讲经》等与

---

① 岂明（周作人）：《夜读抄》之二十二，《人间世》第9期，1934年8月。

方外人士交往的记录。弃凤寻鸦应指婚后追随丈夫的贫居生活，为主理中馈而日日与油盐酱醋为伍，这似乎一领枷锁，套牢了写诗参禅的手眼。这样略显轻佻跳脱的笔调与王思任非常神似，王思任号"谑庵"，其诗文正是以微讽玩世的趣味见称。他的《文饭小品》卷一《谑庵自赞》曾有自嘲的三字文：

> 遂初服，四十五。发见白，齿渐龋。兴还高，人不腐。舌如风，笑一肚。要读书，恨愚鲁。半通今，半博古。友子瞻，师杜甫。性喜客，肯作主。酒不让，棋堪赌。爱山水，怕官府。奉高堂，居乐土。迟起床，早闭户。任天公，皆有数。有告贫，不诉苦。①

父女二人都以自己为观照对象，毫不留情地指摘自己的弱点，这是犀利甚至尖刻的心眼使然，但又以一笑出之，给自己不少回旋的余地，实则蕴含着不拘小节的宽容与洒脱，这是在传统道德规范面前展示一种散漫不羁的姿态。

当这种眼光移之于世态人情，可能会别有一番警世的幽默效果，王思任小品的诙谐意味多半源自此。其《屠田叔笑词序》评屠本畯②：

---

① 《王思任小品全集详注》，第433页。
② 屠本畯，字田叔，别号憨先生，浙江鄞县人，承父荫于嘉靖末年得官，后官至湖广辰州府知府。

> 海上憨先生者老矣，历尽寒暑，勘破玄黄，举人间世一切虾蟆傀儡马牛魑魅抢攘忙迫之态，用醉眼一缝，尽行囊括。日居月诸，堆堆积积，不觉胸中五岳坟起。欲叹则气短，欲骂则恶声有限，欲哭则为其近于妇人，于是破涕为笑。①

作家之眼囊括人间万象，这本是题中应有之意，但以何种态度来书写，则关乎个人的性情和创作语境。王思任的犀利也见诸王端淑笔下，《吟红集》遗民六传之首《管文忠公绍宁传》记道：

> 清兵过淮，绍宁归里。彼时薙发之令甚严，有扬州进士某者首先降顺，改名某，用为常州守。诈传举义檄，令合郡绅衿公议，至期不到者，即以降虏论。绍宁以为实，然是日两廊皆伏兵数百，内集薙发者数十人，缚诸绅衿，顷刻薙尽。惟绍宁大骂不屈，斩于府门之外。
>
> 其常州守某者，未释褐时与睿子同举贤良方正科，最称气节。所以盖棺未定，不可轻自许人也。

人情翻覆如波澜，常州守某也不过是人间虾蟆傀儡马牛魑魅之一，但王端淑遭遇之时，承平时期诗酒清议的交游网络已

---

① 《王思任小品全集详注》，第187页。

经不存在，取而代之的是唇亡齿寒的威胁，幽默轻讽已经不足以安抚内心的不平与恐惧。她和丁圣肇的隐居生涯不仅仅是在隐藏行迹，甚至也远离人心，偷生、投降、背叛、出卖……诸如此类的让人齿冷的行为一度让她对士林失望。《吟红集》卷二十《中秋盟集记（代）》称："慨自己、庚以来，人心浇薄，倾险过半。即平昔可以寄心腹、可以托孤息，皆异其本来面目。予甚畏之，乃闭户不敢外交。"毛奇龄说"《吟红集》诗文多激切"，从这些刺世疾邪的文字不难看出，就批判现实的力度而言，王端淑比王思任"谑不避虐"[①] 的嬉笑怒骂要强烈。忠义之气、亡国之痛使王端淑的文章平添了深沉与悲怆，从而脱却父辈的小品可能有的颓放与儇薄之弊。

三、一个遗民的背影：《酒癖散人传》

传记是历史书写必不可少的体裁，正史列传的书写体例有着模式化的章法套路，对于传主的生平、郡望、职官、履历、事迹等都要酌情实录。可是，在不拘形式的小品文家笔下，一系列述异好奇、遗形取神的杂传层出不穷，形成明末清初传记文体多样的风貌。此类作品往往篇幅短小，描状传主的言语行事只选取最有特征的几处，如颊上三毫，以小见大。这样的审美旨趣，可以借王思任给《世说新语》的评语来概括："兰若翡翠，虽不似碧海之鲲鲸，然而明脂大肉，食三日定厌去；若

---

① 〔明〕张岱：《王季重先生像赞》，《琅嬛文集》，第247页。

见珍错小品，则哄之惟恐不继也。"① 以兰苕翡翠为譬，是要小品于尺幅之间凝练精华，又或者句终而意续，含隽永之思于言外。《吟红集》遗民纪事在遗民六传之后插入了一篇《酒癖散人传》，从题目来看属于杂传文类，体例上也与其他传记无异，但行文则概括虚写居多，实录纪事较少，看似为一人而作，其实却凝聚了无数遗民的神态。而且，借由传主的相关史料，更可以看出王端淑刻意采取的"间离式"叙述立场，其背后的用意也很值得探讨。

"酒癖散人"是传主之号，顾名思义，即嗜酒成癖者也，至于其真实名姓，王端淑自称"亦不知其何许人也"。对"癖"的崇尚原是晚明士林一种普遍的心态，袁宏道有云："世人但有殊癖，终身不易，便是名士。"② 张岱也说："人无癖不可与交，以其无深情也；人无疵不可与交，以其无真气也。"③ 在这一代文人心目中，"癖"意味着偏嗜、执着，意味着无视世俗礼法，放诞任真，坚持自己与众不同的个性，即使被视为病态也在所不惜。吴承学认为，这是程朱理学在明代作为官方哲学走向衰亡之后，阳明心学弘扬个人主观意志的思想影响整个社会秩序和社会心理的结果。④ 因此，袁宏道、张岱

---

① 《王思任小品全集详注》，第181页。
② 〔明〕袁宏道著，钱伯城笺校：《袁宏道集笺校》卷五十五未编稿之三《与潘景升》，上海古籍出版社2018年版，第1740页。
③ 《琅嬛文集》，第137页。
④ 参见吴承学：《晚明小品研究》第十二章《晚明心态与晚明习气》，江苏古籍出版社1998年版，第380—408页。

第一章　昨是而今非

等人一度以享受人生为追求，但凡奇技淫巧之事无所不玩至其极，是即"癖"之由来。此"癖"无关乎纲常伦理，无关乎社会名教，无关乎民族气节，无关乎生死大义。酒癖散人与石匮生张岱为论史之友，不过，既然是所交者为石匮生张岱，而非甲申以前那个雅好"美婢娈童""骏马华灯"的公子张岱，可见酒癖散人之生较前代名士也晚。轻视流俗、坚持真我是他沿袭前人之处，但就结果和目的而言，与前人已是截然相反。其人有曰："予世受国恩，曾叨民牧。头可折，义不可改。今即不死者，以先忠遗骸尚未卜葬故耳。"明亡之际，忠孝观念在抉择生死的士人心中有这样的权衡：移孝作忠，舍弃健在的双亲妻孥殒身殉国；移忠作孝，为完成先人的遗愿或者家族承嗣之责而继续生存。酒癖散人属于后者，作为后死之臣，又是前明忠烈遗属，他选择了携带家眷野居荒山陋室，这在最初或许是一时避难的需要，到后来则成为遗民家庭主动的行为。王端淑评价酒癖散人"傲癖而甘贫"，这样的"癖好"等于确认自己遗民的身份，需要承担从"富贵福泽、风雅文章"到"死生患难、骨肉流离、疾病呻吟之苦"[①]的剧变与创痛。面对"冷月窥窗""败絮共拥"，"每遭疾风暴雨，瓦砾皆飞，怪鸟哀号，饥蛇盘绕，寒气透骨，四壁茕茕"的贫乏生活，维持与众不同的名士气度需要更持久的强毅与坚忍。如此说来，酒癖散人之"癖"可谓是对士人精神的拨乱反正，仍然是在保持真我的名义下，于是"士不可以不弘毅，任重而

---

① 〔清〕冒襄：《祭方坦庵年伯文》，《巢民文集》卷七，康熙刻本。

道远"这样的气节品德又成为文人话语的重心。

与困窘的景况相对照,酒癖散人依然延续了变乱以前游艺为乐的精神追求。"日止典衣沽酒,夜即抱琴酬咏。或衣穷乏质,即以茗代酒,唱和不辍。近与衲子梵林为禅友,石匮生为论史友,鹅池子为酒友,谁何子、清淮子及予为诗友。凡晤会之时,终夜忘返。越城内外,稍有一技之能,靡有不与之游者。"为了禅悦、论史、诗酒、琴歌可以置生计而不顾,确乎是以之为"殊癖"者。王端淑于《名媛诗纬初编》卷二列元末诸才女之诗,前有小叙引《列朝诗集小传》称:"皋羽之于宋也,逢吉之于元也,其为遗民一也。然老于有明之世二十余年矣,不可谓非明世之逸民也。"这番话虽是论宋、元遗民,倒不妨看作明人入清以后的夫子自道,"遗民"是新朝的化外之民,有强烈的政治对立情绪,而"逸民"则不妨与新朝两立,而可以不相往来,这也可以说是从先代文人那里继承来的隐逸精神。酒癖散人与越城内外各色人等交接,唯独对"故戚满朝,世谊当路"的裙带关系不肯屈志往从,在看似散漫放浪的行止中又有高度的矜持。王端淑称道他"直朴不苟,一介硁硁,非理不取,非言不齿",这些语汇取自《论语》《孟子》。《论语·宪问》:"子击磬于卫,有荷蒉而过孔氏之门者,曰:'有心哉,击磬乎!'既而曰:'鄙哉,硁硁乎!莫己知也,斯已而已矣。深则厉,浅则揭。'"《孟子·万章上》:"万章问曰:'人有言伊尹以割烹要汤,有诸?'孟子曰:'否,不然。伊尹耕于有莘之野,而乐尧舜之道焉。非其义也,非其道也,禄之以天下弗顾也,系马千驷弗视也。非其义也,非其道也,一介不以与人,一介不以取诸人。'"俨然以耿介君子视之。而酒癖散人则自比白居易笔下之醉吟先生,白居易《醉吟先生传》云:"(先生)曰:凡人之性鲜得中,必有所偏好,吾非中者也。设不幸吾好利而货殖焉,以至于多藏润屋,贾祸危身,奈吾何?设不幸吾好博弈,一掷数万,倾财破产,以至于妻子冻馁,奈吾何?设不幸吾好药,损衣削食,炼铅烧汞,以至于无所成,有所误,奈吾何?今吾幸不好彼,而自适于杯觞讽咏之间,放则放矣,庸何伤乎?不犹愈于好彼三者乎。"[①] 酒癖散人自认性情偏执,甘愿自放于杯觞讽咏之间,以示不为物累,不为形役。这或者说明,即便是以逸民身份自处,王端淑仍然有很强的道德紧迫感,对身后之名的审慎让她的写作态度恭谨而严肃,对酒癖散人潇洒人格的欣赏不得不让位于政治立场、道德原则的剖白,杂传小品的诗酒趣味也终究变换为慷慨悲壮的家国情怀。

《名媛诗纬初编》卷首有山阴女史高幽真所作的《陈素霞传》,其中提到陈素霞为金陵酒癖散人之妾,则酒癖散人的原型即王端淑的丈夫丁圣肇。王端淑为亲族所作的传记、墓志、事略并不罕见,而这次却采取了特别的"间离"视角,有意把他写成一个"熟悉的陌生人",故称"余虽朝夕与之缔诗酒交,最称知契,然亦不知其何许人也"。说他是"原型",是

[①] 〔唐〕白居易著,朱金城笺校:《白居易集笺校》,上海古籍出版社2020年版,第3754页。

因为传主的言论、行迹不必为丁圣肇所独有,"间离"的视角回避了夫妇伦理对王端淑叙述立场的限制,她可以凭史家之眼旁观叙述对象——丁圣肇就其家世、生平来看当然是一个典型的遗民,从他身上可以抽象出遗民群体共有的志节和情操。传记的末尾有一个关于遗民生存抉择的反问:"(酒癖散人)独携至戚数口及残卷数帙,而来此败屋颓垣之中,岂无意而言哉?"这可以视为王端淑对夫妇二人遗民立场最直接的表达和强调!

本章第一节曾经发表于程焕文、沈津、张琦主编:《2016年中文古籍整理与版本目录学国际学术研讨会论文集》,广西师范大学出版社 2018 年版。

第二章 从香奁到砚匣

——沈彩小品文与盛清闺阁游艺

乾隆丁酉九月廿三日,时花南水北亭新加涂垩,木叶凄然欲落。海上青山,微着霜色,如眉新扫。亭外一带芙蓉如画,亭边老瓦列佳种菊英二十余品,亭中对设长几,一置周施章父敦,秘色紫窑,供佛手柑、花木瓜各数个,灵璧石峭峰一座,一陈法书名画,共主君及夫人展观。及此卷,适鸦鬟送新橙蒸梨至,乃相与徘徊叹赏,几疑身不在人世。

——《记燕文贵秋山萧寺卷后》

第二章 从香奁到砚匣

叶昌炽《藏书纪事诗》其中一首"陆烜子章"云:"燕坐花南水北亭,文园销渴为虹屏。人参价比书偏贵,好为神农补本经。"陆烜,字子章,浙江平湖人,雅好藏书,于乾隆三十四年(1769)刻成《奇晋斋丛书》十六种。① 仅就藏书成就和社会影响来说,陆烜在清代藏书蔚然成风的浙江并不算大家,后世津津乐道之处更在于其"文园销渴为虹屏"的风流雅韵。所谓"虹屏"者,乃是陆烜的侍妾沈彩,她一生为陆烜打理藏书字画文玩古董,擅写簪花格字体,并长于文辞,有《春雨楼集》十四卷行世。除叶昌炽外,晚清民国时期的学人蒋光煦、缪荃孙、罗振常、郑振铎等也每每将"春雨楼"与"奇晋斋"并提。② 近年来性别研究的热潮使得藏书史和艺术史家对沈彩的关注度大大提高,相关研究成果陆续问世。扬之水的《知多少、芳心苦恨》率先拈出陆、沈藏书事迹,并提及沈彩对自己手书的藏书题跋颇为自信。③ 此后陈先行又以

---

① 陈宝琳:《陆烜〈奇晋斋丛书〉初探》,《东吴中文研究集刊》第十九期,2013年10月。
② 相关记载分别见于蒋光煦《东湖丛记》卷三、缪荃孙《云自在龛随笔》卷三、罗振常《春雨楼集》跋文等,今人研究成果中已经悉数引用,兹不赘述。
③ 扬之水:《终朝采绿:扬之水书话》,浙江人民出版社1997年版,第28—37页。

《夫唱妾随、天作之合》为题,介绍了上海图书馆现藏陆烜著述《梅谷十种》,并考证该书系沈彩手写上版刊刻。① 而沈津的随笔《"书中自有颜如玉"——说女子抄书》与凌冬梅专题研究《扫花女史沈彩藏书、抄书、刻书述略》则径直以沈彩为主角,钩沉了乾隆年间的一段书林芳踪,反倒让本是藏书主人的陆烜隐而不彰了。②

继藏书、刻书研究之后,近年来沈彩的诗、词、文章也逐渐进入学人的视野。康维娜的博士论文《清代浙江闺秀文章研究》第五章第二节即是为沈彩而设,其中分别研究了陆烜、沈彩二人的藏书生活以及《春雨楼集》中的题跋和杂记。③ 康文按照题材的不同,将沈彩的题跋分为书画类和藏书、金石类,认为这类文章得益于作者在书画、收藏方面的造诣,在内容和风格方面与一般文人、闺秀间的应酬文字不同,其中既有考据的学术特色,又不乏叙事抒情的文艺内涵,文笔清新妍雅,篇篇可视为艺术小品。而杂记更多为一种游戏小品,体现了一种文人的闲情逸韵。此后,韩荣荣《得书香翰墨之趣的沈彩词》、李菁《论沈彩的文学创作及其特点》、陈千里《"绮罗香泽"唯本色——清代女作家沈彩的文学评论》三篇文章

---

① 陈先行:《打开金匮石室之门:古籍善本》,上海文艺出版社2003年版,第148—151页。

② 沈津:《"书中自有颜如玉"——说女子抄书》,宫晓卫主编:《藏书家》第20辑,齐鲁书社2016年版,第87—91页。凌冬梅:《扫花女史沈彩藏书、抄书、刻书述略》,《山东图书馆学刊》2013第6期。

③ 康维娜:《清代浙江闺秀文章研究》,南开大学博士学位论文,2010年。

分别探讨了《春雨楼集》中的诗、词、文章及诗文评。韩文概括了沈彩《采香词》的三个特点：一是约有18首作品涉及翰墨书香气息，占整个词集约三分之一的篇幅，作者认为这是沈彩词中最鲜明、最具个人特色的部分；二是另有一部分俏皮戏谑的香艳词，可能为了应和陆烜"词应如桃杏之色，字字香艳"的创作主张而作；三是有部分关于愁情的描写，除后期与夫君离别的忧愁之外，看不到无端的伤春悲秋，也没有故作姿态的惆怅，与当时的多数女性词作大不相同。① 李文是对整个《春雨楼集》的分体概述，统计了全集中有赋7篇、诗268首、词66首、文10篇、题跋61则。其中诗作最多，以五言、七言见长，题材多为风景、咏物、游赏、闺思、题画等。其特色在于写景咏物明丽轻快，设境造语之妙体现出诗人对大自然的细心观察及对生活的热爱，较少有悲戚之感，虽很少涉及家庭生活以外的现实题材，但诗人这些原汁原味的性灵之作也颇可打动人心，折射出在康乾盛世下闺阁女性所特有的一种优游娴雅之气。词则有的清雅，有的幽默俏皮，有的香艳明丽，写景抒怀都极少愁苦之音，反映出词人夫唱妇随、琴瑟和鸣的从容风致。赋以咏物小赋为主，用语生动，形象贴切；引经据典，曲意绵绵。散文包括表、记、序、论、说、启等各体，内容丰富驳杂，主要探讨对诗歌创作、音乐、历史人物的看法及见解，善于思辨体悟，捕捉画面则精于渲染。题跋61

---

① 韩荣荣：《得书香翰墨之趣的沈彩词》，《中国词学学会第八届年会暨2018词学国际学术研讨会论文集》（叁）（会议版），2018年，第214—219页。

则，短小简洁，多为她临摹书法绘画作品之总结，也有关于纸品、画品、笔砚、金石之鉴赏心得及文人交往之雅趣。李菁认为，在盛清才女辈出的时代，沈彩以自己丰厚的文学作品给世人展示了一位才情女子洒脱的性情及深厚的文人修养，也透视出盛清时期中国传统文学在继承与融汇中呈现的恢宏气象。①陈千里指出，沈彩在理论批评领域也有独特的贡献，主要表现在《与汪映辉夫人论诗书》与《论妇人诗绝句四十九首》中，她提出诗歌的本质在于真实地表现自身的性情，因而女性写作中出现"绮罗香泽"正常而自然，没有必要刻意追求"苍老高古"的男性气质。②此外，周小英从美术史角度首次关注到沈彩所著《春雨楼书画目》，在梳理沈彩的生平与著述之余，屡次提到她的文字"优美""漂亮"，但限于专业论域，并未就此深入展开研究，是为憾。③

综上所述，前人的研究已经基本廓清了沈彩其人及著述的概貌，但大都止步于作家作品本身的研究，从而为后人留下了继续探讨的余地。据凌冬梅《扫花女史沈彩藏书、抄书、刻书述略》一文考证，沈彩的生年为乾隆十一年（1746），至乾隆五十七年（1792）年仍然在世。从《春雨楼集》所载她抄书、写刻书版的若干处纪年来看，她以婢女的身份，自浙江海

---

① 李菁：《论沈彩的文学创作及其特点》，《嘉兴学院学报》2019年第3期。
② 陈千里：《"绮罗香泽"唯本色——清代女作家沈彩的文学评论》，《文学与文化》2022年第4期。
③ 周小英：《女性画学著作的第一部书〈春雨楼书画目〉（上）》，《新美术》2009年第6期。

盐彭氏陪嫁到平湖陆氏，后又作为侍妾，主要活动时间也是乾隆中后期。这样的时代及家世背景，陆烜的随笔《陇头刍言》已有描述："余得生于太平之世，此一乐也；蛮夷荒服膻腥不毛之地，亦有居民，而余得生于江浙文明之地，此二乐也；江浙之民，蚩蚩者目不识丁，无异盲瞽，而余得膺父师之教，稍读书识字，此三乐也。"① 沈彩的大半生与陆烜相携与共，如果把她的诗、词、文章及其生命历程结合起来进行动态的历史观照，可以发现她从青年到中年在文体选择和写作风格上都有渐进式的变化，这背后所反映的正是她的性情修养和人格气质的蜕变。

第一节　沈彩诗词的香奁本色

乾隆刻本《春雨楼集》卷首附有沈彩的闺友汪亮为她所绘的一帧小像，画中沈彩柳眉凤目，粉面含笑，执笔支颐，作遐思沉吟状。汪亮，字映辉，号采芝山人，安徽休宁人，系藏书家汪文柏孙女，嫁浙江桐乡费雨坪为妻，后移居嘉兴，她兼善诗歌、书法、绘画，是沈彩在当时闺阁文坛为数不多的交游对象之一。②《春雨楼集》卷十有《与汪映辉夫人论诗书》，卷七有《古诗二首寄采芝山人》。通过这样一位闺中同道的笔

---

① 〔清〕陆烜：《陇头刍语》，《梅谷十种》，乾隆刻本。
② 南京博物馆编：《温·婉——中国古代女性文物大展》，译林出版社 2015 年版，第 288 页。

触,我们不难想见沈彩盛年时期的风姿神采。对此她也颇为自觉,留下了不少自写春容的作品,尤以词作居多,即韩荣荣所归类的"俏皮戏谑的香艳词"。如《春雨楼集》卷九《南乡子·戏咏浴》：

纤手试兰汤,粉汗融融卸薄妆。料得更无人到处,深防、鹦鹉偷窥说短长。
丝雨湿流光,花雾濛濛晕海棠。只有红莲斜出水,双双、雪藕梢头两瓣香。

方秀洁、董伯韬《从边缘到中心：媵妾们的文学志业》一文认为,《南乡子》这阕词直是香艳欲滴,轻试兰汤的纤手,汗融融的娇颜（玉体）,"更无人到处"沐浴的美人。凝注间,女性身体既是外物投射,亦是自我指涉,而私窥机制则借由鹦鹉引入,这一在内闱中绕舌的宠物目睹了一切,也许会讲述所有。于是鹦鹉代替了暗藏的侵入者——丫鬟婆子或私托终身的情人,如明清春宫图中常见的场面。下阕转向私密的玩乐场景：花雾濛濛晕海棠,似隐指入浴的杨妃。至此,词揭示出女性性感的最私密所在：一双出水"红莲",缠足被除去了脚布以展示其由文化建构的、美学化的性感。① 除了词作,诗歌中也不乏这种香艳色彩。如《春雨楼集》卷二《夏日偶

---

① ［加］方秀洁、董伯韬：《从边缘到中心：媵妾们的文学志业》,《跨文化研究》2016 年第 1 期。

卧》:"庭院深深六月凉,避人偷解小红裳。碧厨冰簟清无汗,消受珠兰一串香。"而且,在这种性感的观照视野中,除了自己的身体、生活的情色描摹,连外在的景观也呈现出性别化的特征。如《春雨楼集》卷四《戏咏春山》:"杏子梢头玉两峰,微云横束翠烟重。玲珑欲见山全体,拟倩三郎解抹胸。"因此,李菁评论沈彩早期的诗歌效玉台体,风格绮丽柔媚。①

这不仅是沈彩的自我认知,而且旁人对她的观感也是这样。沈彩陪嫁的主母彭玉嵌曾经为她作过一首《满江红·赠虹屏》:

> 弱不胜春,睡未足,丰姿都别。有风情千种,萦肠惹骨。浅步粘残苔叶雨,回眸羞落梨花雪。剩枕痕一线印香肌,红如血。
> 罗袖动,龙涎发,檀口破,莺吭滑。料断无人处,更兜莲袜。艳到皇娥长凝重,身轻飞燕偏跳脱。婍容修态絗洞房些,离骚曰。②

彭玉嵌出身海盐彭氏,其叔祖彭孙遹便是以艳词见长,有《延露词》三卷和《金粟词话》传世。《延露词》卷二有《醉春风·私会》词云:

---

① 李菁:《论沈彩的文学创作及其特点》,《嘉兴学院学报》2019年第3期。
② 〔清〕彭玉嵌:《铿尔词》上,《词学季刊》1934年第1卷第4期。

蓦地相逢乍。三五团圆夜。几回解带又沉吟，怕。怕。怕。衣上香浓，口边朱损，有人惊诧。

好把红茵藉。更取青鬟卸。为伊相说不能休，罢。罢。罢。索性回身，恣他怜惜，柳娇花姹。①

《金粟词话》称："词以艳丽为本色，要是体制使然。如韩魏公、寇莱公、赵忠简，非不冰心铁骨，勋德才望，照映千古，而所作小词，有'人远波空翠''柔情不断如春水''梦回鸳帐余香嫩'等语，皆极有情致，尽态穷妍，乃知广平梅花政自无碍，竖儒辄以为怪事耳！司马温公亦有《宝髻松松》一阕，姜明叔力辩其非，此岂足以诬温公，真赝要可不论也。"② 对于家族的词学传统，彭玉嵌是自觉学习的，沈彩也随之受到同样的影响。徐梦《清代女词人对〈漱玉词〉的接受研究》一文指出，彭孙遹颇为推崇李清照，并有多首追和之词，彭玉嵌自然颇受影响，她的《铿尔词》中有追和彭孙遹的词作《宴清都·萤火（和〈延露词〉韵）》，而沈彩用彭孙遹的名句"口噙红豆寄多情，为谁把、相思尝透"称彭玉嵌为"红豆女"，亦是将她看作是其叔祖在词学上的传承人。③

---

① 〔清〕彭孙遹著，霍西胜点校：《彭孙遹集》，浙江古籍出版社2016年版，第644页。
② 《彭孙遹集》，第682页。
③ 徐梦：《清代女词人对〈漱玉词〉的接受研究》，陕西理工大学硕士学位论文，2020年，第82页。

沈彩追随彭玉嵌学习作词,其缘起也与古代闺中妇女常见的相思情怀有关。沈彩《铿尔词·跋》记述道:"夫人吟咏,固多和平愉乐之音。其和《漱玉》诸作,乃主君适越时,夫人请曰:'生平略如比肩人,未谙离别,尔后当何以破寂?'主君曰:'汝试和《漱玉词》,虹儿可和《断肠词》,我则当和《淮海词》耳。'已而主君务其大者,和《淮海词》甚少。彩虽和《断肠词》数十阕,苦多不工。惟夫人遍和《漱玉词》,参以他作,有《卷耳遗音》一卷,情致悱恻,字字玭①珠。今亦刺取,编入集中,以见一时情趣云。"② 除了追和李清照与朱淑真的词,彭、沈二人在其他词作里抒发的大部分也是相思怀远、幽闺寂寞之情。陆烜虽然忙于外务,没有完全实现和作秦观词的诺言,但他在词学观念上对词体的绮艳情靡予以了支持。陆烜《陇头刍语》有若干有关学诗、习词、作文的评论,其中词论云:"词何以为诗之余哉?吾侪拈三寸弱管,目想心游,靡所不至。有偎亵语,有琐碎语,有诞妄语,是皆不可入诗。不可入而又不忍尽弃,则有倚声在。故诗如松柏之姿,词如桃杏之色。诗贵沉着痛快,力透纸背。词贵笔不着纸,冷然风飞。温、李为诗教之靡,苏、辛为词林之变,比而同之,此其蔽也。然古来娴声韵者,其诗笔每纤弱而轻扬;高格律者,其词章每粗豪而质实。求其一手二枝、生枯俱下,非心空无物具许大神通者不足以语此。乃或者专心风

---

① 玭(pín):珍珠。
② 〔清〕彭玉嵌:《铿尔词》下,《词学季刊》1934年第2卷第1期。

雅，斥远浮艳，高则高矣，请但栽松柏，勿栽桃杏也（古人倚声不入集中，意原如此）。"①

陆烜的词学观对沈彩有直接的影响，《春雨楼集》卷十《与汪映辉夫人论诗书》最为集中地体现了她的文学主张，与《陇头刍语》所论多有共鸣：

> 彩以凡资下质，谬学声韵，比于莺簧蛤鼓，自鸣其春秋已耳。乃辱蒙过奖，谓闺阁仅见，且谓不惟隽永，抑且博洽，令彩愧汗无地。而彩更颇动目轩，欲伸一说于夫人之前者，则来札谓"再得苍老高古，一洗绮罗香泽之习，则竿头更进矣"。窃以为此语犹有可商也。
>
> 夫诗者，道性情也。性情者，依乎所居之位也。身既为绮罗香泽之人，乃欲脱绮罗香泽之习，是其辞皆不根乎性情。不根乎性情，又安能以作诗哉！故如《关雎》之淑女和悦，不能为《终风》《绿衣》之怨也；《谷风》之思妇愁苦，不能为《桃夭》《草虫》之乐也。故君子居廊庙则有《鹿鸣》《振鹭》之音，居山林则有《考槃》《伐檀》之音，居兵戎则有《车邻》《驷铁》之音：是皆所谓苍老高古者也。如使其出于采蘋之夫人、抱衾之众妾之口，则为怪与诞孰甚！圣人必无取尔也。必取夫若所谓"于以采

---

① 〔清〕陆烜：《陇头刍语》，《梅谷十种》，乾隆刻本。

蘋，南涧之滨""嘒彼小星，三五在东"者也。且如"手如柔荑，肤如凝脂""副笄六珈，鬓发如云""衣锦䌹衣，裳锦䌹裳""角枕粲兮，锦衾烂兮"，是莫非绮罗香泽之言也。惟其言之称，圣人且有取，而又恶可尽洗也？夫诗至三百篇足矣，乃欲求多于圣人之经，不亦过乎？

彩闻之矣，禅学贵脱而不贵粘，贵空花而不贵素位。故自唐以来，佟有名公巨卿，可以赓雅歌颂者，乃逃于鬓丝禅榻，所言皆绮罗香泽。此如饰须眉以巾帼，傅脂粉之优伶，是则可尽洗其丑者也。乃于文人学士，则以为有口无心，于妇人女子，反欲其改头换面，是亦阴阳易位之一端也。顾今之评妇人诗者，不曰是分少陵一席，则曰是绝无脂粉气。洵如是，以偎红曳翠之姝而唱铁板大江东，此与翰音登天、牝鸡司晨何异？其为诞且怪孰甚？尚安得谓之诗哉、诗哉！

三春桃杏，红艳为妍，乃责桃杏曰：尔胡不为松柏之青苍？是不能也。言为心声，犹自写照。乃自写照而顾揣摩他人之面目，不亦可笑矣乎？故彩窃以为，诗者惟本乎性情，必思无邪，素其时位，求声成文，有兴观群怨之风，而不失乎温柔敦厚之旨，斯可矣。他则非彩所知也。

李菁《论沈彩的文学创作及其特点》一文认为,《与汪映辉夫人论诗书》与袁枚之"性灵说"有异曲同工之妙,但并没有具体论述如何"异曲同工"。乾隆后期到嘉庆初年也是袁枚广为结交女弟子的时期,但沈彩一生足迹不出平湖陆氏的家庭生活,与随园女弟子基本没有交集。与其强行比附她与当世著名文人的关联,不如从内在的创作心理分析沈彩自我表现的文学主张为何会与性灵说的内涵不谋而合。"性灵"二字历来就是中国古代文人习用的概念,尤其主张作品与作家性情的契合。刘若愚认为,"性情"是指一般意义上的人的个性,"性灵"则是指一个人天性中固有的一种特殊的艺术感受力,这种感受力应该是作家"本性"的一部分。① 自古以来的女性群体中美艳的妾侍多有,但却不是每一位都能写出自我表现的作品。沈彩正是基于文学思维的特殊艺术感受力,以自我为审美观照的对象,通过"以艳丽为本色"的词体,很好地刻画了自己年轻时期本然的面貌。在"本然"与"求真"的审美旨趣方面,她的文学主张的确是契合了中国自古就有的"性灵"理论内涵,但却未必是与袁枚有关。

然而,这种本然的文学表现如果仅仅是自我欣赏固然无可厚非,一旦要进入文学传播的场域,对清代的闺秀而言就可能意味着舆论的苛责和道德的负担。《春雨楼集》卷九有一首《鱼游春水》词,为沈彩与陆烜、彭玉嵌三人唱和之作,但彭氏的

---

① [美]刘若愚著,田守真、饶曙光译:《中国的文学理论》,四川人民出版社1987年版,第125—126页。

和作却不见于《铿尔集》,沈彩记录了《夫人欲删此稿叠韵》:

> 妾心井中水,那有闲情波浪起。休成儇健,却使犬也惊吠。青春一拂煦熏风,小桃娇杏皆衣被,卧榻之傍,容君鼾睡。
>
> 轲曰无违背夫子,此语渊源应有自。冀报相敬如宾,名垂青史。床笫之言不逾阈,应付祖龙灰飞字,鸿爪雪泥须留此。

正是基于这样的心理障碍,沈彩另一首《减字木兰花·春日》才会说:"洗妆初罢,闲坐海棠红影下。且展瑶函,兰吹咿唔读二南。无端触绪,杨柳如帷,莺对语。欲写春词,谑浪深防大妇知。"(《春雨楼集》卷九)删去未收的"床笫之言"或者未敢写出的"春词"自不待言,即便是编录入集的词作,也要藏而不传。彭玉嵌《铿尔集》自序云:"其(词)体本多绮语,非妇人所宜,又满意者少,故率不留稿。兹所存皆出于虹屏记忆收拾,既录成册,重违其意,因题之曰《铿尔》,俾藏之,勿以示人。"[1] 而对于沈彩诗词文章的编集流传,陆烜在《春雨楼集》序言中是这样解释的:"盖女人心思专一不分,加以勤敏,事半功倍矣。十年以来,文翰遂多。内言不出与阃,《礼》有明训,故外人未曾见片纸只字也。今已儿女綦行,良友过从,渐不可隐,微露一二,业已传曰下。"

---

[1] 〔清〕彭玉嵌:《铿尔词》上,《词学季刊》1934年第1卷第4期。

这种道德观念对文学传播的约束力除了借助于时间的推移来缓和,还可以用词体的文体特点来解释,从而豁免作者可能遭遇的责难。况周颐《蕙风词话》卷一以彭孙遹为例,评价词品与人品的辩证关系:"国朝彭羡门孙遹《延露词》吐属香艳,多涉闺檐。与夫人伉俪綦笃,生平无姬侍,词固不可概人也。"① 吴承学《中国古代文体学研究》对此进一步阐发道:"古人写作讲究体制,传统的词学观念以词为艳科,以婉约秾丽为宗。词人写作就要顺从词体的风格要求,在这'盛行的风格规律'的面前,词人们可能要采用与自己个性不完全一致的风格。"② 就文学写作而言,沈彩如果没有后来用意为文的蜕变,而是止步于以香奁为本色的绮艳诗词,那不过是对自己年轻时天然面貌的直接呈现,也没有超越词体习作顺从艳科传统的套路。就生命历程而言,时间流逝、朱颜不再也是古代妾侍都会面临的现实,桃杏为妍在春季可能是本真的状态,但时过境迁之后,个人才情与修养是否还有其他发展的可能性,那时又应当如何自我写照,才能做到本乎性情,素其时位,求声成文,这是沈彩继香奁体诗文写作之后继续思索的命题。

---

① 〔清〕况周颐撰,王幼安校订:《蕙风词话》,见《蕙风词话 人间词话》,人民文学出版社1960年版,第19—20页。
② 吴承学:《中国古代文体学研究》,人民出版社2011年版,第174—175页。

第二节 "力"的赋予：校书侍女及其书画题跋

康维娜《清代浙江闺秀文章研究》和李菁《论沈彩的文学创作及其特点》都将沈彩的书画题跋作为单独的一类体裁进行过专门的论述。不过，李文虽然后出，却并未参考康文，而是仅仅对《春雨楼集》中题跋的数量进行了统计，选择了几篇题材独特的跋文简单介绍。康文为沈彩题跋设立了专节，以具体篇目为例，详细呈现了沈彩涉笔的题材内容，评价其风格特色，认为是"既见出苏黄题跋之艺术化特色，又见出晚明小品之灵活与意韵"。此外，早在民国时期，王蕴章《然脂余韵》就曾对沈彩题跋有过引述和评价，引文出自沈彩的《晏公〈类要〉跋》："是岁闰五月，春事未阑，海棠、绣球、木笔、紫荆、蔷薇花尚繁盛。新妆初毕，御研绫夹衣，晏坐花南水北亭，啜镜溪新茗。"王蕴章评语称："书寥寥数语，似读六朝人小品。"① 相隔一个世纪的两位学者分别指出了沈彩题跋不同的文学渊源，但限于著述体例和思考的深度，两者都没有详细阐释六朝、宋代和晚明小品对沈彩究竟有怎样的影响，因此仍有必要在前人简单论断的基础上对沈彩的题跋文进行更为深入的细读和分析。

---

① 王蕴章：《然脂余韵》卷一，杜松柏主编：《清诗话访佚初编》（八），新文丰出版公司1987年版，第279页。

沈彩写作题跋的动因之一是她对书法的研习，这个修习的过程让她对个人的行动力有了全新的认识。在早年的香奁体写作中，她的自我认知是纤细而柔弱的。《春雨楼集》卷二《避暑》诗云："避暑北窗下，凉风吹幽襟。蕉竹夹深翠，仲夏如秋阴。残花犹未尽，寒蝉已先吟。芳兰供一缶，石上陈清琴。欲按山水调，纤爪力不任。但取横膝上，一寄飞仙心。"连弹拨琴弦都不能胜任的手指在初学书法的时候仍是力道不足的。《春雨楼集》卷十二《书自临右军〈乐毅论〉后》引用董玉虬词句云："一春腕弱时欹颤，学不成书圣丰标。"沈彩以之自况，不仅王羲之的书帖难以临摹，退而求其次，而且连王氏后学羊欣的字体也未能取法。其中卷三《学书》写道："象管轻轻蘸墨云，日寒书格彷羊欣。不成失手尖毫落，竟涴泥金蛱蝶裙。"从上述两篇诗文可见沈彩初学书法遇到的困难，她经过不断临帖之后，这种情况大为改观。《春雨楼集》卷六有诗《偶尔作书，主君忽自后掣其笔，不脱，因成一诗》云："簪花虽学卫夫人，指法曾窥王右军。莫道春纤无气力，爪痕入竹有三分。"方秀洁、董伯韬《从边缘到中心：媵妾们的文学志业》一文对此有阐释：手指原是闺情诗中常遭恋物崇拜的女性身体部位，以修长纤细为美，在这里却通过握笔被沈彩赋予了力量和着意有为的底蕴。经过专注投入、持之以恒的练习之后，沈彩曾将其的题跋往往有会心的颖悟，而她对腕力的驾驭正可以使了然于心的习得体验同时达之于手。《春雨楼集》卷十三《跋右军〈二谢帖〉真迹》称："余初学右军书，苦格格难入。得此帖，临写数过，乃觉恍然有会。自此临石刻诸帖，乃如既借右军腕，无不如志。真迹之可贵如此。他人皆有意作书，惟右军若无意作书。无意作书，而仍法度森严，所谓从心所欲而不逾矩，乃优入圣域也。余向持此论，今熟玩此帖，益信。"

如果说勤习书法培养了她的腕力和毅力，那么博览书画则锻炼了她的眼力。陆烜一生收藏名家书画甚多，曾著《宝迹录》存之，沈彩也一一经眼，后《宝迹录》原书不存，幸得沈彩曾将其转录至《春雨楼书画目》，后人才得以窥见其精华。周小英《女性画学著作的第一部书〈春雨楼书画目〉（上）》一文对此有详论，本文不再赘引，仅仅通过该书目录提要与书画题跋行文的参照来探讨后者的审美特质。《春雨楼书画目》记载的主要是平实的叙述，兼有一二考辨，跟《春雨楼集》中的题跋相比，后者蕴含了更多作者的情怀韵致。沈彩由研习书画进而评论作品与作家，书画境界对她的胸襟和笔触的影响又使得她的题跋超越了籍账式的记述，而带上独有的小品特色。如记述北宋燕文贵的《秋山萧寺图》：

入手一松，古藤缠之，已非北宋人不能当。萧寺处林木清疏，对之心旷神怡，有出尘想，仙笔也。此卷高江村先生极宝秘之，曾临伪迹装真跋以贻大员，故诸跋尽失。余以精楷据《消夏录》补书之，并近人诗、主人暨夫人诗及余题拙句三绝，合装成卷。

此卷被主人之侄陆作周借去，倩工精摹一本，几欲乱真，复以伪迹索余书跋，余不之应也。（《宋燕文贵秋山萧寺图卷黄素本》）①

乾隆丁酉九月廿三日，时花南水北亭新加涂墍，木叶凄然欲落。海上青山，微着霜色，如眉新扫。亭外一带芙蓉如画，亭边老瓦列佳种菊英二十余品，亭中对设长几，一置周施章父敦，秘色紫窑，供佛手柑、花木瓜各数个，灵璧石峭峰一座，一陈法书名画，共主君及夫人展观。及此卷，适鸦鬟送新橙蒸梨至，乃相与徘徊叹赏，几疑身不在人世。主君因谓吾辈："野人本宜耕织，好乐不可荒。"遂出视人疾苦，夫人为儿辈补衣。余归房，将叠絮御寒。虽然，贫而乐，主君有焉；俭而勤，夫人以之。载笔记言，维吾之责。聊记于此，以附永永。（《记燕文贵秋山萧寺卷后》）

前者为《书画目》叙录，照例是陈述画作内容并作简评，再考其流传递藏事迹以及自家收藏始末，等等。后者为文集题跋，全不涉及画家画作，却是以赏画人的情境为记，当时布局陈设、人物举止，俨然又是一幅"秋斋清乐图"，燕文贵

---

① 胡晓明、彭国忠主编：《江南女性别集》三编上册，黄山书社 2012 年版，第 128 页。

《秋山萧寺图》悬挂其中，倒成了画中画、景中景，内外相映，已不辨究竟是人在画中，还是画在眼前。

陆烜奇晋斋所藏画作以山水居多，也最得陆烜赏识，而工笔花鸟之类则次之。沈彩《宋徽宗画花篮十六只卷》记载："（其图）运思奇巧，设色鲜丽，惊心夺目。梅谷主人曰：'毋或作为奇技淫巧，以荡上心，况自作之乎？'"① 又《明吕纪红蓼翠禽小直幅》云："缀以芙蓉拳石，虽鲜丽而古艳照人，下视近日恽寿平花鸟笔力纤弱、傅色浅薄者，仅堪悦儿女子目，不足为鉴家清赏也。"② 女性画家大量进入史载是在晚明清初之际，这与女性画家作品和鉴赏眼光向文人画的艺术标准靠拢有关，以董其昌为代表的文人画论主张士人之画当与画师之画有别，应追求古淡天然的意境，如前朝米芾、倪瓒等人即是榜样。③ 沈彩饱览王维、李成、范宽、巨然、郭熙、马远、黄公望、王蒙、倪瓒、沈周、唐寅等人笔下的山水胜境，故而说花鸟画仅堪悦儿女子目，可见她对文人画风的赏会。她曾经作《跋米南宫云山图卷》，跋尾追述道：

> 余记儿时常往来于故乡浮玉碧浪湖间，见云树葱茜，人家依水，卞山道场、砻山一带，如鬟如眉，若

---

① 《江南女性别集》三编上册，第133—134页。
② 《江南女性别集》三编上册，第150页。
③ 曹清：《窈窕之杰：晚明清初的女性文化景象》，《温·婉——中国古代女性文物大展》，第272页。

灭若没,杳霭苍茫,俱入图绘。披此卷,旧游如梦。

思绪在实景与画境之间无碍穿行,是沈彩小品文想象的妙处,也正应了她所说的:"余尝抱浏览天下之志,乃枯坐一楼,如缩颈龟,非借此名品,何由消释?"(《明唐寅山静日长图册》)① 由此可见,游艺中神会古人的观览世界,对沈彩而言,自是一种远目骋怀、遥寄神思的逸兴所在。

南朝宗炳《画山水序》有云:"今张绢素以远暎,则昆、阆之形可围于方寸之内。竖划三寸,当千仞之高;横墨数尺,体百里之迥。是以观画图者,徒患类之不巧,不以制小而累其似,此自然之势,如是则嵩华之秀、玄牝之灵皆可得之于一图矣。夫以应目会心为理者,类之成巧,则目亦同应,心亦俱会。应会感神,神超理得。虽复虚求幽岩,何以加焉?又神本亡端,栖形感类,理入影迹。诚能妙写,亦诚尽矣。于是闲居理气,拂觞鸣琴,披图幽对,坐究四荒,不违天励之藂,独应无人之野。峰岫嶤嶷,云林森眇。圣贤暎于绝代,万趣融其神思。余复何为哉,畅神而已。神之所畅,孰有先焉?"② 沈彩题跋小品文所蕴含的六朝意趣正在于她对六朝人自然观的认同,以及对以自然为题材的艺术作品的心领神会。她在书法方面力推二王,尤其重视二王笔意背后的散朗风神,而二王的时

---

① 《江南女性别集》三编上册,第152页。
② 〔清〕严可均辑:《全上古三代秦汉三国六朝文》第四册,上海古籍出版社2009年版,第415页。

代正是山水自然进入文人审美视野并参与构筑文人精神世界的时代。小尾郊一指出："这种对于山水的关心,并非是从此时才开始的。孔子的'智者乐水,仁者乐山'(《论语·雍也》)一语,过去也是被抽象地认识的;但是,只是到了'兰亭'时代,此语才被具体地认识,而非抽象地认识。正是在这个时代,山水才成了和自己切身相关的东西。人们开始具体地把山水看作是'散怀'的场所。"①

孙绰《三日兰亭诗序》写到自然对人心的疗愈作用:"借山水以化其郁结,永一日之足,当百年之溢。"② 对此,陆烜也持相同的观点。《梅谷十种》收录了他的《吴兴游草》,其中记载:"乾隆己丑(1769)三月,余以家人病累,长女病没,幽忧不得志,咯血数口。乃思非佳山水不足以洗涤肠胃,开漱郁结,遂放舟为苕、霅游。"③ 苕水出浙江天目山,霅上即湖州。此间佳山胜水历来文士多有涉足题咏,陆烜徜徉其间,以隐逸自居,疏放而自得。沈彩常伴陆烜身边,深受其眼界、思想的熏陶。游苕、霅之后三年,陆家新制画舫,黉夜作东溪之游,沈彩作《东溪泛舟记》一篇:

壬辰七月,吾家新置书画舫成,制虽朴小,而有

---

① [日]小尾郊一著,邵毅平译:《中国文学中所表现的自然与自然观:以魏晋南北朝文学为中心》,上海古籍出版社2014年版,第100页。
② 《全上古三代秦汉三国六朝文》第三册,第384页。
③ [清]陆烜:《记游苕霅之间》,《吴兴游草》,《梅谷十种》本。

窗槛棂格,仍设渔钓之具。是夜,月明如昼,主君谓余曰:"子好游乎?吾语子游,游不必名山大川也,惟取适兴而已。只此东溪,可沿可泛,可吟可眺,盍往游乎?"余曰:"诺。"乃命农叟棹舟,属鸦鬟备茶茗膏烛,遂登舟。于时已立秋,天气清肃,白露下瀼瀼,寿星若环若璧,已宿鹑首之次。两岸荻花萧然,栖鸟不惊,微波不动,白云鳞鳞,皆贴水底。主君曰:"苏子赤壁之游,客有吹洞箫者。"言未已,笛声隐隐,遥出林端。时见人家灯火从篱隙射出,熠熠有光。或有起者,见余舟洞窗燃烛,皆错愕审顾。乃命插篙中流,烹茗进泉,尽数器,夜已深乃返。顾余足履六尺地,从未尝游,游止此,然而已饫清兴。苟不得清兴,虽足迹遍天下,以为未始游可也。遂记之。

此文名为游记,行文则如同沈彩的题画记,康维娜评价沈彩所描摹的情景"犹如一幅清新逸远的水墨山水",实则文章的表达效果已经超越了绘画。陆烜《陇头呓语》有云:"诗语可入画,妙矣!写难状之景,画所不能到,乃为神句。"星野月色、画舫渔火、荻花栖鸟都可以在静态的绘画中呈现,但林端的笛声和画中人的清兴、旁观者的错愕却是要靠文字激发想象来赏会的。

修习书画自然讲究文房器物的选择,不同的墨质、纸张、笔毫、砚石所带来的书写触感和落笔效果不尽相同。沈彩对此非常善于甄别,尤其是对纸品,她在题跋中对于各种纸张的书写体验都有记录:

> 唐人作字多用硬黄,谓以檗染纸也,此谓熟纸。韩退之以生纸录文为不敏,谓生纸则不久必遭蟫虫,浪费笔墨,书写无用,为不敏也。盖古人为传世行远计如此。若余书,岂敢望传,特熟纸颇不渗墨,今时无白唾佳纸,惟用此差强人意耳。(《自题硬黄纸上书》)

> 日本人湛如以此纸索书。纸有浪纹针眼,云彼中取海苔所造,揭开隐隐有香,作玫瑰气,恐即古蜜香苔纸也。书去后,纸有余剩,乃自书小词数阕,花木瓜作供,风和日美,意兴遒上,飘飘欲仙。(《跋倭纸上书词》)

> 余作《楮先生传》旧矣,兹梅谷主人从邵氏慎余斋头携归虫窠纸,乃其家质库米谷栈,历年既久,蛋网粘屋壁所成,颇光滑坚纫,绝似佳纸。余却取书此传,为艺林中更添楮先生一段佳话。(《跋虫窠纸上书》)

> 唐人记红叶题诗事不一,红叶岂堪作书,徒以为美听耳。若传怀素以蕉叶学书,蕉叶信可书,甚得笔趣,特不堪付装池,为可惜也。余乃取书册压干,暇

日戏书此，此或可稍垂久远矣。(《跋干蕉叶上书》)

　　新竹既长，精液内干，因成衣。人悟其理，因捣竹壶碎，煮其精液，为竹纸也。此为巨竹衣，乃天成竹纸，光滑如珠玑。余取以书吴筠《竹赋》。(《跋竹衣上书》)

这种甄别物事的过程带给沈彩的是一种经验式的认知方式，与前文所论揣摩前人书法笔意与绘画意境的思维方式有所不同，经验式的认知方式所导向的是客观知识的积累。这个认知过程会不断地刺激沈彩的求知欲，同时也不断拓展她的知识视阈。其《简说》一篇也是对造物的观摩讲解，文末的一段议论发人深省：

　　亦有变商、变羽、变角，为仕、伬、仜，则皆为急微噍杀。古乐不用，故不言也。而十二律必备者，旋相为宫，变者有时而复为正也，此其道，今贱乐工皆知之。凡造琵琶埀阮者皆知之，而儒者不知。以儒者空言其道，而不习其法，乐工造器者，守其法而不能明其道。两不相值，故万古如长夜也。

道、法两进的艺术理想尤可见出沈彩糅合绘画、音乐、诗文于一体的审美观念。在她的观念里这些游艺的门类有着相似的审美旨趣，皆可以寄寓作者的情怀思想。而求知欲又为她带来了长久的内在驱动力以及自得、自信与自足的归属感。《春雨楼集》卷六《答邻姝》诗称："长啸月当窗，微吟日卓午。邻姝谓余曰，读书徒自苦。多谢邻姝言，余心终慕古。譬如蜂酿蜜，性命藉为主。千函敌百城，万事轻一羽。但愿长如此，来生仍女姥。"至此，阅读和写作已经成为沈彩寄托人生价值的追求，早年自我呈现的香奁习气也随着年岁的增长渐渐淡去，取而代之的是更为理性的智识修养和日益深化的艺术造诣。

第三节　以文为戏：俳谐文对闺阁游艺的升华

除了习书观画之外，沈彩在《春雨楼集》中记述的闺阁日常还有刺绣、歌舞、奏乐、弈棋、品茶、插花等，这些题材也常见于古代女性诗词，但沈彩在诗词之外又以俳谐文的笔触来表达、传递对这类事物的情感，在女性文坛可谓是独树一帜。《春雨楼集》卷十一收录了《花九锡文》《燕巢落成贺表》《楮先生传》和《刻花样本启》等几篇杂文，再加上卷一的《骂赋》，构成了沈彩创作的俳谐文系列。如果按照中国古代俳谐文的类型划分，《花九锡文》《燕巢落成贺表》《刻花样本启》属于拟体俳谐文，《楮先生传》属于假传体俳谐文，《骂赋》则属于以赋体为主的诙谐文章。① 在上文所引当代学

---

① 关于俳谐文的分类，参见陈允吉：《论敦煌写本〈王道祭杨筠文〉为一拟体俳谐文》，《复旦学报（社会科学版）》2006 年第 4 期。

者有关沈彩文章的研究中,俳谐文尚未有人关注,只有民国时期的罗振常曾有评价:"(沈)文多游戏小品,而用笔犀利,词亦解用意,语复清新,与寻常闺秀纤弱肤浅之作不同。"① 其实,沈彩的俳谐文不仅与其他闺秀描写闺阁游艺的特色不同,而且如果将其置于整个古代俳谐文的序列中,更可以见出女性的生活感受与审美旨趣在书写方式上对这个传统体裁的独特贡献。因此,这几篇游戏文章不能等闲视之,而应该在闲赏幽默的审美愉悦之外,以细致审慎的态度深入探讨。

上述俳谐文中艺术成就最高的是《花九锡文》。刘湘兰《中国古代散文文体概论》对九锡文的正体有过总结,就其作为公文的实用场合而言,一般是帝王对功臣颁赐特殊恩典时所用。《韩诗外传》卷八云:"诸侯之有德,天子锡之。一锡车马,再锡衣服,三锡虎贲,四锡乐器,五锡纳陛,六锡朱户,七锡弓矢,八锡铁钺,九锡秬鬯。""九锡"是古代天子赐给诸侯或大臣的九种器物,以奖赏其功高德厚,是一种至高无上的礼遇,而且这九种器物的颁赐皆是天子制度,唯有帝王才有权力使用。九锡文就是伴随颁赐的仪典下行的文书,其内容主要是颂扬勋臣功绩,写法极尽铺张之能事,文风典雅宏肆。但历史上九锡文的应用却多见于权臣逼迫皇帝退位,比如王莽篡汉之际先要求天子加"九锡"礼,对于帝王而言,九锡文中的功德颂扬便成了言不由衷之辞。到刘宋时期,出现了

---

① 罗振常:《〈春雨楼稿〉序》,〔清〕沈彩:《春雨楼稿》,民国十三年(1924)影印手稿本,第1页。

九锡文的俳谐变体，如袁淑的《鸡九锡文》《驴山公九锡文》《大兰王九锡文》《常山王九锡文》，仿照九锡文的行文规范对鸡、驴、猪等动物进行歌功颂德，从而讽刺九锡制度的失实，这类戏仿的九锡文也成了古代俳谐文的代表类型。① 唐代罗虬的《花九锡》问世是九锡文在题材和书写风格上的又一次转折，其原文如下：

> 重顶幄（障风），金错刀（剪折），甘泉（浸），玉缸（贮），雕文台座（安置），画图（写），艳曲（翻），美醑（赏），新诗（咏）。②

这是唐人以牡丹为例的插花理想和品赏原则。贮花用白瓷大缸，衬以有纹饰的底座，剪裁花枝的刀具也镶嵌金饰，养花的水要用清冽的泉水，布置花瓶要有挡风的帷幕或者屏障，四周陈列绘画与插花相映。赏花之人应吟诗或咏歌，而且词句以新作为宜，当此之际，再以美酒相佐，尽极人事，纵赏天香，浑然忘我，与物逍遥。虽然同样是戏仿文体，但没有扭曲正体带来的讽刺效应，反而是对花的由衷爱护让九锡文寓庄于谐，重回"典雅逸群"的风格。

唐宋以后，插花成为文人雅士案头清供的一个类别，罗虬

---

① 刘湘兰：《中国古代散文文体概论》，中山大学博士后出站报告，2007年。
② 〔唐〕罗虬等编著，付振华、程杰译注：《花九锡·花九品·花中三十客》，湖北科技出版社2022年版，第10页。

的《花九锡》也屡屡被抄引,至清代仍相沿不绝。比沈彩生活的时代稍晚的项鸿祚有《姬人写罗虬〈花九锡〉索诗》:

> 江南四月景初溽,宿酒扶头睡不足。阿娇新试衍波笺,纨扇生衣明似玉。爱写罗生九锡文,含情笑问花荣辱。我闻好花如美人,万紫千红竞妆束。东皇一顾春风香,坐费黄金疑种粟。微云澹日争宠光,细雨轻烟赐熏浴。晓露分颁碧玉卮,晚风催撤金莲烛。亭北传呼学士来,殿头教就梨园曲。一家秦虢斗豪华,矾弟梅兄并甄录。画槛平铺宰相堤,锦幡高建将军纛。承恩私喜椒兰亲,失意终嫌桃李俗。尽道当年锡予隆,谁知转盼春归促。于今无复听莺啼,且向山中醉醽醁。花枝荣落会有期,未必男儿长踯躅。请为郎君舞《柘枝》,桐阴一院斜阳绿。①

由此可见抄录罗虬的《花九锡》可能是清代女性闺阁游艺的乐趣所在,而"九锡"所指涉的插花布展过程也成为诗文延伸创作的题材。沈彩撰文正是基于清代闺阁中的这一乐事,她在抄录原文之后意犹未尽,自述称:"余性爱花,几于成癖,因仿彼意,复缀斯文。"相对于原文仅仅排列"九锡"的名目,沈彩的长文踵事增华,在各名目下旁征博引,详细演

---

① 〔清〕项鸿祚著,曹明升点校:《项莲生集》,浙江古籍出版社 2018 年版,第 7—8 页。

绎了插花的诸多细节：

> 盖闻九畹名花，知是幽人之友，孤山蒨树，称为处士之妻。潘岳为官，解种河阳一县；石崇致仕，爱栽金谷满园。试剪轻绡，共道隋宫尽人巧；频催羯鼓，争夸唐苑作天工。既试更番，宜加九锡。
>
> 惜春御史，专掌重帷；散骑侍郎，独施步障。愿花同心不妒，连理无伤。飞燕台边，不畏夭斜少女；移春槛外，何来跋扈将军！是用锡花重顶帷一围。
>
> 吴刚斫桂，玉斧双持；方朔偷桃，金刀三试。愿花拖青曳紫，晕碧裁红。细柳章台，应折他人之手；芳兰幽谷，合锄当日之门。是用锡花金剪刀一把。
>
> 陆羽品泉，谷帘第一；伯刍较水，扬子无双。愿花泽及同根，滋承累叶。普门杨柳，点滴无非玉液；异哉蔷薇，浸润即是琼浆。是用锡花甘泉一勺。
>
> 累年兰蕙，养以黄瓷；九节菖蒲，生于白石。愿花亭亭独立，灼灼齐开。笑彼粗豪，索银瓶而不逮；论其窈窕，贮金屋以何惭。是用锡花玉缸一只。
>
> 案名青玉，赠自佳人；几号乌皮，制缘良匠。愿花相安无事，位置得宜。隐几萧条，岂贪眠之南郭；登台寂寞，类说法之生公。是用锡花雕文台座。
>
> 徐熙妙手，雅擅落梅；宗测名家，尤工野草。愿花两美必合，二难是并。此日卧游，如入少文之室；

他年装载，还登米芾之船。是用锡花画图一幅。

沉香亭上，调进《清平》；结绮楼中，曲翻《玉树》。愿花枝枝对舞，叶叶交加。九十无多，君莫唱《春光好》；一双可爱，我欲填《蝶恋花》。是用锡花翻曲一章。

东篱把盏，载送白衣；北海开樽，允宜红友。愿花洗妆有自，解秽无难。鹂鸟声中，何地不逢醉客；杏花村外，牧童遥指酒家。是用锡花美醑三升。

谢氏池塘，爱赓春草；陶家篱落，时咏黄花。愿花梦开江管，韵艳涛笺。我见犹怜，宁止葡萄之句；伊其相谑，非惟芍药之吟。是用锡花新诗一首。

别有九子金铃，五丝彩胜。美人头上，亦有兰钗；才子腰间，岂无荷带！伏愿状元归去，马蹄踏十里红花；驿使相逢，陇首寄一枝春色。绿肥红瘦，休嗟杜牧之诗；冷蕊疏枝，莫待后妃之诏。式簪花之妙格，钦粲花之灵心。尔其益珍重，毋忽！

自罗虬撰《花九锡》以来，经过宋、明两朝，插花艺术已经有了长足的进步，花材的选择范围、养护技巧和赏鉴旨趣都有极大的拓展。尤其到了明代，经过高濂、屠隆、袁宏道、文震亨、屠本畯、程羽文、夏旦等人的书写，花事成为闲赏文学的重要题材，明人的品味也极大影响了后世。黄永川的《中国插花史》一书梳理了历代叙写插花艺术的专著，他认为专著较之宋代的鼎盛和明代的复兴而言，清代是插花衰微的时代。该书所列的清代花学著作主要是清初李渔《闲情偶记》、张潮《幽梦影》以及清中叶沈复《浮生六记》中的《闲情记趣》等。① 如果考虑到清代花事可能交由闺阁女性打理，那么从女性的著述中或可进一步发现清人在花学方面的造诣。沈彩这篇《花九锡文》算是清中叶士族家庭闺阁花事的文学写照，行文充分运用了骈体文用典的修辞手法，其中丰富的语典和事典不仅表现了沈彩对插花的品评标准，还提高了九锡文作为俳谐文的格调。

　　李金松《用典与骈文的文本形态》一文指出，骈文对以前文本的剪裁镶嵌组合是骈文文本生成的主要方式。骈文文本的意义系统很大程度上是通过这些被剪裁的典故互文而建构起来的。②《花九锡文》用典的互文关系首先体现在相邻的语句之间，其次还贯穿在"九锡"各个要件的呼应关系中。如"陆羽品泉，谷帘第一；伯刍较水，扬子无双"这组偶对句，都是借用唐人烹茶对水的品鉴来表达对养花取水的讲究。而"频催羯鼓，争夸唐苑作天工"和"九十无多，君莫唱《春光好》"则同为唐玄宗击鼓花发的故事，典出唐人南卓《羯鼓录》："（明皇）尤爱羯鼓玉笛，常云八音之领袖，诸乐不可为此。尝遇二月初，诘旦巾栉方毕，时当宿雨初晴，景色明丽，小殿内庭，柳杏将吐，睹而叹曰：'对此景物，岂得不

---

① 黄永川：《中国插花史》，西泠印社2017年版，第254—269页。
② 李金松：《用典与骈文的文本形态》，《文艺理论研究》2023年第2期。

为他判断之乎!'左右相目,将命备酒,独高力士遣取羯鼓。上旋命之临轩纵击一曲,曲名《春光好》,神思自得。及顾柳杏,皆已发拆,上指而笑谓嫔御曰:'此一事不唤我作天工,可乎?'嫔御侍官,皆呼万岁。"① 这则典故也是词牌《春光好》的来历,不过沈彩此处不是对原典意义的顺承,而是折向了相反的意思。《羯鼓录》原文意在赞叹玄宗的乐令与自然的节令高度一致,《花九锡文》用"九十无多"一语表明时光有限,设若鲜花应季而开,自然会应季而谢,而折枝供养的目的就是要延续花期,突破时令的限制,因此"花九锡"中的乐曲翻新就不宜用《春光好》这一曲词了。

此外,《花九锡文》还有多处关于隐者、高士和方外的典故,如孤山林逋、东篱陶潜,以及不愿仕进的画家徐熙、宗测,还有普门观音大士、莲社道生法师等。这一系列人物及其相关的文学想象隐喻着沈彩对花艺品格的期许,与其他典故之间构成了对照的张力。移春槛外跋扈将军是指杨国忠移花入木笼随行,此句愿花勿为强令权势所夺;绿肥红瘦,结子成荫,是花木的自然规律,此句愿花勿以光阴流逝自伤;"同心不妒,连理无伤"是愿兰蕙同春,勿与侪辈相争。如果插花人能够恪守此道,才是真正识得花之荣辱,让芳华短暂的瓶插能够如同徐熙、宗测笔下所绘,又或者如林逋之梅、陶潜之菊,因为文士的青睐而在游艺的境界中获得永久的生命。《花

---

① 〔唐〕南卓等撰:《羯鼓录 乐府杂录 碧鸡漫志》,古典文学出版社1957年版,第3—4页。

九锡文》的结尾,沈彩作为执事者,以一己"粲花之灵心"标格了花事典雅隽妙的意韵。正如李金松所论:"典故在骈文文本中是以其他文本片段的形式存在的,被吸收、整合到骈文文本中的其他文本片段,不是随意拼凑的,而是经过了骈文创构者深思熟虑的遴选。骈文创构者对这些其他文本片段的遴选,无疑是由其个人的文学记忆决定的。这种文学记忆,就是骈文创构者对文学史上出现过且自己阅读过的文学作品不断地进行回忆,并将回忆到的一些文本片段组织到新的骈文文本中。"① 从形式上看,《花九锡文》典故的密集显示了沈彩丰富的文学记忆,这背后是她受教启蒙以来多年积学的功底凸显,也暗合了清代骈文复兴以来博洽的特色。从内涵方面分析,清代以前的花学著作已经有以花拟人的书写方式,不过大多是以美人作比,通过美人的丰姿神韵来刻画花木的枯荣哀乐,美人与花俱是被观照的客体。沈彩身为女性,在追求花事品味的同时也以花自喻,所以纷繁的典故最终都指向一种雅化的人格追求,既是插花原则的风雅,也是花事修辞的隽秀,更是赏花人自我定位的高雅。至此,九锡文也从六朝俳谐文的反讽戏谑意味中转型,不再以故作严整的姿态写作名不副实的内容,而是化俗为雅,将闺阁游艺的琐事嵌入悠久的文学书写传统中,从而升华了日常生活的境界。

《燕巢落成贺表》是对公文体中的贺表的戏拟:

---

① 李金松:《用典与骈文的文本形态》,《文艺理论研究》2023年第2期。

伏以下者为巢，上古犹多野处；四郊多垒，仙人乃好楼居。读"垣墉涂暨"之章，美哉非旧；诵"鸟革翚飞"之什，焕矣维新。庆溢门楣，欢腾里巷。窃惟金天都曲阜，赤凤纪官；王母降瑶池，青鸾传信。杜鹃归去，谁怜蜀道之难；振鹭来游，应识周京之盛。催耕布谷，将有事于西畴；戴胜提壶，岂无情于南陌。画眉窗下，已成卷席之场；孔雀屏边，不乏立锥之地。抚阴阴之乔木，尚待莺迁；瞻寂寂之低檐，曷胜雀跃。然而翡翠藏身，无须三窟；鹡鸰托足，不过一枝。滩头啄木，究何补于栖迟；泽畔衔芦，只虚传其避弋。思上梁兮何有，鹊也徒劳；欲构木而未能，鸠乎偏拙。不期凤阁，别有鹪居。盖自祥发商家，宠专汉室。昭阳殿里，粉黛无双；王谢堂前，衣冠第一。颤向佳人头上，舞乱东风；投来阿母怀中，挺生丹桂。已栖庭树，还望屋梁。穿帘而紫领斜冲，带雨而乌衣摇曳。去来有定，独识春秋；作息无时，还避戊己。千言絮絮，啄残三径香泥；双尾涎涎，掠绉一池碧水。手拮据，口卒瘏，莫惜劬劳；羽差池，音上下，不辞况瘁。高堂重造，不与人争；大厦已成，惟堪自贺。

某也栖无金屋，兴托玉台。久负雄飞，消受十年萤案；剧怜雌伏，空思万里鹏程。睹此规模，忽念肯堂肯构；仰兹华丽，深惭宜室宜家。伏愿茅茨常贞，土阶永固。城门失火，殃不及于处堂；楚国亡猿，祸莫延于巢幕。红稀芍药，行瞻老燕双栖；绿暗芭蕉，伫听新雏争乳。将见狸奴不至，如游宝墨殿中；鹜鸟何来，疑在飞云轩里矣。

贺表是表笺类文体中的一种，孙梅《四六丛话》卷十《序表》阐述表文写作的态度和要求称："夫人臣沥悃闻天，积诚寤主。进伏蒲以敷奏，退削稿以陈词。质而无华，不免周勃之木强；文而失实，是犹舍人之俳词。诚荣辱之枢机，从违所倚伏，封囊摺笏，罔勿兢兢。必且熟精经子，导礼教之深源；流览史书，究古今之大体。"① 唐宋以后表笺文一般用四六体，贺表也不例外，表笺文除了本身具有的恭谨庄肃外，还因用于重大节日或喜庆事宜而具有浓厚的礼节性意味。与正体相比，《燕巢落成贺表》布达的对象完全没有政治上的权威性，不构成对作者荣辱的关联，因此便不存在作为上行公文的拘谨，取而代之的是旁观的闲趣。春燕檐下筑巢是自然界再平常不过的现象，在普通人看来也许只是一瞥而过的季候风物。沈彩性灵独具，不仅仰望凝视，还竭力铺陈，赞颂讴歌这一弱小生灵的壮举。就其虔诚敬重的写作态度而言，与正体相当。而且，从文中用典来看，沈彩很显然谙熟前朝有关燕子的假传体俳谐文《乌衣传》。这类文章又可归入志怪传奇小说类，其中的人物为燕子化身，居处殿阁，交接人事，如同实

---

① 王水照：《历代文话》第五册，复旦大学出版社2007年版，第4446页。

有，只在人物穿戴的皂服、乌冠和使用的器皿俱黑等行藏特色中才显露其燕子的本色。贺表的公文正体本来要求导礼教之源，究古今大体，而俳谐文却援引了子虚乌有的小说家言，这样的错位带来的落差造成了戏谑的效果。但如同《花九锡文》一样，沈彩对于插花、燕巢这样卑微的物事均心怀悦纳的态度，因此她的笔触谑而不虐，鲜有讽刺意味，相反还有与物相亲，求其性之所近的乐趣。《燕巢落成贺表》结尾睹物思人，由燕子安居推及自身的安适，祈愿岁月静好，子孙永保，这正是大自然的生命律动带给会心者的激励和启迪。

《刻花样本启》从内容来看，所关涉的文体不是奏议类的表启公文，而是书牍类的日常应用文体，即亲朋故旧之间平行往来的书信。不过，同样是书信，《刻花样本启》与《春雨楼集》卷十收录的《与汪映辉夫人论诗书》在体例上却并不相同。书是散体，而启则是骈体。据明人俞安期所编的启体文总集《启隽类函》的分类，《刻花样本启》也不同于士人在官场交际中大量运用的贺启和谢启，从写作目的和应用场合来看更类似于民间的募缘疏一类。徐师曾《文体明辨序说》揭示："按募缘疏者，广求众力之词也。桥梁、祠庙、寺观、经像与夫释老衣食器用之类，凡非一力所能独成者，必撰疏以募之。词用俪语，盖时俗所尚。"[①] 清人张谦宜《茧斋论文》也说："募化资助亦用疏，骈散由人，除佛、道二家不可涉笔外，如赈饥恤友、孤儿襄事及刻遗书、复古迹，皆可为之，但勿涉祈

---

① 《历代文话》第二册，第2143页。

福,待报等情耳。"① 沈彩此启是写给闺中同道,意在集资刊刻刺绣的花样:

> 盖闻上古结绳,鸟迹作于苍颉;前王削竹,麦光造自蔡伦。稽字纸之托始,不其难乎;维敬惜之相沿,由来旧矣。但路人不察,每蹂躏于车马之间;而童女无知,尤纵横于刀尺之下。甚至香奁丽句,用糊纸窗;长吉文章,漫投溷厕。所以华亭王氏欲为花样之镌,易彼针线之帖也。将见金闺彤管,尽解白描;绣枕文鸳,不愁蓝本。合之双美,咸得所欢。为语诸公,共襄此事。各怀鲍叔之资,宁贵洛阳之价。由一乡以及一国,务须惜墨如金;自终日以迄终身,毋令斯文扫地。书成蝌蚪,不负雨粟之天;字挟风霜,必艳开花之管。余施彩笔,敢任描龙;君破青钱,勿成画饼。是启。

这次刊刻的主事者为华亭王氏,而沈彩的作用在于凭借自己的画功描摹刻花样本上版,并代笔起草了这篇捐款倡议书。古代女性按既定的图样来学习刺绣本是由来已久的传统,但进入文章书写却并不多见,尤其是用骈体行文的方式郑重地呈现。戴路《礼仪话语建构:南宋荐举制度与谢启的文体功能》

---

① 《历代文话》第四册,第3896页。

一文指出，明人俞安期编《启隽类函》将"汉魏晋以下"之启归为古体，"唐宋以下至我明"归为近体，即注意到了启的这种古今演变。值得注意的是，新变中仍有传承，近体启在士人交往酬答中发挥的礼仪性功能，正是保留了古体启的那种以臣事君的谦恭和庄重。①尽管募缘疏使用的场合较之官场致礼更为民间化，但撰文者对应募者的恭敬和对所募事项的庄重态度是相似的。《刻花样本启》令众人共襄其事，共享其利，为古代女性习以为常的女工技艺赋予了传世的意义，将女性刺绣时剪贴的花样汇编成册，借助于敬惜字纸的文化心理，使其不至于随用随弃，一编在手可以终身沿用。而且，书籍可以流通四方，在销售盈利的同时，也使得不同区域之间的花样可以参考对照，有助于刺绣者彼此切磋，提高技艺。《刻花样本启》结尾"君破青钱，勿成画饼"本有责成的目的，但"青钱"与"画饼"的意象对照显得滑稽有趣，顿时削减了敦促的强迫意味，让人在莞尔一笑之际乐于从命。

《楮先生传》是典型的假传体俳谐文，此文体首创源自韩愈的《毛颖传》，后成为相沿不绝的固定体例。侯体健《复调的戏谑：〈文房四友除授集〉的形式创造与文学史意义》一文认为："假传与拟公文体俳谐文不同，拟体仅将事物拟人化，然后予以奏表封赐或弹劾缴驳，呈现的是拟人对象的官场片断，而假传则沿袭了史传特点，书写的是对象的重要人生轨

---

① 戴路：《礼仪话语建构：南宋荐举制度与谢启的文体功能》，《四川大学学报（哲学社会科学版）》2020 年第 1 期。

迹，从字号籍贯、家族世系一直到官职升降、立朝大节，件件入文，写作也多依史传格式。在《毛颖传》中，韩愈充分利用了前人描摹毛笔的典故，再加以自己的想象，采取拟人、隐语、双关、夸张等修辞手法，虚构了中山人毛颖的传奇一生。他的思路展开，乃是按照毛笔制笔的过程，由兔子被获，再取毛、束毛、毛笔制成使用直到被弃用为线索。韩愈撰写此文时，除了驱使了许多典故，如兔名明视出《礼记》，韩卢逐兔出《战国策》，蒙恬制笔出《博物志》等等，更多的是创造了许多新情节，将典故通过截取、剪裁、变形等手段，融入到史传新思路中去。"① 沈彩的笔触中规中矩，基本没有超越这样的书写传统：

> 楮先生，会稽人也。其先世始于汉和帝时，号蔡侯。其族不一，有若麻，若网，若榖之属。及顺帝即位，相传有薛稷者，博采天下材士，因而辟草莱，披②荆棘，几遍名山大川。一日游会稽，遇先生于岩谷中，相与歌伐木之章，讲剥肤之义。爰命后车载之而还，献于长杨宫。帝见之，使居诸池。越数月，复聚其族而造就之，后遂斐然成章。先生为人，洁清自好，不染一尘，殆如美玉，有瑜无瑕，所称坦白方正

---

① 侯体健：《复调的戏谑：〈文房四友除授集〉的形式创造与文学史意义》，《学术月刊》2018年第2期。
② 编者按，此处原稿为"坡"，疑有误。作者据文意，而改为"披"。

者，非欤？然而居世最和，近朱者赤，近墨者黑。又善随人意，虽至废弃而为瓮牖绳枢之子，亦所不惜。其交甚广，所莫逆者惟中山毛颖、绛人陈玄、弘农陶泓。凡游艺苑，出处必偕，超然各出所见，时人因目为四绝云。古来书家画工，皆赖先生生色。甚至布在方策者，还求备于先生一人。以故文人学士莫不珍重而爱惜之，不得以轻薄少之也。维时左太冲作赋，声价贵于洛阳，而先生亦自如。帝因嘉其清白，遂封为白州刺史，领万字军略道中郎将。其后子孙，实繁有徒。至唐时，出薛涛之门下者，其小宗也。惟居会稽者，能以清白传家。迄今数千载下，犹传述不衰。余也晨夕与先生游，遇忘形得意时，辄将姓氏亲书于先生之体，先生亦不以为嫌。呜呼！械朴作人邈矣，不遇先生，乌能声称于后世哉！是为传。

如果对比上一节所引沈彩有关纸张的题跋《自题硬黄纸上书》《跋倭纸上书词》《跋虫窠纸上书》《跋干蕉叶上书》《跋竹衣上书》等，可以看到同样的题材在不同文体形式下创作思维的差异，而这种差异分别代表了沈彩精神世界的不同面向。题跋大都缘题而作，其内容视所题的对象而定，尽管沈彩的画跋有延伸至写景抒情的部分，但上述纸张题跋基本据实考证，既是平易质朴的学术写作，也是诉诸客观的知识积累。如《跋干蕉叶上书》所述："唐人记红叶题诗事不一，红叶岂堪作书，徒以为美听耳。"可见，沈彩将文学虚构与实物属性区分得非常清楚。因此，《楮先生传》的写作纯属兴趣使然，是沈彩在学问之外的性情流露，其中寄托的是她对纸张及其所承载的文化功能由衷的欣赏与赞许。《楮先生传》既是戏仿史书传记，除了构成传记的叙事要素如家世、郡望、仕宦履历，还包括对传主的评价。沈彩感念读书写作之于自己生命历程的重要意义，对书籍的载体心怀敬意，评价"楮先生"以肯定其道德人格为基调，将这位虚构的"人物"视为先贤一般尊重。作为拟体俳谐文赋予没有生命力的事物以人的品格，这是对纸张地位的崇高化，因此全文没有戏谑的滑稽意味，反而蕴含着尚友古人的自我期许，这正是寓庄于谐的绝好习作。

《骂赋》是比较特别的俳谐文，在编入《春雨楼集》时与《书带草赋》《鹦湖渔灯赋》《盆荷赋》《七夕赋》《芙蓉堤赋》《菊影赋》并列，但就体例而言其实是别具一格。陈允吉《论敦煌写本〈王道祭杨筠文〉为一拟体俳谐文》对历史上的赋体俳谐文有过总结："以赋体为主的诙谐文章，题目除称'赋'外，间而又用'文''论''说'等名号，虽云称谓有异，惟形制大抵还是赋体。仅举其久负世誉者，即可列出扬雄《逐贫赋》、张衡《骷髅赋》、曹植《鹞子雀赋》、左思《白发赋》、束皙《饼赋》、卢元明《剧鼠赋》、张敏《头责子友文》、陆云《牛责季友文》、鲁褒《钱神论》等篇。其他由知名作家写成的同类篇幅还有好多，于兹莫能一一枚举。赋体在俳谐文中显示的优势，良由辞赋体制恢张、擅长铺叙，较之彼时诸多它种文体,愈其适合表现纵情嘲谑的滑稽内涵,遂素有'庄谐杂出,快意为主'的传统,成为当世作者创构俳谐文的体裁首选。"① 其中"体制恢张、擅长铺叙"这个特点在沈彩的文章中也比较突出:

> 有邻女盛气角口者,几不可解。汝其骂乎,余乃作赋。
>
> 有怀欲吐,无病而呻。试征往事多少。骂人有如易水风寒,函关日射。太子饯余,渐离击筑。把袖咸阳,献图陛下。持匕首以批鳞,恨药囊之救驾。爰箕倨以倚柱,变和歌而笑骂。若夫踞床洗足,借箸运筹。定秦失策,挠楚乱谋。令趣销印,安用封侯。悔摄衣而延入,将吐哺其不休。伊公事之几败,骂竖儒以如仇。至如丞相府中,列侯往贺;宗室满堂,故人入座。一曲歌残,数巡杯过。何避席之不遑,乃奉觞而欲卧。啮耳语于女儿,因酒酣而骂坐。又如曹瞒门下,黄祖江边。褐衣入见,怀刺来前。鼓鼙铿鞳,鹦鹉翩跹。听三挝以蛙怒,书一赋以墨鲜。当众人之欲杀,羌骂贼而谁怜?别有咄咄儿童,喃喃妇女。彼方叱余,此亦詈汝。取箕帚而诟谇,为细微而龃龉。三尸斥自柳家,五鬼憎于韩处。皆成苏子文章,当作齐

---

① 陈允吉:《论敦煌写本〈王道祭杨筠文〉为一拟体俳谐文》,《复旦学报》2007年第4期。

人野语。试向春风而听黄鹂,不更候咒而候诅也欤?

首句是本文的小序,说明写作缘起于一场非常微小的口角。但正文中却铺陈排比了荆轲刺秦、祢衡骂曹等历史上著名的谩骂来对照,这还是显而易见的用典与用事。文章收束部分"三尸斥自柳家,五鬼憎于韩处"这组对句分别拆解了柳宗元的《骂尸虫文》和韩愈的《送穷文》,就更能显示本文与俳谐文传统的关联。柳宗元原作为:

> 有道士言:"人皆有尸虫三,处腹中,伺人隐微失误,辄籍记。日庚申,幸其人之昏睡,出谗于帝以求飨。以是人多谪过疾疠夭死。"柳子特不信,曰:"吾闻聪明正直者为神。帝,神之尤者,其为聪明正直宜大也。安有下比阴秽小虫,纵其狙诡,延其变诈,以害于物,而又悦之以飨?其为不宜也殊甚!吾意斯虫若果为是,则帝必将怒而戮之,投于下土,以殄其类。俾夫人咸得安其性命而苟慝不作,然后为帝也。"余既处卑,不得质之于帝,而嫉斯虫之说,为文而骂之。①

与韩愈《送穷文》一样都是作者与子虚乌有的对象之间的口舌之争。刘成国《宋代俳谐文研究》认为这是俳谐文中

---

① 〔唐〕柳宗元:《柳河东集》,上海古籍出版社2008年版,第317页。

的另类，通过拟托神来嘲笑、戏谑人生的一些不足与缺憾，凭空臆造出穷鬼、富神等形象，然后以人鬼之间主客问答的形式，将本来严肃、深刻的讽刺主题喜剧化。①《骂赋》是沈彩俳谐文中最富于喜剧色彩和滑稽意味的一篇，既对邻人行为进行了微妙的批评，同时也体现了她豁达幽默的个性。这一性情的呈现也见于她其他体裁的作品。如《春雨楼集》卷四《夜临欧书，忽灯烬落成烧痕，余恚甚，夫人有诗，因和作一绝》记录她临帖之际遭遇灯花崩落毁坏了字迹，遂作诗一首："瘦欧一幅美无瑕，忽漫烧痕似落痂。不道银釭曾送喜，秋窗失口骂灯花。"对此陆烜有唱和诗云："即看欧书片碣存，几经兵燹墨烟昏。美人依旧簪花格，玉颊何妨獭髓痕。"这段烧书趣话，与《杨文公谈苑》所记苏轼的一则轶事异曲同工："东坡宿曹溪，读《传灯录》，灯花堕卷上，烧一僧字，以笔记于窗曰：'曹溪岑寂寞，灯下读传灯，不觉灯花落，荼毗一个僧。'"②

上述俳谐文系列正是闺阁生活雅趣的生动写照，如果说书画题跋是沈彩学问的集中呈现，那俳谐文就是她在学问之上对个人性情的回归，对事物的执着钻研和对人事的诙谐应对构成了沈彩为文与为人的两种面相。也正是这样的禀赋与胸怀让她在陆家的生活趋于艺术化，从而对待世相有了一种化俗为雅的超脱。也正是源于性情中让人悦纳的一面，沈彩的俳谐文更接

---

① 刘成国：《宋代俳谐文研究》，《文学遗产》2009年第5期。
② 〔清〕伍涵芬编，杨军校注：《说诗乐趣校注》，齐鲁书社1992年版，第590页。

近宋人自娱的风格，而少了汉魏六朝时期刺世疾邪的意味。林语堂《论幽默》一文认为："善诙谐者，自出机智。这种机智又往往自博学而来，博学故通脱，对一事的看法多样，不执一端，从愤怒懊恼中见出可喜可怜处，从而泰然应对，怡然处之。"① 格物致知、精研艺理为沈彩奠定了博学的基础，形成了趋向于理性智识的认知方式，因此沈彩的文章不同于其诗词的香奁体做派，而树立了自己独有的格调。这正契合了林语堂所谓的"凡写幽默小品的人，必先有独特的之见解及人生之观察，因为幽默是一种态度，一种人生观，在写惯幽默文的人，只成了一种格调，无论何种题目，有相当的心境，都可以落笔成趣了"②。

第四节　偕隐存真：沈彩与隐逸文学传统

受海外汉学界有关明清女性文学研究议题的影响，"才情"与"德性"被视为清代女性作家创作心理中固有的矛盾。直到近年，仍然有学者认为，盛清时期女性写作的男性奖掖者们依然将"林下""闺房"并举来为女性诗文集作序跋及题词，甚至更重"林下"，女性作者在接受这一奖掖的同时却暗

---

① 林语堂：《我的话：论幽默》，《论语（半月刊）》第33期，1934年1月16日。
② 林语堂：《我的话：论幽默》，《论语（半月刊）》第33期，1934年1月16日。

暗在谢女班姬之间表现了她们的倾向。如果我们有幸穿越时空进入清人闺阁，就会发现谢道韫与班昭的画像同时悬挂在一起，但是女性作者的公开言论都似乎必须靠对班昭所代表的"闺房"理想表现出更大的热情，才足以为自己写作中的才情表达提供庇护。女性作者一边默默收下奖掖者赐予的"林下"桂冠，一边向其写作的其他阅读对象声明对"闺范"的执守，这成了盛清女性诗文集中独特的现象。在班昭与谢道韫、"林下风"与"闺房秀"身上，分别寄托了女性作者的一部分生命，相比于明代女性作家，盛清时代的女性作家更欣赏正统端庄的"贤媛"角色，她们更深地回归到了儒家对女性的规范之中。这并不是一种后退，而是女性试图为自身寻找更深厚的传统文化根基的表现。在这一过程中，女性面临着才情与德性的强烈矛盾，而对矛盾的处理也成为她们身份构建和文学写作的推动力量。①

对于盛清时期的女性文坛而言，这一论断有一定的合理性。比如与沈彩同时的苏州才媛曹贞秀，同样以书画诗词见称，在文学主张方面，就属于才情与德性矛盾的辩解者。她于前辈书家中，着重拈出卫夫人并反复申论其书法技艺精湛，从而证明女子作书的合理性。其《写韵轩小稿》卷二有如下两则笔记：

---

① 黄晓丹：《从林下之风到闺房之秀：盛清女性写作背后的身份认同》，《齐鲁学刊》2013年第5期。

《集古录》以房璘妻高氏两碑为仅见,又以周秦数千年中无女人能书,而疑好事者寓名以为奇。夫书特一艺耳,此复与织纴组紃何异,而难其事至此。此岂欧阳公妻妾不慧,遂令乃公薄视千古钗裙之士耶?①

三代有公宫之教,妇女莫不能诗,即莫不能书。周官彤管之职亦其证也。后世人才纵不如古,有志者亦宜稍存此意,织纴组紃之外,晴窗涤砚,日学数百字,不犹愈于斗草秋千诸戏乎?偶临砖塔铭,志诸其后,所谓女史司箴,敢告庶姬者也。②

苏浙地缘相近,对曹贞秀的盛名,沈彩也有所耳闻,《春雨楼集》卷七《戏题自写临池图真十绝》之六云:"却依名士住丘樊,春雨楼如写韵轩。日博换书鹅一只,也堪中馈佐蘋蘩。"相比于沈彩隐居平湖,曹贞秀与盛清文坛的交往过从更多,曹贞秀的丈夫王芑孙身在仕途,且以学术知名,故曹贞秀诗文、书法的传播无不要考虑社会舆论的因素,因此她的申述符合当代研究者对盛清才媛内心冲突的判断。

不过,上述宏观的概括分析和部分个案的举证未必能够涵盖整个盛清女性文坛的多样性——沈彩的出现似乎表明了例外

---

① 〔清〕曹贞秀:《写韵轩小稿》,胡晓明、彭国忠主编:《江南女性别集》初编上册,黄山书社2008年版,第414页。
② 《江南女性别集》初编上册,第416页。

的存在。纵观《春雨楼集》,这种预设的才情与德性的矛盾在沈彩的笔下并不突出,当然也就不是她身份建构和文学写作的主要动力。通过本文前三节的论述可以看出,沈彩的身份建构主要表现在两个方面:一是通过后天的勤勉努力,以簪花格体名世,树立了书家的形象,从而摆脱了以色事人、被视为情欲对象的原初面貌;二是以明慧的心性和洒落的胸襟成为陆烜真正意义上的灵魂伴侣,从而超越了卑微的妾侍地位,在某些场合甚至消弭了妻妾之间的嫡庶之别。这种成功的身份建构得到了当时和后世社会评价的认可。后世的评价在本文的引言中已经悉数引用,当时的认可则从汪辉祖为《春雨楼集》所作的序言以及陆烜对沈彩的优容与赞许中体现。

汪辉祖曾言自己不轻易为人作序:"诗文之序,所以道作者之意,非遍览全集,不能得其窾要。万一集中文字失于检核,既为作序,不能以未见自解。代人受过,关系非轻。故非于作者心术、品诣深知有素,断不可徇一时请托,冒昧措辞。至乡曲文人,多不知文章体裁,其所撰述,更宜详审。"[①] 而且,汪辉祖的女性观也秉持严格的教化立场,尤其对于小家女子作妾有着非常苛刻的评价:

> 吾越作妾,类皆大家婢女。过江吴产多以室女为之,然亦小家女也,素无姆教。明理达义,百无二

[①] 〔清〕汪辉祖著,王宗志等注释:《双节堂庸训》卷五"勿轻为人作诗文序",天津古籍出版社1995年版,第163页。

三，全赖正室拊循化诲，苟因正室愿朴或衰老，令妾主持内政，必有不知大礼之处。若正室无子，以有子之妾操家，势且尾大不掉，害有不可胜言者，终非其子之幸也。①

在《春雨楼集》序言中，汪辉祖对于一般的妾侍依然怀有向来的成见："小星焕采，惯被云遮，矮屋低头，何关形秽？从来篷室非无明丽之姿，为号偏房，便少从容之趣。"但是，沈彩在他看来是一个例外，因而不无辩白回护之意："彼夫姻连贵族，那尽安东；价博明珠，宁皆金谷？嫁才人于厮养，今古同悲；匹驵侩以婵娟，风骚底用。"文中用了"才人不嫁厮养卒"的典故，这本是乐府诗的旧题，谢朓、李白等人都曾以此为诗，后胡震亨总结说："（李）白有《邯郸才人嫁为厮养卒妇》诗，此谢朓旧题也，盖设为其事，寓臣妾沦掷之感耳。"② 汪辉祖反用其典，其实表达了一种古今同慨的婚姻观念，即有才的女子不应该嫁入平民阶层，以免其聪明埋没不彰。对此沈彩自己也认同，《春雨楼集》卷十四《跋嘉兴徐范集八妇人书真迹卷》就称："才藻非妇人职也，然孔子尝以臧文仲妾织蒲为不仁，则士大夫家闺阁佳丽苟勤于纺织，与茅檐穷嫠争利，是亦非宜，而身心又不可使逸，则舍笔札文

---

① 〔清〕汪辉祖：《双节堂庸训》卷三"勿使妾操家"，第73页。
② 〔清〕乾隆御定，乔继堂整理：《唐宋诗醇》，上海科学技术文献出版社2020年版，第53页。

史,其何所事哉?"

平湖陆氏家族十世隐逸乃其家风所尚,陆烜《族谱引》称:"吾宗自全翁公始,由云间迁平湖,当元季之乱,徜徉于九峰三泖之间,遂家焉。迄于烜,凡十世,其间绝无仕宦显贵,皆力于农,而家皆殷富,且又享有高年。"① 到了陆烜这一代,得遇承平之世,闲适风雅,更能不慕荣利,有心隐逸。陆烜仿陶渊明《五柳先生传》作《巢云子传》,其中说,"巢云子者,古隐者流也","性好梅,谓其清疏高洁,有君子德。每花时,辄结巢云壑之上。或经旬不返,人有见者,因目之为巢云子"②。此外,陆烜还有《幽居赋》一篇,更充分地表明了自己的隐逸思想:

予屏居陇亩,萧然自得,无求于人。或语予曰:"子得毋隐者邪?"予曰:"夫隐必有隐德,若予乃村氓之自食其力、自乐其天者,乌足以言隐?"爰拟其人以当之,作幽居赋。

若夫南山之南、北山之北,有美一人,好道抱德,立志坚贞,秉心渊默,欲往从之,邈不可即。惟其有主则虚,无欲故静,物外何营,个中有省。脩然真机,澹尔妙境,匿迹岩阿,抗志箕颖。水流云在,月到风来,沇兮廓子,优哉游哉。清琴一曲,浊

---

① 〔清〕陆烜:《梅谷文稿》,《梅谷十种》本。
② 〔清〕陆烜:《梅谷文稿》,《梅谷十种》本。

酒一杯，长年抱膝，终日心斋。山青远岭，草绿闲阶，烟霞有癖，鱼鸟无猜。流泉绕户，落花盈怀。有时出游，童冠与偕。或循山麓，或临水涯，兴至而往，意尽而回。旷然天真，与物无乖。混迹渔樵，游情弋钓。田父溪叟，与之同调。鼓枻微吟，释耒长啸。逸韵外宣，孤情内照。若无心而委运，常有欲以观徼。

时而春也，则万物饮醇，浑浑沦沦。莺犹求友，燕解就人。杨柳满陌，桃花通津。天开锦绣，以怡吾神。

时而夏也，则背山临流，竹篱茅舍，疏疏烟火，依依桑柘。既成我蚕，复耕我稼。羽扇纶巾，以乐余暇。

时而秋也，则黄叶辞树，白云自流。天高气肃，鸿雁啾啾。寻山渡水，望月登楼。可以赋诗，以写烦忧。

时而冬也，则风悲田野，雪满山中。夜火远寺，疏钟自舂。犬疑成豹，梅欲化龙。迢迢空谷，以寄清踪。

若乃笑傲羲皇，流连图史，精一书传，易简易旨。礼不求文，诗以明志。严谨麟经，浮夸左氏。泛滥百家，分别诸子。匪曰宏通，乐而忘死。然而有德莫名，有才不展。淡泊明志，宁静致远。白屋栖迟，空林偃寒。长揖夷、齐，把臂嵇、阮。识松柏之后凋，恋丘壑而忘返。既履义而怀仁，亦含真而抱朴。审古今之异宜，乃沉冥而远辱。观时运之推迁，感人寰之迅速。惟凿井以耕田，但夕吟而朝牧。或以为释氏之逃虚，或以为老氏之知足。其诸居易，俟命之君子，射必期乎中鹄。①

钱志熙《论谢灵运隐逸行为与思想——以〈山居赋〉为中心》一文探讨了谢灵运以自然思想为基础、顺从性情为宗旨的隐逸思想，其显著的特点是耽玩山水、越礼任情，《山居赋》就是这种隐逸观念的集中表达，对后世文人的隐逸行为影响深远。② 陆烜的《幽居赋》也是秉承这种文学传统而作，其中对自然山水的审美意识以及返璞归真的追求与六朝以来的隐士如出一辙。另一篇《复邵雷门劝应举书》在重申躬耕陇亩、隐迹山林之志的同时，更表达了陆烜越名教而顺性情的主张："仆素有痰眩之疾，每当山水清美，则精神稍得条畅。遇机事冗杂，辄烦眩欲死，仆安能应当世之务哉?"③

沈彩的山水文学与自然观无不秉承陆烜而来，因为终身隐逸的关系，受社会舆论的影响较小，从而保全了自己独立的个

---

① 〔清〕陆烜：《梅谷文稿》，《梅谷十种》本。
② 钱志熙：《论谢灵运隐逸行为与思想——以〈山居赋〉为中心》，《湖南师范大学学报（社会科学版）》2023年第2期。
③ 〔清〕陆烜：《梅谷文稿》，《梅谷十种》本。

性与创作风格。陆烜对妇女命运的同情为沈彩的发展造就了良性的家庭氛围,而沈彩的个性也一直得到陆烜的理解和宽容,并成为她文学写作的动力源泉,而沈彩也为陆氏的家族文化做出了长远的贡献。原本出身寒微,最初只能通过陪嫁丫鬟收房为妾的方式进入平湖陆氏这样的世家,沈彩深知以色悦人是妾侍的一种生存之道。如果仅从《春雨楼集》收录的香奁体诗词着眼,则沈彩与历来文人帐下妖娆歌吹的姬人并无异趣。且就常情而论,以色事人者,色衰爱弛。但香奁体并非沈彩作品的全部,一般姬妾迟暮之年难免芳华凋歇的哀叹,这种悲怀在沈彩笔下却绝难看到。她的题跋和俳谐文超越了香奁体的局限,而后者恰恰是得益于她多年游艺而来的文学造诣,其中蕴含着博观的学养、跳脱的性情、高妙的眼光和豁达的胸襟。她借助于书画等方面的技艺修为超越了妾侍的身份,重新奠定了自己在陆家的地位。她对陆氏家族的贡献和让平湖陆氏名扬后世,恰恰展现的是她的游艺才能。彭玉嵌所作诗词集《鼓瑟集》和《铿尔词》均由沈彩编录,并手书上版刊刻,对此陆烜说了一段自信且有深意的话:"凡余有言,皆为阿私。汝第藏之,必有洛阳纸贵之日。"[①] 而沈彩对于洛阳纸贵之说也是心领神会,果然后来《铿尔词》因为手写上版,字体难得,被藏家珍视。徐清泉《论隐逸文化在中国传统文学艺术发展中的意义》指出,隐逸文化所独备的艺术审美潜力——即人格的独立与自由的获得,对隐士及准隐士成就文艺的人

---

① 〔清〕陆烜:《〈铿尔词〉序》,《词学季刊》1934年第1卷第4期。

生，起到了至关重要的作用，因为艺术审美本身就要求以人格独立与自由获得为其基础，而隐逸文化恰好使隐士及准隐士具备了这一基础。[①] 如果说曹贞秀等盛清才媛遭遇的是扩大自己的社会影响与接受社会舆论评价之间的矛盾，那么沈彩则因为隐逸的处事立场而在一定程度上回避了这种冲突对自己内心的困扰和束缚，从而获得人格的独立与自由，并更能专注于艺术审美本身，进而超脱了身份地位的局限，从闺阁游艺和书斋清乐中获得源源不断的文学写作动力。

[①] 徐清泉：《论隐逸文化在中国传统文学艺术发展中的意义》，《文学评论》2000年第4期。

第三章 余岂好辩哉

——王贞仪《德风亭初集》古文研究

唯今世迂疏之士,动谓妇人女子不当以诵读吟咏为事。夫同是人也则同是心性,六经诸书皆教人以正性明善、修身齐家之学,而岂徒为男子辈设哉?

——《上卜太夫人书》

第三章 余岂好辩哉

在当代学术文化视野所关注到的清代女性作家中，王贞仪是真正走入大众文化传播领域的一位。从清中叶《畴人传》的记载到二十一世纪电视节目《国家宝藏》的专题演绎，王贞仪作为女科学家的形象已经深入人心，这种大众传播效应也促使学界对她的研究持续深入。首先是其著述《德风亭初集》再版，被蒋国榜收入郡邑类的《金陵丛书》，成为江南区域文化的组成部分。其次是生平传记考证的细化，清代文献《畴人传》所记还较为简略，民国时期张荫麟撰写了一篇更为详细的《王德卿传》，细述了王贞仪的生平、著述及文学批评观念等，同时刊发于《学衡》杂志第六十七期和《国闻周报》第五卷第三十二期。进入当代以后，自二十世纪八十年代至今四十余年以来，从自然科学、历史学、哲学、文学等领域介绍和研究王贞仪的成果已有二十余篇，其中刘天祥的硕士学位论文《乾嘉才媛王贞仪研究》在前人基础上进一步考证了她的生平细节。再次是对《德风亭初集》的文献整理和考证，1980年徐文绪发表了论文《清代女学者王贞仪和她的〈德风亭初集〉》，2020年肖亚男点校本《德风亭初集》问世，其中还包括与王贞仪相关传记资料汇编以及部分作品的真伪考辨。① 如此丰富的前期成果足以说明王贞仪在清代女性史上别具一格的地位。与这种特殊地位相得益彰的是，她还挑战了另一个其他女性作家较少涉笔的领域——古文写作。就清代女性别集所收录的文章来看，赋或骈文是韵文中的代表，散体文则以小品文和应用文居多，能够严格继承唐宋八家古文传统的非常罕见。《德风亭初集》十三卷中文章有九卷，诗词共计才四卷，与女性别集一般的编纂体例不同，该书编次由作者自定，将文置于诗、词之前，文之卷中又把古文排在骈文和赋之前，显示了王贞仪对古文写作的重视与自信。

第一节 循吏门庭的家学渊源

《红楼梦》第四十八回《慕雅女雅集苦吟诗》写香菱学诗，她在林黛玉的指点下读了王维的《辋川闲居赠裴秀才迪》，悟道："'渡头余落日，墟里上孤烟'，这'余'字和'上'字，难为他怎么想来！我们那年上京来，那日下晚便湾住船，岸上又没有人，只有几棵树，远远的几家人家作晚饭，那个烟竟是碧青，连云直上。谁知我昨日晚上读了这两

---

① 〔清〕王贞仪撰，肖亚男点校：《德风亭初集》，中华书局2020年版。下文所引王贞仪诗文均出此本，不另注。

句,倒像我又到了那个地方去了。"① 小说情节虽出于虚构,倒是反映了清代闺秀文学启蒙的实况,对典籍的涉猎和生活空间的拓展是女性文学发端及质量提升的重要原因。明中叶以降,开明的家庭给女性提供的教育资源逐渐增多。比如明清易代之际的女诗人顾若璞(1592—1681)就曾经主动为女儿延师为教,虽然遭到质疑,她仍然保留了自己的见解,并写了《延师训女或有讽者故作解嘲》:"二仪始分,肇经人伦。夫子制义,家人女贞。不事诗书,岂尽性生。有媪讽我,妇道无成。延师训女,若将求名。舍彼女红,诵习徒勤。余闻斯语,未得吾情。人生有别,妇德难纯。讵以闺壸,弗师古人。邑姜文母,十乱并称。大家有训,内则宜明。自愧儜愚,寡过不能。哀今之人,修容饰襟。弗端蒙养,有愧家声。学以聚之,问辩研精。回德三从,古道作程。斧之藻之,淑善其身。岂期荣显,愆尤是惩。管见未然,问诸先生。"② 她坚持认为,拓展女教内容更能让女性体会积学修身的道理,而并非一味以才华妄求虚名。入清以后,对女子与男子接受同等教育的认可度似乎又有所增加,嘉兴钱陈群在母亲陈书(1660—1736)的传记中写道:"(太淑人)八岁时见同祖诸昆从学舍归,辄问所读何书,促口授,默识之,不遗一字。外王母钱恭人相遇甚严,每令学女红,颇不许习柔翰。""一日,外王母

---

① 〔清〕曹雪芹、〔清〕高鹗:《红楼梦》,安徽文艺出版社2018年版,第507页。

② 〔清〕顾若璞:《卧月轩稿》卷二,光绪二十三年(1897)刻本。

梦神语曰：'我昨遗汝女笔，他日当以翰墨名天下，汝何得禁之?'自是延师授经，岁余便通晓大义，曰：'读古人书当学古人耳。'乃取女史孝行诸事实，图所居室中，躬效为之。"①郭璞、江淹遗笔之说固难征信，钱陈群假神示以声张母亲受教读经的合理性，正说明士人实质上已经默许女性的智识教育，不过在名义上还需要有所辩证而已。智识教育向女性倾斜的结果之一是家族藏书向她们开放，由此便突破了历来由《女诫》《女论语》《女孝经》等闺训构成的道德教育范围。另一方面，家族男性外放、贬谪、行商等生活经历也使女眷有机会步出闺门、开阔眼界，尤其工于翰墨的女性在此过程中往往有记行抒怀之作，让自己在季候风月、针黹妆台之外又有了更宽广的骋目游心的空间。

王贞仪十四岁那年，祖父王者辅②在贬谪地吉林去世，留下七十五橱藏书③，对于年少聪颖的孙女而言，这些典籍正可

---

① 〔清〕钱陈群：《诰封太淑人显妣陈太君行述》，《香树斋文集》卷二六，《四库未收书辑刊》第九辑第 19 册，北京出版社 1997 年版，第 276 页。
② 关于王者辅的生平及其对王贞仪的影响，参见肖亚男：《王者辅事迹编年》，《国学学刊》2021 年第 3 期。
③ 《德风亭初集》卷一《陈宛玉女史吟香楼诗集序》："及大父捐馆吉林时，余年十四。"卷八《敬书先大父惺斋公〈读书记事〉后》："往者大父得罪后，坐吉林台站，遂捐馆舍，于今将二十年矣。概公见背时，手藏书尚有七十五橱，家严兄弟刻志诗书，以继先志为事。"

以满足她旺盛的求知欲①。在祖父之后,王贞仪的家族再没有以科举仕进者,她父亲是一位郎中,兄弟辈中还有以行商为生的,少年时代的王贞仪因为父兄忙于家计而没有受到多少闺训的束缚②,自幼便能以读书求学为乐③。王氏一门虽没有藏书目录传世,但王贞仪著述中涉及的典籍已经可供窥豹一斑。④先是,王贞仪出生的第四年,乾隆应御史王应采、安徽学正朱筠之请,下诏访求遗书,其后乃有《四库全书》之纂修。这意味着在穷搜存世著述的基础上,辨章学术、考镜源流成为可能,王国维说"乾嘉之学精",这种精深的特色与学术畛域的细致划分密切相关。借鉴时人概括一代之学术的方法,同样可以按照四部分类的标准,罗列王贞仪在经、史、子、集诸部涉猎的典籍目录,从而明了其学问偏好与古文创作的深厚渊源

---

① 《德风亭初集》卷十二《题天长旧居藏书阁》:"万卷遗先泽,牙签历世披。编摩开手眼,友尚得师资。逸种标完帙,珍藏博广知。陶匏聊复志,堪敌百城奇。"

② 《德风亭初集》卷四《上卜太夫人书》中有"九岁家祖母命之学诗,十二教工文章,兼习棞事","祖父罢官,家事中衰,家父及伯父等又屡困场屋","驱人饥寒,不暇古学,于是亦无以教仪者"。

③ 《德风亭初集》卷一《〈象数窥余〉自序》:"仪少小习历习算诸籍,恒废寝食以求之。又研究勾股测量方程之术,然指示者不得,故终属望洋,迄莫精通其奥。偶有疑义,未尝不废书搁笔,三叹而兴焉。唯以好之既酷,未能弃置。"《〈韵学正讹〉序》:"仪四伯父客湖南,从逆旅主人家见之,遂钞本而携归。后数十年,余始学为诗,留心韵书,然坊间诸刻,卷帙浩繁,异同不辨,恒苦之。辛丑之春,偶检家藏书,乃得伯父所录之本,翻阅一过,心目了然。"

④ 刘天祥:《乾嘉才媛王贞仪研究》附录《〈德风亭初集〉所见书名表》,台湾清华大学历史研究所硕士学位论文,1991年。

所在：

经部

易类：《周易》《费氏易》《横渠易说》《伊川易传》

书类：《尚书》《书经集传》

诗类：《诗经》《诗集传》

礼类：《周礼》《礼记》《大戴礼记注》

春秋类：《春秋谷梁传》《春秋传》

孝经类：《孝经》

四书类：《四书章句集注》

五经总义类：《五经异义》

小学类：《说文解字》《广韵》《韵学正讹》

史部

正史类：《史记》《史记索引》《史记集解》《史记音义》《汉书》《后汉书》《三国志》《晋书》《宋书》《梁书》《陈书》《魏书》《周书》《隋书》《南史》《北史》《新唐书》《五代史记》《宋史》《辽史》《金史》《元史》

编年类：《竹书纪年》《汉纪》《后汉纪》《汉晋春秋》《三十国春秋》《晋春秋略》《宋略》《唐书》《唐历》《唐春秋》《资治通鉴》《通鉴纲目》《续资治通鉴长编》

纪事本末类：《三朝北盟会编》

别史类：《世本》《魏略》《东都事略》

杂史类：《国语》《国策》《楚汉春秋》《贞观政要》《虎口余生录》

传记类：《英雄记》

载记类：《吴越春秋》《越绝书》《十六国春秋》《南唐书》《十国纪年》

地理类：《罗浮郡志》《黄山志》

子部

儒家类：《女诫》《正蒙》《西铭》

杂家类：《白虎通德论》《独断》《读书记事》

小说家类：《山海经》《穆天子传》《搜神记》《世说新语》《幽冥录》《大唐新语》《唐国史补》《唐语林》《独异志》《博物志续集》

艺术家类：《谦斋印集》

天文算法类：《周髀算经》《九章算术》《灵宪》《安天论》《缀术》《占天术》《测圆海镜》《革象新书》《孤矢算术》《八线表用》《神道大编》《乾坤体义》《测量法义》《几何要法》《晓庵新法》《三晨晷志》《筹算原本》《历算》《数度衍》《太初历》《三统历》《四分历》《元嘉历》《大明历》《皇极历》《历书》《大衍历》《纪元历》《授时历》《时宪历》

术数类：《皇极经世》《葬经辟异》

医家类：《黄帝内经素问》《荣卫生篇》《调经篇》《医方验钞》

集部

《楚辞集注》《伊川击壤集》《余秋浓文学诗集》《红鹤山庄集》《周夫人诗集》《吟香楼诗集》《读诗私笺》《刘药畦夫人遗诗》《潮生阁集》《品艳集》《任苏庵诗稿》

四部之中集部以《德风亭初集》中直接提名者为限，其实散见于王贞仪诗文中的用典、用事以及措辞谋篇的模仿借鉴，都表明她博览的文集远不止这个范围。子部天文算法类是王贞仪学问的特色，对此前人已有论述，另外，史部和子部小说家类也占有相当的分量。王贞仪有《读史偶序》一文，详述了对历代正史、杂史著述优劣的评价，她认为"上之所以为教，下之所以为学，经之外，厥维史者。一代因之，以稽治乱之迹；万世准之，以观人事之公。一有不当，后人皆能起而论断之。盖本理以与为推求，征实以与为制案，固非骋乎艺苑、泛滥乎词章相侔者可比也"，而对于"《晋书》之文多骈俪，又杂采沈约诞诬之说及《语林》《世说》《幽明录》《搜神记》诡异谬妄之言"，则以为"并不足征"（《德风亭初集》卷一）。王贞仪重视史书征实垂训的作用，决定了她的文章质实而不务虚辞的审美趋向，这与她批判现实的犀利言辞相为表里。"彼其以才相胜者，则每每无所用心于史籍，而志大心

132

粗，得其浅而遗其精，抑或名称博雅且多半庞杂汇书、聚钞成语，每一谈议，非不口舌锋利，娓娓千言，而一按于实际，则言徒纷烦而无卷轴，不过比于弹词而已。"(《读史偶序》）沉潜于史籍可以摒除逞才使气的肤浅与浮夸，对于以"才"名世的闺媛而言，这样的反思无疑警醒而深刻，这也是王贞仪自己经过诗、赋修习后，把创作重心转向古文的原因。

《文心雕龙·物色》有云："屈平所以能洞鉴风骚之情者，抑亦江山之助乎？"[1] 饱览河山胜景从来都是文人开拓文思的佳径，到了清代，谪戍边疆的流人以特殊的身份继承了这种游历文学的传统，乾嘉时期较著名的贬谪诗人就有洪亮吉、纪昀等人。故王昶《蒲褐山房诗话》论道，"穷荒战地，自嘉州、昌黎之后，记载无多。天或借翰墨以发其奇"，"阅之者如游绝域，如读异书也"[2]。异域的新奇感知往往会激发失意文人创作的新动力，在王贞仪这里，是祖父的贬谪给她提供了北行关外的机会，而且，由于少不经事，眼中唯有吸引人的风景，不像成人那样背负对前途的忧虑。[3] 自此闺门一出，渐行渐远，北往南来，几乎踏遍了漠北、岭南与江南各省的土地。其《答胡慎容夫人》写道："及东出山海，西游临潼，而复历

---

[1] 〔南朝梁〕刘勰著，詹锳义证：《文心雕龙义证》，上海古籍出版社1989年版，第1759页。

[2] 〔清〕王昶著，周维德辑校：《蒲褐山房诗话新编》，齐鲁书社1988年版，第142页。

[3] 《德风亭初集》卷十二《题女中丈夫图》："忆昔历游山海区，三江五岳快攀途。足行万里书万卷，策马驱车幼年喜。"

吴楚燕越之地,经行不下数万里,而山水风景胜概之助,又足以扩达其胸境。故性情既加之疏瀹,而并不自知诗之何以近乎劲洁,又何暇计工拙为哉!"早年在祖母的教养下,王贞仪和同辈一样修习诗文,在实地游历之后,眼界渐渐脱离闺阁的阃域,心胸也更豁达随性,对天道世情都有了更深的观察与思索,以文字为媒神交前贤几乎是必然的结果。刘天祥的《王贞仪年表》已经大致梳理了她一生居处经由之地,大致是:十岁以前,住在安徽天长或南京江宁旧家;十一岁随家前往吉林,长至十六岁;十七、十八岁两年间,因父亲行医的关系,往来于江浙、湖湘、粤中及海南等地;十九岁回到江南,安居金陵,直到二十五岁嫁入安徽宣城詹枚家。罗晓翔指出,王贞仪足迹所到之处包括江苏、浙江、安徽、山东、直隶、吉林、陕西、江西、湖北、湖南、广东十一省,对于一位清代女子而言,实为难得。① 细读王贞仪游历途中的即兴笔墨,可以更加详细地推阐江南、关外、岭南三种不同的地域风俗和文化传统对她创作的影响。

江南是王贞仪生长于斯的故土,尽管她后来倾向于反思和批判这里的民风,却并不能抹杀她原有的江南才女的气质禀赋。给她文学启蒙的祖母董氏也是江南闺阁才媛之一,王贞仪早年辞采纷然的习作《怨晓月赋》《春柳赋》都显示了这种文

---

① 罗晓翔:《足行万里书万卷——清代女作家王贞仪的游历与社交生活》,唐力行主编:《江南社会历史评论》第4期,商务印书馆2012年版,第261页。

学渊源的滋养。《秦淮五日竞渡赋》写端午秦淮河的龙舟赛会，全用骈体行文，铺排工整，辞藻华丽，正是她后来写作古文时刻意规避的"香奁体"。如写竞渡之景则"千舳其纷，双桨以泛。天末牙樯，映波蜒蜿。水势鳞鳞，歌喉宛宛"；"乘风如箭，破浪时迷。潮共锦帆上下，船依绿水高低。其初棹也，如烛龙之浴波；其盛集也，如蜀锦之濯溪"。又写观景之人，"楼当结绮，门对秦淮。红栏昼敞，朱屏晓开。掩螺壳之幛，排雁齿之阶。越女隔帘兮小立，赵女当窗兮相偕。乱衣香于人影，堕纨扇兮金钗。方诸汉水明珰，杂绮罗兮晻蔼；思彼湘流涨腻，窥云鬓以环回"。风土习俗对人的浸染是潜移默化的，金陵节气的热闹繁华如同木刻版画，原原本本地印在作者脑海中。在明清时期财丰天下的江南，地方文化活动成为有余闲的市民消遣时光的生活方式之一，节令时出游赏玩甚至成为裹胁大众的潮流。早在明末，张岱就以《西湖七月半》这样的妙文展示了杭州官民趋之若鹜、趁月游湖的世俗景观，人声鼎沸、摩肩接踵的游观虽然有别于文人追慕的清幽雅趣，但却也是一方民众安居乐业的升平景象，尤其会让离乡背井的游子怀念，自陆机、庾信以来，江南吴越的乡情乡景作为文学意象的成立就跟他们离开故乡有关。

　　王贞仪客居吉林六年，她的心里造就了两种情感面相，一方面是关外奇景对少年的吸引，另一方面居无定所的流徙境遇也难免让人滋生安居故里的怀土之思。她在吉林有两首诗表达了这种矛盾的心绪，其一云"产成土物名多异，住久流民籍未除""经行莫漫悲歧径,大好风光画不如"(《吉林杂诗》)。另一首则说:"胜情固亦乐,何如故乡好?"(《吉林杂作》)。《吉林感春赋》是对两种感情的演绎扩张,也是她的赋作由状物写景走向独抒心怀的表现:

> 彼夫吉林之地,土坚风劲,松花江兮冰凝,木叶山兮尘亘。望黑水之悠悠,更黄沙之影影。序虽谢乎元冥,气未升乎出震。负冰之鳞尚潜,启坏之蛰将应。眺平原之宿莽,驰悲怀而常耿。因之忆江南之早春,已寒退而暖更。兰泽先袭,蘋洲午晴。地有山兮皆秀,树无枝兮不荣。朱雀桥边回柳色,乌衣巷里听莺声。鹁鸠拂羽而催耜,鹍鸡乘时而嘤鸣。乃三春令叙,万里家乡。试登高以瞩目,极云天之微茫。魂一去而欲销,梦徒归而微行。咏红兰兮怀青桑,思洞庭兮悲潇湘。

同是早春时节,东北还是土坚风劲、鱼潜虫蛰,江南早已寒退暖更,花气袭人,柳浪闻莺,苍庚飞鸣,一派欣欣向荣的景象。喜柔条于芳春的情怀还是不脱闺阁情思的范围,软语嘤嘤的春景尚可见早年《春柳赋》的笔触。不过,有吉林作对比,为文的用心自是比以前要曲折深婉,登高驰目、梦怀潇湘不再是追慕前人的陈词,而是实地的切身体验。王粲《登楼赋》曾叹道:"人情同于怀土兮,岂穷达而异心。"相似的阅历让王贞仪具备了与前贤共鸣的可能，她对文学资源的汲取和生活体验的积累逐渐塑造出属于作家自己的文学品格。而且，吉林之行也孕育了王贞仪气质性情转变的动因，后世的小传总会提及她在东北师从阿将军夫人学习骑射的事迹，以突出她与众不同的生平，这固然是寻常女子罕有的锻炼，而适应流放地的艰难生活本身就是对意志的磨炼，它甚至可以让人改变原初对故乡的眷恋执着，养成一种随遇而安的通脱豁达。在离开吉林之时，王贞仪虽然只有十六岁，却表现出相当的淡然老成："侵晨起凤驾，愿言归故乡。顾此本逆旅，留滞安可长？"（《吉林途中》）"逆旅"一词庄子用以指客舍之人，后萧统在《〈陶渊明集〉序》中解释道："处百龄之内，居一世之中，倏忽比之白驹寄遇，谓之逆旅。宜乎与大块而盈虚，随中和而任放。岂能戚戚劳于忧畏，汲汲役于人间？"① 初涉人世的王贞仪对人生如寄的"逆旅"之感可能不如年长的人来得深沉，但甫历世事繁难，其实很容易期盼有这样一种了无牵挂的境界。②

岭、海之行让这样放旷的理想自在地传达出来，王贞仪的《粤南竹枝三十首》集中记叙了在当地的见闻，几乎每首诗都

---

① 〔晋〕陶渊明著，袁行霈笺注：《陶渊明集笺注》，中华书局2003年版。
② 《德风亭初集》卷十一又有《寄游阁诗》，其小序云："（余）侍大母董太恭人过湖州，寓家孝庵兄宅。孝庵携妻女儿贸于其地，遂家焉。特居大母并仪一小阁，凭窗四瞩，江城风景，历历可观，颇适旅况。大母命题，因作是诗，并名其阁说'寄游'。盖孝庵兄之家，大母及仪之寄寓，两存其意云。"可见王贞仪在迁居岁月里对居处行藏的看法，这似乎也可以看作是流寓者的自我开解。

137

夹以小注，使本来就有民俗史料价值的竹枝词又具有了《博物志》的特点。其中举凡天时变化、草木生长、虫鱼异类、世人祭祀、神鬼巫风无所不包，最为奇特神秘者，比如：

> 蚺蛇大小百余种，何事多生好色心。唯有长藤能制服，握枝行处不相亲。（自注：蚺蛇喜闻妇女发香，唯有一种野藤可制）
> 疾病从无问医药，夜中唯跳鬼娘旗。跳罢敬求神火供，一身俱灼艾沾皮。（自注：琼海地虽有医家，不过备官府之用，而问病绝少。猺獞峒客之有病者，其家则延鬼婆跳五方纸旗，跳毕即可愈）

另外，边地异族处于王化之外，民风相对率真淳朴，自然没有汉地读书人的繁文缛节。比如：

> 插网畔边竹满渠，沿江多是蛋人居。晚来风送歌声起，船上人人唱木鱼。
> 东风晨起散蛮烟，白衣儿摇翡翠船。打得江鱼不自吃，市中换酒醉江天。

饥者歌其食、劳者歌其事的生活相对于江南地方营营于科举功名，矜矜于富贵奢侈的风气自有一重返朴归真的吸引力。王贞仪虽然被誉为"女儒"，但却并没有道学气，反而以"闺中狂士"自居,因为她始终拒绝偕俗,对现实持批判审视的态度,而尊重自在自为的生活状态,这样越名教而任自然的思想与她经行边地所形成的边缘视角不无关系。盛清文人的随笔散记大量描绘了江南繁华富丽的景象,衣香鬓影的才媛生活更是其中一幅亮丽的插绘。尽管有识之士对盛行一时的风气也不无反思,尤其是标榜声气、裹挟群体的行为,但是这种反思在盛清女性的思想中还不多见。王贞仪是比较独特的一位,跨地域的生活体验让她得以从外围反思滋养了自己的江南才女文化风气,从而在古文中表现出与众不同的见解。

第二节 《德风亭初集》的古文成就

宋真德秀《文章正宗》称:"议论之文初无定体,都俞吁咈发于君臣会聚之间,语言问答见于师友切磋之际,与凡秉笔而书、缔思而作者皆是也。"[1] 无有定体、缔思而作,同样的表现形式可以用于不同的文章体裁,这正是以思想性见长的古文独特的文类特征。20世纪初,吉川幸次郎在总结中国古代散文文类与议论的关系时指出,议论文的祖先是儒家经典中的《书经》《礼记》《易》系辞传等,还包括《孟子》《荀子》以及儒家以外的《老子》《庄子》《管子》《韩非子》《孙子》等先秦诸子的著述。唐宋以后,以某某论、某某辩、某某解、某

---

[1] 〔宋〕真德秀:《文章正宗》,《景印文渊阁四库全书》集部第1355册,台湾商务印书馆1986年版,第6页。

某议、某某说等为题的散文,在文学家的集子中必然会有几篇。为自己或者更多是为他人的著述所作的序跋,由有关学术或文学的议论构成大致的内容。另外,书信也可以作为文章来看待,其中也有议论的内容。写给同辈的书简,题作"与某某书",呈给皇帝的"奏""议""表"也是书信的一种。致死者的书简是祭文。包含了这些文体的议论文在各家文集中所占的数量并不比叙事文章少,唐宋以来的总数合计有十万篇左右。① 这段论述揭示了议论这种表现形式可以广泛地应用于各类文体中,并不限于以"某某论"为题的文章。王贞仪主要运用议论的古文就包括序、跋和书信,等等,是她短暂一生的思想精粹的映现。总体而言,她文章的议题大致有三方面:一是女德与女学论,二是辟佛论,三是诗文论,彼此相互关联,女学之中包含对女子艺文的批评,辟佛的对象也包括信佛的妇人。基于自己的性别角色,王贞仪的议论终究还是以妇学为中心和归宿。

王贞仪的女德与女学论以《上卜太夫人书》最见思想深度。此文旨在对卜氏的德行和教益表示景仰与谢忱,就像一般文士上呈长者之书,其中难免吐露自己的胸襟抱负,又指斥侪辈中徒以薄才自炫而损及女子德性者,以树立自我,可见她早年孤芳自赏的姿态:

---

① [日]吉川幸次郎、小川环树:《中国の散文》,筑摩书房1984年版,第61—62页。

> 默观目前之女士，多半有不守姆教，不谨壸矩，不端大体。或略识之无，朝学执笔，暮即自命才女。盖以驽骀樗朽之姿，无间殊尤之物，目罕逢伟人正士耳。鲜聆端语肃诫，唯希慕声华，窃相仿效。学卓氏之风流，习赵姝之佻达。又或质鹌鹑而羽凤凰，盗无盐而为嫱施，一专求乎脂粉靡艳之陋习，至于有柳絮之才而罕柏舟之操，负舜华之媖而多同车之行，固无论焉。仪盖未尝不悼叹耻恶之深！

王贞仪认为，脂粉靡艳的香奁韵事引逗得有才女子追慕虚荣，辜负了优长的天资禀赋，她希望女性也能"逢伟人正士"，并"深学知大道"，淡泊声名势利，树立不移于人的见解，才不至于抛洒才情以迎合世俗潮流。刺世的反论容易一石激起千层浪，王贞仪对此心下了然："凡目前之意所抵牾者，辄必攻辩。执玉碎之见而暗瓦全之情，抱独醒之癖而悖啜醨之沉。遂使近日婉媛之辈有所不合，噂沓背憎，倾毁时加。或以为幼而无知，或以为闺中狂士。又疑为有意作名，求知于当世，抗行于古之女史才氏。嗟乎！是岂真出此哉？"（《上卜太夫人书》）如果没有更有力的陈说，则很难应对来自另一方的驳难，议论之辞往往就是在这样的对话中日趋严密，王贞仪的看法也是在这样的思维较量中日渐明显而笃定。

她的《上徐静雍夫人书》又道："凡当今之贤媛哲母引为知己者仅十数人，或与论古今妇女之道，合诸大家之壸范内训而上下之。夫而后益悟妇人女子之所谓才者，盖别有所当服习效法者。在仪定为知己，其必以德相迪勉我者如是，逞小有才而薄于德之流其末也。"如此说来，似乎她是在主张轻才学而合德于古之女史，其实不然，《上卜太夫人书》写于领受了女德之教以后，她婉陈道：

> 仪自奉教后，片言只字不敢自耀，非故自珍秘之也，实自爱耳。窃尝闻之龙惜珠而畏铁，麝含香而避荍，其所以畏之避之者何？实爱珠与爱香耳。一珠一香，在龙与麝犹知爱之，况为人者，其当更有甚焉可知也。

可见王贞仪其实面临来自两方面的反论：一方面是以"香奁体"著称的才女，这可以持女德论直接驳斥；另一方面，也是更为难的所在，即是卜氏夫人所期待的，"无论男女，总以德为本，文字篇章其浮名也，乃所谓末，必后乎本。人未有不务本而能成其末者"。在接受卜氏的观念以前，王贞仪的看法是：

> 唯今世迂疏之士，动谓妇人女子不当以诵读吟咏为事，夫同是人也则同是心性。六经诸书皆教人以正性明善、修身齐家之学，而岂徒为男子辈设哉？

两种观念都强调社会规范对男女应该有对等的要求，其中的差别却很甚微。卜氏夫人已婚，又年高德勋，对现实有更世故的看法，故而在宣教时以德为本，这仍然是针对女性群体而言。但王贞仪年少气盛，自命为侪辈中与众不同者，即便顺从长者的看法，骨子里还是以独立的见解自负，故而要与男子一较才学高下。在卜氏夫人周围的女性群体中，还有一名流人的家属白鹤仙，王贞仪曾作赠序与她，其中记载了白氏遭家难后的一桩逸事："初，盗案作，宗绪先生（引注：指白氏的丈夫）病甚，上官催算仓库，幕僚皆袖手以避。夫人不得已，乃自取册簿领卷，句稽筹笔，不假胥吏手，而条理悉详，转夕而迄。内外上下，咸闻而重之。"（《送白夫人归大兴序》）且不论她对那些袖手以避的幕僚的鄙视，突出白氏不经意间显露的出纳演算能力，正说明了她对女子才能的器重，这也与她一力传承和普及梅文鼎的天算之学是一以贯之的。在实学的影响下，所谓"合诸大家之壶范内训而上下之"的内容也有了细微的变化，看似尊奉班昭以来的女教传统，其实既然强调了男女智识教育的无差别性以及见识才干的同等水平，那班昭所谓女性在家庭中须以卑弱处世的态度是否合理，其实已经大可怀疑。

另外，从社会问题的角度着眼看待妇女的行为以及与之相关的世风，也是王贞仪女德论独特的着眼点。话题之一是由来聚讼纷纭的妇女守节问题，《刘药畦夫人遗诗序》说："节固非妇人幸事也！不幸夫死而守节，或中年忽动乎世态，易其初心,此盖无才德之流有然。……独是天下大矣,虽有高节苦行之妇人女子,往往沉埋湮没,垂老而不知于人者。即或有知之者,下有司上宪院,妄批昧驳,非贿不行。或一入乎蠹吏奸胥之手,任意随行,卒有非贞节者用贿足而竟能上达,有实系贞节因不能行贿于有司宪院,饱欲于蠹吏奸胥,遂至数至而不得与于旌表之典者比比矣。"同汪中等男性文人渐渐放宽对妇人守节的要求不同,王贞仪基于自己对女子理想人格的期待,认为寡妇应该守节,但站在女性的立场上,她更强调社会秩序的公平,希望节妇实至名归。这与其说是在讨论妇女问题,毋宁说是在陈述自己的社会理想。因为在另一篇赠序里面,对于女性容易偏私的性格弱点导致的社会秩序紊乱,她也同样不予宽恕:"妇人女子处贫贱日,固无间言行,一旦因夫子显贵,则隐然起骄夸之心。及或随仕四方也,阴干阳政,贪私营忘,声名可惜。甚或司晨预治,秽言堕事,播诸道路。俿焉背驰,揭揭焉不周于宜。则虽有龚、黄美政,未有不坏于闺阁中人者。如此,即以大家之才,而妇德不修,匪特前之言行无间者败之于后,将百年下之传闻,亦且人人道而非之,其于目前之轻重又无足论矣。名固不重乎哉?"(《送兰畹女史随宦粤东序》)由此可知,她对妇德的强调是从责成自我开始,寄希望于对两性而言都更合理的社会理想,而妇女的才德问题不过是其中一部分内容。

其次,辟佛论是王贞仪思想的又一项特出的内容,其《再答方夫人书》对浙江观察陈三辰及夫人方氏佞佛的行为进行了义正词严的劝诫。事情的起因是方氏因为信佛,重抄《心经》以为典藏,邀请王贞仪为之作序,一请被她婉拒,遂又再请,于是有再答之书。她开篇便道:"前命作《心经》序,已修柬奉覆,乃犹谆谆委谕,复动以报应之说、罪过之惩。其然乎?其不然乎?而仪之一序,诚非固辞,亦非不能也,实不为也。"争议之势既起,辩驳之辞遂顺理成章。王贞仪认为,陈三辰夫妇既是士族门庭,本应敦睦仁义,却潜心于佛、道空寂玄虚之说,甚至亲近山林,远离亲族,有违伦常,有违圣贤之大道。而且信佛之人往往溺于福善祸淫、神鬼报应之说,难免思避祸邀福、侥幸赎过之心。尤其是方氏夫人为散财积德,必致靡费钱粮以为佛事,或者厚葬奢仪以为习俗,倾尽家资以慕虚荣,对凶年饥馑之人却不闻不问,其实是趋伪善而纵私欲。最宜慎者,是妇女轻出其清白之身,游散寺院,与僧尼道流相周旋,又或公然使此辈出入庭帏以相悦而不知耻。书信虽是为私人而作,措辞亦云"以匡知己之失,是或不失为古交谊箴规之遗意",实则针对时风世态而发,是她平素辟佛之论的集成。在另一封与亲属的信中,她又说:"且夫佛老之道何如者,恃寂灭清净之论,息天地生育之理,失五伦之体,行不近人情之事。不耕凿、不勤劳,食人之粮,居人之庐,背圣贤之言,逆圣贤之行。其本不可为教而强以为教,本不可为道而强以为道。如此然则其又何以易于惑人若是?盖凡氓之蚩蚩者,或为奸宄①不法,或穷饿无所依,而二

---

① 奸宄(guǐ):指违法作乱的人或事。

氏于此乘其患难困苦而罗致收养之,其得衣得食之径甚捷于他途,故使人从之者速且易。此在庸愚无知者固不足论,而奈何为圣贤之徒亦奉之如祖宗父母之尊乎?"(《答表伯某》)乾隆时期江南士大夫群体中居士信仰一度十分兴盛,与理学日渐衰落形成鲜明对比,学人群体和民间都出现了辟佛之论。从佛教与儒学内在本质着眼的是戴震,从佛教的世俗弊端着眼的则是袁枚,他们曾经以书信的形式与江南士林居士佛教信仰的代表彭绍升进行辩论,① 可以说是实证新学与思辨玄学、现实人生与精神理想的交锋。借助于时贤高屋建瓴的言论,可以看清王贞仪在思想流派上的归属,也可以看出她的学问渊源与思想信仰与当时占主导地位的实学风气的一致性。

王贞仪婚后,曾经有一名叫夏乐山的少年师从于她,② 在授学的书函中,她表明了自己的文学主张:

> 仪窃谓,诗必出之以性情,此固人人知之而不待言者。夫亦知性情之中有兼尚者乎?是故有律法焉,律法者性情之用也;又必备乎体裁,体裁者,律法之绪也。推之志,贵其高古,却喧卑也;气贵其浑浩,绝萎弱也;调贵其噌宏,斥嘤咿也;识贵其旷

---

① 参见钱寅:《彭绍升评传》第四章《互答书信论儒佛——彭绍升与名士的论辩》,花木兰文化事业有限公司2022年版,第119—139页。
② 《与夏生乐山论诗书》:"仪受性隘劣,文质无闻,至于诗学,尤所不谙,乃承不鄙陋闺阁,再三问道于盲,敢不以一得之见告之左右。"

146

达,去隘拘也;语贵其和平,忌刻薄也;律贵其周谐,鄙纤佻也;意贵其严核,黜浮肤也;典贵其融新,弃腐杂也。莫不由性情而推之,律法、体裁之所由生者,视之若繁纤远杂,其实则一也。

夏乐山年未弱冠,已经显示出聪颖的天资,为王贞仪所赞赏,不过学殖所限,作诗难免轻浅旷泛,故她以性情、律法、体裁一体之论引导之,希望以学养端正性情,以求臻于含蓄、蕴藉、典雅。文末又引杜诗"文章千古事,得失寸心知",强调以己意研磨熔铸古人,而最反对食古不化者,以为不善学古者,"盖多半剽风人之余唾,取大家之皮毛,词在非今非古之间,句在可断可连之际,气在半生半死之中而已"。既然诗出乎性情,则诗学追求其实也系乎人格理想,故志在高古,意求浑浩,识贵旷达,意当严核。与这样的理想相谐的是她对自己早年习作中香奁做派的扬弃。其《答胡慎容夫人》道:

> 彼来书中又有论仪之诗太劲洁,不免失闺阁本来面目,并有意求工等语。似令妹夫人犹未深知仪之诗之所以为诗者。
>
> 至失闺阁本来面目,此又仪避之出于有心者。盖诗道关乎风教,三百篇中美者刺者、幽者达者、好色者、致哀者、敬而贞者、靡而淫者一唯人心之近而出乎不容已。或可惩创,或可感发,心异者而声亦异

焉，无非皆本来面目，而实无一存本来面目者也。魏晋而下视为缘情之作，专事绮艳陋僿，一出于儿女之私，大远乎不淫不乱之遗。至唐以来诗称极盛，然自数十家而外，工于赋景者多，深于言志者卒少。迄乎时下，言诗者更多漫无所志，唯专用攻苦之心于酬酢往来中。或有吾辈巾帼能工翰墨者，又喜斗竞于香奁浮艳。求其有先辈识见，涤尽柔媚之态而相题成章，则百难获一，又何足尚论于魏晋以前之旨乎？

噫！有赋而无比，有颂而失风雅四始，六义阙如矣。仪方深以为病，正自愧不能尽去闺阁之面目，而不意令妹夫人之教余者反在是也。

对于没有社会功业的清代才女而言，文学可能是她们在家政之外寄托一生的事业，因此，清代才女对文学的主张其实也系乎她们的社会认识和人格理想。而且，文学创作与批评让她们可以暂时抛开性别差异，与男性就共同的话题平等对话。① 与执古道以批评现实的议论相呼应，王贞仪作诗也求规避时下风气，举凡绮艳情思、应酬交接之作，屈志从俗者，概不予论。"唯平日取古人诗，潜心玩味，得其解则求会其法，会其法则求味其神理。与我合者诵之，不与我合者置之。朝夕玩

---

① 对于才女而言，文学批评可以是同性交友的手段，当对话的圈子溢出性别界限时，共同的话题就成了她们拓展自己言论广度和深度的台阶，如李清照《词论》、王端淑《名媛诗纬》、汪端《明三十家诗选》和沈善宝《名媛诗话》等。

索，境由心生，妙由思出，下笔得句，则犹然我之性情、我之志趋，而规矩复不相越，斯为善法古者矣。"（《答许燕珍夫人》）诗言志，出一己之性情，法古也是求取"与我合者"，以文学为确立和彰显自我的手段。但这个"自我"又与平常女性自然抒发的性情心怀不同，基于对女性人格特质的反思，她认为这又是有待修正和完善的。所以，她提出高古、浑浩、旷达、严核等创作目标。作为教导后学之言，这当然是执中之论，但其实质还是以反思女性才优于学的弊端为潜在出发点的。这或许是出于女性批评家不自觉地将性别立场带到了文学批评中的缘故。另外，文学批评的表达方式是诉诸议论的，这种言说本身就是对女性见识的考察，也是对思辨逻辑的训练，这正是以抒情性见长的女性文学传统所欠缺的。可以说，女性的文学批评透露出她们思想中知性的光辉，使她们在才女的光环之外又带有学者的理性与严谨，这正是学养带给女性精神境界的变化。

吴讷《文章辨体序说》称："书，盖论议知识，人岂能同？苟不具之于书，则安得尽其委屈之意哉？"书这一体裁在古文中常被用于议论，女性文章史则略有不同，后者通常以书作为口头交流的延伸，内容还是多以抒情和叙述为主，尤其是情书和家书，语言则浅俗近似口语。晚明以来出版的实用写作一类的指导书籍显示，女性写作书信甚至有规定的格式和用语。换言之，社会对女性的言说方式也有规范性的指示和期待。明清时期，具有一定社会活动能力的女性都熟练掌握书信这一体裁，比如以塾师为业的归懋仪，她的书信充满了客套的格式语言，显示了待人接物亲切圆融的处世态度。比如《答香卿夫人书》云："千里神交，十旬阔别，相忆之情，笔舌难罄。常夜梦君，或花枝掩映，或曲篱围护，总未能一近玉容，亲诉衷曲。想因相思之切，倍形相见之难也。"又《复吴星槎别驾书》云："前者偶学倚声，过蒙先生青睐，涂鸦腕弱，说项情深。仪愧知音，先生真天下有心人也。书中推许过情，执谦已甚，临风三复，且感且惭。自兹以往，望时赐指南，俾知趋向，是则寸心所私祷者也。奉次元韵四章，藉展钦仰之忱，伏祈施之斧削，幸甚。"① 相比之下，王贞仪的三封书信完全打破了女性尺牍的俗体格式，更像是脱胎于唐宋古文的坦率之论，除了显示作者不与时流的姿态，也可见她刻意为文的用心。

《文章正宗》叙例称："叙事起于古史官，其体有二：有纪一代之始终者，《书》之《尧典》《舜典》与《春秋》之经是也，后世本纪似之。有纪一事之始终者，《禹贡》《武成》《金滕》《顾命》是也，后世志记之属似之。又有纪一人之始终者，则先秦盖未之有，而昉于汉司马氏，后之碑志事状之属似之。"② 在古文中，记一人、一事之始终的叙事文比较多见，就体裁而言，则表现为传与记二体。《文章辨体序说》归

---

① 〔清〕归懋仪著，赵厚均点校：《归懋仪集》，人民文学出版社2022年版，第699—700页。
② 《景印文渊阁四库全书》集部第1355册，第6页。

纳道:"传,后世之学士大夫,或值忠孝才德之事,虑其湮没不白;或事情虽微而卓然可为法戒者,因为立传,以垂于世:此小传、家传、外传之例也。"① 在古文的发展演变过程中,正史的人物传记因为撰述体例和思想的严整统一自成系统,而小传、家传、杂传等不拘传主身份,或者立传别有寄托的记人之文逐渐成为传记体文章中最容易出彩的一类。

《昌邑两义士传》是异姓兄弟陈怀彦(字志敏)和周逊先(字伯言)的合传,称其为"义士"并不是因为他们有献身家国的豪言壮举,而只是在日常人伦关系中显示出坦诚率直、重情重义的人品与性情。二人自幼为邻,年岁相当,长而约为昆弟,"志敏一日不见伯言则不欢,而伯言亦然"。二人以性命相交,伯言家贫,受志敏厚赠亦不为谢。志敏为人外雍和而内沉毅,伯言则性忠直而复倜易,不善生计,亦不以为忧,志敏有过,伯言常直言而忠告之。两人都事举业多年而不售,志敏提议经商为生,伯言迂直不许,说:"人之读书,固非徒为功名计,然上之得以致君,下之得以泽民,夫即所以为亲志也。今一旦忽改儒术,而汲汲以阿堵中物是营,其如初杼何?"又五六年,二人仍不遇,志敏母亲谓二人曰:

> 人子无他,孝唯顺亲为难。我闻周子语已语,诚然也。第进退大有命在,今二子读书数十年,竟不

---

① 〔明〕吴讷著,于北山校点:《文章辨体序说》,人民文学出版社1962年版,第49页。

获,隽志良苦矣。古人有云:士之于时,宁学通,毋学固。汝辈所议殆固也。况儒者以谋生为急,古之人且有货殖,是学而竟克成其名者,奈何以贾之不可为哉?

正是陈母的这番通脱的言论让兄弟二人的观念发生了根本的转变,由迂阔固守的儒生一变而为务实敏行的儒商。王贞仪尤其称赏的是后来兄弟二人为富且仁,不改儒服初衷,业商所得除满足生计外,还在饥馑凶年周济寒贫。而且两家三代始终相亲相敬,传为乡里佳话,足为世间亲手足者训。

《韩园公传》的传主甚至连名字也无,是王贞仪安徽天长旧家雇佣来看管园艺的老仆,家人为尊老起见,不便称名,但呼之为老韩。老韩早年本为富家子,自幼习儒而不谙世事,后家道中落日贫而为园丁,但其行事、治家和为人又自有风节,非寻常工匠可比。他待人仗义为怀,代邑人偿还债务使其不至鬻女为妾。又受朋友嘱托代管钱银,朋友不幸而殁,钱银完璧归还,不差分毫。更有奇者,天寒暮雪时,遇虎于山中,乘醉相谈而无惧色。老韩一生命运多舛,又每每随遇而安,身居仆从却自尊自信,让人不敢轻视。晚年更是安贫随性,春则酿百花为酒,冬则储芋稷以为粮,不慕名利,不缺衣食,故依然率真如赤子,不以贫富、尊卑、生死为挂碍。曾歌以言志曰:

第三章　余岂好辩哉

　　藜藿之食可以充我饥兮，毳箬之服可以为我衣兮。衡门圭窦可以乐我志兮，岂涉险耐阴，避深而待霁兮。吾无愁之欲问天，亦无忧之欲埋于地兮。将存乎真而自得，岂农圃丈人之流兮？

王贞仪尝记其年轻时每跨驴背，纵游天下，饱览奇景，"有时历寒暑险奥，极士大夫所不敢历、不堪处者，己则悠然自得"，可以视作韩园公一生的写照，而作者对所谓士大夫者的鄙夷也不难推见。故王贞仪在传末赞道：

　　余以为其诚非老圃者流，殆隐于园者耶？及听其二子之言，似又实非洁身者比，然则其古君子人乎？彼古之君子欲进则进，欲退则退。或躬耕以为食其室家也，或力蚕以为衣。饥寒之患不迫于肌[①]肤，富贵之荣不摄于心志，是非得失不累于中。俯仰身世，绰然皆给，即不得志亦能遁世而无悔。或托乎微业，毕其生可以不闷。在易履之讼曰：素履，往无咎。象曰：素履无咎，独行愿也。

陈、周异姓兄弟与韩园公都是屡试不第而以别业为生者，记取他们的事迹也许隐含了王贞仪对当时一个重要社会问题的关注与思考，即清代社会举业的功利化与民间儒士的人生

---

① 编者按，此处原稿为"饥"，作者据文意而改为"肌"。

归宿之间的冲突。这种冲突由两方面的因素造成：一是清初以来官学对理学的改造，使得有识之士纷纷感叹儒学精神的衰微；二是随着社会经济的发展和人口的激增，报考科举的人数远大于实际录取的数额，为数众多的落第生员不得不在皓首穷经与生计经营之间徘徊，士人群体的精神状态往往陷入焦虑与紧张。换言之，对外在社会地位的迫切追求与内在精神的空虚，使得清代民间儒生陷于一种尴尬而不平的处境。以王贞仪的阅历，她可能没有机会结识戴震、汪中这样举业未竟转而以学术文章立身的大家，她所关注的更多的是像父、兄一样平凡的庶民，在前途困顿之时，如何自存自处？在断念于举业之后，又如何寻找新的精神寄托？现实与理想的矛盾促使她寻找更深刻的思想资源来解惑释疑。本来经学在她的学识中并不占很大的比重，但易道精微，往往有溢出经学教条之外的启发。王贞仪对韩园公的评价，引自《周易》"履"卦初九爻辞，王弼注云："处履之初，为履之始。履道恶华，故素乃无咎。处履以素，何往不从？必独行其愿，物无犯也。"孔颖达疏谓："处履之始，而用质素，故往而无咎。若不以质素，则有咎也。象曰：独行愿者，释素履之往，它人尚华，已独质素，则何咎也。故独行所愿，则物无犯也。"至此仍然可见她对个人志向的重视，相信无论外在际遇如何，只要笃志而行，终究会有通达的结局。王贞仪会有这样的认识，既反映了她的自信与朝气，也包含了祖父的人生经历带来的启示。

在历代女性文章中，女性所作的传记大多沿袭《列女传》

体例，为褒奖贤媛才女、贞妇烈女而作，王贞仪也不例外，《德风亭初集》收录的《姚母张太夫人传》《孙节妇传》《两贞女传》便属于这一类。而像男性作家一样以俯瞰社会的眼光为畸人奇事作传的女性并不多见，在传末还系以史氏之言而有所寄托的更是罕见，以《昌邑两义士传》和《韩园公传》为代表。由来女性文学取材受制于女性的视阈，罕有关注寻常巷陌百姓人家者。宋人词作中有两种生活景象很好地再现了传统女性有限的生活空间，一是苏轼的"墙内秋千墙外道，墙内佳人笑"，一是李清照的"向帘儿底下听人笑语"。墙与帘的存在隔绝了女性与外界沟通的可能，越是朱门绣户的深闺女子，其生活空间越是有限，节令期间偶然的行游也并不能让她们真正感知社会现实，故女子诗文要开拓现实题材很不容易。王贞仪早年虽然也与闺阁才媛同列，但家道中落的命运让她对时运不济、沉沦下僚的仆役贩夫能够持了解之同情，且自己的家人屡困场屋，最后不得不弃科举而为生计奔波。① 这本身就意味着王氏家族社会地位的改变，那么王贞仪的才媛身份就呈现出与其他仕宦家庭才女相异的特点，她的写作立场在很大程度上受到了这一身份的影响。

王贞仪的记体文章有以居处言志向的《舫寄记》和《虚室记》。《舫寄记》是其十六岁时为祖父王者辅在金陵的别业而作。王者辅罢官之后，对立身处世之道有了深长的反思，遂

---

① 《寄游阁诗》小序云："侍大母董太恭人过湖州，寓家孝庵兄宅。孝庵携妻女儿贸于其地，遂家焉。"可知王氏姻亲不乏普通的市井平民。

择地营建别业以为栖心之所。屋舍作舟舫之形，环水而居，故取名为"舫寄"。其中则有榻、有几、有琴、有书、有笔、有墨、有炉、有灶、有茶具、有酒器，是泛花载客、寄情风月之所。王贞仪以设问对答的章法，层层剖析了祖父营建别业的用意，其中最潇洒清丽的一段如：

客曰：先生之安不忘危，坦不忘颠，其寄志斯舫之旨，既得闻命矣。而所谓乐者，亦得进以语之乎？

公笑曰：余之乐非犹夫人之乐，而实自以为乐焉耳，然不必求乎舫寄以外。

是故柳眼初开，桃绯乍起，绿波如镜，风约池萍，吾舫之寄乎春也。碧藕亭亭，青菱子子，尺鲤佐馔，水风送凉，吾舫之寄乎夏也。桐叶初下，雁使乍来，红蓼作花，芙蕖濯艳，吾舫之寄乎秋也。芦残苇老，池月凝冰，梅影横波，雪竹映棂，吾舫之寄乎冬也。

若夫把酒招客，煮泉论文，中隐水槛，风送铿訇，吾宾朋之寄乎舫也。波回汐转，澜别源归，墨光流韵，笔花漾彩，吾斯文之寄乎舫也。高唱入云，清波见底，金石之声与水相答，吾诵读之寄乎舫也。朝眺篷下，暮酣舱间，宛然浮家，狎此泽国，吾起息之寄乎舫也。

"众鸟欣有托，吾亦爱吾庐。俯仰终宇宙，不乐复何如"（《读山海经》），王者辅的园林之思与陶渊明开创的隐逸传统一脉相承，"乐"是身心的愉悦，是对个体存在本身的肯定与尊重。王贞仪后来自外于世的姿态，珍视自我独立人格的观念，不能说没有祖父的影响。可以看出，在成年之前，她所接受的思想其实是多元的。借助于祖父的反省，她甚至得以一窥老庄和易学：

> 江有三海，有四湖，有五泽，有七陮，而至于溪洫泾濑之多，吾以一池寄之。舳舻千尺，艒䑽百丈，吾以一屋寄之。悠然邈然，不知崖涘，此又吾存危防颠中之至乐也。子安得以海艴江舠傲我濠上知枋箅耶？夫吾之一身即天地间之一舫也，其沉其浮，往者既知之，来者将傲乎？是舫已且虑安危之机者，莫如乾坤以下，屯蒙需讼师比，其譬皆能取乎水也。六十四卦言利涉大川者六，而片言不取向于舟。至于篇终，一则曰既济，一则曰未济，详厥旨也，非深存乎覆踬之惩也哉？

"三玄"之学都以其辩证相对的思维方式为后世执着的读书人提供了思想转圜①的退路，这种思维方式直接启迪了王贞仪为自己的书斋而创作的《虚室记》的构思。虚室是王贞仪

---

① 转圜（huán）：挽回。

家园东偏一间宽仅二丈见方的斗室,室如其名,其中陈设素朴,与舫寄的春花秋月截然不同。没有镂壁画栋、珠帘绣幄,桌几不论木质,藏书未必三坟五典,书画不尽是名家手笔,举凡文房器具也不讲求窑品技工,连使唤之人亦不过一丑婢而已。若论流连观赏,虚室实无一可记,然犹有可记者,必然是陋室之人以吾德之馨自负于世。果然,身处室中,则不读"古今一事一物、无益之聚讼号之为广博者"之书,不作"撫窃抄袭雷同混俗"之文,不出"支词溢语",不闻"淫色恶声",则室内室外廓然寂然之时,心境亦澄明澹荡,则可以"虚心聚益""课虚则实"也。而"虚"字其实乃自箴自勉之意,"经传书思非虚籍,三纲五常非虚托,名理非虚谈,诵读非虚为",于日常起居中一一贯彻,则女子问学修德亦可与男子等同。故王贞仪特别申明:"吾之记是室也,女红其余也,记其诵读之工不虚也。"因为尝有人曰,室内女子当以女工为常务,诵读者非女子事,且圣贤之诗书非女子所宜知,何况作记。王贞仪反驳道:

> 是非君子之言也。人之生也,忠孝礼义廉耻名节同具于性而发于行者,男女一也。经史文章,圣贤之心法昭焉,而三纲五常之理所由寄,千万世之道统所由系。均是人,则各当尽此三纲五常之正道。且圣贤诗书亦谁当读,文章亦谁当为者?伦理大端,要非无所托。未有能读圣贤之书之女子而不能忠孝礼义廉耻

名节之自尽者。若夫司晨乱德，阴干乎阳，此必其不能读圣贤之诗书者也。而乃固执一见，必谓诵读非女子事宜，夫岂知言者哉！

强烈的对比反衬显示了王贞仪洗尽铅华、欲与须眉比肩的决心，可以想见身在闺中之时，社会性别规范对她的习染还很浅淡，从而成就了她昂扬的斗志。她敢于挑战女性文学传统造就的香奁特色，很大程度上也是源于这种初生牛犊不怕虎的勇气与朝气。经史文章的阅读与写作在她眼里从来不是"绣余"之事，而是关乎思想人格甚至社会伦理大端的千古之业。这种思想与女性创作的弹词小说里面以"易装"手段实现性别易位的假想是不同的。如《再生缘》一类的弹词中，女主角通常在男装的掩饰下伸张了自己有才不能施展的委屈，其背后仍然显示了男性权威的绝对性，当女子回归原来的身份，以女性面目立身时，同样的智慧才情却没有了可以发挥的平台。王贞仪把女红与才学并提，就是要证明二者可以在女性身上并存，不事铅粉的女子仍然是女子，她们可以不改变性别而与男子一样读书习文，和男子一样持有对家国天下、人伦世道的见解，同样也可以将自己的思想认识诉诸笔端。那么女子从事写作与她们的性别其实并没有必然的联系，当然更无所谓矛盾冲突。

第三节 《德风亭初集》与古文传统

韩愈《伯夷颂》论道:"士之特立独行,适于义而已,不顾人之是非,皆豪杰之士,信道笃而自知明者也。一家非之,力行而不惑者,寡矣。至于一国一州非之,力行而不惑者,盖天下一人而已矣。若至于举世非之,力行而不惑者,则千百年乃一人而已耳。若伯夷者,穷天地亘万世而不顾者也。"① 林纾认为,伯夷的名字天下后世皆知,不待歌颂,韩愈此文其实是有为而作,正如司马迁传伯夷,是"患己之无传,故思及孔子表彰伯夷,伤知己之无人也",韩愈是"信己之必传,故语及豪杰不因毁誉而易操","而己身自问,亦特立独行者,千秋之名,及身已定,特借伯夷以发挥耳"。② 后世之人引古人为知己,其实有借他人之酒浇自己胸中块垒的意味,而且既与古人同调,则多少有不谐俗世的情怀,有选择性地继承文化传统,往往是作为变革现实的前奏。古代女性长期以来只能接受有限的教育,在她们的视野里可以援引的对象首先是班昭、蔡琰、左棻、谢道韫等人,换言之,女性是被动地接受而不是主动选择她们所继承的文化传统。王贞仪用她的创作实际显示了对这个传统的超越,她虽然没有自陈古文师法于

---

① 〔唐〕韩愈著,马其昶校注,马茂元整理:《韩昌黎文集校注》,上海古籍出版社 2021 年版,第 92 页。
② 林纾:《韩柳文研究法》,商务印书馆 1914 年版,第 8—9 页。

哪一家，不过就个人气性和文学品格而言，她的文章是取法韩愈的，而且就持论辩难这一点来讲，还有以孟子为宗的气象。那么，王贞仪是出于什么样的文化立场和现实处境，才选择了孟子、韩愈这一系的古文传统？这样的选择与才女的身份又是否有内在关联？

  王贞仪有《寄勉弟侄辈》诗二首，其二云："漫教生计苦纷如，世业由来重读书。把臂接交徒酒食，矜心时望戒声誉。文章有实堪追步，技道无为致曳裾。太息寄君韩子语，成龙不得恐成猪。"韩子是指韩愈，成龙成猪之说出自他的《符读书城南》诗，其中就两小儿学与不学的差异，对比了他们成年后的不同结局，即所谓"年至十二三，头角稍相疏。二十渐乖张，清沟映污渠。三十骨骼成，乃一龙一猪。飞黄腾踏去，不能顾蟾蜍。一为马前卒，鞭背生虫蛆。一为公与相，潭潭府中居"。可见她平日对韩愈诗文了然于胸，下笔才能信手拈来。王贞仪从思想到言行都有学步韩愈的痕迹，其《答方夫人第一书》称："盖文章一道，断不可无故而作，必借一事发之，以稍见其胸中之所寄托，必有道以寓乎其中为文也。"言之有物，载道为文，这是古文家一般的文章观。关于古文与道的关系，韩愈的名文《题欧阳生哀辞后》里说："愈之为古文，岂独取其句读不类于今者邪？思古人而不得见，学古道则欲兼通其辞，通其辞者本志乎古道者也。"既然属意文辞意在志古道，那么自己的文章传之后世也应该是道的载体，王贞仪选择古文正是为了树立自己的思想，她取法韩愈的第一点在于

161

作文以求道，进学以立身。

其次，《宛玉以古文近作寄质于予，欣为点定，并答以诗》中又说：

> 文章贵体裁，取用本经史。朝学莫夸能，习俗殊迷诡。所以古才哲，函养抉精旨。胸搜万卷书，乃可备驱使。
>
> 群贤既凋谢，浮伪日争起。恃心作解人，前师置不齿。家各立其宗，人各分其体。妄言肆无稽，嬉笑列粗鄙。
>
> 往往论学术，断不重女子。或且忌才深，喇喇交相诋。或且忌名成，一妒生百毁。遂令巾帼流，不敢事笔纸。猥缩屏柔翰，几忘四德始。岂知均是人，务学同一理。
>
> 载道统所尊，无分彼与此。云何昧厥义，徒以论形似。大抵尚修词，立诚以尊轨。煌煌秉正志，非礼勿云美。蹈辙罗陈言，擅能实所耻。愿与则古昔，勉旃去渣滓。

男女"务学同一理"的观念在《上卜太夫人书》中也说过，女子要达到这样的期望，无疑应该像历代才哲一样"胸搜万卷书"，"函养抉精旨"。而且，《与夏生乐山论诗书》又称，诗必出之性情，学古以能化用为己意为高，所以修辞以立诚为尊，而对古人的陈言则应该推而出新。因为文章法古容易生吞活剥，食古不化，正如韩愈《答李翊书》所云："学之二十余年矣，始者非三代两汉之书不敢观，非圣人之志不敢存。处若忘，行若遗，俨乎其若思，茫乎其若迷。当其取于心而注于手也，惟陈言之务去，戛戛乎其难哉！"① 其末流者便是章学诚所指摘的古文十弊之一，文章学古而不化者，记善相夫者则必称鹿车鸿案，记善教子者只道画荻丸熊，殊不知德行虽同而事迹各异，故实斋主张与其文而失实，不如质以传真。王贞仪在提倡学古的同时也意识到了拟古的流弊，她取法韩的第二点在于唯陈言之务去，修辞立其诚。

　　以上是就文章观念而言。王贞仪以书体立论，最能显示她打破女性文学范式，向传统古文写作靠近的实践。如前文所述，古代女性的书信多是口头交流的延伸，语言较其他体裁更平易浅俗，内容以家书和情书居多，抒情和叙事的表达方式比较常见。因为交际内容的差异，书信在男性文人笔下很早便成了阐述自我见解的文体。书信营造的对谈氛围本来就有利于交流双方在对手的启发下进一步明辨自己的主张，如曹丕的《与吴质书》、曹植《与杨德祖书》以及陆云的《与兄平原书》等都是讨论文学的名篇。古人的书信除了私人交流的内容，有很大一部分都以作文的态度严肃地写作，并希望传之当时与后世。在韩愈笔下，立论之书或上长者，或寄同僚，或喻

---

① 又韩愈《答刘正夫书》有云："若圣人之道不用文则已，用则必尚其能者；能者非他，能自树立，不因循者是也。"《韩昌黎文集校注》，第294页。

后生，无不希望以己意而易人心，因此自叙心路历程、自张思想性情也成为希望对方认同自己的方法之一。如《答崔立之书》意在抒写自己三试吏部而不售的悲愤，其间不无对博学宏辞科选的不满：

> 仆始年十六七时，未知人事，读圣人之书，以为人之仕者皆为人耳，非有利乎己也。及年二十时，苦家贫，衣食不足，谋于所亲，然后知仕之不唯为人耳。及来京师，见有举进士者，人多贵之，仆诚乐之，就求其术，或出礼部所试赋诗策等以相示，仆以为可无学而能，因诣州县求举。有司者好恶出于其心，四举而后有成，亦未即得仕。闻吏部有以博学宏辞选者，人尤谓之才，且得美仕，就求其术，或出所试文章，亦礼部之类，私怪其故，然犹乐其名，因又诣州府求举，凡二试于吏部，一既得之，而又黜于中书。虽不得仕，人或谓之能焉。退自取所试读之，乃类于徘优者之辞，颜忸怩而心不宁者数月。既已为之，则欲有所成就，《书》所谓"耻过作非"者也。因复求举，亦无幸焉，乃复自疑，以为所试与得之者不同其程度；及得观之，余亦无甚愧焉。夫所谓博学者，岂今之所谓者乎？①

---

① 〔唐〕韩愈著，阎琦校注：《韩昌黎文集注释》，三秦出版社 2004 年版，第 250 页。

对考试制度的批判表明了对自己志向的坚持，故而文末"视世绝卑，自负绝大"（曾国藩语）的狂言才脱口而出，成就了文章不屈不挠的气势。前文所引王贞仪的《上卜太夫人书》与此相类，文中自陈道：

> 唯仪禀性坚白，虽一女子，雅知克己，而一皆以道自守。凡目前之意所抵牾者，辄必攻辩。执玉碎之见而暗瓦全之情，抱独醒之癖而悖啜醨之沉。遂使近日婉媛之辈有所不合，噂沓背憎，倾毁时加。或以为幼而无知，或以为闺中狂士。又或疑为有意作名，求知于当世，抗行于古之女史才氏。嗟乎！是岂真出此哉？
>
> 今设有士大夫以好名是喜，则通人长者，独得而贱之嗤之。况仪一女子，敢不循雌伏之理，以道自守，而竟敢以闺中之言行播扬道途，以求人知乎？

历来女性文章罕有为自传者，[①] 女性自我记述的愿望多透过其他文体间接地表达出来，如李清照《〈金石录〉后叙》之借序立传。王贞仪自矜自别于一般才媛者，在于自己特立独行的思想和性情，故自叙中也以众人皆醉我独醒的姿态示人，以

[①] Grace S. Fong 认为清初季娴的《前因记》是她的一篇自传，参见 Susan Mann, Yu-yin Cheng: *Under Confucian Eyes: Writings on Gender in Chinese History*, Berkeley and LosAngeles: University of California Press，第 135—139 页。

不合时宜自负。她对自我个性的张扬其实已经远远超越了"雌伏"的界限,所谓"闺中狂士"才是她真正得意的称谓。她认为尊重自己的真性情,才可能在行文中修辞以立诚。与她同时的章学诚就说:"《易》曰:'言有物而行有恒。'又曰:'修辞立其诚。'所谓物与诚者,本于人心之不容已,仁者见仁,智者见智,要于实有所见,故其所言,自成仁智而不诬,不必遽责圣贤道德之极至,始谓修辞之诚也。盖人各有能有不能,与其饰言而道中庸,不若偏举而谈狂狷,此言贵诚不尚饰也。"①

而且,书体的对谈气氛为反诘的问话提供了对象,反问成为常见句式,文章气势往往因此而增强,作者倔强不屈的性格也由此彰显。如韩愈《后廿九日复上宰相书》,其责问为辅相者不能如周公之敬贤纳士,曰:

> 今阁下为辅相亦近耳,天下之贤才岂尽举用?奸邪谗佞欺负之徒岂尽除去?四海岂尽无虞?九夷八蛮之在荒服之外者,岂尽宾贡?天灾时变、昆虫草木之妖,岂尽销息?天下之所谓礼乐刑政教化之具,岂尽修理?风俗岂尽敦厚?动植之物、风雨霜露之所沾被者,岂尽得宜?休征嘉瑞、麟凤龟龙之属,岂尽备至?其所求进见之士,虽不足以希望盛德,至比于百

---

① 〔清〕章学诚:《评沈梅村古文》,《章氏遗书》,1922年吴兴刘氏嘉业堂刊本。

第三章 余岂好辩哉

执事,岂尽出其下哉?[1]

何焯形容此一段为"一路顿跌而下,如怒涛出峡",虽是设喻为论,也不妨看作实写,正是韩愈胸中愤懑不平之气造就了文章如许的波澜。反诘句式在质问的同时加重了肯定语气,是对自己原初论点的重申与强化,是论辩中常用的句式。王贞仪因反对佛教,而拒绝为"从事释氏"的某公写序,其辞云:

> 今某某何如人,名列庠序,乃公然外圣贤之正道而从事释氏,又公然不自知悔,一务乎空寂之语而乐为名教中之罪人。呜呼!是尚得为圣贤之徒而尊之齿之哉?一旦以其诗集求序于仪,岂以真为名宿乎?抑或姑试之而以仪之文章果无足轻重乎?论其人品,不足以序之,论其所学,不足以序之。自忖人何如、集何如,乃欲仪序之乎哉?
> 世亦尝有为大言者,自命千古之人,为之集者乃千古不朽之作。夫人非君子之人,文非载道之文,果亦可不朽乎?吾以为直蜉蝣朝菌焉耳。自思生平无足重于后人,垂于弗替者,从故纸堆中急谋所以延名誉于身后,亦谁可以欺?(《答白夫人》)

---

[1] 〔唐〕韩愈著,阎琦校注:《韩昌黎文集注释》,三秦出版社2004年版,第243—244页。

前一段文字是对自己文章的无限珍重,以至于不惜开罪别人也不轻易下笔,正符合她所谓文章"断不可无故而作"的看法。以反问出之,近乎怒斥,将其人其学批判得体无完肤,其过人的胆色和勇气使得文章自有一种威武不屈的气势,这在女性文学中是十分难得的。

追根溯源,议论文章以对话体为架构自《孟子》以来早已有之,《孟子》是语录体,以记言为主,对话的氛围为申明义理创造了正反两个场域,有利于论证的推进,因此成为后来的论说文模拟的体式。王贞仪的文章对议论表达方式的运用已经跨越了文体,书、序、跋、记诸体莫不用之,甚至辞赋亦然。如《七夕赋》拟想乞巧诸女与自己的对话,以申明女子乞巧于天不过寄托于虚渺,其实才性有定,强求无益:

> (诸女)更群请于余曰:故事所传,人言有谓,针缕招灵,香烟卜瑞。赐年赐福,得富得贵。心目聪达,手口敏慧。去逆来顺,涤暗消悴,曷试弃拙以就巧,而一为祝词于斯意乎?
>
> 吾且语汝:夫物之生也,定于降质,明于赋形,贤愚庸智,自然之经。况复人情万物之灵,形质既判,巧拙攸分。何深机之不究,如尸顽而木停。而乃淫嗜奇新,思为妄营。至如巧之较拙也,方则枘焉,圆则凿也。虽公输之能,固不得以强合,故材有异宜,理无昧夺。塞不可易乎通兮,佞不可移乎讷。

此实限之于天，岂斯人之弗若。

　　将欲言词之巧，相诪相张，相敫相矫，饰外悦人，隐慝作藻，则必至逸簧不闲，沦越出好者矣。将欲技艺之巧，侈乎逾礼，刻猴雕龙，楮鸢凌霄，缚草象容，则必至奇淫乱道，灾指堕躬者矣。将欲修容之巧，清扬婉媚，脂妍膏灿，饶美增娇，为俗所尚，则必至倾国渔身，敝帠终享者矣。将欲岁月之巧，延年访药，茹石服丹，含蝎孕蠱，外邪中干，则必至禀气失中，遭生不完者矣。

一问一答，正是全赋由铺陈节令风景转入议论之处，此下全为阐发见解，与议论文无异。论述之中，又双关对照，① 一正一反，排列乞巧诸方的弊端，体现说理之严密，同《与夏生乐山论诗书》中"贵其高古，却喧卑也；气贵其浑浩，绝蕤弱也；调贵其噌宏，斥嘤咿也；识贵其旷达，去拘隘也；语贵其平和，忌刻薄也；律贵其周谐，鄙纤佻也；意贵其严核，黜浮肤也；典贵其融新，弃腐杂也"一段有异曲同工之妙。

韩愈推尊孟子，以为"功不在禹下者"，就如同他称颂伯夷一样，他引孟子的话说：

　　今天下不之杨则之墨，杨墨交乱，而圣贤之道不

---

① ［日］市川本太郎：《孟子文章法的研究》，《信州大学纪要》1953年第5期。

明，则三纲沦而九法致①，礼乐崩而夷狄横，几何其不为禽兽也。故曰："能言距杨墨者，皆圣人之徒也。"……释老之害过于杨墨，韩愈之贤不及孟子，孟子不能救之于未亡之前，而韩愈乃欲全之于已坏之后。呜呼，其亦不量其力且见其身之危，莫之救以死也！虽然，使其道由愈而粗传，虽灭死万万无恨！（《与孟尚书书》）

《文心雕龙·诸子》有云："诸子者，入道见志之书。太上立德，其次立言。百姓之群居，苦纷杂而莫显。君子之处世，疾名德之不章。唯英才特达，则炳曜垂文。腾其姓氏，悬诸日月焉。"诸子学兴起于王官之学衰落后，是学术由公入私的转捩点②，自此专门的学问便与一家的姓氏联系在一起，换言之，诸子在争鸣中要以"立己"之学自树，排异成为伸张自家学说的一种手段。就孟子而言，除了排斥杨墨显学，还有就是面对执政时所表现的以德抗位的士人精神，这种对个体人格和道德尊严的无上崇敬吸引了后世无数的儒生蹈袭他的思想轨迹。韩愈早年的思想文章也是以此自树的，他所面对的异端是流行于世的释、老之学，树立道统并维护儒学的纯粹性成为他捍卫自己思想边界的途径。同样，在面对权力关系时，他也曾表现出一定的对抗性。王贞仪在乾嘉文坛的处境与孟子和韩

---

① 致（dù）：败坏。
② 转捩（liè）点：转折点。捩，扭转。

愈的文化立场有些相似，这正是她自觉或不自觉地倾向古文创作，并以古文求古道的根本原因。唐宋以来的文章总集中，除了极个别的人之外，女性作者的署名大都只有姓氏，没有名字，因此很难确考其生平事迹。可以说，古代女性文学史经历了漫长的"无名写作"的时期。直到明清，儒家传统的知识体系逐渐向为数众多的女性开放，而她们的著述也逐渐为社会所接受，独立署名并有别集传世的女性才渐渐为人所知。作为有别于男性的写作群体，面对男尊女卑的传统心理定势，她们应该如何让自己的言论既不失去性别特色，又被社会所接纳？换言之，在王贞仪生活的时代，文学创作可以署名了，但又要处理如何为自己的写作"正名"的问题。

乾隆时期女性文学异常繁荣，其表现之一就是文学追求的价值多元化倾向，对于为写作"正名"，才女们也各显其能。或以家族为依托，借助于父兄的援引，在家集中将自己的言论刊刻流传，这是一种形式；或与同侪结社，拜入男性文人的门下，在男女相杂的文学集会中将自己的思想公之于世，这又是一种形式。王贞仪的父亲只是一个没有功名的医生，丈夫詹枚无论学问还是名声都不如她，而她自己似乎也刻意避免与当时才媛中的名流交往，所以两种形式对王贞仪而言都不合适。她是以一种抗心希古、遗世独立、冷眼旁观的姿态矗立在当时的文坛上，那么，她应该如何名正言顺地留下自己的"文名"，一如孟子在流行的杨朱、墨子之说面前打开话语空间，一如韩愈在释老当道的风气下树立复兴儒学的旗帜？自我张扬、自我激励的气势是十分必要的,尊经复古之说旨在援引思想资源,以复古张新声才是言说的实质。王贞仪选择了古文而非诗词,在古文传统之中又取法壮怀激烈的韩、孟而非平和纡徐的欧、曾,这些都显示了女性在掌握了言说的能力之后企图树立自我的强势努力,甚至显示出挑战者的姿态,如同璀璨的烟花,照亮文坛一隅。

第四节 王贞仪与盛清女性文坛

王贞仪短暂的一生贯穿了乾隆朝的后半期,其时正是清代女性文学史华彩流章的段落,在绚丽多姿的才媛写作背后,社会思想争论的焦点也渐渐聚合到这一领域里来。首先是才媛自己感受到的社会舆论纷争,不仅王贞仪自陈"近日婉媛之辈有所不合,噂沓背憎,倾毁时加",盛名在外的随园女弟子骆绮兰①也说自己受到非议——"厥后索诗画者日众,或见兰诗而疑之,谓《听秋轩稿》皆倩代②之作。兰赋性粗豪,谓于诗不能工,则诚歉然自惭;谓于诗不能为,则颇奋然不服","师事随园、兰泉、梦楼三先生,出旧稿求其指示差谬,颇为三先生所许可。世之以耳为目者,敢于不信兰,断不敢不信随园、兰泉、梦楼三先生也,于是疑之者息而议论之者起矣。又

---

① 骆绮兰(1754—?),字佩香,号秋亭,江苏句容人。
② 倩代:指请人代作。

谓妇人不宜作诗,佩香与三先生相往还,尤非礼"①。王、骆二人曾有浅淡的交往,② 她们的议论正好展示了乾隆时期女学争议的两种立场,可见在当时女学是一个说无定论、众声喧哗的议题,既然价值观并非一元,香奁派与复古派不妨各自争鸣,王贞仪所扮演的角色正是后者。

自古以来,以丽辞与柔情见长的香奁体就是女性文学的主流,班婕妤的深宫幽恨是一个典范性的开端,及至六朝徐淑、刘令娴等人的尺牍、诗歌更是让玉台之靡靡与女性妩媚窈窕的情态一起深入人心,五代、宋以后词体的出现并发展成熟,甚至为女性文学锁定了对应的文体,后蜀的花蕊夫人、跨越两宋的李清照等人都以优雅精工的词作参与了女性文学风格的形塑。至此,女性文学似乎有了潜在的写作规范,文辞纤巧,工愁写恨,花朝月夕,感春伤逝,如果具备这样的风格,即便出自男性作家之手,也可能被视为"女郎诗"。而且,由于主流趋势的引导,后世女性的才思被运用得最多,体现得最为充分的也是这样的文学。对此,王贞仪在写给同侪文集的序中表明了她对香奁体的鄙薄:"目前之所称名媛才女者亦不足以究,深学知大道者虽有一二人,又不过互相标榜,汲汲然求知于时,问其学所造就,则辞章呫哔、剪红刻翠,传香奁之韵事而已。否则代成赝作而已,亦何异乎罕觏③之有?"(《周夫人

---

① 《〈听秋馆闺中同人集〉自序》,胡文楷:《历代妇女著作考》附录二。
② 《德风亭初集》卷十一有《谢句容骆秋亭女士寄惠洋笺》一诗。
③ 觏(gòu):遇见。

诗集序》)女性文学研究者纷纷指出,明清女性文学的繁荣离不开男性文人的提携奖掖。诚然,但其中一部分便是对香奁体的赏玩,视妇人如醇酒,不过用以解闷消愁而已,所以越是婉娈①多情的姿态,越容易引得对方流连忘返,甚至才女早夭也被认为是比寿终正寝更理所当然的结局。这样的男性所爱慕的是夹杂着色欲的才情,而并不是女性的人格本身。比如乾隆年间奖掖才女的名士陈文述,他自己就蓄姬妾若干,有《与姬人采鸾书》称:"十年以前,慕君之色;十年以后,爱君之才;经岁以来,感君之情;一夕之谈,重君之德。……向惟鸥波,今则停云。不图此生,乃兼二妙。"②其中"鸥波"是指他的爱妾管筠,维系这种婚姻关系的是女子才、色对男子的吸引,而不是寻常夫妻之间的伦常与恩义,因此陈文述才会得意于"二妙兼有"的乐趣,而全然不考虑女子之间是否会彼此嫉妒的问题。因此,章学诚《文史通义·妇学》有云"己方以为才而炫之,人且以为色而怜之","或过誉其实,或改饰其文",这正是古代女性文学及其文学批评的暧昧之处。③清代较之明代虽然已经没有发达的妓女文学,但妾侍、姬人之作在男性眼中其实仍然带有浓厚的风月色彩,比较同时期的士大夫为闺中正妻所写的文字,便不难看出。在这类文章中,鲜有提及妻子的容貌者,丈夫更乐意突出妻子作为贤妇的德行和内

---

① 娈(luán):相貌美。
② 〔清〕陈文述:《颐道堂文钞》,《清代诗文集汇编》第505册,第201页。
③ 〔清〕章学诚著,叶瑛校注:《文史通义》,中华书局1985年版,第537页。

助的才干，而夫妻情谊的表达往往也很含蓄。如乾隆时期江苏长洲（今苏州）彭希洛为妻子陶善写的《亡妻陶孺人事略》："始归予，长予二岁，时年二十三矣。事吾母甚得欢心，与姒娌处无闲言，驭婢仆宽严合度，自奉尤俭朴。吾母语亲属曰：'次媳性情与吾略同，吾自是可稍纾心力矣。'予性素刚躁，不能容人。及孺人归，遇事辄以宽慈相劝。予亦深自克制，意气渐平。去年秋试前，孺人劝予勤学，代理家务，予得专心习科举业。及试，荐而不售，孺人复以义命相慰。是时孺人方有娠，起居食息，每以古人胎教为法。腊月初，蕴辉生，临蓐甚安。孺人谓予曰：'姑尚无孙，得此可慰慈怀矣。'讵意半月后，忽感时邪，药石罔效，延及新正，竟成永诀。悲哉孺人。"[1]

更有影响力的是，男性文人的批评标准也影响到才女的创作，恰如男人对小足的嗜好引得女人自己也以缠足为美，遂成自残风尚。香奁体本出自深闺幽情，借由文学的渠道打破了内闱的界限，使公众得以一窥素所不见的隐秘情思，又兼涉及情欲一类的话题，其实容易动人初心，因此极易为裹胁大众的世风所吸纳。章学诚指摘古文弊端有"八面求圆"一说，以为"今叙一人之事，而欲顾其上下左右前后之人，皆无小疵，难矣"（《文史通义·古文十弊》）。实用性很强的古文各体本来各有其社会功能，在人际交往成为人生存的必要手段的社会，人与人之间的关系便成为影响文章功能发挥的重要因

---

[1] 〔清〕陶善：《琼楼吟稿》，光绪九年（1883）刻本。

素,进而影响到文章写作。"八面求圆"倒未必真是文人之过,也许是环境使然。反过来说,在这样的氛围之下,实用性的古文写作对作者独立品格的要求就更高,章学诚力倡"文德",其原因也在于此。同理推之,承担交际酬答功能的诗词也可能会面临"八面求圆"的无奈,即写作者要考虑到欣赏者的趣味。就香奁体而言,诸才媛以为自己只是在抒发一己心怀之时,其实已经不自觉地被社会审美趋向所左右,男性文人的奖掖在提携女性创作的同时也可能以自己的价值观限制她们的发展。王贞仪说自己的文集不过"聊用自娱,犹之鸟之鸣春,虫之语秋,言所欲言而已。覆瓿无憾,登选非荣,毁我誉我,不妨两任之"(《自序》)。以不与时流来捍卫自己文学价值观的独立性,这或许是面对男性作家批评才女文学的话语权时特意采取的不妥协的姿态。

王贞仪作为女性,其辟佛老的言行背后其实是在对抗千百年来妇女信仰宗教的传统,这一传统的形成在中国古代女性史上有复杂而更深层的社会成因和心理成因,因此王贞仪针对女性信仰所发出的反对之声比现实的张力更大。古代女性很早以来就与佛道二教有深厚的渊源,她们早期的文章写作也多缘于宗教信仰。如南朝陈后主沈后有《与释智颛书》、北齐赵桃科妻刘氏的《造像记》、朱元洪妻孟阿妃有《造老君像记》、后周王妙晖有《造释迦像记》、唐张氏有《写金光明最胜王经题记》、武威郡夫人阴氏有《致某和尚书》、浔阳郡夫人翟氏有《布施疏》和《结坛施舍疏》、南唐宫人乔氏有《书金字心经书后》、宋代李十娘有《造罗汉记》、许八娘有《造龛象记》、山东青州张氏有《造陀罗尼幢记》、河南魏氏有《荥阳造像题记》、四川大足赵一娘有《造像记》、宣州吴氏小四娘有《宝胜禅院吴氏包镇造塔记》,等等。而士族家庭的妇女信仰宗教者更是所在多有,并且得到家人和社会认可。比如王维《请施庄为寺表》就是为母奉佛而作,曰:"臣亡母故博陵县君崔氏,师事大照禅师三十余岁,褐衣蔬食,持戒安禅,乐住山林,志求寂静。臣遂于蓝田县营山居一所,草堂精舍,竹林果园,并是亡亲宴坐之余、经行之所。臣往丁凶衅,当即发心,愿为伽蓝,永劫追福。"① 宋代范仲淹妻张氏信佛也被李清臣记入《宋故冯翊郡太君张氏(范仲淹妻)墓志铭》:"(夫人)平居服浣衣,晏坐终日,诵佛书,食不营甘脆,室不陈绘绣。"② 元代管道升更是直接与高僧有书信往来,其《与中峰大禅师书》云:"道昇宿业甚重,每日人事扰扰,不能安静,长想我师慈悲指教,寻思话头但提起终得受用。道升与良人诚心至愿,但得到家,只就家庭修设,拜恳本师大和尚大发慈悲,普度一切鬼神、一切有主孤魂、一切无主孤魂、一切冤亲、良人与道升祖上父母儿女、外祖妣奴婢及一切法界含灵,莫堕三涂恶苦,愿皆得早生佛界,此乃良人与道升心

---

① 〔唐〕王维著,赵殿成笺注:《王右丞集笺注》卷十七,上海古籍出版社1998年版,第320页。

② 吴钢主编,王京阳点校:《全唐文补遗·千唐志斋新藏专辑》,三秦出版社2006年版,第474页。

愿，已托以中兄先覆知师父大和尚。"① 明清时期，一方面，随着宗教世俗化的发展，民间女性接近宗教的形式更多样和随意，比如弹词宝卷等说唱艺术对宗教旨趣的宣扬。② 另一方面，随着女性文化素养的提高，她们对宗教义理的领悟也更加深入，与王贞仪同时的许多才女都把宗教作为精神的皈依。比如乾隆时期以信佛知名的才女陶善，她有《惭愧吟》诗三十首，其一云："坚强念力好修行，惭愧偏多懦弱情。宁可髑髅俱粉碎，无生法忍誓终成。"③ 在王贞仪这里，民间妇女广信佛道造成的社会影响已经并入她对时俗的批评中，议论浅显而易见，倒是她对知识阶层改换信仰的不能容忍，暗含了对众多闺媛以宗教为精神支柱的深刻反思。从女性文章的记述来看，信仰佛教其实有助于拓展她们的生活空间和精神世界，造像、写经、布施等行为无疑丰富了妇女参加社会活动的面相。而且，对识文断字的女性来说，教义的渗透甚至可以改变她们的价值观念，尤其在感知到社会规范带来的重重束缚之后，宗教场域不失为一个逃逸身心的空间，佛教因果报应的观念虽然虚无缥缈，却让她们期望来世改变命运的梦想有了寄托。可以说，当时作为社会弱势一方的女性更是具有了依赖宗教的心理基础。

---

① 李修生主编：《全元文》第二十一册，江苏古籍出版社1998年版，第733页。
② ［日］泽田瑞穗：《宝卷と宗教》，《增补宝卷の研究》，国书刊行会1975年版。
③ ［清］陶善：《琼楼吟稿》，光绪九年（1883）刻本。

王贞仪洞见了这一普遍之现象,[1] 她在《读史偶序》里说:"世俗好奇嗜异,阁束经史,而喜博览二氏释道之言,以炫其高沉既深,甚至流害道德,极之言语文字,尽成空寂之宗。抑或动称左马,厌薄唐宋,吠景傅面,不独不能明经致用,并置史书,不少瞩目,而法善戒恶之迹,人事之公与夫彝伦之道,殆如盲瞽之昧然以终焉,亦大可哀也哉!"前文已经揭示了她希望树立无性别差异的独立人格的理想,而女性要做到这一点,除了要贮备自己的才干学识,在相反的方面,还要抵制宗教令人逆来顺受的义理,变被动的适应忍耐与无奈的处境为主动的挑战,不再以虔信的面具来掩盖软弱的内心。她自己就以身作则,以卓尔不群的言行实践自己的主张。有学者指出,中国自古以来对女性的教育以道德驯化和女工技艺为主要内容,缺乏开启智慧的思想启蒙,其实已经蕴含了男性劳心而治人,女性劳力则治于人的权力关系。[2] 那么,王贞仪汲取儒家学而不辍的精神,以道问学为能事,阅古理而近人事,在她尚未踏足婚姻这一社会性别介定的门槛时,以无性别差异的心态,发挥自己的心智,达到了几乎与时贤一致的见识广度。

王贞仪生在才媛辈出的乾隆时代,除受骆绮兰的馈赠之外,她唯一主动表示与时人同调的便是对袁枚女弟子金逸的悼

---

[1] 《再答方夫人书》:"天下之陷溺于佛氏之教者,上自名公巨卿,下及愚夫愚妇、庸蚩之辈,推而至于深山穷谷中人,皆敬信若狂,真有沦肌浃髓,牢不可破者。吾乡惑其端者已既多,而妇人女子之祀奉并加倍之。"

[2] Susan Mann, Yu-yin Cheng: *Under Confucian Eyes: Writings on Gender in Chinese History*, Berkeley and LosAngeles: University of California Press, 2001, p. 8.

念。其《读吴中女士金仙仙遗诗感赋二律》诗云：

> 把卷悲同调，名媛易得不？新诗传钵击，噩梦兆仙游。句可追于雅，怀偏淡若秋。寄言搜荩箧，珍重衍笺留。
>
> 身后思名字，伤哉亦谶因。前生定仙史，小谪向红尘。慧业娜嬛侣，清标姑射邻。无缘一言面，读罢独含神。

在王贞仪去世之后，闺秀梁德绳又有《题德卿夫人集》诗称：

> 向闻丽句惊人早，近惜东邻识面迟。已散彩云无处觅，尚留遗草许吾窥。娇莺啼澁花间雨，冻蕊香清竹外枝。林下风期孙李在，韶年春驻不多时。①

后人哀前人，使后来之人又复哀之，所谓物伤其类，也正应了《红楼梦》里的诗句："侬今葬花人笑痴，他年葬侬知是谁？"彩云易散的说法一度成为才女命运的谶言，时人感知到这一点，却还没能思索其背后的原因。即以王贞仪而言，萧穆在传记里说："余谓书史所载女子聪慧代不乏人，然未有如德

---

① 肖亚男编：《清代闺秀集丛刊》第 22 册，国家图书馆出版社 2014 年版，第 56 页。

卿之能兼资文武六艺旁通者也。观其年仅三十,所著述如是之多,博而能精,是其天资英敏过人,本不可以常理论之。"①据此也许有这样的假设,如果不是英年早逝,以王贞仪年轻时卓尔不群的才学与见识,很难预料她的后半生在学术与文章两方面还会有怎样的成就。不过,《读吴中女士金仙仙遗诗感赋二律》已经无意中泄露了隐藏在她内心的与同时代才女一样的悲观与宿命感,虽然这种感伤在她的作品中是比较罕见的。王贞仪在三十岁时因久病不治而夭,根据她的自述和后人的记载,其实在这之前,她的创见与锐气已经大大减少。二十五岁时开始的婚姻是她人生的重要转折点,纵然少女时期高标自置、卓尔不群,在婚姻关系中她还是不得不承认社会角色对女子的限制。② 与其他才女所谓"修到人间才子妇,不辞清瘦似梅花"的情怀不同,王贞仪笔下少有对婚恋感情的期待,后世小传屡屡渲染她与詹枚的闺中唱和,以写夫妇恩爱,然而在传世的《德风亭初集》中只有一首联句和一首和外诗表明他们曾经共同创作。反而是婚后窘迫的生活时时呈现笔端,一是自己为家事所迫,无暇读书写作;二是生计艰难,已经没有多少精神追求。③ 在这种处境的反衬下,她早年

---

① 〔清〕萧穆:《敬孚类稿》卷十三,光绪三十三年(1907)刻本。
② 《德风亭初集》卷十二《勉弟辈》:"嗟余固为女,无能光门楣。继声在尔辈,高远荷肩仔。"
③ 《德风亭初集》卷十二《怀亲》:"别离归梦远,生计念家贫。不尽怀亲意,难为膝下身。"又《起灯夜偶作》:"举国狂如是,衡门处寂然。常贫轻节叙,良夜罢宾筵。"

的聪颖慧识越发显得光辉灿烂，却又恍如隔世，不由得她不去追想、怀念，她临终前对于子嗣和著述的不同态度更见出对身后留名的期待。她的文章在生前没有机会刊刻出版，又没有子嗣可以继承遗志，因此她在临终之际郑重托付嘉兴钱氏家族的钱与龄女士保存自编的《德风亭集》。另外，与她同时的归懋仪在婚后有《答曹夫人书》云："仲冬又得一女，岁华行晚，熊梦仍虚。始悟造物弄人，颠颠倒倒，想仁妹闻之亦为三叹。"① 可见当时妇女对生男传宗这个问题的焦虑与无奈。而王贞仪给詹枚的临终遗言却以早逝为幸，并不以无后为意，重著述而轻子嗣，在当时看来是与众不同的。

在《孟子》里，"命"始终是一个不可把握的概念，而且，似乎越是积极作为以求突破命运的宿限，越是会看到对命运无能为力之处。在古代才媛的身上，这个命题被置换成才、命相妨的矛盾。才女虽然以其智慧学识而有别于寻常妇女，但说到底她们还是要承担和其他女子一样的社会责任，无论年轻时以怎样独特的风姿瞩目于世，在迈进婚姻的门槛之后大家并没有多大差别。婚姻代表了社会规范对女性的强制性定位，在女子需要依赖家庭为生的时代，婚姻的性质几乎可以决定妇女的后半生。王贞仪通过为学为文表达的社会理想是男、女两性在智识上的等量齐观，但是，当时的社会对女性才学的认同尚在两可之间，何况还有婚姻这个命定的归宿。她以"闺中狂士"的激进姿态的所想所为更像是一场悲剧性的抗争，早年

---

① 《归懋仪集》，第698页。

博涉典籍、游历四方带来的智慧让其具备了洞察与反思社会的眼力。然而,在当时她单薄的呐喊如同空谷回声,不过是印证了传统的限域无所不在,而她的激进与早退(精神和生命两方面),恰恰昭示了清代女性通过写作来争取自己的思想空间和独立精神的艰难历程。

第四章 内闱的焦虑

——《陈尔士家书》与嘉庆末年士族家政

两女颇顽皮,诸人不怕,只好不离眼前,可少跌、少淘气耳!……二女每黄昏后请哥哥教《尔雅》中字五十,英借此可以熟《尔雅》,两有益之事。伊颇好学,惜是女耳。慈女亦肯识字,比四小小聪敏些。两小女皆欲从士读书,奈士怕烦,不敢招揽耳。……此子此女,略见圭角,其他不知如何耳。

——选自《陈尔士家书》

第四章 内闱的焦虑

伊沛霞①（Patricia Buckley Ebrey）关于宋代妇女婚姻的研究生动再现了士族女性作为"内助"的形象，不过限于史料的类别，她也曾经感叹"没有女性自己的记述"，不知道女性是否也认同男性笔下对"内助"形象的规定和期待，又或者说她们在学着给人留下"内助"的印象，以期让自己在顺应传统闺范的同时生活得更自如。② 明清以来妇女著作大量出现，弥补了内闱研究在史料方面的不足。那么，在女性自己的笔下，琐细的日常家庭生活会有怎样的呈现？她们是否真如伊沛霞所预料的那样，在学着给人留下"内助"的印象，其被动适应与自主选择之间微妙的过渡和差异何在？清嘉庆末年浙江嘉兴钱氏女眷陈尔士的家书写作就提供了一个内闱研究的范本。陈尔士（1785—1821），字炜卿，浙江余杭（今属浙江省杭州市）人，钱仪吉（1783—1850）妻。嘉庆二十二年（1817）钱仪吉任职翰林院期间遭母丧，扶灵柩回原籍安葬，陈尔士与子女留京守家。自嘉庆二十二年八月至二十三年

---

① 伊沛霞，美国华盛顿大学历史系教授，哥伦比亚大学博士，美国著名汉学家、历史学家，近年来致力于宋代社会政治史、女性史的研究。其代表作有《内闱：宋代的婚姻和妇女生活》。

② ［美］伊沛霞著，胡志宏译：《内闱：宋代的婚姻和妇女生活》，江苏人民出版社2004年版，第104—106页。

七月，仪吉南还期间，陈尔士陆续"条记家事，以寄蔼人（引注：钱仪吉字）于南，琐屑必详，鲜不中理"①，遂留下了家书二十八通②。嘉兴钱氏是明清时期江南首屈一指的望族③，自明初起家，其后数百年间家族科名和女学相沿不绝，及至清乾隆年间，第十世孙钱陈群（1686—1774）凭借自己尊崇的政治地位将家族声望推向了顶点。钱仪吉是钱陈群的曾孙，嘉庆十三年（1808）年进士，精于史学，毕生致力于搜集和整理嘉兴钱氏的家族文献。这样的家学渊源和家族使命深深地影响了陈尔士的思想言行，她一生恭谨勤勉，为钱氏家族子嗣的保育和学养的传承殚精竭虑，以至享年不永。④家书记述了陈尔士短短一年间林林总总的生活片段，如同一幅横切的剖面图，细致入微地呈现了嘉兴钱氏家族在嘉庆年间的家政运作。借此我们可以透过世家的政治光环和文化荣誉，明了其盛衰成败的因由以及其中个人的担当与代价。

---

① 〔清〕金孝维：《听松楼遗稿序》，〔清〕陈尔士：《听松楼遗稿》卷首，道光元年（1821）刻本。下文所引陈尔士著述均出此本，不另注。

② 其中有四通又见于胡文楷编辑的《历代名媛书简》卷五，台湾学者王力坚据此对陈尔士家书作了初步研究，不过他主要是从整个清代才媛文学的宏观视野着眼，而没有针对个案进行深入探讨。参见王力坚：《清代才媛文学之文化考察》，文津出版公司2006年版，第185—189页。

③ 潘光旦：《明清两代嘉兴的望族》，上海书店1991年版，第24页。

④ 冯尔康：《清代人物传记史料研究》，商务印书馆2000年版，第207—208页。

第四章 内闱的焦虑

第一节 "大家"与"闺秀"

康熙六十一年(1722)御纂的《分类字锦》列有"闺秀"一类,集选历代才女贤妇的事典,演绎了清初社会对"闺秀"内涵的理解,大致有如下一些称谓:

> 令淑、端庄、高秀、聪慧、幽娴、才辩、霞为骨、雪作篇、清惠姿、神情散朗、清心玉暎、雅人深致、不辜风月
> 咏雪、知琴、涉书史、临兰亭、颂春椒、铭秋菊、工书记、解文章、续女训、昭管彤、博览记籍、笔著金石、书图镜览、明鉴远识

可以看出才情与智识是当时定义"闺秀"品性的两种标准。当时的女性自己也这么认为,季娴编辑前代女子诗词成《闺秀集》二卷,叙言有云:"予审阅之,见夫雄才灏博,雅调琳琅,奇握灵蛇,古怀牺鼎。大者百咏千章,小者零玑寸璧,非不家擅一长,人竞英秀。予始叹天壤之大,殆不乏才,谁为禁之哉!"[①] 此后,终有清一代,"闺秀"一词逐渐成为良家才女自别于风尘艺妓的标识,其中"闺秀"内涵的演

---

① 〔清〕季娴:《闺秀集》,《四库全书存目丛书》集部414册,齐鲁书社1997年版,第330页。

变在于才情与知识之外，更增加了对女子德行的倚重，"雅正"与"雄才""远识"一样，也成为考量女性的绳尺。据曼素恩的研究，道光九年（1829）到十一年（1831），恽珠《国朝闺秀正始集》的编纂恰是以"雅正"作为闺秀品质的价值观念成熟的标志，而且经过了乾隆时期才女文化的第二个高峰，闺秀的存在也被视为盛世文化的象征之一，或者说是盛世文明教化的结果。[①] 这个典范正统的确立甚至影响到了清末，其时单士釐选辑《闺秀正始再续集》，一遵恽珠旧例，意在强调"以雅正为主"的宗旨，故袭名"正始"[②]。可以说，由于清代闺阁文化的盛行，追求醇和雅正的女性审美规范成为后世评鉴中国古代女性时最美好的想象。陈尔士就生活在清代女性文化由张扬才情的个性化发展到沉淀为相对稳定保守的"闺秀"典范的过渡时期，侪辈顾太清对她有如是评价："能文复见钱陈氏，族姓宜其百世昌。山包湖光浩无主，绣余收拾入诗囊。大家羞作女郎诗，经术庸言不衒奇。老手南楼真有后，百年古画与重披。上下百年风雅稀，近从嘉庆溯康熙。名媛谁似钱家盛，好古吾生憾略迟。大雅元音千载同，琳琅重见古人风。寒涛万籁今犹昔，化鹤归来天地中。"[③] 乾嘉士风以及学人家庭深厚的文化传统对这种雅驯的闺秀人格的养成有

---

① [美]曼素恩著，定宜庄译：《缀珍录》，江苏人民出版社2005年版，第125页。
② 〔清〕单士厘：《清闺秀正始再续集》卷首，1911年活字本。
③ 〔清〕顾春：《复用前韵题〈听松楼遗稿〉钱子万秀才嫡母》，《天游阁集》诗二，宣统二年（1910）风雨楼本。

莫大的影响，陈尔士的端庄内敛可谓渊源有自，但与此同时先祖杰出的成就也让她背负了沉重与焦虑。

追远：庐江钱氏

由于世居浙江嘉兴，钱仪吉的家族一般称作"海盐钱氏"或"嘉兴钱氏"，但族人却自称是"庐江钱氏"。钱仪吉在《庐江钱氏艺文略》的序言中写道："余先世本何氏，何氏之望四余，则庐江之何也。而承钱氏之居海盐者，富一翁之后，氏虽曰钱，而庐江者，譬诸其水源也不可忘，故题曰《庐江钱氏艺文略》。"① 由此可见，钱氏家族的先祖本姓何，是浙江海盐县十四都洪字圩人，明洪武年间何贵四因为赋役得罪，全家遣戍贵州都匀卫，幼子何裕（如渊）尚在襁褓，不能随行，故寄养在同乡钱富一家，后来继承钱姓，是为庐江钱氏之始。② 至钱仪吉这一代，庐江钱氏已是文名累世的诗礼人家。仪吉叔父钱豫章说："我先世自养素公以文学起家，菊庄翁振之于前，临江、太常两公继之于后，一时著作称极盛。逮国朝康熙间，商隐、半完两先生暨我高祖野鹤公狎主齐盟，宗族子弟几千人，各有集。今所存者，仅十之一二。"③ 鉴于族人的著述亡佚残缺，整理家乘成为敬宗收族的必要举

---

① 〔清〕钱仪吉：《庐江钱氏艺文略》，盍山精舍校录本，南京图书馆藏。
② 〔清〕钱仪吉：《文端公年谱》，《北京图书馆藏珍本年谱丛刊》第93册，北京图书出版社（今国家图书馆出版社）1999年版，第149页。
③ 〔清〕钱豫章：《庐江钱氏艺文略序》，《庐江钱氏艺文略》卷首。

措,钱仪吉与泰吉两兄弟素厚学养,这样的重任自是当仁不让。除《庐江钱氏艺文略》外,仪吉还撰有《庐江钱氏年谱》,又编辑《庐江钱氏文汇》《庐江钱氏诗汇》《庐江钱氏清风集》等。钱泰吉则汇集乾隆御赐、御题诗文,《石渠宝笈》所载之钱氏族人书画以及四百年来十余世之翰墨和名人题咏,成《清芬世守录》二十六卷。① 出于对先世的敬仰,兄弟二人对家族世系的考订无不贯注了史家之精严谨慎:

> 曩年与吾弟言我始祖贵四何公生元统甲戌,妣夏孺人生至正甲申。又大宗成黔在洪武之二十三年。原本于成化旧胰所录洪武时丁口黄册底籍。此类宜于世系表中详言之,以示后人考信而不惑。弟以为如何?②

> 旧谱以贵四何府君为第一世祖,按吾钱之为钱也,自如渊府君始变姓为始祖。晋人曾有是言,则似宜推如渊府君为第一世。贵四府君则吾始祖所自出也,然旧谱以贵四公为第一世,相沿已久,一旦遽改,情有未安。若便遵依,则钱氏之谱而何以何贵四府君为第一世,恐非贵四府君之意。前与味根议,依

---

① 《庐江钱氏艺文略》附录。
② 〔清〕钱仪吉:《与四弟泰吉书》,《衎石斋记事稿》卷二,《续修四库全书》集部1508册,上海古籍出版社2002年版,第529页。

万氏谱式,首行本生何贵四府君、恩抚钱富一府君并列,不入世数,一世则如渊府君,于谱例似少合。昨味根言:"本生者为人后者之称,吾先世自临江公以来尝议还何姓,则先人之意未忍以贵四府君为本生也。"语亦甚当,祈裁定。(自注:曾刻一印曰"海盐何承钱姓第十四世",昨偶思之,不可用也。云"何承钱姓",则世数必自如渊府君始。今云"十四世",则并数贵四府君为承钱姓矣。)①

这种著述态度极为族中长辈所称赏,钱豫章就认为:"古之人重去其乡,昔琅琊之王、清河之卢、博陵之崔、陇西之李,虽迁徙他所,数十世而必贯以门望,盖不忍忘其本也。仪吉亦犹行古之道耳!"(《庐江钱氏艺文略序》) 追远的目的是强化自己的宗族在历史中的存在感和可靠性,援引王、卢、崔、李这样的阀阅世家以为类比,可见其对家族宏远前途的期待。

以记述氏族繁衍为对象的谱系之学由来已久,不过家谱、宗谱作为可靠的史料,或者说谱学与史学的合流却经历了长期的发展过程,② 到清代中叶,章学诚承认家谱为史志一门

---

① 〔清〕钱泰吉:《与衎石兄述家世文字书》,《甘泉乡人稿》卷二,《续修四库全书》集部1519册,上海古籍出版社2002年版,第252页。
② 潘光旦:《中国家谱学略史》,《潘光旦文集》第八卷,北京大学出版社2000年版,第253—258页。

类，非史学家或习于史例者不能作。① 谱学史化的结果对家传的影响显而易见，尤其是素来被正史家乘轻描淡写的女性，因为家谱记事要求确凿可信，她们模糊的面目才得以清晰呈现：

> 后世列女，乃专画于贞孝节烈，于义虽曰甚正，而途则狭矣。方志宽于史传，家谱自当宽于方志；内行可称，何必尽出一途？凡安常处顺而不以贞孝节烈当其变者，有如淑媛相夫、贤母训子、哲妇持家、闺秀文墨之才、婢妾一节之善，岂无可录？则规规于节孝斯存，无乃拘乎？②

钱仪吉、钱泰吉对家史的整理与章学诚对谱学定例的改造思想不谋而合。道光六年（1826）泰吉致仪吉书称："稚真女史为於潜公玄孙女，而未知为何人之女，谱中亦无，不知吾兄所藏遗稿尚可得其所自出乎？前得陈山鹤先生廷采《思俨斋文抄》，有《钱太恭人事略》云：'太君为於潜学博慕畬公曾孙女，文学载之公长女也。'吾家旧谱，於潜公孙无号载之者，亦无女适陈氏者。然山鹤先生溯其母氏所自出，不当有误。而先世相传，未闻有钱太恭人为於潜公曾孙女之说，亦一疑也。"（《与衎石兄述家世文字书》）稚真女史的个例失

---

① 潘光旦：《章实斋之家谱学论》，《潘光旦文集》第八卷，北京大学出版社2000年版，第365页。

② 〔清〕章学诚：《沈谱叙例》，《章氏遗书》本。

考，这在当时虽然是未了的疑惑，但以此类推，可知庐江钱氏女眷的生平应该陆续见载于钱氏家乘。其中有著述问世的女性，无论其书稿流传与否，一律由钱仪吉录入《庐江钱氏艺文略》，截止到他撰稿之时，记有如下四家：

陈太夫人书《复庵吟稿》三卷（未见）

《国朝画征录》：陈书，号上元弟子，晚自号南楼老人。秀水人，太学生尧勋长女，适海盐钱上舍纶光。善花鸟草虫，笔力老健，风神简古。翁鹤菴先生叹曰："用笔类白阳，而遒逸过之。"

西畹女史稚真《拾余草》二卷（存）

叔祖镐序曰："昔临江公生六子，最钟爱者曾伯祖海旸公，曰：'此吾家青钱也。'伯仲季或以政绩显，或以诗学鸣，而海旸公卒老诸生间，其文彩声光遏而未泄。今稚真为玄孙女，岂天地钟灵、家门毓秀不于男子，而于女子耶？

（钱仪吉）谨案　右书俞氏星留、徐氏元圭为序，又有鹤庵公瑞徵、肯斋公尔复、鱼山公樟、想峰公懋德、曾树公冈林、东阳公景朗、少伯公元昆诸序，又有自序一首，原名《问山堂集》。

李恭人心蕙《偶吟存草》一卷（存）

陈孺人素媜《读书楼诗稿》五卷（存）

（钱仪吉）谨案　孺人为先兄开仲文学之室，文学为少宗伯公次子。

南楼陈书与《夜纺授经图》

陈书（1660—1736）是钱陈群的母亲，她经手了庐江钱氏三代家政，参与和见证了家族由隐微以至显赫的过程，在这个过程中她的母教作用至关重要。陈书由一个家道中落的士绅家庭嫁入钱家，早年良好的教育赋予的才德让她很快赢得了家长的信任，她的公公钱瑞徵宦游信安，便将治家之责委任于她。钱陈群记："先王父德望，族人素所矜式，行序亦长，每岁时必集族人于家庙，反复诰诫。数十年中，族子弟相率不敢为非。将之官信安，族人置酒取别，且请曰：'谁可代翁长吾族者？'曰：'吾新妇陈至孝且慈，吾观其举措，家政当出吾右。'族人以为然。"① 与此同时，陈书也承担了来自族中女眷的期望："时族世母文学介亭公夫人朱、教授道瞻公夫人陈、嫂文学亦骏公夫人叶、赠观察公卓公夫人俞皆以望族砥砺名节，训子有法，与太夫人相处，亲爱无间，率以劝善规过相为

---

① 〔清〕钱陈群：《诰封太淑人显妣陈太君行述》，《香树斋文集》卷二六，《四库未收书辑刊》第九辑，第18册。

第四章　内闱的焦虑

酬答，族人咸取则焉。"① 康熙三十三年（1694），陈书的婆母曹氏抱病信安，丈夫钱纶光过府侍亲，临行时也如是相托："吾亲老，不能咫尺离膝下，诸子学业成败由汝矣。"② 陈书慨然引为己任，其时钱陈群年方十岁，授读《春秋》，二弟钱峰八岁，授读《孟子》，三弟钱界五岁，以小学开蒙。陈书"手录朱子读书法，榜于座隅，置字学诸书于纺车侧，曰：'是吾师也'"。"比月，辄录所授课寄衢州，属廉江公（即钱纶光）一志亲侧，毋以公兄弟失学为念"。③ 后来钱瑞徵还家，每每召钱陈群兄弟考绩学业，三人往往应声对答，他因此对陈书的教导十分嘉许，特地撰写《孝妇行》一篇，以示奖励。其时庐江钱氏虽有族产，但钱纶光一门尚不宽裕，时时要陈书将妆奁、纺绩、绘画鬻市以贴补家用，纶光因此有诗写道"读嫌俭腹添儿课，饮拔钗空让画图""山妻手里寻供给，卖幅青山佐读书"。④ 此后二十年间陈书一直兢兢业业，纺绩伴读，直到康熙六十年（1721）钱陈群考中进士，迎养母亲于京师官邸。

---

① 〔清〕钱陈群：《诰封太淑人显妣陈太君行述》，《香树斋文集》卷二六，《四库未收书辑刊》第九辑，第 18 册。
② 〔清〕钱仪吉：《文端公年谱》，《北京图书馆藏珍本年谱丛刊》第 93 册，第 165 页。
③ 〔清〕钱仪吉：《文端公年谱》，《北京图书馆藏珍本年谱丛刊》第 93 册，第 165 页。
④ 〔清〕钱仪吉：《文端公年谱》，《北京图书馆藏珍本年谱丛刊》第 93 册，第 165 页。

在钱陈群的记忆里，陈书除了是恪尽职守的主妇，还是慈严并俱、襟怀旷达的贤母，母子之间的孺慕之情让他感佩终生。自幼至长，钱陈群的身畔总有陈书的规箴劝勉：

不孝少居闹市，习嬉戏，读书不能沉潜，又自恃资性，辄事强记。继而陶先生（引注：指陶日襄）即世，所居读书处有楼三楹，太淑人在楼下，纺绩声相答。或闻读书声轻浮，尝潜登梯级觇之，则不孝弟兄俱越席以嬉，读成诵书塞责也。于是大挞至流血，数月又如之。一日，召不孝于家庙中，跪竟日，不令饮食，太淑人亦痛哭自责，绝食者两日。不孝泣曰："请母勿自伤，儿自是当攻苦读书矣。"

不孝年十四，赴郡县试，以五经拔第一。太淑人忧曰："若童稚即邀时誉，此子必无成矣。"已而不售，太夫人见不孝色沮，复慰谕曰："见有通经而不售者乎？但勿自弃可耳。"不孝乃去所坐书几，易以蒲席，跪而卒业。

不孝屡困诸生，先府君辄有忧色，太淑人独否曰："儿能读书，遇稍迟，何伤？"甲午，以五经中顺天乡试，太淑人寄言，训谕谆谆，以励实行、慎交游为劝勉。

第四章　内阁的焦虑

　　辛丑，以第七名登聊城邓君钟岳榜，蒙圣祖仁皇帝拔置词苑，太淑人喜不孝之成进士，而悲先府君之不及见也，乃素服上冢，哭甚哀。不孝念自幼远离，通籍后即迎养太淑人于京邸。太淑人以弟妇任寡居，遗孤仅四岁，乃挈与俱来。不孝俸禄所入，仅供菽水，顾亲老不能修甘旨，忽忽尝不乐。太淑人辄慰谕曰："吾习劳有素，今来就养，所幸在骨肉团聚，岂为甘旨耶？"①

家族先辈的成就让后来的子弟莫不生活在高度的压力之下，肩负教育之责的陈书也同样承担着承上启下的重任，童年时看似不近人情的苛责督导在钱陈群日后看来可谓用心良苦。"自六世祖临江太守东畲公、五世祖太常卿海石公代以进士起家，直声懿行，有闻于时，至陈群兄弟，惟惴惴焉陨越颠覆之是惧。微母氏之教，安知其不鞭背而生虫蛆，如退之所云也。"② 庐江钱氏珍藏传家的《夜纺授经图》就是钱陈群感念亲恩，邀请浙江海宁郑屿所作，图成于雍正三年（1725）。③

　　乾隆十六年（1751），钱陈群诗集刻成，上呈御览，乾隆据诗文索观《夜纺授经图》。翌年，有御题颁赐云：

---

① 〔清〕钱陈群：《诰封太淑人显妣陈太君行述》。
② 〔清〕钱陈群：《香树斋诗集》卷五《敬题家慈〈夜纺授经图〉》，《四库未收书辑刊》九辑第18册，第189页。
③ 〔清〕钱陈群：《香树斋诗集》卷五《敬题家慈〈夜纺授经图〉》，《四库未收书辑刊》九辑第18册，第189页。

> 索观钱陈群《香树集》，有题其母《夜纺授经图》，慈孝之意，恻然动人，且以见陈群问学所自来也。
>
> 篝灯课读澹安贫，义纺经锄忘苦辛。家学白阳谙绘事，成图底事待他人。五鼎儿诚慰母贫，吟诗不觉鼻含辛。嘉禾欲续贤媛传，不愧当年画狄人。

本来以贤母课子夜读为题的图画在清代并不罕见，[①] 但一经御赐品题，《夜纺授经图》顿时名动公卿，当时的名臣淑媛如俞兆晟、汪由敦、刘统勋、沈德潜、尹继善、张令仪等人相继续题。[②] 而且，以此为媒介树立母慈子孝的人伦典范，也契合了乾隆一朝弘扬盛世文教昌明的政治要求。[③] 自此，陈书、钱陈群母子的事迹以及《夜纺授经图》成为钱氏家学的经典传统，钱泰吉回忆道：

> 泰吉小时，先大父方勤于政，不暇问家事。先母沈太宜人教督甚严，读少息，言动或失当，必述先世家法以督责，且令诵文端公题陈太夫人《夜纺授经

[①] 徐雁平：《课读图与文学传承中的母教》，《古典文献研究》第十二辑，凤凰出版社 2008 年版，第 252—257 页。
[②] 〔清〕钱仪吉撰，钱骏祥续编：《庐江钱氏年谱续编》卷二乾隆十七年条，1918 年版，南京图书馆藏。
[③] 孟玉芳：《乾隆皇帝对女画家陈书作品的鉴藏及其原因》，中央美术学院硕士学位论文，2009 年，第 31 页、第 33 页。

图》诗，母击节和之，时或声泪俱下。呜呼！泰吉不闻母氏之训二十有四年矣，未尝稍自树立，回思往训，时惴惴焉。①

钱陈群追思先祖前言往行已经用了"惴惴"二字，此处钱泰吉复用"惴惴"二字以示内心警惕自任，可见上百年来累世递增的家学在带给后人荣誉感的同时，也赋予他们薪火相传的义务。钱氏男丁固然应当像钱陈群一样以科名仕途为本业，那么对于为人妻母的钱氏女眷而言，陈书这个贤媛典范又意味着什么呢？

述训：陈尔士的义务

钱仪吉对庐江钱氏家乘的整理得到陈尔士襄助，他与泰吉书称："十一世祖养素公配周、朱两孺人，而旧谱于朴庵公不著母氏，仪吉尝考之而未得，是以妻陈为《述训》亦未之及也。"② 这里提到的《述训》是陈尔士为钱氏历代子妇所作的家传，意在垂教后世：

> 窃闻之子夏之言曰："妇学于舅姑者也。"故敬姜答季孙肥之问，言必称先姑，明妇顺也。昔曹大家既没，妇丁撰集其文章遗令者，示不忘也。尔士窃览

---

① 〔清〕蒋光煦编：《籝灯教读图题赠》卷一，清刻本。
② 〔清〕钱仪吉：《与四弟泰吉书》。

家乘，祖姑以上，嘉言淑则，幸乃得闻，惧其久且坠遗也，谨辑而录之。族系年齿，一皆附载，原本于当时行状与夫志铭传记之文，非有依据，不敢羼入，恐失真也。大凡若干条，名之曰《述训》，俾子女诵览，垂法则焉。①

《述训》记事起于明宣德八年（1433）迄至乾隆三十九年（1774），凡十一世、十三人（含继室两名），除初祖钱裕及其子钱实的妻房不可考之外，其余先祖妻室生平都记录得清清楚楚，以陈书的事迹最为详明。由此可见，陈尔士治家的榜样作用有多大。书中大致从以下三方面特别彰显世家大族的特点：

一、家事经济

在家政范围内，出于家族整体利益考虑，支配宗族财产。如：

> 迨（太夫人陈书）归廉江公，甫旬日，君舅鹤庵公方率廉江公上冢，太夫人见所居南楼外有少年责佃户偿逋。逋者不逊，殴之殆毙，咯血不止，时大雨雪，雪沾衣皆赤。须臾，逋者家闻之，率党戚相报，势张甚，少年无所措。太夫人遣人问之，则廉江公兄子也，母钟方寝疾，哭泣不能制。太夫人曰："吾当治之。"乃舁逋者于暖室中，亟令苍头延医诊

---

① 〔清〕陈尔士：《听松楼遗稿》卷二。

视，给其母米二斛、钱二千，仍缚少年跪而受杖。众大感悟，遂散去，逋者之家偿租直如故。

陈尔士又在《先姑述略》中引钱仪吉母亲的话说"处持家政，以爱人为本"，"宗族乡党之间，急人之急如己事，必济之而后已"①。

二、延嗣宗族

如宗人子弟幼年丧母，则由兄嫂、伯娘或叔婶代任母职，抚育教养非己所出之遗孤。如：

> （钱达室郑孺人）始归两涯公三日，遭姑丧。夫叔璋在襁褓，即抚育之。璋数病泄，太孺人手浣濯，医药之，以愈。及璋长，既娶而没，送死弥笃。复取其二弱女，训恤如己出；长，嫁为汤闾、吴绪妻。闾妻卒，又嫁其女，奁具悉如所生。
>
> （钱薇室俞孺人）年十九，归鲁南公，即秉家政。夫叔勤南先生讳端晗，及小姑后适许侍御闻造者，时俱幼，孺人抚之兼母道。

后来钱陈群的继室俞氏也是如此。"数年中，（弟妇）沈安人举二子汝恭、汝愁，寻以虚症不起，夫人哭之甚哀，抚其

---

① 〔清〕陈尔士：《听松楼遗稿》卷二。

子女，畜育周至，曰：'怜其失母也。'"① 由此可见，在仁爱的名义下，保育幼弱成为士族妇女共同担当的责任，传承宗族血脉和学养的需要超过了血缘的亲疏甚至长幼嫡庶之别。其中最特别的是陈书和钱载，相隔两房三代，但仍然不妨碍教养的关系："从曾孙少宗伯公讳载，亦少受（陈）太夫人教，尝夜分讲祖宗遗事，亹亹不倦，宗伯公至老犹为族人言之。"

三、克己奉公

安贫耐劳、深居简出、淡泊自奉被视为勤俭持家的表现。食口累添、仆婢齐备之后，家支用度不择而出，势必导致积蓄亏空，唯有从细处节流，才能杜绝靡费。作为主妇，往往以身作则，除前文所引陈书居京师不求甘旨之例以外，还有：

> （朴庵公配杨宜人）颖敏慈惠，言动有则，力疾事纺织以励家人。尝曰："治家诚贵于勤，又在量使下人，以均劳逸。"至今传诵为家法焉。
>
> （太常公钱珍配孙孺人）居官邸，始终服勤，织纴一室，足不履阃②外。同官内子或招之，或造之，皆谨谢不报，曰："吾守吾父教也。"
>
> 鲁南公（钱达）不事生产，（俞）孺人拮据众

---

① 〔清〕钱陈群：《继室俞夫人行状》，《香树斋文集续抄》卷一，《四库未收书辑刊》第九辑，第19册，第326页。

② 阃（niè）：在两扇门中间竖立的短木。

务，约束耕织，井然截然。每日秉烛盥漱，未尝以燕
媠①入中厨。

就往例来看，由于清代官制规定外放官员不得任职原
籍，离家赴任成为仕途中常有的经历，家政的繁难不得不交托
给得力的内助；又或者尚未通籍的子弟，为全力应付科考，像
鲁南公钱达那样不事生产的书生代有其人，这也增加了钱氏家
族对主妇才干的倚赖。因此，庐江钱氏非常重视子媳的选择。
钱仪吉《妻陈恭人述略》记载了钱、陈两家联姻的缘起："乾
隆五十二年（1787），仪吉从外大父戚公居袁花镇，② 刑部公
（引注：指陈尔士之父刑部直隶司员外郎陈浩翔）来谒，戚公
见子，以为好，遂以字余。手书恭人'生乙巳三月二十七日
戌时'小红笺上，先妣藏之久，今犹存。时恭人才四岁，公
谓戚公曰：'为钱氏妇，必读书，两三年间，当令就塾也。'
已而偕两兄从其舅蔡翁读书。"③ 陈尔士的父亲在议定儿女婚
姻之初就已经预见了女儿将来可能面临的责任，可以说她自小
所秉承的教养已经以主持钱氏家政为目标。嘉庆六年（1801）
陈尔士嫁入钱家，其时婆母戚氏"屏当家事，劳瘁日甚"，而

---

① 媠（duò）：同"惰"。
② 〔清〕陈尔士：《先姑述略》："（先姑戚太恭人）父苧园公讳朝桂，乾隆
庚午副榜，湖北广济县知县。"
③ 〔清〕钱仪吉：《妻陈恭人述略》，《衍石斋记事续稿》卷八，《续修四库
全书》集部1509册，上海古籍出版社2002年版，第220页。

钱仪吉"专意儒学，不问生产"。① 嘉庆十三年（1808），钱仪吉中进士，次年按例任户部主事，迎养母亲于京师，陈尔士随侍入都。嘉庆十六年（1811），戚氏正式把掌家之任交托陈尔士，② 在庐江钱氏世代相传的壶范激励和规约之下，她会有怎样的表现呢？

第二节 典钗换米：兼论清代士族妇女的财产权

所谓妇女的财产权包括财产的所有权和使用权，对于已婚女性而言，《礼记·内则》本有云："子妇无私货，无私畜，无私器；不敢私假，不敢私与。或赐之饮食、衣服、布帛、佩帨、茝兰，则受而献诸舅姑；舅姑受之，则喜如新受赐。若反赐之，则辞；不得命，如更受赐，藏以待乏。妇若有私亲兄弟，将与之，则必复请其故，赐而后与之。"但后世嫁妆奁资的变化逐渐显示了现实与礼教的差异，③ 尤其到了近世社会，陪奁的丰厚与否逐渐成为影响婚姻关系的要素，或者外家厚备奁财，以期女儿适龄而嫁并在夫家享有安稳的生活，④

---

① 〔清〕陈尔士：《听松楼女训序》，《听松楼遗稿》卷二。
② 〔清〕陈尔士：《听松楼女训序》，《听松楼遗稿》卷二。
③ 陈顾远：《中国婚姻史》，《民国丛书》第三编，社会科学总论类15，上海书店1991年版，第195—199页。
④ 张晓宇：《奁中物：宋代在室女"财产权"之形态与意义》，江苏教育出版社2008年版，第106—114页。

又或者为婿的一方因为奁资的注入而改变家庭的政治经济地位。① 可以说，关于妇女个人财产权的讨论是解析中国传统家族关系不可或缺的议题，② 但由于妇女著作很少被置于经济层面来认识，前人研究该议题的史料也就多限于律例、家谱和方志等。从家政学角度来看，主理家事的主妇不可避免会经手家庭出纳事宜，妻室对随嫁妆奁和共同财产的持有或支配都足以影响家庭的发展。清代士族家庭的经济周转情况，尤其是主妇对夫族财产的调度支配权，前人的研究还比较少见。陈尔士家书在这方面提供了可靠的史料，供后人认识于此或可窥探一二。

从拔钗沽酒谈起

唐代元稹《遣悲怀》诗写道："谢公最小偏怜女，自嫁黔娄百事乖。顾我无衣搜荩箧，泥他沽酒拔金钗。野蔬充膳甘长藿，落叶添薪仰古槐。今日俸钱过十万，与君营奠复营斋。"这首诗的广泛影响使得"拔钗"的举措成为赞美贤妻仗义疏财的浪漫想象，文学描写的审美倾向容易虚化事件的本然。元稹的写作态度说明了两个事实：一是奁资的所有权掌握在妻子手中，二是妻子将私财纳入家族共同财产是贤德的表现，值得

---

① 毛立平：《清代嫁妆研究》，中国人民大学出版社2007年版，第225—230页。
② ［日］滋贺秀三著，张健国、李力译：《中国家族法原理》，法律出版社2003年版，第431—438页、第441—443页。

称扬、纪念以名垂后世。陈尔士通经擅诗,[1] 这样的文学思维及其道德指涉也为她所认同,所以她才会特别记取生活中常见的"典钗"一事:

> 家贫乏治生,日用恒不支。盎中斗米尽,检箧无铢锱。惟余一金钗,奁具亲所遗。典直[2]可万钱,其价岂不贵。付婢持钗去,典去莫迟迟。小婢持此钗,徘徊前致词。昨见贵家妇,广袖罗襦施。皓腕压金钏,绿鬟垂明玑。留此聊自饰,典去将何为?答言谓婢子,汝幼诚无知。否泰迭往复,日月犹盈亏。嗟嗟彼姝丽,自顾倾城姿。两鬟直千万,或取诸民脂。良人性贞介,在官讵言私。五斗不折腰,一瓢欢相持。安能辄效彼,但去弗复疑。上有白发亲,下有黄口儿。白发须甘旨,黄口毋寒饥。俯仰以忻喜,点笔成新诗。(《听松楼遗稿》卷四《典钗》)

前文论及庐江钱氏女眷都以清俭自奉为起居准则,同样地,陈尔士无视贵家妇广袖罗襦、皓腕金钏的装扮,一意以身作则,素朴持家,自别于流俗,遵循的是克己奉家的传统。《听松楼遗稿》卷一《授经偶笔》称:"盖妇人不饰不敢见舅姑,朝夕恒是,以云敬也。俗敝礼衰,阴教不修,妇人骄惰性

---

[1] 〔清〕沈善宝:《名媛诗话》卷五,光绪年间鸿雪楼刻本。
[2] 直:同"值",指价格。

成,起居无节。或不夙则莫,废礼于尊章;或俾昼作夜,见讥于邦族。弃齐庄之色,为娇小之容。绮罗之服日新,金翠之珥弥侈,以为容饰,亦已惑矣。"而且,典当接济还可以成就丈夫钱仪吉为官清廉和正直的清誉,常保家声不坠,这也是累世望族长远的发展眼光和居安思危的忧患意识使然。《述训》陈书传记载道,雍正七年(1729)钱界以保举出任陕西礼泉县知县,陈书派遣家仆易装潜行,明察暗访,得知儿子官声无暇才安心,并谕示钱陈群:"汝弟若不才,可劾去之,毋贻吾忧。"自我监察的意识显示了陈书高度理性的政治敏感,兄弟同僚,一荣俱荣、一损俱损,看似相煎自保的行为,其实才是同气连枝、顾全大局的气度。与手足相似,家族关系内夫妇一体,陈尔士身为京官内眷,颇以营私舞弊为防闲,奁资给了她得力的保障,变相促成了仕宦人家养廉的效果。

陈尔士于嘉庆二十二年(1817)九月十三日的家书中记录了典当首饰的用处:"九月内颇多费用,日用不支,昨典去簪一支,大钱八千五百文以济用。"这还只是以妆奁过渡周转而已,因为典当之物在当期到限之前尚可以赎回。此外还有直接变卖以应特别花销的情况,同样记于这封家书中:"士珠花已销去,价纹银六十两。"[①] 新妇开箱贡奁在钱家早有旧例,钱陈群与妻俞氏在京完婚,而"两高堂在浙,晨夕思念,促予归省,出嫁衣之鲜者奉姑及吾妹,以未得同归侍奉为憾",后来侍奉陈书跟前。小叔钱界"年三十未娶,夫人察太

[①] 〔清〕陈尔士:《听松楼遗稿》卷三《家书寄定庐》。

夫人有忧色，弃簪珥等物以佽①，始得归娶"。② 雍正九年（1731）夏四月，大军征讨准噶尔，陕、甘二省办理军需，命左都御史史贻直等率庶吉士六部学习人员、国子监肄业拔贡生前往宣谕化导，钱陈群亦在此列，遂出使秦中。临行之际俞氏说"秦中连年以西师深入御边，戎马织络，治行当速"，并贱卖嫁资得二百金，置于行囊中，以应不时之需。③ 滋贺秀三指出，使中国的家成为家的本质性要素还是同居共财这样的生活方式，这包括个人财产公有、消费分配化和储蓄共注三方面。④ 就清代士族家庭而言，已婚妇女对夫族公有财产的贡献形式，其一是家族清贫之际以女红习劳所得帮衬家计，如陈书所为；其二就是随身带入固定资产，并转移到夫族的消费行为中，如俞氏和陈尔士这般。奁财的支配当然是出于妇女的自愿而非强制性调配，经由这样的形式，外姓姻亲与家族血亲之间实现了利益共同化，子媳以此取得了在夫族行事的主动权，其中也包括支配家族共同财产的权利。

外姓资产以嫁妆形式注入对夫族的贡献显而易见。犹记得庐江钱氏在钱陈群少年时代尚算寒门，他在回忆陈书的文字中写道："母亲躬自纺绩，夜分不辍。及晨乃遣苍头入市易

---

① 佽（cì）：帮助。
② 〔清〕钱陈群：《继室俞夫人行状》。
③ 〔清〕钱仪吉：《文端公年谱》，《北京图书馆藏珍本年谱丛刊》第93册，第253—264页。
④ ［日］滋贺秀三著，张建国、李力译：《中国家族法原理》，法律出版社2003年版，第56—69页。

米，以其余积之，授织室。陈群兄弟短衣布袜，无肘见焉，无踵决焉，纺之义大矣哉！"（《敬题家慈〈夜纺授经图〉有序》）至雍正七年（1729）夏，钱陈群充任湖南乡试正考官，事竣回京，囊橐萧然，仅以鹿鸣宴上所得之杯币及院试红绫幛子等物归奉母亲。陈书云："吾子官翰林将十年，未尝私蓄一钱。每得清俸，必分治菽水。今不寄钱，是真无钱也。"①所以，钱界年届三十尚因聘礼未备而不能婚娶就不足为怪了。直到雍正十三年（1735），钱陈群第二次迎养陈书于京邸时才说："幼食贫，无以为养，谓自此得以养廉之余，时奉甘旨，少展乌哺之私。"② 在《述训》中，陈尔士记录了钱家的一条特别的族规："吾族凡新妇于归后，诸钗钏非常用者，授田数十亩，递相易以为后者娶。"③ 以田产交换前妇之奁作为后妇之聘，在聘礼走势偏高的社会风气下，也不失为减少婚嫁成本的变通之法。因为新妇名义下的田产，在婚姻缔结之后只要不解约，田面产出仍归夫族所有，④ 这就使得以奁资为基础的本金具有了增值的可能性。随着庐江钱氏政治地位的提升，缔结姻亲的门户也相应变化，陈尔士的家庭在妆奁这方面对钱家的帮助甚大。据钱仪吉回忆："恭人性好书，始嫁，蔡

---

① 〔清〕钱仪吉：《文端公年谱》，《北京图书馆藏珍本年谱丛刊》第93册，第243—244页。
② 〔清〕钱仪吉：《文端公年谱》，《北京图书馆藏珍本年谱丛刊》第93册，第275页。
③ 〔清〕陈尔士：《听松楼遗稿》卷二。
④ 毛立平：《清代嫁妆研究》，第193—197页。

恭人（引注：指陈尔士母亲）与之金二千多，为予买书。及将北上，犹余五百金，奉先妣为道理费。京居日用不继，典钗珥、鬻衣物，拮据家事。"（《妻陈恭人述略》）由此可见，在近二十年的婚姻生活中，她的奁资对家族经济的贡献。

日常收入与支出

钱仪吉扶柩返乡的行程大致是嘉庆二十二年（1817）八月从京师出发，七日后至天津，换水路买舟南下，当年十二月初抵嘉兴，拟停留两月，再由陆路进京。故九月十三日陈尔士撰写家书称："初十接到东光所寄之札，云定计在家乡逗留两月，即由陆路进京。窃恐积劳太甚，士之私愿固望主人早日到京，以息重任。惟尊体素非所宜，或在南过夏，孟秋再进京，亦无不可。"后来在协理家事的过程中，她渐觉身心劳损，在次年四月的家信中，已经由宽慰的等待变成焦急的催促："昨晓堤处交到四月初二手札，知行期改矣。日来闻陆路多盗，正为阁下悬心，得札后甚慰。但仲秋之期，断不可再迟。士自度精神日衰，不能照察，有负所托。寓中又无可任家事者，想主人亦必念及也。"可见钱仪吉南旋期间，陈尔士全权接任家长之责，家书条陈巨细无遗地列出了平日生活的每一笔进项与支出，对专项账目甚至造册呈报。就家书所具，零星可见家庭日常收入与支出情况如下表：

第四章 内闱的焦虑

表4-1 陈尔士在家书中记录其家庭日常收支明细（部分摘抄）

日期	收入	支出
（嘉庆二十二年）八月十四日	同衙门魏公（春翁）来，交到外捐银一百三十两六钱	将零数画于节间用，大衍之数存本之处，其半拟易钱赎衣服，有三票节后即期满也
八月二十二日	至寓中薪水，尽力从省，所短亦无几。将卖屋价逐时添补，亦足敷衍矣	前交本之银五十两，易钱五十七千，拟凑足一数，从吴处寄南中，以备正用
八月三十日	典物银四十两	奉上三十两，付去人四两，存六两作家用
九月十二日	典去簪一支，大钱八千五百文以济用	
九月十三日	珠花销去，价纹银六十两 雨楼遣人送到外捐银十八两六钱，又有一月支持矣	寓中晚间时有小窃，不得已雇一更夫，每月工钱八百文
九月廿三日		从晓堤处寄一信至乐寿堂，并会大钱三百千存大兄处，想收到也
十月初六日	蒝翁每月帮银五两，厚意可感	
十月十六日		熊锦到寓，临清小羊皮六件俱收明。儿辈冬衣完备，明年再做与穿也

213

续表

日期	收入	支出
十月十九日		治痔漏方药味平正，服之可望痊愈。即日命孙启到香房买得象牙尖一个，重六两五钱，遇有的便寄南也
十一月	魏春翁又送到外捐银二十七两有零	凑三十金留本之处，作年用矣
十二月十三日	因本之处借一数，并二伯父寄四十两，宫保十八两，又与儿辈四两，可以凑集济用	
（嘉庆二十三年）春分后二日		此月内始卸驼煤①，几及卅千，校向来零买，一年可省数十千
五月初十日		适朵山信来，欲会钱六十千文，即将信寄南。其钱士即刻存出，断不用散也
五月二十八日		杨元之兄持杨元信来，欲支大钱二千。虽来札未言，而渠随主人在外，其家不得不量为体恤，是以竟与之矣

---

① 驼煤：指旧时北京入冬以后行商用骆驼驮搭载门头沟的散煤走街串巷贩卖，比远自山西大同贩来的硬煤更便宜，所以是旧时北京人更经济的选择。

在此期间钱仪吉任户部主事，官居六品。根据张仲礼对清代士绅阶层收入的研究，京官中汉族六品文官年俸为纹银六十两，稻谷三十石，折合白银四十二两半，总计一百零二两半。① 这份俸银相对于日居京师的支出来讲是远远不够的，且不说丧服之中还有许多特别的花费。就以月平均计算，上年九月十三日家书称，外捐银十八两六钱可以充一月支持，则年最低消费也在二百两以上。一年之中，仲秋、腊月、正月这样的年节更是用度超常的时期，十二月十三日家书写道："吾亭连次属人来问度岁需用若干，当代为筹措，意甚真切可感。"而嘉兴旧家公产义田、祭田等所出，似不便远借，这是自陈书以来力行的规矩。《述训》载："先世所遗义田、祭田，岁按所入，给族之人；以本身及文端公兄弟应食米数，积之以周贫乏。十指不给，常至断炊，借邻人粟以作饭。家人指困中公田所入米，（陈太夫人）曰：'是不可借也。'"② 另一方面，作为仁义之家，又有惜贫怜弱的情怀，陈尔士的婆母戚氏每遇"鬻饭或不足，虽一二人不令食小食，必继鬻使之饭，曰：'彼固以饥来，不可忽也。'"（《先姑述略》）道德宗旨或可贯之始终，但今时的家境与往昔已不可同日而语，即以婢仆的开销一端而言，要在义、利之间求取平衡，则主母对家资的调

---

① 张仲礼著，费成康、王寅通译：《中国绅士的收入》，上海社会科学院出版社2001年版，第33页。这个数字只能作为参考，因为作者主要利用了《大清缙绅全书》，反映的是道光二十年（1840）以后士绅收入的情况。

② 〔清〕陈尔士：《听松楼遗稿》卷二。

度不单是按劳给酬的经济行为，还要考虑人情、礼节等因素，并关乎御下的原则，包含了协调家庭内部关系的用意。

慎终：葬仪的经济透视

嘉庆六年（1801）钱仪吉父亲钱福胙去世，十四年（1809）钱仪吉任户部主事，迎养母亲戚氏于京师，二十二年（1817）母亲去世，遵循夫妇同穴的习俗，戚氏的灵柩应该返乡安葬。按《大清律例》，舅姑去世，子媳丧礼同其夫，斩衰三年，为功服之最重者，以示亲亲尊尊之意。钱仪吉扶柩南还，陈尔士本当随行，但"以积逋之无以偿"，她只能同儿女留京师，"竟不克躬承窀穸①，清夜扪心，罪莫大焉"（《听松楼女训序》）。这种强烈的负罪感来自现实与内心恪守的礼法之间的冲突，陈尔士以为"盖中馈之事，莫重于祭。朝夕有格，分固然耳。士尝侍先姑戚太恭人之奉祭祀也，躅其祭器，荐以时物，敬齐之色，不绝于面，诎立不怠，不言不笑，当暑不箑。进退之节，咸如《礼经》"②。灵柩的奉安正是祭祀先人的开始，孝行所在，陈尔士虽不能亲临致奠，但对婆母的葬仪格外关心。自上年八月中旬起程，至年底十二月中旬才举行大葬，其间历时之久、仪节之繁，使得归葬的花费成为当年最大的一笔开销。此时亲戚故旧陆续寄来的赗仪以及其他形式的资助，除表达吊唁挽悼之外，对主丧的子弟而言也是

---

① 窀穸（zhūn xī）：指墓穴。
② 〔清〕陈尔士：《听松楼遗稿》卷一《授经偶笔》。

最切实的安慰。为清晰表明葬仪过程及其经济投入,列简表如下:

表4-2 陈尔士在家书中记录夫家举办丧葬细节

时间	过程	花费
八月三十日	通州七日至天津,不为迟滞。灵椁新漆稍损,幸旧漆坚致,尚无碍。惟祈早到禾①,上紧灰布②,始得放心	
十月十八日	主人船于月之初三抵清江浦,闻之悲慰交集。计望前可到家,灵椁想即往齐家桥租屋安停 都中漆既平常,匠手又劣,所漆未必中用。想迩来正在上紧灰漆之时。窃思葬期尚远,务须多漆几次,不可拘俗例"九回灰布"之说。士曾见先君灵柩亦不止九灰九布,想主人之意与我同,故敢奉告	

---

① 禾,嘉兴旧名。嘉兴一度称为"秀州",原来这里叫作由拳县,三国吴黄龙三年(231),"由拳野稻自生",孙权认为是祥瑞之兆,乃改由拳县为禾兴县,并于次年改年号为嘉禾。赤乌五年(242),孙权立子和为太子,和禾同音,为避讳,将禾兴又改为嘉兴,嘉兴之名由此始。

② 灰布,指以磁灰、瓦灰和麻布等材料涂抹、包裹寿材。吴骞《慎终录要》:"君子不以天下俭其亲,虽曰丧事称家之有无,贫者亦须二灰布、二纯灰,庶可以已,犹当加漆数次。中人之家三布四灰,加光漆七八次。如有余者,灰布十次,纯灰十一次,加光漆十数次,多多益善。是在仁人孝子之尽心焉耳。"〔清〕吴骞:《愚谷文存》卷十三,《续修四库全书》集部1454册,上海古籍出版社2002年版,第311页。

续表

时间	过程	花费
十月三十日	廿六日接得大伯母来谕,喜悉墓后陈声璜之屋已买就,我正卧病,闻之而起	念师衮舅氏,今非宽裕之时,而为之攒凑屋价,此心所不安耳
十一月初十日	大葬诸事有各位尊长为之主持,及诸兄弟相助,主人似可稍省忧劳,得暇务必详细示知为祷	
十二月初六日	今日辰刻接读禾中所寄之信,谨悉灵榇安稳抵里。现在赶紧灰漆,计期只能于旧漆之外灰布三次。只要漆好、匠手好,尚可放心 墓屋建造已成,规模整肃,可以奉安先人神主,不胜哀慰交集	
十二月十三日	望日大葬之期,士为子妇,不能躬承窆窏,主人独任大事,诸凡劳苦,尚能支持否	因本之处借一数,并二伯父寄四十两,宫保十八两,又与儿辈四两,可以凑集济用
正月廿三日		滇中年底寄到唁函及奠分,季冬下旬有收用细账,及年用各款并信,从汪处递南

续表

时间	过程	花费
五月（日阙）	谨悉先人像已绘竣，神气十得八九，可慰思慕之心矣	

结合上表和前文关于奁钱的讨论，可以推知，婚丧二事的开支在当时家庭经济中占有相当比重，高昂的财费预算甚至被视为遵循礼法的诚意表达，换言之，礼教与世风的融合主导了地方士绅家庭的消费倾向。庐江钱氏第十世妇俞氏和第十三世妇陈尔士的家庭都具有雄厚的经济实力，她们与钱氏的联姻客观上起到了两姓家族政治资本和经济资本互助共济的作用。再从钱氏家族内部来看，虽然宗支繁盛之后同居共财的范围缩小到直系亲属之间，但像葬礼这样影响整个宗族的仪式，亲属之间仍然有周济睦族的义务，从陈尔士感恩的话判断，这种义务应该带有自愿的成分，而不必是一定的责任。

第三节 育儿与家教

西周以来，先民有所谓"同姓不婚"的说法，如《国语·晋语四》称"同姓不婚，惧不殖也"，《左传·僖公二十三年》也称"男女同姓，其生不蕃"。这种保障生理繁育和伦理秩序的优生观念一直影响到明、清时期，清代的律法还规定"凡同姓为婚者各杖六十，离异"。可见族姓的选择是影响新生儿出世的重要因素，后来的世家大族对联姻对象的慎重选择以及对男嗣的盼望，都是为了自己的族姓能够昌盛。但是，这些幼弱的生命在长养的过程中还要经历自然的淘汰，古人笔下殇子瘗女的记述所在多有，不可预知的疾病威胁使得鞠育幼儿成为主妇责无旁贷的重任。① 而科举时代的教育却往往偏重德育和智育，幼童至少年的发育阶段基本放弃了体能的锻炼，科名早成的人才不乏少年老成的"文弱书生"。② 此后他们作为文官集团的词臣或学士，伏案执笔成为长期的生活方式，心智的运用远远胜过肢体的伸展，综合这些条件养成的文化习性和心理特质决定了一代甚至几代的士风。近代日本学人狩野直喜对比清代满、汉文明后指出，汉族士大夫的缺点在于文弱，没有尚武的精神，因此清初的统治者尚且告诫子弟不能放弃弓马，然而随着汉族文明对他们的同化，国族的精神趋向还是不免整体弱化。③ 这样的教育结果似乎已经与士族培养人才的初衷南辕北辙。那么，在这个过程中清人引以为傲的母教起到了怎样的作用，其影响又体现在哪里？庐江钱氏从陈书到陈尔士的育儿和家教经历，展示了清代官僚学者家庭中人才的起落，是对上述问题的一个微观解答。

---

① 熊秉真：《中国近世士人笔下的儿童健康问题》，《"中央"研究院近代史研究所集刊》1994年6月，第23期。

② 熊秉真：《好的开始：近世士人子弟的幼年教育》，《近世家族与政治比较历史论文集》，"中央"研究院近代史研究所1991年版，第201—238页。

③ ［日］狩野直喜：《清朝の制度と文学》，みすず书房1984年版，第6页。

家族病史

钱陈群《诰封太淑人显妣陈太君行述》记载,他两岁时与同村儿童一起患上天花,五岁的哥哥因此夭折,他也几度濒危。陈书只好把她送到外祖母钱氏手中,说:"是儿若保,其婆所留乎?"钱氏遂用自己的贴身衣物代替幼儿的襁褓,将钱陈群带回,又恳求邻家妇为之哺乳不得,只好按医书和药代乳,经过精心调治,才使钱陈群脱离痘疹的危险,并在外家抚养长到八岁。他的名字因此有个"陈"字,与弟弟钱峰、钱界的单名不同,便是为了纪念外祖母的养育之恩。后来,他九岁那年又患鼠疮,形销骨立,药石无效,陈书百般养护,无奈之下只好祷祝神灵,感异梦而病疫顿消。这样的事迹在当事人看来或有大难不死、如有神佑的庆幸,但其实更说明了祖母和母亲抚育幼子的辛劳。钱仪吉也是如此,"幼羸多疾,二岁、四岁、六岁,三濒于危,其后常善病"。①婚后,钱仪吉甚至长年与咳嗽相伴,他自称是"肺病连年惯,冰天又岁阑。事烦不暇嗽,转得一冬安"。②另外,钱仪吉的外祖母王氏也有宿疾,她"夙患瘛疭,③一夕疾作,不能言,戚太恭人(钱仪吉母)惊寤而号,家人俱起,亟治之,获已"④。虽然不能就

---

① 〔清〕陈尔士:《听松楼遗稿》卷二《先姑述略》。
② 〔清〕钱仪吉:《定庐集》卷一,民国年间刊本,南京图书馆藏。
③ 瘛疭(chì zòng):中医指痉挛,抽风。筋急而缩为瘛,筋缓而伸为疭,伸缩不已,为瘛疭。
④ 〔清〕陈尔士:《听松楼遗稿》卷二《先姑述略》。

此断定庐江钱氏有家族遗传的疾病，不过几代人的健康状况都是这样，难免给后代的繁育留下隐患。就钱仪吉所见，钱家先后夭折的稚子弱女竟达十人之多，他有《十殇志铭书砖》一文写道：

> 浙江广谊园门东向，入门西行折而南，复西行折而南，得别窭一所，广二三步，轮五六步，浅草丛棘中，蓬颗鳞砮，南则我钱氏十殇在焉。得地五分之一，其前吾七妹周之冢；丙向其左曰朋寿，己向其右曰荦，丙向又其右曰莛，又其右曰茗，皆丁向，吾之四子也；其北曰楔、曰墀，皆丙向，吾之两孙也；其右为吾九女，又右十女，皆丁向；荦、莛之间为五女，午向。呜呼！吾妹之殇在乾隆乙卯，朋寿以下之殇始嘉庆甲戌至今道光壬辰，十九年间夭者九人，与妹而十。悲乎！①

尤其是他膝下未长成的儿女竟有七个，无论是出于延嗣之理，还是天伦之情，他们夫妇对于育儿事宜不能不高度重视。

陈尔士诞有一子二女，长女天孙和长男衍徽都早夭，只有次女饴寿长成，而作为嫡母，她还要同时照料庶出的子嗣，包括英儿（大名宝惠）、荷儿和小女慈寿。家书显示，这一干小儿女延医用药直如家常便饭，陈尔士殇子之后渐渐留心医

---

① 〔清〕钱仪吉：《衍石斋记事稿》卷十。

学,所以对小儿的病理无不详悉,能于笔下条陈原委。对此,钱仪吉感喟至深,陈尔士去世二十二年之后他还记得"儿女有病,(恭人)必察知其然。医至,使人详语之,治辄效。恭人殁后,幼生儿女复多夭折,以是知恭人用心为难能也。"(《妻陈恭人述略》)

钱仪吉的母亲曾经回忆:"吾小时恃二亲爱怜,有所求,必获乃已。长而自惧蹈于刚急之失也,常抑然自下。及生吾儿,三灾八难,吾益以退让自处,一言动惟恐伤人。冀天怜吾儿,得长成也。"她借此教导陈尔士等人:"汝曹各有儿女,宜念吾言,积德以自爱。且为妇人者,无事可利济于人,唯常在善念,步步留意,庶几稍免罪过耳。"(《先姑述略》)所谓"妇人无事可利济于人"当然是自我谦逊,倒是鞠育幼子的过程强化了妇女的慈心善念,让她们的心态人格净化改变。对于陈尔士而言,稚子珊珊可爱的情态是她夙夜辛劳的生活中莫大的安慰,启蒙之际流露的颖敏聪慧也让她看到了家族代换的希望。不妨撷取天伦共聚的些许生活片段,或可见士族家庭超越嫡庶之别的母子情态:

> 两女颇顽皮,诸人不怕,只好不离眼前,可少跌、少淘气耳!……
> 颐女十三日方上生书八行,读六遍背,伊自己得意之至,初三日收三小小做学生,日教二字,竟不忘也。

二女每黄昏后请哥哥教《尔雅》中字五十，英借此可以熟《尔雅》，两有益之事。伊颇好学，惜是女耳。慈女亦肯识字，比四小小聪敏些。两小女皆欲从士读书，奈士怕烦，不敢招揽耳。……此子此女，略见圭角，其他不知如何耳。

嫡母与庶子

前文论及为了宗族延嗣的需要，庐江钱氏女眷有养育亲眷遗孤的义务，同样是出于家族整体利益考虑，主母也要放下嫡庶差别的成见，教养妾侍所出的嗣子，尤其是在妾侍的学养不逮之时。嘉庆二十三年（1818）六月廿五日，陈尔士家书提到钱仪吉妾程氏："程妾病虽不大发，而精神惫甚，近请春谷先生诊视，服药尚效。凡人有病，当自知其源，方能调理，方可望愈。彼昏不知，虽俞、扁其若之何？"可见陈尔士在处理家庭关系时作为主妇和正室，从协理家政起见，她应该在信中向钱仪吉告知家中大小的情况，其中当然包括儿子的庶母，但字里行间嫡妻之于妾侍的尊卑差异又显而易见。钱宝惠是钱家庶出的长子，遭遇祖母丧期时，他已近成年，[①] 体质却并不强健，钱仪吉南还期间他一直在服药。八月二十二日信称："阿英丸方六味，加远志、麦冬、建莲、阿胶、兔丝饼等味，拟廿

[①] 嘉庆二十二年，戚氏去世；二十四年，钱宝惠成婚。见《听松楼遗稿》卷三《家书谕英儿》。

第四章　内闱的焦虑

四日合服。"次年春夏之交更是羸弱，五月二十八日函："英儿自月初小病后总觉疲乏，胃气不佳，请文公诊视，方用凉剂，更不适。昨日就医，春谷先生云：两关脉不和，不可服凉药，方用瓜蒌皮三钱、麦炒川贝母一钱五分、枳壳八分、茯苓三钱、生甘草八分、炒薏苡仁三钱、焦谷芽三钱、土炒大白芍一钱五分、旋覆花二钱、小麦一两、大枣二枚，服之甚投。"六月初十信又说"英入夏来常有小不适，每日惟编写礼书，不令诵读"，"且理熟书，因气怯不令读《国策》也"，"拟再请春谷先生诊脉，服补气之药"。同月廿二日信："英昨又请春谷先生诊脉，服高丽参、麦冬各一钱。"《本草纲目》记载，阿胶主治丈夫小腹痛，虚劳羸瘦，阴气不足，脚酸不能久立，效在养肝气、坚筋骨；① 而人参同麦冬等煎服，可治暑伤元气，大汗痿躄，泻阴火，补元气，助金水。② 以上三张药方分别采用了阿胶、麦冬和高丽参，且宝惠胃气不佳、身体疲乏、喜暖畏寒，正是体虚气弱的症候。

然而，即便钱宝惠如此质弱，课读应考之责却不能有丝毫松懈。陈尔士在料理他的饮食起居之外，用心最深的便是代替钱仪吉督促儿子的学业：

---

① 〔明〕李时珍：《本草纲目》第五十卷"兽之一"，万历三十一年（1603）刻本。
② 参见《本草纲目》第三卷上"百病主治药"中的"暑"篇。

一、日课读经

八月二十二日信云："阿英《左传》理完十一、二，两本并带理，月令每日约数理四十页。灯下仍写《左传》凡例，尚不至心野。"紧接着，八月三十日又告知其父："阿英每日将至生之《左传》读二三首，作生书已理过十一、二，两本仍作带书。日日背《周礼》，熟理五六页，其余仍照当日功课单。理完一编则知渠诸书生熟，可分等第矣。诸凡放心，总不使之心野多走也。"

二、习作经义

九月十三日信云："英惟《左传》甚生，《易》《书》《诗》《周官》《仪礼》《礼记》上半部、《尔雅》《四书》尚不算生。每日将《左传》熟理二十页或四五十页不等，并带理熟书。初四日士出门，令拟作《子产与韩宣子书》。士虽不知古文，看渠脉络尚清楚，请吾亭批改甚精细清澈。今将批改原本呈上，知渠不致废学也。"又十月十九日函："阿英近来颇肯读书，《左传》熟读两本。前日作论似有进境，仍请吾亭批改，将原本呈上。"十一月初十日函："阿英近日读书颇肯用心，士出门有事即令作传或论。前日作《管仲传》，笔颇跳脱，看《国策》之功也。仍请潘年伯批改，为渠达所不能达，贯通脉络，讲求体制。阿英受益不浅，主人当札谢勿迟也。"

三、静志修身

上年十月间有信："阿英荒了四五日学，仍令伊在书房中静坐抄书，不致心野耳。"次年五月十二日信："士课英读书一室之中，终日相对，英固无外物荡心。然孤陋寡闻，于学问恐无进益。惟气性略好，或有训饬，受而不怨，此其近时进益也。"六月二十五日函："阿英疹恙早愈，手并不肿，渠所谓肿者，大约谓风疹起发时红肿耳，疹退即愈矣。前禀数百言，士曾切戒，今又将来谕与看，更当严饬之。迩来每日功课毕，仍令抄写《仪礼》，不使稍有散荡也。"

为此陈尔士特撰课读讲义，摘录《易》《诗》《礼》《论语》以及程子、张子言论若干条，略加串讲，申明大义，后由钱仪吉辑为《授经偶笔》一卷传世。

嫡母教育庶子固然名正言顺，但到底缺少血缘的维系，倘或子弟有怠惰之时，嫡母施教便有为难之处。嘉庆二十三年六月间，宝惠因为出言不逊遭母亲呵斥，对此陈尔士向钱仪吉坦言了事情原委及自己的苦心："今午从晓隉处收到六月初六灯下之札，并英谕已付读，英自知惶悚之至此。因五月中士有小病，令渠读书室内，静坐看书，适无功课作禀，欲长遂至放言，士见之亦加训饬。今得主人严切诲谕，庶几改之，英之幸

227

也。至士之待英，非但不溺爱，比之他子女愈加严紧，一切出入起居无不留神观察。近日气性已渐好，可勿焦念。"在这里陈尔士须要平衡家族利益趋向之下两种微妙的家庭关系。钱氏家族到钱福胙、钱仪吉父子这一支，可谓人丁单薄，纳妾继嗣顺理成章，对于无子的正室而言，这是只好无奈并默然接受的事实。另一方面，妾侍的地位几乎与婢女相等，其出身、教养往往不及经过家族严格选择的正妻，而庶子将来却要跻身主人之位，那么正妻更适合给予他学识、礼仪等方面的教育。陈尔士对宝惠的慈养严教其实含茹了不能外道的委曲，以后天鞠育之恩弥缝先天血缘的疏离，这在她单独致宝惠的书信中更可以看出：

> 自汝南旋后，膝前甚觉寂寞，虽有诸弟妹慰情，而心中甚怅念汝。汝当体我心，格外保重，所学不可荒废，语言一切格外谨慎。成礼（引注：指成婚）后即收拾行装，明年正月务必北上，以慰倚闾之望。
> 想汝在昆山，外舅外姑之慈爱、汝夫妇琴瑟静好为慰。新妇将从汝北行，远别父母，依恋可知。汝须劝解之，舅家与母家无异，我与汝父自必诸事体谅之也。我身子甚好，汝父以下俱平安，汝生母亦健。汝何日到黄湖？外祖母见汝，欢喜可知。精神、步履、饮食如何，来信可详言之。……此信与汝妇同看，不

可示人。①

母教与士风

陈尔士对儿女的家教得到了家族内外的高度评价。首先是钱仪吉说:"恭人视庶子女教育尤至,予尝自课宝惠兄弟,有不暇辄以属恭人。及先姊弃养,予奉柩归葬,儿女辈尽从恭人授书,恭人尝课宝惠写《春秋》五十凡一篇,闲点定所为策论。予还京师见之,知恭人善教,大慰。"(《妻陈恭人述略》)其次是姻母金孝维对她的服膺:"丁丑遭姑丧,蔼人奉柩南归,恭人率子女留京师,宝惠方学为文,力不能延师,恭人为之讲贯经传,谨其出入……予益心韪之。"② 然后是侪辈名媛的评价,如郝懿行妻王照圆为《听松楼遗稿》作跋,谦陈自己不如陈尔士者有六端,其五云:"颜黄门云,父母威严而有慈,则子女畏慎而生孝。余于子女有慈无威,不能勤加诱导,俾以有成。今读《授经偶笔》及尺素各篇,思想勤绵,时时以课读温经形于楮墨,虽古伏生女之授书,宋文宣之传礼,不是过焉。"③ 而推崇最至的当数沈善宝的《名媛诗

---

① 〔清〕陈尔士:《听松楼遗稿》卷三《家书寄英儿》。
② 〔清〕金孝维:《听松楼遗稿序》,〔清〕陈尔士:《听松楼遗稿》卷首。金孝维是钱豫章妻,豫章与仪吉父亲钱福胙同为钱汝恭之子。参见《明清两代嘉兴的望族》,第 24 页。
③ 〔清〕王照圆:《晒书堂闺中文存》,光绪十年(1884)东路厅署刊本。

话》:"余见历来闺媛通经者甚少,矧①能阐发经旨,洋洋洒洒数万言,婉解曲喻,援古诫今,嘉惠后学不少,洵为一代女宗!"② 可以说在庐江钱氏家族史上,陈尔士是陈书当之无愧的后继者。

前文提及钱仪吉因"积逋之无以偿"而无法携眷属南归,同样地,留京的子弟也无钱延请教师,才有家母代课的权宜之计。这很符合家政中节流的经济原则,不过对主母才德与学识的要求却更高。撰写《授经偶笔》也加深了陈尔士本人的修养,她自己就是性理之学的研习者,曾有诗题为《连夕病不能寐,每起坐诵西山先生夜气箴,觉此中洒然有悟,不知疾痛之在身也。谨记一绝句》,诗文云:

名言何处不津梁,默诵浑忘夜漏长。
未问渊源伊洛处,浅窥已是养生方。③

因此,她对宝惠居处恭敬、静志修身的教育也是以理学正统思想为指导的。如朱熹《养正遗规》的教导:"凡为人子弟,须是常低声下气,语言详缓,不可高言喧哄,浮言戏笑。父兄长上有所教督,但当低首听受,不可妄大议论。长上检

---

① 矧(shěn):况且。
② 〔清〕沈善宝:《名媛诗话》卷五。
③ 〔清〕陈尔士:《听松楼遗稿》卷四。

责,或有过误,不可便自分解,姑且隐默。"① 又《论定程、董学则》提倡"读书必须专一",要求"必正心肃容,记遍数,遍数已足而未成诵,必须成诵;遍数未足,虽已成诵,必满遍数。一书已熟,方读一书。毋务泛观,毋务强记。非圣贤之书勿读,无益之文勿观"②。对于个体而言,这样的教育适足以养成人的理性意志,以理性主宰和支配感性,又以为学从业不懈的恒心毅力时时充实这种理性,其目标是要养成坚定自强的人格与道德境界。

然而,科举制度的单一导向直接影响到家庭教育,加之应试人数与得中比例的日渐悬殊,家教功利化的趋势到清代愈发突出,幼子早蒙、弱子强读的家教方式司空见惯。③ 尤其对于世家而言,家庭教育与家族发展形成了利益的循环。科名所在,家族会有平步青云的发展际遇,庐江钱氏经钱陈群一代就由寒门跻身显宦行列,这不能不加深后世子孙对功名的渴望。而家族的地位和影响又能引导子弟更好地顺应科举考试的机制,甚至是为官的法则。那么像钱仪吉和钱宝惠这两代处在家族鼎盛时期之后的子孙,守成的职责、衰落的危机、长兴的愿望,都迫使整个家族更倚赖科名的延续。而母代父职的陈尔士在家教中更面临来自家庭和社会的双重期待,故母教之严往往

---

① 〔清〕陈弘谋辑:《朱子重蒙须知》"语言步趋"条,《五种遗规·养正遗规》卷上,乾隆培远堂刻汇印本。

② 〔清〕陈弘谋辑:《朱子论定程、董学则》,《五种遗规·养正遗规》卷上。

③ 熊秉真:《环境的堆砌与塑造》,《童年忆往:中国孩子的历史》,广西师范大学出版社2008年版,第85—131页。

不在父亲之下。殊不知在这种无情规约和极端的追求下，如荷儿、饴寿、慈寿那般生机无限的纯真天性终究被泯灭于无形。至此，或可以钱氏子弟为例，对士人精神面貌转变的起点和结果略作回顾比较：

> 不孝（陈群）少居闹市，习嬉戏，读书不能沉潜，又自恃资性，辄事强记。继而陶先生即世，所居读书处有楼三楹，太淑人在楼下，纺绩声相答。或闻读书声轻浮，尝潜登梯级觇之，则不孝弟兄俱越席以嬉，读成诵书塞责也。于是大挞至流血，数月又如之。一日，召不孝于家庙中，跪竟日，不令饮食，太淑人亦痛哭自责，绝食者两日。不孝泣曰："请母勿自伤，儿自是当攻苦读书矣。"
>
> 康熙四十八年，（钱陈群）归，见廉江公（钱纶光）课主静（钱峰）、主恒（钱界）两先生甚严，因请于廉江公，留家课弟。即扃户南楼，去梯级，缒送饮食，岁除始一下。
>
> 康熙四十九年，课弟至八月一日，见主静先生所作文，喜曰："吾可以复父命矣。"于是廉江公、陈太夫人上楼置酒慰公，以示奖劝。明年，主静先生以第一名补县学生。[1]

---

[1] 〔清〕钱仪吉：《文端公年谱》，《北京图书馆藏珍本年谱丛刊》第93册，第194页。

与时推移，清代士林引以为傲的母教成就逐渐呈现出两面性，因为历代女教养成的敬顺依从的原则，女眷较之男性更忠实于家族使命，对蔚然成风的功利性家教原则往往贯彻得更加到底。大挞流血、痛哭绝食的极端场景屡屡见诸小儿的面前，就受教者的心理而言，如果日后昂然奋发，由果溯因，自可以归为严厉家教的约束之功。可是，一旦屡困诸生，士人的精神压力势必与日俱增，甚至最后成为整个家族的焦虑。而画地为牢的应试生涯决定了他们长年处于逼仄的生活环境和狭隘的思想空间中，纵然有淡泊科名的超然心怀，最终也缺乏谋生的体格与志气。

第四节　夫妇伦理与女性尺牍

近人郑逸梅《尺牍丛话》尝论《浮生六记》，引《闺房记乐》一段："是年七夕，芸设香烛瓜果，同拜天孙于我取轩中。余镌'愿生生世世为夫妇'图章二方，余执朱文，芸执白文，以为往来书信之用"，评曰："三白与其夫人陈芸，笔墨俱清隽，深惜其往来书信未能供我人一诵耳。"① 的确，尺牍引人入胜之处往往在于其私人性，阅读体验中仿佛带有一种窥视的意味，② 若执笔的一方是女性，这种隐秘性就更容易为

---

① 郑逸梅：《尺牍丛话》，上海古籍出版社2004年版，第76—77页。
② ［日］兴膳宏：《尺牍の文化史的意义》，《中国文学理论の展开》，清文堂2008年版，第553页。

人关注。古代女性涉笔的文类中以尺牍最为常见,后世的辑录也以尺牍总集数量最多,甚至真伪杂出,稗官附会之作也被收录。如西汉卓文君《与相如书》、唐代崔莺莺《答微之书》之类,① 编者宁信其有,莫断其无,可见女性尺牍与文学审美趣味之间的某种关联。概而言之,历代妇女尺牍大致可归为三类:早期民间的女性尺牍有所谓"书仪"规范,同女诫的用意一样,意在规箴女子的言语,尤其适用于女子交际的场合,后来逐渐发展为雅驯的格式套语;② 其次是情侣或夫妇之间的赠答书信,远可以追溯到汉代徐淑的《与夫秦嘉书》,近则如秦淮李香君的《在南都后宫私寄侯公子书》。有学者径直以"情书"代称之,③ 其中绮语情思,往往直抒胸臆,尽诉衷肠;第三类一般是女性寄给亲族的家书,如明末清初顾若璞的《示诸儿》,④ 行文朴实可亲,可作家训看待。明末以来,女性尺牍的交际功能更突出,数量较之以前也大量增加,文风趋于雅致,尽显女性的才情,这种发展趋势直接影响到清代女性的尺牍写作。⑤ 不过,就个人的传世之作而言,数量和内容如陈

---

① 〔明〕赵世杰等编:《精刻古今女史》卷八,崇祯元年(1628)刻本。

② 近年来学界披露日本所藏的和刻《妇人寐寤艳简集》就是古代女性书仪的代表,该书托名宋苏轼撰,可见是近世以来应用的文本。其中对一年十二月妇人书信的节令用语有详细的规定,类似案头翻检的工具书。

③ 赵树功:《中国尺牍文学史》,河北人民出版社1999年版,第41—61页。

④ 〔清〕徐士俊、汪淇辑评:《分类尺牍新语初编》第二十三册《家庭语》,《四库全书存目丛书》集部第396册,齐鲁书社1997年版,第521页。

⑤ 〔美〕魏爱莲撰,刘裘蒂译:《十七世纪中国才女的书信世界》,《中外文学》第22卷第6期,1993年11月,第55—81页。

尔士家书这样的尚不多见，又作为寄外之书而风格平易动人的更是少有。诚如周作人所言："《听松楼遗稿》卷三家书二十七通，质朴真挚，最可以见著者之为人。"① 这种笔墨趣味的形成既得益于陈尔士和婉温雅的性情，也是她与钱仪吉相亲相敬的夫妇情谊潜移默化的结果。

述职：兢惕惶恐

钱仪吉南归之后，次月京师寓所出现盗窃事件。事情的原委大致是：九月间寓中有小窃，遂雇一更夫巡夜；后有亲属客居，寓所西厢书架临时迁至东厢，一时疏于勘察，十月即发现插架者失去九十余本，其中最珍贵者为先人旧藏之《宋稗类钞》；陈尔士自谓上下人等俱按家规行事，管理足够严密，或者只有新来的更夫可疑，但终究查无实据，而遗失书籍亦寻访无果。此事令陈尔士引咎颇深，她自责才短，"不能照察，罪甚、愧甚"，此后"寓中诸事惟有益加兢惕，想不至大谬耳"。失窃虽属偶然，但小小波澜就可见出内事之琐细繁难。陈尔士治家的常例已经极为严谨，她每日日出则起，上午出居书房，巳午之交（约上午十一点到中午一点之间）在东房客厅，照看一应人等的出入，申酉之交（约黄昏后五点至七点之间）归房料理杂事。饶是如此有序的安排，她仍然不时忧

---

① 周作人：《女人的文章》，钟叔河编：《周作人文类编·上下身》，湖南文艺出版社1998年版，第402—403页。

思难眠,① 家书中反倒常常自任"家中诸事,士当兢兢业业,尽心力为之,断不至贻主人远虑也"。八月二十二日信称:"士每朝出居书房,申酉之交归房料理杂事,甚少暇,而夜间颇好睡。诸燥症日来就愈,所谓劳则寡思,无妄则心神安静,其火自降矣。"次年五月十二日信又称:"近来颇识生理,觉此身之病,大半系自己作成。往者不可及,来者尚可为,一切烦恼妄想,皆时刻自戒。夜梦甚少,自知攀缘妄想亦渐少也。"诸如此类,措辞语气无不在安慰钱仪吉不要挂怀,实则流露了她自己平日一贯忧劳的状态。

此外,因为钱仪吉当时正参与《会典》的编修,陈尔士留心邸报,注意到《明鉴》编纂触犯文禁之风险:"昨见邸钞,《明鉴》体裁失当,秀师以头等侍卫往新疆换班,纂修张公罢斥,兰右先生降编修。将来《会典》告成,惟求无咎为幸耳。"据《仁宗实录》记载,嘉庆间敕令馆臣依范祖禹《唐鉴》体例编撰《明鉴》,二十三年五月初一书成奏上,由于清初开国史事系于万历、天启朝,上谕以为于"体例殊为悖谬",责成"该馆总裁曹振镛、戴均元、戴联奎、秀宁俱著交部议处","总纂官朱珔、纂修易禧善、张岳崧俱交部严加议处"。五月初六,下诏:"秀宁著降为头等侍卫,前往新疆换班。戴均元本有革职留任之案,部议降三级调用,无级可降,著加恩仍改为革职留任。曹振镛、戴联奎俱著加恩改为降

---

① 《听松楼遗稿》卷四《不寐》写道:"静夜难成寐,洒窗风雨喧。梵钟浑不定,街鼓·何烦。南浦无灵鲤,北堂应茂萱。故山归未得,伏枕悄心魂。"

三级留任。编修张岳崧撰拟按语,论明熹宗用人不当,已属失职,又以熊廷弼比方李光弼,尤为纰缪,著即照部议革职。易禧善纂辑明神宗朝事迹,按语颂扬本朝,虽乖体例,词句尚无大谬,著从宽改为革职留任。侍讲朱珔,此数卷按语皆非其所撰,惟覆校时不为正,亦属疏忽,著从宽降为编修,以示薄惩。"① 邸报所言即为此事,陈尔士久居京师,耳闻目睹,对官场倾轧也有体会。钱仪吉设身处地,难免物伤其类,却又时刻不忘自警:"士从未言时事,今日初犯,后当切戒之耳。"

以上仅就内政、外事各举一例,已经可见陈尔士主持家政何其不易,其余还有时疫染及家人,亲故诉讼援助等不胜枚举的杂事,她也都一一照察周全。无怪乎她自己会总结说:"予尝以壶教之兴替,卜人家之盛衰,往往而信。"② 在以家族为基础结构的古代社会中,角色、身份在很大程度上决定了个人的行事和观念,而婚姻又是构建家族的基础,以礼法为依据的两性关系中,夫妻各自的角色更是对彼此的行为有既定的要求。对家庭高度的责任感让陈尔士首先要以主妇的身份来写作家书,她的自箴自励都是内化的闺训使然,甚至家书的写作也是主妇任内应尽的义务。这是与"主人"之间变相的交流,由于对话关系的存在,她要时刻提醒自己为妻的职责与本分。基于自己的经历和见识,她的写作在述职之外,又不断闪现出犀利的眼光,行文自然严谨而深刻。

---

① 《清仁宗实录》,中华书局1986年版,第515—519页。
② 〔清〕陈尔士:《听松楼遗稿》卷二《〈读书楼稿〉序》。

赵树功认为，叙事性的表达方式是中国古代尺牍文体不易驾驭的，[①] 这样立论，自然有其全面的历史观照作为依据，可对于古代女性的叙事性写作而言，恰恰是尺牍这种体例灵活多样、内容包罗万象的体裁开了方便法门。尺牍是交谈的延续，其日常性、口语化的特点是其他负载了特定社会历史内涵的文体所不具备的。古代女性承担的社会角色很有限，应用文体的使用机会也就很有限，而尺牍的书写便提供了这样的机会。在这个过程中，她们可以提炼口语以至书面化，从而有能力概括琐碎而无序的生活，并表达自己的见解，这就是最初级的叙事和议论。限于古代女性文章整体的创作面貌，我们无需苛求其创作的数量和艺术水平，但她们在诸如尺牍类文体写作方面所做的努力，却是值得赞扬的。

述怀："衎翁"与"君"

抒情性表达方式一直是女性尺牍的特色，不过考虑到陈尔士的写作氛围，一是家孝之中，不能有缠绵悱恻的情调；二则心智趋于理性，又自别流俗，闺范使然，大概也不屑作绮语艳辞。那么，她会如何触及女性与生俱来的敏感气性，又如何理会自古以来女性寄外之作的抒情传统？在回答这些问题之前，不妨先看看她平日与钱仪吉的交流方式：

> 安信九号俱收到，衎翁固不为懒。然在衎翁操笔

[①] 赵树功：《中国尺牍文学史》，第63—65页。

折纸即书，本非难事。若士欲作一信，有言龂龂①不达，一难也；遇字不常用者时须检阅，二难也；课两儿偷暇作信，三难也。有此三难，亦寄六信，可谓竭尽心力也。②

耐得寒毡坐，教儿息谴诃。心空诸病减，耳食六经多。袖墨晨开讲，窗蟾夜细哦。八年常矻矻，何处窃巍科？(《嘲颍川君》)

越俎缘君懒，研朱笑我忙。慢声从小女，难字误诸郎。苦欲赊钱券，时还议药方。冬烘差不愧，未拜束脩羊。(《戏代颍川答》)③

信中称"衎翁"当然是指钱仪吉的号"衎石"，而"颍川君"这个称谓则仅见于此。从内容和措辞语气来看，定是陈尔士无疑，这应该是夫妇间私下里对彼此的近称。前文引到，在书信中陈尔士一般直呼钱仪吉为"主人"，而钱仪吉在同泰吉通信时提到陈尔士，使用的是"妻陈"。称名的变化达到一种与日常生活间离的效果，在这样的语境下，夫妇之间可能有不同于平素谈话内容的交流。

晚明文家王思任曾说："尺牍者，代言之书也。而言为心

---

① 龂龂（yín yín）：形容争辩的样子。
② 〔清〕陈尔士：《听松楼遗稿》卷三，嘉庆二十二年十月十九日书。
③ 〔清〕钱仪吉：《定庐集》卷一，1914年刻本。

声，对人言，必自对我言始。凡可以对我言，即无不可以对人言。但对我言以神，对人言以笔。神有疵，尚可回也；笔有疵，不可追也。凡尺牍之道，不可上君父，而惟以与朋友。其例有三：有期期乞乞，舌短心长，不能言而言之以尺牍者；有忐忐昧昧，睽违匆遽，不得言而言之以尺牍者；有几几格格，意锐面难，不可以言而言之以尺牍者。"① 这番话道出了尺牍的两个特点：媒介性与装饰性。所谓媒介性，即口语难传而假手笔墨者；所谓装饰性，是鉴于白纸黑字，写定难改，而且可能流传后世，故措辞方面会斟酌讲究。古代女子情书的审美内涵往往也体现在这两端，用典用事之际，遣词造句深婉含蓄，正所谓"白日消磨肠断句，世间只有情难诉"，一种思量却要百种说辞，可堪玩味。如徐淑面对夫君所赠明镜、宝钗、暖香、素琴之思："览镜执钗，情想仿佛；操琴咏诗，思心成结。敕以芳香馥身，喻以明镜鉴形，此言过矣，未获我心也！昔诗人有'飞蓬'之感，班婕妤有'谁荣'之叹。素琴之作，当须君归；明镜之鉴，当待君还；未奉光仪，则宝钗不设也；未侍帷帐，则芳香不发也。"② 陈尔士与钱仪吉一别经年，无论丈夫行止何处，两人都传书不断。每封家书几乎无不问及钱仪吉平日饮食作息，尤其居丧期间，哀痛更兼忧劳，正是应该善自调护之时，她每一念及无不神思惘然。十月初二日接钱仪吉信，附《寄示阿英兄妹》诗，辞意略嫌凄楚，陈尔

---

① 〔明〕王思任：《陈学士尺牍引》，《文饭小品》卷一。
② 〔东汉〕徐淑：《再答夫秦嘉书》，《古今女史》卷八。

第四章 内闱的焦虑

士复信劝慰："过悲伤肺,过思劳神,诸凡保重,常以父母之心为心,守身即所以孝亲也。"《论语·为政》云:"孟武伯问'孝',子曰:'父母唯其疾之忧。'"马融注曰:"言孝子不妄为非,唯有疾病然后使父母之忧耳。"此所谓守身即孝亲之由也。又提及钱仪吉为阿英选唐诗,请陈尔士授读,阅至白居易《寄行简》一首,"郁郁眉多敛,默默口寡言。岂是愿如此,举目谁为欢"几行,陈尔士不由得叹道:"此四句宛是写我近况。"此外,陈尔士又与丈夫为诗文友,次年五月家仆孙启带回钱仪吉手札,附诗一卷,陈尔士诵读三日,以为"作意敦厚,章法谨严",又说"主人常自云可比宋人小家数,今读此,鄙见以为非《江湖小集》之所能到也"。钱仪吉是浙江秀水诗派在嘉、道时期的主要成员,从学人而为诗人,虽云宗法宋诗,实际上又能以杜、韩、苏、黄为骨干,参以唐宋诸家拟议而变化,可谓熔铸多元自成一家面目。① 陈尔士以为钱诗超越《江湖小集》,大约还有"妻之美我者,私我也"(《邹忌讽齐王纳谏》)的意思,不过能够指出"章法谨严"四字,倒确实点出了秀水诗人的特点。

以上种种,莫不因事起情,看似无所思量,实则无不思量。从陈尔士传世不多的诗作来看,她绝少辞彩飞扬的逸兴与情思,正如沈善宝所言:"听松楼诗笔静气迎人。"(《名媛诗话》卷五)规行矩步的性情现诸笔下,难免牵制了性灵,但

---

① 贺国强、魏中林:《论秀水派》,《深圳大学学报(人文社会科学版)》2007年第5期。

因为敦睦人伦，思亲怀远之作发自天性，往往见佳。如贺寿家慈诗：

> 乡心秋思日相催，风雨遥天独雁来。
> 想得北堂开寿筵，倪因忆远一停杯？①

结句似有王维诗"遍插茱萸少一人"的不尽意味！陈尔士四岁便由父亲许婚钱氏，她以白居易、白行简的手足情谊类比和钱仪吉的夫妻关系，这似乎表明两人结合后朝夕相处之自然。"衎翁"与"颍川君"的内闱谈笑也是亲而不昵，不避俗累，却又出之以戏谑洒脱。家书所见别后相思但言饮食起居，以各保平安相望相慰，而不必有"清辉照影，闺思难耐"之惆怅凄清，其简淡淳朴一如上古之人："客从远方来，遗我双鲤鱼，呼儿烹鲤鱼，中有尺素书。长跪读素书，书中意何如？上言加餐饭，下言长相忆。"

伤逝：孤生倚尔如兄弟

道光元年（1821）五月，陈尔士感染时疫，六月不治而殁，时年三十七岁。"衎翁"中道丧偶，情何以堪，哀思罔极，悉数付诸悼亡之作。有《重写哀》四首云：

> 家风自幼从书塾，礼教雍容性不争。妆阁笑言千

---

① 《听松楼遗稿》卷四《丙子七月十四日作》。

卷共,怅堂风雪两丧更。孤生倚尔如兄弟,冷宦知予薄利名。今日典钗遗句在,空房瞥见岂胜情。

京邸奉亲才七载,悲欢历历此房栊。种花娱晚听春雨,候药惊心坐晓风。故镜未移悲罔极,灵幡重上恨何穷。临危尚忆先姑语,不得扶持末路同。

衔悲善病已难胜,百事如何一手凭。晓课丹铅纷拥案,夜深刀尺静依灯。庶生均爱中无强,藿食长甘晚更能。儿女他年谁报答,绕床空是泪横膺。

也思收泪慰君魂,放达何嫌竟鼓盆。览古千秋参梦幻,敲诗一字送黄昏。牵人黄小终何倚,避俗心期哪共论。犹有神明烦启告,洙泾旁近卜丘原。(自注:先妣墓在洙泾桥)①

夫妇同心,无独有偶,钱仪吉对彼此恩义盖棺论定,竟然也称"孤生倚尔如兄弟"。这种伦理关系的形成,以礼法所定之夫妇义务为前提,更有待共同生活的经历来充实。《仪礼·丧服传》曰:"父子一体也,夫妻一体也,昆弟一体也。故父子首足也,夫妻胖合也,昆弟四体也。"陈顾远认为,往昔家族时代的婚姻与现代个体时代的婚姻,其配偶关系内涵并不一致,所谓"夫妻一体"是"将妻之人格为夫之人格所吸收,使失其独立存在",② 换言之,仍然是以夫主而妻顺的原

---

① 〔清〕钱仪吉:《定庐集》卷二。
② 陈顾远:《中国婚姻史》,第177页。

则为导向。从法律上来讲，一体的配偶关系要求夫妻同财共罪，在第三方面前妻子有替代丈夫履行家族行为的义务，丈夫获罪，妻子一并接受制裁。① 这些抽象的原则诉诸文学表达，总是格外生动真切，钱仪吉短短两百余字的七律联章，凝聚了陈尔士的一生，在家族时代的婚姻中，她确乎是作为妻子的典范。这种道德责任见于行事，让周遭之人如沐春风于无形。

因为钱仪吉与陈尔士还有百年同穴之期，故落葬之时并未撰写墓志铭。丧妻二十二年之后，他所作《妻陈恭人述略》实有补写墓志的意味。其中回忆道："予性卞急，居平不称意辄谯让恭人，恭人亦时有辨语。其后乃言曰：'我常记娘病中言：常愿汝夫妇和睦以慰予也。我不忍复答子一言也。'予为之怆然，不能终语。"又"予尝读曾子固所为《关职方妻周夫人东玉之志》，谓'夫人之学出于天性，而言行不失法度'，笑谓恭人曰：'如其言，子可以当之耶？'恭人读之一过，怃然曰：'我何能尚配古人。''尚配古人'即曾铭中语也。"两件事一离一合，不过夫妻间寻常的吵架逗趣，事隔多年，点滴记忆依然鲜活如故。这不由得引人深思，古代以家族义务相责相期的夫妇伦理中，夫妇彼此的性情、人格对家庭关系还有怎样的影响？悼亡诗文有其传统的范式和套语，如遗挂在壁、镜台蒙尘、稚子无依之类，但无碍于丈夫在笔下展现亡妻各异的面貌。丧偶的缺失感表明，内助的存在让男性对家庭

---

① ［日］滋贺秀三著，张健国、李力译：《中国家族法原理》，第108—110页。

产生归依的心理需求，相对于家庭结构的完整性而言，是家中事务料理上的需求；相对于个人而言，则是精神和情感的需求。钱仪吉毕生致力于搜罗整理庐江钱氏家乘，孰料有一天竟然面对的是亡妻的遗稿："其殁也，予删存其诗及杂文、随笔等为《听松楼遗稿》四卷，镌之木。"（《妻陈恭人述略》）

本章曾发表于曹虹、蒋寅、张宏生主编：《清代文学研究集刊》第6辑，人民文学出版社2014年版。

第五章 日殁而月代

——左锡嘉《曾咏墓志铭》与华阳曾氏

> 江南世族,闺门骄佚,骤居农家,皱手皲足,养老抚幼,勉力支持,可谓贤矣。子孙成名,女适士族,老入蔗境,贵寿以终,可谓福矣。嗟乎!后之甘适以偿其前之苦,天道有知,吾常闻秀如太夫人,尚不数数观也。
>
> ——缪荃孙《曾太夫人左氏家传》

第五章 日殁而月代

现代作家巴金1931年发表于《小说月报》的《家》，历来被视为展现清末民初传统家族伦理衰微以至崩溃的力作，小说描绘的是当时四川省城四世同堂的高氏家族，但在人物设计里家族的"主妇"却处于缺席的位置。这个角色巴金本来寄意于高家的第二代和第三代长房媳妇，即高觉新的生母及妻子，在她们身上有着同样的家族凝聚力，但作者对人物命运的安排却是前者早逝而后者早夭。没有一个主持家政的角色，对人丁兴旺的大族而言是不可想象的，从某种程度上来说，家族伦理的式微也是家族女学失落的结果。小说所展现的当然只是一个现象，那么追根溯源，以家学传承为依托的清代女学在晚清是如何走向没落？又如何与社会思潮裹挟下的新式女子教育冲撞交接？这种变迁的背后有着怎样的历史因缘？因为政治史分期的关系，嘉、道以后的女性史通常被归入近代女性史的范围，而对于这一阶段女性史的研究曾经有过"喜新厌旧"的趋向，与传统断裂的、走向变革的女学思潮更容易引起学界的重视，相关的著作以日本小野和子的《中国女性史》为代表。[①] 近年来问世的新著《张门才女》已经关注到清中叶以后

---

① ［日］小野和子：《中国女性史》，东京平凡社1978年版。

家族才女文化在时变中蜕化的问题,① 不过限于研究对象所处的时代,对于同、光以后的女学没有再作讨论。

本章所选取的家族个案或者可以接续前人的思路,对晚清前期以至民国初年士族才女文化的发展变化进行一些探讨。华阳曾氏家族是清末四川成都世泽绵延的一门望族,这个家族发迹的开始是阳湖左氏才女左锡嘉嫁入曾家并主持家政。左锡嘉把江南士族的文化传统带入蜀中,经过十八年的苦心经营,开创了曾氏家族稳定的发展局面,并树立了新的家学传统。她的长女曾懿又在此基础上把家政管理的实用技能公诸社会,以期教化群贤,改良世风。在这个过程中,曾氏家族也经历了才女文化的弊病所带来的创伤,并且开始思考旧式的家族伦理规范与新式家庭关系之间的融通与弥合。在清末社会鼎革之后,宣传妇女解放、家庭革命的思潮成为社会舆论的主流,四川地区革命派的新女性也通过报章杂志激烈地主张女性的自由与独立,但是从她们的现实处境和深层心理来看,以华阳曾氏的闺范为代表的女性观仍然在潜意识中影响着她们的价值判断,旧道德与新思维之间的抉择造成了那一代女性特有的困惑与彷徨。

第一节 曾、左联姻

自明中叶以后才女文化初兴以至盛清时期达到巅峰状

---

① [美]曼素恩著,罗晓翔译:《张门才女》,北京大学出版社2015年版。

态,才女文化圈的范围大致是以长江中下游地区的苏、皖、浙三地为中心,这已经是学界一致的见解。甚至才女家族彼此之间联姻通婚也不出这个地域范围,因此,女性人口的迁徙及其文化传播作用在清代前期体现得并不明显。清中叶以后,由于太平天国战争对江南各地文化生态的滋扰破坏,才女文化随着战乱中女性人口的迁徙流布到江南以外的区域。当时沿江沿海一带虽然陆续有商埠开通,湖湘闽粤之地也开始出现带有新学特点的妇女著作,但四川地区受秦岭和长江三峡的地理限制,文化风气相对保守,因此江南阳湖左氏左锡嘉与四川华阳曾咏的结合便具有了地域文化交流的重要意义。

王郎天壤:曾、左门第差异

左锡嘉的家族自清初以来功名累世,她的高祖左宜康,是康熙癸巳(1713)恩科武科第二名举人,浙江杭州卫督运千总署处州卫守备;祖父左辅乾隆庚子(1780)科副榜,癸卯科(1783)举人,癸丑科(1793)进士,由知县渐升湖南巡抚;父亲左昂由道光元年二品荫生补光禄寺署正,道光庚子(1840)科举人,迁大理寺丞。据《杏庄府君自叙年谱》,左锡嘉继母恽氏之子左元成、元麟兄弟在补记家乘时写道:"(左昂)元配汪太夫人、继配恽太夫人、侧室程太恭人。"[1]

---

[1] 〔清〕左辅:《杏庄府君自叙年谱》,《北京图书馆藏珍本年谱丛刊》第118册,北京图书馆出版社1999年版,第488—492页。

左昂先后娶有三房妻室，原配汪氏、继配恽氏和侧室程氏，①左锡嘉为汪氏所出。她幼年时即从学于外祖父汪友梅，九岁那年母亲去世，外祖父解馆，②当时左昂在京师任职，髫龄的左锡嘉遂被寄养在叔父家，直到十五岁才进京跟随父亲和继母恽氏生活。左锡嘉所著《闺训》记载："余九龄失恃，先父供职都门，余依七婶育，婶多疾，每见叔伯父母训责弟妹，辄隐泣，自悲失教。十五入都，随侍父母，虽不敢悖逆，然不能善承亲意者有之，不能遇事服劳者有之，疏忽怠惰，未能免也。"③ 在京期间，左锡嘉"曲尽孝思，无微不至，尤能得继母恽夫人欢心"。④ 阳湖左氏与缪荃孙的家族有姻亲关系，⑤左锡嘉对缪荃孙父亲缪焕章（字仲英）以"舅氏"相称，⑥后来缪父退居林下，携家人客居四川，这层远亲对左锡嘉入蜀

---

① 〔清〕钱仪吉：《北京图书馆藏珍本年谱丛刊》第 118 册，第 491 页。
② 〔清〕左锡嘉：《吟云仙馆诗稿序》，《曾太仆左夫人合稿》，光绪十七年（1891）晋昌官署刻本。下文所引左锡嘉诗文均出此本，不另注。
③ 〔清〕左锡嘉：《曾氏家训》，光绪十七年（1891）晋昌官署刻本。
④ 〔清〕林尚辰：《诰封夫人外姑曾母左太夫人寿言节略》："（太夫人）九岁失恃，育于叔父家，时巢生公（引注：指锡嘉父左昂）以大理寺丞官京师，太夫人旋入都奉侍，曲尽孝思，无微不至，尤能得继母恽夫人欢心。"参见《曾太仆左夫人合稿》。
⑤ 缪荃孙：《艺风堂文续集》卷二《曾太夫人左氏家传》："荃孙与左有联。"张廷银、朱玉麒主编：《缪荃孙全集·诗文1》，凤凰出版社 2014 年版，第 298 页。
⑥ 林玫仪：《试论阳湖左氏二才女之家族关系》，"中央"研究院《中国文哲研究集刊》2007 年第 30 期。

之后振兴曾氏家族起到了重要的作用。①

相比之下,曾咏的家庭就只能算村居寒门了,民国《华阳县志》记载,曾咏"家世力农,年十四始自奋于学,然犹时时随家人耕作"。② 道光十五年春(1835),曾咏补学官弟子,当年秋中举,二十四年(1844)中进士,官户部主事,时年三十一岁。作为京官,曾咏似乎还秉承着耕读人家的朴实,县志载:"时有权贵管户部事,遣人风咏出己门下,咏徐应曰:'咏起家田亩,不愿枉道求富贵。'"③ 户部司理全国各省财政赋税,曾咏居官十四年,到任满外放之时,尚能清廉自持,保留了较好的官声。在此之前,曾咏曾有过三聘两娶,原聘钟氏,未娶早卒,继娶张氏、淡氏,均无子息,且早亡,遂过继侄儿光禧为嗣。咸丰元年(1851),二十岁的左锡嘉作为第三任继室被娶入曾家,开始了她和曾咏缘促情长的婚姻生活。④

对于曾、左联姻,川东邹增吉在《冷吟仙馆集题辞》里说:"旧家侨置兰陵县,生长江南矜绮艳。左氏曾吟《娇女

---

① 瞿慧远:《左锡嘉及其诗词稿研究——以生平境遇为主》,台湾政治大学硕士学位论文,2007年,第103页。

② 陈法驾等修:《(民国)华阳县志》卷一五《曾咏传》,1934年华阳县署刻本。

③ 陈法驾等修:《(民国)华阳县志》卷一五《曾咏传》,1934年华阳县署刻本。

④〔清〕左锡嘉《皇清追赠太仆寺卿衔江西吉安府知府曾君像赞》称"妾归君十有二年",则二人成婚是在咸丰元年(1851)曾咏任户部主事期间。

篇》，陶婴真慕贤雄传。王郎天壤不须嗟，咏絮才名本谢家。画省仙郎清禁满，兰台夫婿上头夸。""王郎天壤"一句典出《世说新语·贤媛》，本是谢道韫不满自己丈夫王凝之的恨辞，这里以此明示了曾、左两家门第渊源的不同。左昂任大理寺丞，曾咏以新科进士身份按例分配到户部担任主事，品级已与岳丈相当，后来出授江西吉安府知府。就政治地位而言，曾、左联姻差可齐平，但门户的悬殊不只是表现为社会等级的差异，还有家族文化资本的积累以及由此维系的家族社会关系网络，后两者显然曾咏的家庭尚不具备。据左锡嘉记述，曾咏早年也曾"潜心经史"，"著《读史随笔》若干卷。复治《毛诗》《论语》《孝经》，于汉、宋诸儒解说皆洞达，其得失凡所考订撰述，日数千言"。[①] 通籍之后，"服官京外十有余年，暇辄䌷绎四子书，浏览经史。诗则偶以写怀，不计工拙，亦鲜存录"，以至"营次遗失"，所剩无几。[②] 这些残存的诗作共七十三题九十二首，后由左锡嘉辑录为《吟云仙馆诗稿》，但在量和质方面都难以与妻子比肩。有鉴于此，左锡嘉独立主持家政之后，精心创设家庭教育环境，保障儿女求知的条件，奠定了曾氏家族的诗礼门风。当然，这是后话。

[①] 〔清〕左锡嘉：《皇清追赠太仆寺卿衔江西吉安府知府曾君墓志铭》，参见《曾太仆左夫人合稿》。以下简称《曾咏墓志铭》。

[②] 〔清〕左锡嘉：《吟云仙馆诗稿序》，参见《曾太仆左夫人合稿》。

兰闺十二载

曾咏和左锡嘉成亲以后又寓居京师七年,其间左锡嘉恪尽妻道,累年添丁,为曾咏诞育了三子五女①,取名为光煦(字旭初)、光岷(字蜀章)、光文(字季章),曾懿(字伯渊)、曾玉(字仲仪)、曾□(字叔俊)、曾彦(字季硕)、曾祉(字鸾芷)。廖有《清诰封朝议大夫张君曾恭人墓志铭》:"曾恭人讳彦,字季硕。父追赠太仆寺卿、道光甲辰进士、吉安知府,讳咏,字吟村;母氏左,讳锡嘉,字冰如;兄光禧,福建崇安知县;光煦,山西定襄知县;弟光岷,己丑进士,刑部员外;光文,山西文乡知县。丁巳十月初一子时生,庚寅十月初□丑时卒于苏州。"丁巳为咸丰七年(1857),可知左锡嘉幼女生此时。②咸丰八年(1858),曾咏"京察一等,记名以道府用",次年"奉旨验漕津门,事竣,授江西吉安府知府",左锡嘉携子女随宦南迁。③吉安位于赣江流域,地处长沙与南昌之间,经历了太平军与湘军的拉锯战,四度沦陷才被收复,曾咏到任之时,所见者"城不完,室无储,四郊榛莽白骨而已"。④而战争还在继续,饶是如此地疲人荒,政府仍

---

① 参见林玫仪《试论阳湖左氏二代才女之家族关系》,《中国文哲研究集刊》第三十期,台湾"中央"研究院中国文哲研究所2007年3月。
② 廖平:《四益馆文集》第二十八,《新订六译馆丛书》,民国十年(1921)存古书局汇印本。
③ 〔清〕左锡嘉:《曾咏墓志铭》。
④ 陈法驾等修:《华阳县志(民国)》卷十五《曾咏传》。

然以征集军饷为由向商民抽取贸易税"厘金"。左锡嘉曾在给长子的家书中回忆道："昔汝父在吉郡,屡奉札催,征收各税。汝父因兵燹之余,商民困苦,三请缓期,以复元气。寅幕君云设局后盈余不少,而汝父终不忍放利而行,必期商民有益。"① 为此曾咏特地上书陈情,暂缓了吉安一郡的急难,他又修缮城防,招纳流亡部众,驻守危城近两年时间。

咸丰十一年（1861）,太平军再次攻打吉安,曾咏亲自率兵御敌。不料降将李金旸、陆得胜倒戈,串通太平军,里应外合,致使吉安失守。曾咏自度用人不当,几番引疚自裁,幸被众人劝阻,才重整旗鼓,力图反击。"选练勇五百人,遣健者阑入城,夜焚火药局。寇惊哗,（曾）君乘乱挠之,寇遁。"② 退敌之后,李金旸、陆得胜二人传书报捷,居功受赏,曾咏却被议失职降级。后来曾国藩闻知曾咏之能,传檄借调他到安庆大营,吉安官民纷纷劝阻,曾国藩又亲自修书相请,才得赴任,而家眷则留守后方。③ 至安庆后曾国藩本拟以军功奏请开复曾咏原职,可惜圣旨未下而曾咏已经积劳不治。左锡嘉闻信奔赴,船过鄱阳湖而噩耗已至,夫妇二人含恨永诀。④

---

① 〔清〕左锡嘉：《训政家书》,《曾氏家训》附录。
② 〔清〕左锡嘉：《曾咏墓志铭》。
③ 〔清〕左锡嘉：《吟云集》上《辛酉孟冬外子奉曾涤生节帅国藩札调赴安庆大营襄理军务别后口占》。
④ 〔清〕左锡嘉：《卷葹吟》;《壬戌闰八月二十五日,接李眉生鸿裔李申夫榕寄儿子书,惊悉外子于太平营次卧病,次日,买舟独往,行至鄱阳湖,为风所阻,忧心如焚,击楫成歌》《九月十一皖省舟次闻外子凶耗》。

这些记事于兵荒马乱之中,惊变太多,反而容易让人忽略夫妇间十二年来细水长流的日常生活。所幸曾、左二人多有赠答诗作保留在《吟云集》与《吟云仙馆诗稿》中,借此或可窥见他们内闱生活之一隅。如左锡嘉《补衣答外子见赠原韵》二首:

> 敝衣十载宦长安,风骨棱棱尽耐寒。补缀不教襟露肘,小窗灯火影团圞①。
>
> 宛转丝随连理针,秋风九月整寒襟。自怜贫也非关病,冷暖常怀济世心。

唐人诗句已多见"寒衣催刀""秋砧捣练"的意象,将思亲之意寄托于缝纫之间是诗歌通用的抒情手法。而且,缝纫过程中丝线的穿插手法也正契合妇人绵绵情意的游走,谐音双关往往成为此类诗作常见的修辞手段。"宛转丝随连理针"一句,"丝"与"思"谐,主情意的相思,"针"与"箴"谐,主理智的规劝,既是赠答,则可见左锡嘉之于曾咏亦妻亦友的身份。无怪乎曾咏会视她为"金闺同心之侣":

> 逝水流光一指弹,年年羸马走长安。澹中求友全交易,贫里受恩思报难。重理旧书偿凤债,偶联新句当加餐。金闺幸有同心侣,葵藿填胸气似兰。(《述怀示内子》)

---

① 圞(luán):圆。

伊沛霞（Ebrey）在她关于宋代妇女婚姻生活的研究中指出，中国的士大夫通常羞于在共同生活期间直接陈述对妻子（引注：这里应该是指正室）的爱意，而是宁愿在丧偶后的回忆中追述她在烹饪、裁缝、侍亲等方面的才干与德行，以此来表达自己的敬慕和爱戴。① 这种夫妇情感表达方式到清代已经有较大的改变，乾隆时期著名的学者郝懿行就在和妻子唱和的诗集序言里写道："情之至者，恒不可解。昔人有言，理之所无。情之所有，乃今见之矣！兹有两人，瑞玉兰皋，其于情也，盖其深焉。而瑞玉尤甚，方其未见，或征诸梦，或遇以神，结同心矣。既而雍鸣，雁尚琼英，如宾友焉。盖臭味之投，定于有生之后，而精神之契，在乎未接之先，两人者真奇遇哉！"② 明清以来，才媛群体的杰出艺能在改变文人妇女观的同时，也改变了士大夫家庭的夫妇伦理。兰言同心、如宾似友的默契屡屡被清代的学者夫妇形诸唱酬文字，彼此之间的爱慕也不再须要含蓄万端地吐露。曾咏有《假寐为小云内子作》一首：

溟濛晓色澹云罗，窗外间关鸟语和。假寐为怜卿睡熟，善怀原比我愁多。脸含朝露潮红玉，眉隐春山锁翠蛾。料到梦中新得句，几回微笑晕腮涡。

---

① ［美］伊沛霞：《内闱：宋代的婚姻和妇女生活》，第135页。
② 〔清〕郝懿行：《和鸣集序》，《晒书堂集》，光绪十年（1884）东路厅署刊本。郝懿行，字兰皋，而瑞玉则是他妻子王照圆的字。

《华阳县志》记载，曾咏"美须眉，长身玉立"，而七尺伟岸男子竟有倚红偎翠的香奁做派，自是情到深处，才有感而发。曾咏和左锡嘉婚后十二年中，并不曾纳妾，这可以说是左锡嘉已经完成了为曾家继嗣的责任，也可以说是战乱动荡中无暇顾及，但最重要的或许应该是夫妇二人同心同德、爱敬有加，妾侍的存在无疑是对夫妇伦理最大的破坏。夫妻的恩情爱意让左锡嘉追忆终生，她三十而寡，半世守节，固然是基于礼教的道德操守，但她在寡居岁月中慷慨悲壮、勇毅坚韧的作为，未尝不是源于对丈夫的尊重和爱戴所赋予的无尽动力。

第二节 《曾咏墓志铭》

女性文学发展到左锡嘉生活的时代，在文类方面已拓展得多姿多彩，举凡辞赋、诗歌、词曲、小说、尺牍、小品、史传、政论、箴铭、颂赞、序跋等体裁，女性都多有尝试，但墓志一体却好像是个例外。道光中期，上海女史赵棻（1788—1856）受秀水计光炘委托，为其寡母沈氏作墓志铭，赵棻虽然应承，却又说："余妇人也，何敢为铭？"[1] 女性不能撰写墓志的说法在古代妇女作家的文体观念中很具有代表性，自唐代以来零星所见的几篇女性所写的墓志，墓主一般也是"节义孺人"之类，若再说到女性为男性志墓，那就更是"百年难

---

[1]〔清〕赵棻：《计母沈孺人墓志铭》，《滤月轩文集》，同治十二年（1873）《荔墙丛刻》本。

遇"了。偏偏左锡嘉就为自己的丈夫作了一篇中规中矩的《皇清追赠太仆寺卿衔江西吉安府知府曾君墓志铭》。这篇墓志以其严整的格式、诚笃的评价和精炼的措辞刷新了后人对妇女作家与古代文学文体关系的认识，在曾氏家乘中这又是一篇界碑式的文献，是作为家长的左锡嘉确认家族由披荆斩棘走向欣欣向荣的标志。

光绪六年

1880年是华阳曾氏家族史上最为重要的一年，曾咏的灵柩在这一年下葬，此时距离曾咏之死已经过去了十八年。[1] 十八年含辛茹苦的开端是左锡嘉轰动一时的"孤舟入蜀"事件，本来曾咏临终前念及孤儿寡母谋生艰难，曾经有遗言："父母在堂，愿卿归侍。返柩非敢望，可殡吉郡，俟儿辈成立，再扶柩归葬。"（《曾咏墓志铭》）但左锡嘉坚持扶柩同归，历时一百五十日，水陆征程近五千里，途遇风浪兵劫无数，方才抵达蜀中，故自绘《孤舟入蜀图》为记。[2] 入蜀之初，三子五女中最大的不过十来岁，生计问题迫在眉睫，左锡嘉亲力亲为，事稼穑、卖书画、做草饰为生。缪荃孙《曾太夫人左氏家传》记载："（曾咏）太仆旧居华阳之龙潭寺，地

---

[1] 参见左锡嘉的《曾咏墓志铭》云："君殁后，家室转徙，十有八年，今始得一亩地，葬君故乡。"

[2] 萧燕婉：《清末乱世を生きた女流诗人：左锡嘉と「孤集舟入蜀図」を中心に》，日本《九州中国学会报》2008年第46期。

乡僻，世业农。太夫人躬耕自养，并日而食，无怨言，无难色。""鬻书画、制通草像生花鸟，得赀以供子读。为三子娶妇，嫁五女①，均从十指中求生活。"《冷吟集》所收的诗作记录了这个艰辛的历程，如《罂粟谣》写连日劳作田间的情景，"金刀如纸二寸余，下刀深浅规瘠腴"，"奏刀中款发不虚，曳裾亍亍风日里。足力不胜汗如洗，归来日暮蚕眠起"，"晓雾湿衣鬟鬓润，前日刀痕今日认"，"逆刀轻试且加慎，腥风薰蒸脑沉闷"，这样真切的劳作体验，不是亲身参与绝难写出来。又《寒夜剪彩》云：

自笑生涯拙，无由觅稻粱。夜长双剪冷，心苦百花芳。（自注：家贫，自制剪彩花，以博微利）倩影疑含露，高标不畏霜。明朝深巷卖，聊助玉台妆。

《冷吟仙馆诗余》还有《解语花·寒夜自制通草花感而有作》词云：

谁为怜、生计难抛，剪彩消长夜。休说寒闺韵雅，甚天然工巧，奚辨真假。叶攒花亚，檀心苦、宛转细薰兰麝。并刀试乍，并不向、东风轻借。待卖来、深巷明朝，增洛阳声价。

---

① 编者按，前文有"三子四女"，与此处"嫁五女"不符，有待考证。为保持引文原貌，一仍其旧。

通草茎细白而易折，故常用来扎制灯帷或妇女头顶的装饰。据考证，左锡嘉所谓"剪彩"，就是截取通草扎制彩花。①《呈汤年伯母陈夫人季婉》小序称："嘉自归蜀，僻处穷乡，外家亲故，音问鲜通。汤秋史年丈流寓蓉城，访嘉有年。初未知所居之仅隔一城也，迨见嘉画箑②，始通问讯。"这里所称的"年丈"是指汤成彦（1811—1868），字梅生，又字心匏，号秋史，常州府阳湖县人，长于骈文，汤成彦之从曾祖父汤大绅为乾隆七年（1742）探花，授翰林院编修。汤大绅孙女汤瑶卿工书善诗，嫁张惠言之弟张琦，为著名的"张氏四女"之母。汤成彦为道光二十一年（1841）进士，官至刑部主事。清代考生借籍之事较为普遍，汤成彦亦以直隶籍参加乡试，道光二十九年（1849）却受友人借籍案牵连而被罢官，此后浪迹于秦、蜀等地，以教书、卖文为生，最终客死于蜀。汤成彦亦为缪荃孙师。箑是一种竹制的团扇，绘扇寄卖是晚清四川地区闺阁妇女补贴家用的一种手段，通常由家人代购素面的团扇，由女子填绘，然后加价售出。画者本人留名，但无须抛头露面，故而宜为女子所接受。

家资稍有积累之后，左锡嘉为儿女辈的教育起见，决定效法孟母三迁，从旧家龙潭寺移居城内。③ 她有《迁居锦城》诗

---

① 瞿惠远：《左锡嘉及其诗词稿研究——以生平境遇为主》，第79页。
② 箑（shà）：扇子。
③ 缪荃孙：《曾太夫人左氏家传》："二亲既逝，以村塾不足课子，乃迁居省城之南，傍浣花溪，结茅而居。"

云:"女工导纺绩,儿课戒荒废。空结三迁愿,忧心积烦瘝①。亲故劳讯问,倚马柴门外。何以荐嘉客,麦饭杂荠韭。眷言有别业,终岁敛薄税。外庑堪延师,内舍备中馈。择吉促移徙,轻车不盈载。风雨不足虑,诸孤或有赖。"②但第一次搬迁的环境有市井相扰,左锡嘉深惧子弟沾染浮滑浇薄的习气,又于同治十一年(1872)冬再搬家至浣花溪畔,这才长久定居下来。缪荃孙《古欢室诗词集序》云:"(左)恭人卜居万里桥西,与浣花草堂相望。"③浣花溪流环抱杜甫草堂,一水之隔使得紧邻草堂的区域成为闹中取静的所在,溪水贯通西南和东北两个方向。曾家与草堂相望,④引水入园便成为营造庭院得天独厚的地利条件。根据曾光煦的回忆,当初的新居"水木清华,楼榭参差,阑干曲折",兄弟姊妹于其中"觞咏流连,结社分题",这个诗社就叫"浣花诗社"。兄弟姊妹能够联章共作应该归功于母亲对子女教育的一视同仁。据曾光煦《诰封夫人旌表节孝曾母左太夫人事略》所记,"每夜兄弟姊妹九人共课一灯,(太夫人)督责甚严,稍懈,必捶胸涕泣以教,针声、书声与鸡声相杂闻"。因为早年左氏家族的姊妹就有一致向学的观念,左锡嘉未出阁时,女工余暇,"辄取

---

① 瘝(mèi):忧思成病。
② 〔清〕左锡嘉:《冷吟集》卷二,《曾太仆左夫人合稿》,光绪十七年(1891)晋昌官署刻本。
③ 瞿惠远:《左锡嘉及其诗词稿研究——以生平境遇为主》,第74—77页。
④ 〔清〕曾懿:《古欢室集》,光绪三十三年(1907)刻本。

家藏图籍与姊锡蕙、锡璇披览临摹，各以书画名"①。曾氏后辈在左锡嘉督导之下齐学并进，各有所成。光绪二年（1876）冬，曾光煦以荫官谒选京师，②次年曾光岷补县学生，又三年光煦授山西定襄县令；曾懿、曾彦姐妹除妙擅女红之外，更以诗、画、书法见称蜀中。③对此，《（民国）华阳县志》卷十九《左锡嘉传附曾彦》也有记载："（彦）幼承母训，读书引篆，弹丝剪彩，靡不精妙。而五言之作，造诣尤高，汉魏齐梁后弗屑也。"

上文提及，对于官、学并重的士族而言，出于维系政治地位和保持文化传统的需要，家族社会关系的拓展必不可少。左锡嘉于这一点深有会心，僻居西蜀期间，左氏旧族的姻亲、先夫曾咏的同僚、儿辈学宫的师长都成为她拜谒的对象，凭借自己的品德与才智，左锡嘉为曾氏家族重新跻身缙绅阶层积累了良好的声名。《冷吟集》特别保留了左锡嘉与常州赵氏韵卿（字悟莲）、书卿（字佩芸）及申港缪家庄氏璧如、莹如姐妹等人的交游、赠答之作，本来阳湖左氏与常州赵氏、申港缪氏之间只是远亲，左锡嘉与其女眷以文会友，切磋诗艺，以至神

---

① 〔清〕曾光煦：《诰封夫人旌表节孝曾母左太夫人事略》。
② 参见左锡嘉的《冷吟集》卷二《丙子冬月，煦儿入都，依依孺慕，见之心慽，因拟游子吟十章以记之》。
③ 〔清〕曾光煦《古欢室诗词集序》："（懿）妹随侍笔砚，遂通绘事，并以丹青运于女红，所绣山水、花卉、翎毛，无不酷肖，精细入微，故名满蜀都。"

交寐晤、情如手足。①缪荃孙也说:"同治初年,荃孙游于汤秋史先生之门,时华阳曾吟村太仆之配左恭人时来汤寓,先生为荃孙言庚子年谊,兼托葭莩。遂谒恭人于城南青绫幛下,娄聆雅语。"(《古欢室集诗词集序》)所谓"葭莩",是指芦苇秆内壁的薄膜,比喻关系疏远的亲戚。可见,左锡嘉被士族所接纳很大程度上是缘于自己的品德和才华,俨然有闺中女范的作用,而亲属关系的存在正好推波助澜。而且,左锡嘉画作的外流又进一步促成了家族影响力和交际范围的扩大。据曾光岷回忆,左家迁居城中之初,"家计萧条,延师不易,先妣乃作书画、制通草花鸟鬻于市,得钱,求师课读。适吴勤惠公棠、文中丞格、王方伯德固官蜀中,均府君同年交也。见先妣诗画,惊为世宝,时有洛阳纸贵之誉"(《诰封夫人旌表节孝曾母左太夫人事略》)。与此同时,左锡嘉逐渐把儿辈引入士绅的社交网络中,"光岷等稍长,始令出见搢绅先生,归必详询,有教以进德修业者,必喜而志之"。(《诰封夫人旌表节孝曾母左太夫人事略》)此外,左家群玉深闺养成之后纷纷嫁入仕宦之家,以联姻的形式再次巩固了左氏家族开枝散叶的基础。伯渊适姨母左锡璇之子阳湖袁学昌,己卯举人,后官至安徽知县;仲仪适南充林尚辰,后官江苏知县;叔俊适铜梁吴钟瀛,后官安徽府经历;季硕适汉州张祥龄,时为四川尊经书院诸生,后官翰林院庶吉士、陕西怀远县知县;满女适新都魏光

---

① 对此林玫仪已有考证,此不赘述,见《试论阳湖左氏二代才女之家族关系》,第198页。

瀛，后官湖北应山巡检。至光绪六年曾咏安葬之时，左锡嘉已经颇怀安慰，儿辈"以婚以宦"，诸女"各适其家"（《曾咏墓志铭》），又有男女孙六人，她自觉持家之责稍宽，便于次年随曾光煦至山西定襄官署，颐养天年。

女性志墓溯源

经过蜀中十八年的经营，左锡嘉实际上已经确立了自己在曾氏家族中的家长地位，但说到以遗孀身份为丈夫撰写墓志铭，还须要面对文尊女卑的传统观念，以及在这种观念支配下女性志墓之作寥落难继的历史事实。就笔者眼界所及，自唐代以来署名女性的墓志有六篇，[①] 即唐贞观间周氏《曹䙴墓铭》[②]、显庆间王大娘《大唐故王郎将君（力士）墓志铭》[③]、天宝间辛氏《大唐故左威卫仓曹参军庐江郡何府君墓志铭》[④]、明永乐元年张贞素《张存墓志》[⑤]、万历间徐媛的《屠母黄孺

[①] 明末清初王端淑有《明文学先兄辑夫先生墓志铭》，但属于代笔之作，隐去了作者的性别立场，故不列入本节讨论范围。

[②] 〔明〕江元禧编：《玉台文苑》卷八，《四库全书存目丛书》本。《玉台文苑》的文献来源是南宋庆元三年（1197）信州上饶尉陈庄所获唐志。《唐代墓志汇编》（周绍良、赵超编，上海古籍出版社1992年版）断定此志为贞观年间所作，录自清人黄本骥（1781—1856）《古志石华》卷六，志题已佚，根据内容题名为《曹因墓志》，正文中人名亦作"因"，铭文结尾比《玉台文苑》少十六字："其生也休，其死也休。又何为哉？其母何忧。"

[③] 吴钢主编，王京阳点校：《全唐文补遗》第一辑，三秦出版社1994年版，第43页。

[④] 周绍良、赵超编：《唐代墓志汇编》，第1540页。

[⑤] 胡文楷、王秀琴主编：《历代名媛文苑简编》卷上，商务印书馆1947年版。

人墓志铭》①和清道光间赵棻的《计母沈孺人墓志铭》。这些作品中有四篇是为亲族而作，未亡人追记先夫的占了两篇，剩下的则为请托应酬的文字。因为作品数量太少，作者生活的时间跨度又很大，而且墓志文体本身也在发展中，故而很难对历代女性志墓之作进行总括性的描述。不过，如果沿着女性史发展的脉络，追索每一篇墓志写作的因缘，评价其优劣并探寻背后必然或偶然的原因，或者可以对女性性别角色与墓志文体之间的张力有更具体的认识。

唐代妇女的生活环境较宋以后相对宽松，她们的思想也更通脱自由，在她们的婚姻关系中，夫妻感情和家庭角色所赋予的责任一样的占有相当的比重，②这可以从唐代妇女为家人撰写的墓志中看出来。《曹禋墓铭》和《大唐故左威卫仓曹参军庐江郡何府君墓志铭并序》是妻子为亡夫所作，墓文有序有铭，初具墓志格式，但并不受体例限制。同样是中年丧偶，两位女性的思想感情却大相径庭。周氏称："及（曹禋）卒于长安之道，朝廷公卿、乡邻耆旧，无不太息。惟予独不然，谓其母曰：'家有南亩，足以养其卿；室有遗文，足以训其子。肖形天地间，范围阴阳内，死生聚散，特世态耳。何忧喜之有哉！'"这样豁达的生死观，似乎可见《庄子·齐物论》的影

---

① 〔明〕赵世杰编：《古今女史》卷十一，崇祯元年（1628）刊本。
② 姚平：《唐代妇女的生命历程》第四章《夫妇关系》，上海古籍出版社2004年版。

响，在晚明时期尤其受到文人赞赏，博得"识透天荒"之评。① 该文后来陆续被收入明清时期的女性文章选集《玉台文苑》《古今女史》和《宫闺文选》，② 成为早期女性志墓的代表。辛氏在墓志结尾写道："身欲随没，幼小不可再孤。一哭之哀，君其知否？是以《柏舟》已誓，匪石不移。刊石为铭，以存终古。"第二人称的语气在墓志中并不多见，呼告式的独白强化了本文的抒情色彩，显示了以亲密感情为基础的婚姻关系对女性文学创作的积极影响。

《大唐故王郎将君（力士）墓志铭》和《张存墓志》是为父兄而作，记述简要，有序无铭。前者是唐东宫郎将王力士与妻逯氏合葬的墓志，撰文者王大娘是他们的嗣女。后者是无锡女子张贞素为靖难之役中冤死的胞弟张存所写，其文称："弟被逮之日，父党母党以百数，莫有一盼之者，安能志弟之墓哉？予忧其行湮没不彰，聊叙其实，一书于棺上，一书于屋壁，以俟应龙（引注：指张存之子）长而观焉。"近人马衡《晋荀岳墓志跋》有云："文体虽似琐屑，而皆据实直书，无繁缛之铭语，铺张之谀词，可谓得作志之本恉矣。"③ 自先唐以迄近代，"据实直书"一直是衡量墓志高下的重要标准，即便体例不够丰满，若记事详实有据，可资考证，亦是可取。后来胡文楷编选历代女性文章时，明确指出是从近两千篇文章中

---

① 见《古今女史》本文后所附袁中郎评语。
② 〔清〕周寿昌编：《宫闺文选》卷十《曹因墓志》，清刻本。
③ 马衡：《凡将斋金石丛稿》，中华书局1977年版，第188页。

拣十分之一二，可见去取之严格，而他特地从《无锡县志》中辑录《张存墓志》，正显示了本文纪实求真的价值，与马衡的评语可谓异曲同工。

徐媛的《屠母黄孺人墓志铭》诞生于墓志体例不整、谀墓之作泛滥的晚明时期。黄宗羲曾经感叹，当世墓志"似世系而非世系，似履历而非履历，市声俗轨，相沿不觉其非"。① 唐顺之甚至说："其屠沽细人，有一碗饭吃，其死后则必有一篇墓志。"② 身后留名的社会心理刺激了墓志数量的无度增长，这势必导致请托之风盛行，而墓主一生愈是平凡无奇，其操行事迹愈没有可以表彰之处，这就变相促成了谀辞的产生，墓志失实成为作家无可奈何的选择。《列朝诗集小传》载："徐媛，字小淑，副使范允临之室也。允临以临池负时名，而小淑多读书，好吟咏，与寒山陆卿子唱和。吴中士大夫望风附影，交口誉之。流传海内，称吴门二大家。"③ 钱谦益所言非虚，徐媛的确名噪一时，其文章连续被编入当时坊间流行的女性诗文选集，《玉台文苑》选入15篇，《古今女史》选入20篇，可见赏誉之高。《屠母黄孺人墓志铭》就是徐媛在盛名之下应邀而作的，按对方要求，墓文"要以彤管之芳华，勒之丽牲之石，用以贲幽壤而耀来兹"，故徐媛全以骈体

---

① 〔明〕黄宗羲：《金石要例》，《文渊阁四库全书》本。
② 〔明〕唐顺之：《答王遵岩》，《荆川集》卷五，《文渊阁四库全书》本。
③ 〔清〕钱谦益：《列朝诗集小传》，上海古籍出版社1983年版，第751—752页。

行文，典故藻彩斑斓纷呈。述其宗族世系则云："父子联荣，无歆、向异同之论；弟兄接武，尽机、云俊爽之才。"记墓主才学，又称"诗庚柳絮，宁让谢太傅之名闺；词解色丝，不减蔡中郎之令女"。就连为墓主撰写行状的侄女，也是"文才藻绘，上可方班姬，下亦不愧曹大家"。陈继儒评之为"锦肠绮舌，如绣如绘"，① 可谓深识徐媛的措辞用心。但是，桐城女史方孟式却对徐媛有过很苛刻的评价："偶尔识字，信手成篇。天下原无才人，遂从而称之。始知吴人好名而无学，不独男子然也。"② 抛开地域文化差异的原因，从徐媛的骈文来看，不能说是"无学"，因为骈文用典优长的特色是需要以博览为基础的，倒是"好名"二字，或许揭示了徐媛这样盛名在外的才媛在融入社会文化流行风尚与保持自己写作独立性之间的两难。

潘衍桐《两浙輶轩录》记载，赵棻字仪姞，号次鸿，晚号善约老人，上海人。户部侍郎赵秉冲女，乌程汪延泽妻，有《滤月轩诗文集》传世。③ 据她自述，"先公生子女各二人，予与子启、君复年相亚，自幼同读家塾，稍长以古今体诗相切劘，甚乐也"④。从她后来的文章看，自幼在家塾所学不仅是诗词技艺，举凡经、史、子、集都有涉猎。其《杨节母郑孺

---

① 〔明〕赵世杰辑：《古今女史》卷十一。
② 〔清〕钱谦益：《列朝诗集小传》，第 751—752 页。
③ 〔清〕潘衍桐：《两浙輶轩录》卷五三，清光绪刻本。
④ 〔清〕赵棻：《滤月轩文集》之《幼卿妹传》。

人六十寿序》引《周易》恒卦九五之爻辞"恒其德,贞,妇人吉",以说明妇道之理。又作《后汉书列女传跋》《列女传补颂》《后汉列女颂》《二十四史月日考序》等文章。还有《静坐读书图赞》一文,是阐发朱子语录之作,其中云:"半日静坐,半日读书,昔贤之训,后学之模。静坐以摄其心思,故其读书也,能研精而贯粗。读书以扩其识力,故其静坐也,非阴释而阳儒,不然,吾恐其或流于泛滥,而或坠于虚无。得气之清,味道之腴,君子进德而修业也,其在斯乎?"赵棻能够领会"阴释阳儒"的微妙境界,也说明了她自己性理修养的深度。赵氏家藏有明末顾若璞的《卧月轩集》,赵棻为之作跋称:

> 其文爽朗苍坚,无渊涊①脂粉态。如《先夫子行状》《先舅姑行实》《子妇圹志》,质直疏快,不加文饰,而立言得体,饶有劲气。他如《述古》《警女》《分析小引》《创宗谱》《置祭田》诸篇,无意为文,而委屈纯挚,言皆有物。寿序数首,并能脱离窠臼,叙次有法。杂文亦古雅秀润。当推作者,一时罕其匹,宜乎《池北偶谈》称为副笄中奇人也。②

连同顾若璞儿媳丁氏的经世之文,赵棻也很欣赏,她自己

---

① 渊涊(tiǎn niǎn):污浊;卑污。
② 〔清〕赵棻:《滤月轩文续集》,清同治十二年(1873)刻本。

的文章正是挟儒者的情怀而向往经世致用的结果。

《滤月轩文集》及续集收录文章39篇，其中有11篇是为女性所作的传记、寿序、墓志和哀诔，多是请托之作，其余篇目如《后汉列女传跋》《温氏母训跋》等也都关乎女教。同其他女性传记一样，《计母沈孺人墓志铭》也是赵棻陈说自己女教观念的产物。本来古代女性的生命历程就十分相似，故女性墓志容易限于程式，记叙生平不过酒浆缝纫、侍亲课子，称扬德行无非克己尽孝、茹苦守节，略有才学者则评为诗以明礼，等等。《计母沈孺人墓志铭》是继《秀水计氏两贤母寿序》《计母沈孺人诔》之后再度应友人邀请而作，原本有行状可以依据，所以叙事详尽，铭赞也算得体。然而，墓主沈氏与其他女性传记中的人物相比，除姓氏、籍贯不同之外，面貌相差无几，而墓志铭文与其他传记的赞语也措辞相近，似乎褒奖的是同一个人。儒者之文说教的目的太突出，易遭通经而不擅文辞之讥，课其情，责其实，《计母沈孺人墓志铭》都难免重道轻文之弊。胡文楷《历代名媛文苑简编》收录了赵棻的若干篇文章，说明了编者对其才学的肯定，但《计母沈孺人墓志铭》却不在此列，而是以左锡嘉的《曾咏墓志铭》作为清代女性志墓文体的唯一代表，那么，后者的优长之处又何在呢？

左锡嘉志墓的意义

《曾咏墓志铭》在体例上相当完备，碑题书墓主追赠和实际的官衔，序文包括其名讳、字号、姓氏、乡邑、族出、行治、履历、卒日、寿年、妻室、子女、葬日和葬地等要素，附四言铭文二十四句，作为应用文，它在形式上达到了全面展现墓主生平的要求。值得一提的是，对曾咏行治、履历的记述只选了道光二十四年（1844）初入户部、咸丰九年（1859）授官吉安知府、咸丰十一年（1861）平寇复城三处细节，分别以记言、记行、记事为重心，并以点代面，高度概括了墓主人十八年的仕宦生涯。尤其平寇一节特别体现了墓志叙事扼要、巧义卓立的特点。行文几乎全用短句，一系列动作如"再攻""莫破""益急""闻变""自刎""投水""强起""惊哗""寇遁""报捷""伏诛"等，急管繁弦，彰显当时战况之危急，机变只在瞬息之间。而事变之曲折，又每每在人意料之外，一变于降将倒戈，二变于官军卷土重来，三变于朝廷赏罚异位，四变于王命朝令夕改。值此非常之事，尽管当事人曾咏"怀惭无愠"，左锡嘉却难免有不平之鸣。联系前文户部京官欲拉拢新进官吏、津门权贵"示意欲通内外消息"之类的记述，都显示了左锡嘉对时政、吏治的微词，却只以事实说话，并不直接出之以刺世疾邪之论。清人王芑孙将墓志体例上溯至《春秋》的史传传统，认为："传家发例之情五，曰微而显、志而晦、婉而成章、尽而不污、惩恶而劝善。"[1] 左锡嘉知人论世，庶几近之。

---

[1]〔清〕王芑孙：《碑版广例》卷一，《石刻史料新编》第三辑第40册，新文丰出版公司1985年版。

此外，墓志又以抒情性段落瞻顾首尾，与惯例行文并行不悖。婚后三十年矢志不渝的深情是左锡嘉志墓的缘起与动力，与客观记述不同，抒情部分似乎暗含第二人称的口吻，与墓主之间构成对话关系，使得全文竟像是寄外赠答之作。开篇"此我夫子之墓也"是判断句，毋宁说是在陈述"我将为夫子志墓也"，又或者是呼告"夫子，我将为君志墓也"。当初中年丧偶，痛不欲生，时过境迁，痛定思痛，依然"零泪如雨"。墓志的抒情性一般表现为直接叙写悼亡之思，更进一层则引发伤逝的感慨，因他者生命的消亡想到命运无常。如柳宗元《亡妻弘农杨氏志》："呜呼痛哉！以夫人柔顺淑茂，宜延于上寿；端明惠和，宜齿于贵位；生知孝爱之本，宜承于余庆。是三者皆虚其应，天可问乎？衰门多罍，上天无佑。故自辛未逮于兹岁，累服齐斩，继缠哀酷，其间冠衣纯采期月者三而已矣。无乃以是累夫人之寿欤？悼恸之怀，曷月而已矣！"[①]相比之下，左锡嘉文以写实见长，一意突出自己在丈夫亡故以后的积极作为，寓抒情于叙事之中，不涉玄远，哀而不伤，痛而不惘。

墓志和诔文是两种相近的文体，历代妇女为丈夫撰写的文章中诔文有着悠久的传统。刘向《列女传》记载了史上最早的女性作者的诔文，即柳下惠妻为夫所作，尽管有人怀疑传世

[①]〔唐〕柳宗元：《五百家注柳先生集》卷十三，《文渊阁四库全书》本。原文孙注："贞元九年五月，公父镇卒；十二年正月，叔父卒；十一月，叔妣陆氏卒。"

文本的真伪，但由于《文心雕龙》举以为例，后世的女性文章总集也把它收录在编，① 奠定了该文在女性诔文传统中的原初地位。《西京杂记》又记载了卓文君诔司马相如一事："长卿素有消渴疾，及还成都，悦文君之色，遂以发疾。乃作《美人赋》，欲以自刺，而终不能改。卒以此至死，文君为诔传世。"② 此后又有晋刘参妻王氏的《刘处士诔》、北宋蒲芝的《张愈诔》，③ 都是妻子为丈夫所作，可见诔文历来被认为是女性可以执笔的文体。左锡嘉借鉴诔文为丈夫志墓的用意，即亲自为丈夫定谥，所谓"窃附私谥康、惠之义，就所能言者而表之"是也。立谥关乎人一生的毁誉，是自古以来重要的礼仪传统。苏洵《谥法总论》有云，"始论谥者，起于今文《周书·谥法》之篇"，"妇人有谥自周景王之穆后始，匹夫有谥自东汉之隐者始，宦者有谥自东汉之孙程始，蛮夷有谥自东汉之莎车始"。④ 可见谥例起源之久远，应用人群之广泛。对于谥号的来源与功用，北齐袁翻论道："案礼，谥者，行之迹也；号者，功之表也；车服者，位之章也。是以大行受大名，细行受细名。行生于己，名生于人。故阖棺然后定谥，皆

---

① 〔清〕周寿昌：《宫闺文选》卷十。
② 其文见于清人梅鼎祚《文纪》，严可均收入《全汉文》卷五十七，但有小注称"盖近代依托也"。参见《全上古三代秦汉三国六朝文》第1册，中华书局1958年版，第434页。
③ 〔明〕江元禧编：《玉台文苑》卷八。
④ 曾枣庄、刘琳主编：《全宋文》卷九百二十六，上海辞书出版社、安徽教育出版社2006年版。

累其生时美恶所以为将来劝戒,身虽死使名常存也。"[1] 以诔文私谥是定谥的特例,比较著名的例子是颜延之为陶渊明所作的《陶征士诔》,《文选》引何法盛《晋中兴书》称:"延之为始安郡道,经浔阳,常饮渊明舍,自晨达昏。及渊明卒,延之为诔,极其思致。"[2] 谥号的定立要求核实公允,如果以诔定谥,原有"贱不诔贵,幼不诔长"(《文心雕龙·诔碑》)的说法,则谥应该是自上而下的评价,须要借助贵者、长者的道德权威。但是,私谥的出现似乎打破了这个惯例,即以颜延之与陶渊明而言,何法盛强调的是二人的交谊深厚,故而朋友定谥才能切中渊明一生行止。柳下惠妻亦然,所谓"二三子不如妾知之也",就是说只有基于对丈夫的深刻了解,才能品评其人其行。左锡嘉敢为丈夫定谥,一则因为她与曾咏有过十二年相知相契的恩爱婚姻,二则她自信持有臧否人物的道德权力。其时左氏家族经过她的苦心经营,已经从躬耕自养的贫困局面重新回到食禄而居的士族阶层中来,家族交游的人物中有如缪荃孙父子这样的"大人先生",儿辈与女婿也不乏居官而工文辞者。按照志墓旧例,这些男性都有资格为曾咏撰写墓志,但左锡嘉毅然亲力亲为,可见性别的劣势在这里已经被淡化。而墓志本身纪实求真、熨帖人情,得益于夫妇关系之处良

---

[1] 〔北齐〕魏收:《魏书》卷六十八列传第五十六《甄琛传》,中华书局1974年版。
[2] 〔南朝梁〕萧统编,〔唐〕李善注:《文选》卷五十七,上海古籍出版社1986年版。

多,这也的确显示了左锡嘉在志墓一事上无可替代的身份。

第三节　曾氏家训

家礼族规的树立意味着一个家族对自己寄予了泽延后世的期望,家族文献的保存和流传又使得家族影响跨越了地域的限制,从时间和空间上不断拓展自己的宗支谱系,这正是一个家族发展渐进的过程。自光绪六年以后,曾氏族人虽然因为出仕、婚嫁而散居各地,但由于左锡嘉本人的家族凝聚力,这个家族依然以她为中心在其成员所到之处产生影响。光绪十七年《曾太仆左夫人合稿》的问世是曾氏家族发展史上的标志性事件,家集的传播将家族与外界的文化交流拓展到四川以外的湖南、江苏乃至北京等地。另外,由左锡嘉撰写的《曾氏家训》也在同一年刊刻,基于自己的治家经验,她在其中申明了自己对后辈的要求与期待,儿辈的跋语则显示了在孝养的名义下族中男性对母亲家长地位无可置疑的认定。

家刻《曾太仆左夫人合稿》

光绪十七年（1891）,由左锡嘉长子曾光煦发起组织,华阳曾氏的家集《曾太仆左夫人合稿》在山西晋昌官署开雕,其中包括曾咏的《吟云仙馆诗稿》一卷、左锡嘉的《冷吟仙馆诗稿》八卷（含《浣香小草》《吟云集》《卷葹吟》《冷吟集》）、《冷吟仙馆诗余》一卷、《冷吟仙馆文存》一卷、《冷吟仙馆附录》一卷、曾光岷的《诰封夫人旌表节孝曾母左太夫人事略》一卷和《曾氏家训》三卷。① 这是曾氏家人一直以来重视保存家族文献的结果。早在咸丰六年（1856），左锡嘉就将自己婚后诗作交付家姐左锡璇审阅点定，此即《吟云集》蓝本。② 此前她已有辑录闺阁少作的《浣香小草》，之后又有丧夫之初的《卷葹吟》，取卷葹草拔心不死之意，还有嫠③居岁月中的《冷吟集》，正与自己为守节而表字"冰如"相呼应：从诗歌的排序、诗集的命名都可以看出左锡嘉自珍笔墨的用心。而刊印《曾太仆左夫人合稿》一事也经过了长期的筹划，为了让诗稿得到更多亲属僚友的认可，曾光煦兄弟陆续延请名流故交为诗稿作序。如华阳曾氏的远亲曾璧光（同治十年），曾咏生前的同僚何璟（光绪九年）、曾国荃（光绪十五年）、卞宝第（光绪十六年），外家阳湖左氏的亲故左锡蕙（光绪十年）、周天麟（光绪十年）、潘祖荫（光绪十六年），曾氏子、婿的师友易佩绅（光绪十二年）、宋育仁（光绪十六年）、廖平（光绪十六年）等。在光绪六年至十七年间，曾氏家族成员天各一方，家集作为纽带维持了成员之间的密切联系，而对母亲的孝养之心始终是这个家族的向心力所在。

---

① 此据刘声木《续补汇刻书目》卷二七著录，《直介堂丛刻》，1929年刘氏铅印本。海内外图书馆的藏书目录均以左锡嘉诗词稿居首，曾咏《吟云仙馆诗稿》附后，题名为《冷吟仙馆集》，以至《曾太仆左夫人合稿》之名及其原貌反而不为读者所知。

② 〔清〕左锡璇：《吟云集·序》："丙辰三月，六妹将近年所作寄示，并丐予点定。"《曾太仆左夫人合稿》，光绪十七年（1891）山西定襄官署刻本。

③ 嫠（lí）：寡妇。

左锡嘉移居山西定襄县署后，虽已是知天命之年，仍然对儿辈行督教之责。曾光煦在县令任上，施行保婴、开渠、养桑蚕、禁宰牛等政令，都出自母亲的建议。《诰封夫人旌表节孝曾母左太夫人事略》记载："庚辰，仲兄光煦授定襄县令，迎先妣就养署中，凡保婴、开渠、养桑蚕、禁宰牛等事，皆秉慈命而行，所至均有政声。"光绪七年（1881），曾咏嗣子曾光禧官福建邵武府经历、在任候补知县，左锡嘉书《当官摘要》一册寄送闽中。光绪十五年（1889），曾光岷中进士后就任刑部主事，左锡嘉认为刑部司掌生死，教导光岷"宜慎出入、严操守，当凛罪疑惟轻之训"，并应该"筹节禄养，为周恤狱囚之用"（《诰封夫人旌表节孝曾母左太夫人事略》）。母爱的仁慈让光岷依依为念，直到她去世后光岷仍然记得：

> 昔年赴晋省视，晨昏随侍，依依不舍，时有终养之志。先妣不许，促之行，临行之夕，梦先妣携而示曰："行矣，三十年来此一别。"梦中大哭而醒，自思年将三十岁矣，何遽离母耶？悲伤辗转，晨起入告。光岷泣，先妣亦泣。光岷决意弃官终养，先妣再三慰止之，曰："梦寐无凭，余身健，努力供职，幸勿余虑。"越数日，始果行。①

---

① 〔清〕左锡璇：《曾太仆左夫人合稿》，光绪十七年（1891）山西定襄官署刻本。

不仅儿子如此,女儿曾懿随宦离蜀,才出家门已作思亲之想,《旋闽别亲》诗云:

> 生小依依骨肉亲,天涯忽已转雕轮。明知久聚愁言别,故作欢颜强对人。燕寝何时承色笑,鹿车从此历风尘。亲心更比儿心切,隔夕先看泪满巾。
> 一曲骊歌百虑攒,思亲容易侍亲难。夔关雪冷魂先怯,巫峡云深梦亦寒。雁影无端重聚散,鱼书从此望平安。临歧无限伤心泪,忍到鸳舆细细弹。①

此后母女之间全凭音书通问,一旦驿路受阻,挂怀之心倍增:

> 万里关山客路遥,征云漠漠水迢迢。衰亲望眼今犹昔,游子含愁暮复朝,远信欲催过岭雁,离怀怕听隔溪箫。夜来幸有还乡梦,骨肉团圆慰寂寥。(《久不接家书作此解闷》)②

家书甫至,则又"启缄未读心先醉,一字一泪中怀摧"③。

---

① 〔清〕曾懿:《古欢室诗词集》之《鸣鸾集》,光绪三十三年(1907)刻本。
② 〔清〕曾懿:《古欢室诗词集》之《鸣鸾集》,光绪三十三年(1907)刻本。
③ 〔清〕曾懿:《英山官廨四面环山,朝霭夕霏,掩映几案。时届仲冬,朔气凝云,冻痕积雪,寒窗寂坐,正忆故乡,忽奉母书,感而赋此》,《古欢室诗词集》之《飞鸿集》,光绪三十三年(1907)刻本。

丧父入蜀之年，曾懿已经有十岁，较之弱龄的弟弟妹妹，她可以说是与母亲共同承担了复兴家族的责任，昔年一灯九子、书声与针声相杂的记忆让她格外能体会人伦亲情之可贵与家族团结的重要性。

早在同治初年，左锡嘉《孤舟入蜀图》问世，就得到了来自苏、浙、皖、鄂、闽、蜀等地的题辞三十八首，分别出自族弟左省三、盱眙吴棠、鸣鹿王德固、兰陵赵韵卿、武昌王家璧、吉林景廉、荥阳孙钦昂、达县吴镇、秣陵夏家镐、荣昌敖册贤、熙胡查毓琛、新津童械、阳湖恽贵孙、吴江殷兆镛、铜梁吴鸿懋、皖潜徐贤尊、川东邹增吉、仁和钟骏声、山阳秦焕、长白广荫、皖桐方戊昌、闽南王仁堪、楚樊胡毓均、静海高崇基、静海杜崧年、文安董汝观、祁州李荣和、巴县李成章、永济宁绳武、清苑许涵度、莒州管廷鹗、寿阳傅汝霖、涞水赵之燮、宿松黎宗干、德化刘瑞祺、丹徒周天麟、旌德吕凤岐和会稽李慈铭。这是家族文献的第一次外传，为这个家族赢得了良好的声誉。《曾太仆左夫人合稿》又以附录的形式悉数收编了这些题辞，此外还延请当世名家为总集题辞，计有楚樊胡毓筠、曲沃仇汝嘉、钱塘张景祁、香山黄绍昌四人。胡毓筠，字子青，号介卿，湖北武昌人，二甲二十三名进士，散馆授编修；历任顺天同考，礼科给事中和山西雁平道。仇汝嘉，字懋候，号少菊，山西曲沃人；家富藏书，工于诗文，书法习颜鲁公及魏齐诸碑，行草书尤遒畅朗逸，亦能篆书。张景祁，原名左钺，字蘩甫，号韵梅（一作蕴梅），又号新蘅主人，浙江钱塘（今杭州）人，同治十三年（1874）进士，曾任福安、连江等地知县；晚年渡海去台湾，宦游淡水、基隆等地；工诗词，有《新蘅词》《蘩圃集》《研雅堂诗、文、骈体文》等。黄绍昌，字芑芗（芑香），香山人，师从陈澧、刘融斋；光绪十一年（1885）举人，官至中书，曾任教于海棠菊坡书院、丰山书院，并建有寿香楼藏书楼，另主持过广雅书院史学院；善诗文书画，藏书甚富，重书画钱币收藏，致力经史研究，著作有《佩三言斋骈体文》《苇花荷剑词》《三国志音释》《藤花书屋词钞》《秋琴馆诗钞》等，另与刘小衡合编《香山诗略》；同治十三年（1874）在小榄第一届菊花会诗赛中夺冠，被誉为"菊花状元"。至此，曾氏家族在左锡嘉的带领下，以德、才两端享誉士林，而家族荣誉又反过来激励和约束族中后辈维持家风、传承家学。

家训

前文曾经论及，左锡嘉在少年时代就有孝女的令名，除了在继母膝下曲意承欢，还有割股疗亲的事迹。[1] 在左锡嘉看来，孝道既是立身的原则，也是维系家族人伦关系的规范。她制定的《曾氏家训》分"承欢""善体""辞色""寝膳""服劳""立志""侍疾""谏诤""出游""曲慰""丧葬""祭祀"十二端，全为教导晚辈孝亲而作。其中"寝膳""服劳"

---

[1]〔清〕曾光岷：《诰封夫人旌表节孝曾母左太夫人事略》："会巢生公病笃，先姚刲股和药以进，病立愈。"。

"侍疾""丧葬""祭祀"属于饮食起居、养生送死的行为准则，而"承欢""善体""辞色""谏诤""曲慰"则从思想观念上肯定了家长在族群中的绝对权威，家族中其他的伦理关系都应该统摄于孝养的原则之下。左锡嘉此论是鉴于现实家庭中的种种矛盾，因俗立教的结果。作为曾氏家族的儿媳，她在蜀中一意奉养舅姑，后来双亲去世，族人众议析产分爨，左锡嘉反对不成，寡妇孤儿得薄田三亩、陋室一隅，① 这就是她独立执掌门户时唯一的财产。家庭最初的贫困给后辈留下了辛酸而深刻的记忆，光岷曾言："一日食粥，幼弟饥泣，曰：'粥无米。'先妣泣曰：'汝等当努力以求有米粥耳，何足泣？'"② 后来家境好转，左锡嘉对"亲族中孤寡极贫者，必积余钱，岁时周之"。③ 与此同时，对族人离间长幼的行为则深以为诫，她在《家训》中记取三女曾玉的话教导晚辈："痛恨世之妇女，惟以敛畜私财，唆争产业为事。独不思教子以礼义，有胜于财产万亿也哉！"④

家族伦理关系由血缘和姻亲构成，父系的宗支繁衍叫作血亲，嫁入夫族的外姓女子是本支的姻亲，协调血亲与姻亲之间的关系是自古以来家训的核心原则之一。站在本支的立场上，姻亲的介入要以不影响血亲的利益并有助于血亲的发展为

---

① 〔清〕曾光岷：《诰封夫人旌表节孝曾母左太夫人事略》。
② 〔清〕曾光岷：《诰封夫人旌表节孝曾母左太夫人事略》。
③ 〔清〕曾光岷：《诰封夫人旌表节孝曾母左太夫人事略》。
④ 〔清〕左锡嘉：《曾氏家训·女训》。

目的，因此家训对嫁入夫族的外姓女子往往有严格的规定。她首先是作为主理家政的劳力进入另一个家族，其次她不能具有独立支配夫族财产的权利，而且她应该生育子嗣以扩充夫族人丁，却又不得以此划分独立的家庭，以免酿成夫族的分裂。在这一点上，左锡嘉虽然是曾氏家族的姻亲，但在家训中却不能不代血亲立论，以家长的身份维护夫族的权益。因此，《曾氏家训》特别防闲儿女辈的小家庭与大家族之间的分歧。如"寝膳"一条：

> 莫学逆子忤媳，室家方就，羽翼已成，姊娌愤争，兄弟怀忌，互相吵闹，父母不安。逼勒分居各爨，使父母东西就食，日不遑息。又其甚者，各供其一，使父母生离，何其忍哉！何其忍哉！
>
> 又有忤媳，职司中馈，每有佳肴甘旨，隐匿自餐，供舅姑以粗粝，或私饲子女而不饷于舅姑，是存何心？竟自糊其口且并糊其子女之口，而不顾高堂之养也。

"善体"一条：

> 莫学逆子忤媳，父母所爱者恶之，父母所敬者忌之。奉妻妾语如法旨，置父母训如冈闻。

"辞色"一条：

> 莫学逆子，于父母前恶声厉色，全不知敬；于妻妾间低声下气，惟恐失欢。爱儿女如珍宝，欢笑有声；视父母若陌路，晨昏失侍。又有忤媳，待外人既亲且爱，视舅姑犹赘仇。或辞色傲慢，或语言愤争，或诬舅姑之偏爱，或怨舅姑之不情。种种悖逆，言之不尽。

所以，以孝亲作为家训的主导思想，其实就是以共享整个家族经济利益和遵循长幼之间的尊卑关系为原则，孝道的名义由此在家族中具有了无上的权威，如果乖离此道不仅意味着亲子关系的破坏，更是对整个家族利益的损害，因此"不孝"往往是旧家族中雷霆万钧的罪名。

对内敦亲睦族只是奠定家族稳固性最基本的努力，作为初兴的士族家庭，左锡嘉还有更大的期望，即续族谱、联宗支。《曾咏墓志铭》中把曾氏的家史往前追述了三代："君讳咏，字永言，号吟村，成都华阳人也。武城之裔，迁于西江，有元中叶，转徙长乐。国朝康熙间，始居华阳，遂为县人焉。祖讳惠超，父讳秀英，以君官封中议大夫。祖母氏黄，继祖母氏张，母氏刘，封淑人。"在《曾氏谱序》中，左锡嘉又进一步写道："曾氏出黄帝继公孙姓，至禹别为姒氏，传少康曲烈，始封鄫。后世子巫仕鲁，去邑为曾。巫后四世是为宗圣，宗圣以来历今七十余传，谱牒昭著。鲁、粤、江、蜀，散处四方，千柯万条，咸出一本，可谓盛矣！"① 另一方面，与怜恤亲族中孤寡贫困者相对照，左锡嘉又积极联络族内仕宦显达的长辈，赈下敬上，以全收族之义。曾璧光《吟云仙馆诗稿·序》云："吟村太仆，余族侄也。持躬孝友，同宦燕京，时相过往。……及出守江右，余亦典郡黔南，值发捻猖獗，音问鲜通。……直至辛未春仲，其婿林生尚辰来黔，持侄媳左氏书并《吟村诗稿》请序于余。"② 文教昌明、宗支强盛的家族本身就具有典范意义，从而形成维持一方秩序、教化一地习俗的地域性影响力。左锡嘉居蜀期间，"常以善书格言讲劝邻里，乡族感而悉化"，又"救溺女十余人，时以笔墨谋生而赖以存者数家"。③ 西蜀自古以来汉、夷杂居，虽然早被纳入疆域一统的版图，但在文化上始终自异于中原文明，汉代文翁化蜀的事迹被载入史册，正好反衬出地域风俗与占主导地位的社会文化之间的差异。尤其是蜀中女学，受制于相沿已久的重男轻女的观念，较之江南闺阁风尚和闽粤湖湘的女学新思潮可谓起步太晚，左锡嘉将闺门之教用以救助自溺女子，使其能够以笔墨谋生，这无疑是推动晚清四川民间女学发展的切实举措。这种良性的社会效应又反过来说明了左锡嘉治家理念的适

---

① 〔清〕左锡嘉：《曾氏谱序》，《曾太仆左夫人合稿》之《冷吟仙馆文存》。
② 〔清〕曾咏：《吟云仙馆诗稿》卷首。
③ 〔清〕曾光岷：《诰封夫人旌表节孝曾母左太夫人事略》。

用性与合理性，因此更加得到族人的认可，并将之普及开来。为此，曾光煦特地吩咐家人将《曾氏家训》刊刻保存，且"分寄族中昆季子侄，常置案头，以为养亲者劝，教子者助。并以藏之家，传之子孙，世守懿训，勿坠家风可也"（《曾氏家训跋》）。

女训

前文论及以夫族为中心的婚姻对外姓女子的诸多限制，婚姻在古代女性心目中遂成为人生不可预知结局的转折点，女训就是应女子适婚的需要而专门产生的。班昭《女诫序》有云："男能自谋矣，吾不复以为忧也。但伤诸女方当适人，而不渐训诲，不闻妇礼，惧失容它门，取耻宗族。"[1] 任昉《文章缘起》定义道："后汉杜笃作《女诫》。诫，警也，慎也。"[2] 以"诫"这样一种文体来指涉女性教育的内容，这就决定了"女诫"写作以禁令性的书写内容为范式。如《女诫·妇行》："夫云妇德，不必才明绝异也；妇言，不必辩口利辞也；妇容，不必颜色美丽也；妇功，不必工巧过人也。"又《女诫·专心》："耳无途听，目无斜视，出无冶容，入无废饰，无聚会群辈，无看视门户：此谓专心正色矣。"又如唐代《女论语·立身》："立身之法，惟务清贞。清则身洁，贞则身荣。行莫回顾，语莫掀唇，坐莫动膝，立莫摇裙，喜莫大笑，怒莫

---

[1] 〔东汉〕班昭：《女诫》，〔宋〕范晔：《后汉书》卷一百十四《曹世叔妻》，中华书局1973年版。

[2] 〔南朝梁〕任昉撰，〔明〕陈懋仁注：《文章缘起》，《文渊阁四库全书》本。

高声。……莫窥外壁,莫出外庭。……男非眷属,莫与通名。女非善淑,莫与相亲。立身端正,方可为人。"及至清代,女训中禁令的内容更加具体细致,几乎限制了妇女生活中起行坐卧的各个方面,如《教女遗规》所录之《王朗川言行汇纂》列举"妇禁十三",《女训约言》列"女戒八十条"。① 后世女诫的称谓、内容虽然在不断发展变化,但这种否定性的书写方式却一直沿袭下来。左锡嘉的《女训》也不例外,《闺训》教导室女称:

> 坐勿欹斜,起勿慌张,行勿回顾,立勿跛足,言勿泛乱,笑勿出声。

《妇道》教导子媳称:

> 《曲礼》曰:"妇人,服于人者也。"无专制之义,有三从之道。必敬必戒,无违夫子。虔恭中馈,静好琴瑟。敬如友宾,爱如兄弟。虽云敌体,焉敢抗违?

《母仪》教导孕妇称:

> 自古怀孕,先守胎教。寝不侧,坐不偏,立不

---

① 〔清〕陈弘谋辑:《五种遗规》,《续修四库全书》本。

跛，口不食邪味，目不视恶色，耳不听淫声，生子自然端正。

少女、新妇和慈母三种身份涵盖了女性的一生，无论何时她们都要受到家族社会关系的约束，都要处于他者的审视之下，历代相沿的抽象女教典范内化为无形的标尺，时刻丈量着每一个女性的不足，使得自谦自损的心理成为她们的集体无意识。在左锡嘉给曾彦的一首诗中仍然这样写道："淑慎自勖励，勿为俗习移。"(《读季硕五女〈桐凤集〉》)这种教育模式给曾彦的人格带来很大的影响，也间接导致了她早逝的悲剧。①

不过，在撰写"勿为"其事的同时，左锡嘉也在探索"为"的可能性，因为主理家政的辛劳已经显示了女性一生"作为"的成就，已经证明她们绝不只是墨守女教"不作为"的训诫而已。左锡嘉在《女训》开篇就明言："盖内政之贤否，实关乎邦国之兴废、家世之盛衰。"她用了与《家训》等量齐观的篇幅来撰写《女训》，可见重视程度之深。而且，《女训》的部分内容开始趋于务实的教育，而不再完全是抽象的道德规约。换言之，这样的教育思想开始呼唤女性积极作为的主动性，而不再是一味地压抑和限制。"闺训"一条主张女子自少时就应求知立志，智识修养与女红并行不悖："少长习纺织，学烹调，阅经史以长见识，读训诂以端志趣。""节义"

---

① 详见下一节《曾门女学》之《香夭：曾彦之死》。

一条讨论居孀殉节,这本是清人闺训中最苛酷的内容,左锡嘉写道:

> 夫死而殉,还须临事三思。有舅姑勿殉,当思代夫孝养。有遗孤勿殉,当思善抚后嗣。夫客死勿即殉,当扶骸骨还乡。夫冤死勿即殉,当计昭雪复仇。报夫婿于九泉,所谓就难而不就易也。行夫婿所欲行,了夫婿所未了。冥冥漠漠,虽隔世而心许;凄凄惨惨,虽百折而志坚。苦心一片,化石何妨。有妇若此,夫死犹生矣!

这俨然是她自己半世守节的写照,以夫妇之情唤起未亡人的求生意志,对天下节妇的同情和鼓励溢于言表,这样的建议无疑比一味矜夸妇女死守节义的虚名更具有人情关怀的意味。"母仪"一条中引入了育儿的卫生常识,是中国早期家政教育的萌芽:"既育在襁褓中,能知嬉笑,便知好恶,即当设教。勿逗其欲,勿激其怒,勿令多笑,勿令过啼。过啼则伤气,多笑则伤肾,激怒则助暴,逗欲则助骄。须令养中和之气,以保诚朴之质。"不过在当时母女之间代际传承的女学知识还没有形成学科化的分野,育儿经验是统一于母教传统之下的。待小儿稍长,就要"行教之以正,止教之以静,坐教之以端,卧教之以曲。成童,喜怒哀乐,无不尽悉;忠孝节义,亦知钦仰。须常以古今大儒名贤事迹讲解,以启其天性,以固其心志。"这样，母教以养志的"女训"就同孝亲以立志的"家训"构成了合理的接续与循环，一个家族生息繁衍、绵延不绝的依据就此形成，女性在其中重要的承接作用自是不言而喻。

第四节　曾门女学：兼论清末民初才女文化的嬗变

光绪二十年（1894），左锡嘉去世，她的一生凝聚了才女文化多样的内涵，正如缪荃孙所评："江南世族，闺门骄佚，骤居农家，敛手胝足，养老抚幼，勉力支持，可谓贤矣。子孙成名，女适士族，老入蔗境，贵寿以终，可谓福矣。嗟乎！后之甘，适以偿其前之苦，天道有知。吾常闺秀如太夫人，尚不数数观也。"[1] 盛清以来江南士族闺秀文化传统养成了她早年温婉优雅的才气赋性，中间经受太平天国变乱的冲击，激发出平和中正的人格背后义勇刚强的理性意志，曾氏家族的血脉宗支因为她这个外来姻亲的努力而改变了发展的方向。左锡嘉主持家政的种种举措都在致力于恢复和延续士族的文化传统和伦理原则，她的后辈从不同的方面继承了母亲的志向。不过世易时移，清末的社会氛围与盛清时期已然大相径庭，尤其女学的发展更可谓天翻地覆，曾氏家族的才女们或复古，或维新，在时势推动下各自演绎出人生的轨迹。基于四川的地缘关系，曾氏家族的女学传统又影响了另外一位新女性曾

---

[1] 张廷银、朱玉麒主编：《缪荃孙全集·诗文1》，第298页。

兰的思考，从她身上更可以见出清末社会鼎革前后女学发展的彷徨与困惑。

香陨：曾彦之死

曾彦，字季硕，左锡嘉第五女，生于咸丰七年（1857），卒于光绪十六年（1890），著有《妇典》卅卷、《桐凤集》二卷、《虔恭室稿》一卷。① 史传中称，她"姿颖既绝，而貌又明丽，每轩车过市，望者骈立，咤为神仙"②。她学诗宗法汉魏齐梁，尤以五言见长，其诗词书画先后得到王闿运、俞樾、吴虞等人的称扬。曾彦丈夫张祥龄少时为四川尊经书院学生，时王闿运应张之洞之请出任书院山长，器重张祥龄的才华，后王闿运之女又从曾彦研习诗艺，遂与张、曾夫妇结下师友之谊。光绪十五年（1889），王闿运在《桐凤集序》中记述道："（张祥龄）妇曾明慧工诗画，往往为词翰，置诸高材生卷中，辄得高等。询其学业之所由，则太守妻（左锡嘉）之女也。"又："（彦）出歌诗质余，益读楚词汉诗，兼作篆隶。十年来业术遒进，骎骎过其夫。"后"张生复以曾诗刻本来质余，云欲改刊，览其诗，篇篇学古格律，无复俗华靡，而风骨益洁"③。光绪十七年，俞樾作《虔恭室遗集序》也说："直而

---

① 《桐凤集》为曾彦生前所定诗词集，廖平记为一卷，而《（民国）华阳县志》卷二六《艺文》（四）著录为二卷，据光绪十五年（1889）年刻本，应为二卷。
② 《（民国）华阳县志》卷十九《人物》。
③ 〔清〕曾彦：《桐凤集》，光绪十五年（1889）刻本，南京图书馆藏。

不野，丽而有则，不求纤密之巧，自有宏肃之美。昔人称嵇志清峻，阮旨遥深，其兼之乎？余尝见其手书草稿，字体娟好，而仍含朴茂之意。兼工篆隶，尤喜丹青。女子中多才多艺如斯人者，见亦罕矣。"[1] 1917年吴虞重印《桐凤集》，在序言中评价曾彦："季硕通经术，工文辞，篆书仿邓石如，秀气灵襟，独得天然之媺；画尤妍丽，传其家法，风流文采，为一时之冠。吾观近世女士如王采薇、金五云、席道华、归珮珊，皆最有名，比于季硕，远不逮矣！"[2]

可惜卿本佳人，奈何薄命！曾彦三十四岁就郁郁而终，这似乎又应验了自古女子才、命相妨的陈说，对此前人多有惋惜之论。蜀中学人黄稚荃认为，曾彦死于张祥龄之负心薄幸，他曾得见曾彦日记及寄给张祥龄的手札，其中称曾彦二十余岁时，张祥龄已经纳妾四人，张离家赴任期间曾彦与众妾颇难相处，如云"四美喜则笑，怒则骂"，或者"其三犹日来一次，其四则避而不见，已数日矣"，导致夫妻感情渐生隔阂，曾彦有夫妇不能相知的遗憾。[3] 张祥龄纳妾的直接原因是曾彦始终不曾诞育一男半女，故林玫仪认为不能传宗的遗憾是曾彦承受的第一重心理压力，其次对丈夫的深情使得她对其仕途寄予了很高的期望，而张祥龄的偃蹇更增添了她的忧虑，加

---

[1] 〔清〕曾彦：《虞恭室遗集》，光绪十七年（1891）刻本，南京图书馆藏。
[2] 吴虞：《重印曾季硕〈桐凤集〉序》，《吴虞集》，四川人民出版社1985年版，第138—139页。
[3] 黄稚荃：《记题曾彦〈醉胡图〉及寄外手札》，《杜邻存稿》，四川人民出版社1990年版，第142—144页。

之长年随宦奔波，以至身心交瘁，含恨而逝。① 从婚姻制度、性格特质和个人际遇的角度足以解释曾彦之死，但是如果纵观三百年来与她有着同样性格和命运的女性，似乎更应该促使我们反思"才女"这种身份及其养成模式在中国古代女性史上的负面效应。偏执于才情造就了她们的病态人格，而所谓"彩云易散琉璃脆"的宿命论又是何其悲观与残忍，暗示并引导她们认为早夭的结局实属必然。

前文论及，在东南已经干戈扰攘之时，西蜀因地僻而得偏安，以园林为依托，左锡嘉母女再现了江南士族女性联章共作的交流氛围。左锡嘉有《浣花溪居杂咏》十六首、《浣花诗社歌》，见《冷吟集》卷二；曾懿有《浣花草堂新营住宅，山绕溪回，杂花翠竹，好鸟嘤鸣，石濑淙淙，重闱静逸，偶拟三十韵以写四时佳景，同叔俊四妹季硕五妹作，寄仲仪三妹》《浣花诗社歌》《草堂寺赏梅同诸弟妹作》《园中海棠盛开招静专从妹小饮》，见《古欢室诗词集》之《浣花集》；曾彦有《郊居新筑，溪流夹园，乔木嘤鸣，杂花春发》，见《桐凤集》。缪荃孙因此把曾氏母女同山阴祁氏女眷、武进张门才女相提并论，其《古欢室集序》称："昔会稽祁氏商夫人眉生有嗣音、云衣为姊妹，有叕英、修嫣、湘君为之女，而《锦囊》《绿窗》等集未焚，《寄云》各草早已流播艺苑。再求之近代，武进张翰风先生之女孟缇有《澹菊轩集》，婉纫有《绿槐书屋

---

① 林玫仪：《试论阳湖左氏二才女之家族关系》。

集》，若绮有《餐枫馆集》，而王氏采蘋、采蘩亦各成家。一门之内，风匹相高，上拟祁氏，后先辉映，然以视古欢，其家庭唱酬之乐则同。"曾彦在曾氏诸女之中年龄较小，成童之岁至豆蔻之年都在母亲的庇佑下度过，[1] 比起长姊曾懿，她更少有家道艰难的体验。可以说她因袭了盛清时期深闺才媛养尊处优的成长轨迹，她的诗风也最接近旧时盛行的香奁做派，萎弱优柔而又重情任真。寄外诗是曾彦集中最多的一类题材，《桐凤集》与《虔恭室遗集》共收诗词183题，与张祥龄往还之作就占27题，笔端尽是闺阁相思之情：

> 感君劳策辔，愧妾安闺阃。离初犹壮怀，别久遂昵忆。（《酬子馥富顺》）[2]
>
> 但愿君身处处宜，不辞清减如明月。（《寄馥君京都》）[3]
>
> 此时慊慊正思君，搴帷出户看浮云。长风吹云西北去，我愿乘之度江滨。江滨鱼雁传书歇，寸心千万愁思发。正逢拂面海上风，又值盈怀天上月。明月凉阶任来返，闺情久逐征途远。幽窗孤坐不忍眠，苦吟行子夜中饭。（《再寄馥君》）[4]

---

[1] 左锡嘉：《冷吟集》卷四《读季硕五女〈桐凤集〉》："生小恒依随，远别郁愁思。"
[2] 肖亚男编：《清代闺秀集丛刊》第58册，第23页。
[3] 肖亚男编：《清代闺秀集丛刊》第58册，第142页。
[4] 肖亚男编：《清代闺秀集丛刊》第58册，第144页。

张、曾二人才情相当,也曾经是闺阁同心之侣,张祥龄在《祭亡嫔曾孺人文》里提到,曾彦"事我以正,如奉尺珍;轻则畏陨,重则招嗔"。① 她凭借自己的才德赢得了丈夫的肯定与尊重,这本来是他们婚姻中弥足珍贵的部分。但是,曾彦却像当时很多女性一样,为求婚姻之完美而过分重视夫妇情爱,进而发展出自损自赎的性格趋向。"但愿君身处处宜,不辞清减如明月",这种想法与"修到人间才子妇,不辞清瘦似梅花"的痴心如出一辙。而这还只是轻浅的表达,更有甚者,她竟然期待自己早死,以换得张祥龄惊才绝艳的悼亡文字。《祭亡嫔曾孺人文》竟然说:"子爱吾文,愿先我死。冀得哀篇,虽死亦喜。"传统女训中"不作为"的否定性教育模式,导致了曾彦这样的闺阁才媛极度苛求自身完美的价值观,一旦她们的感性认知将自己定位在理想女德典范的标准之下,随之而来的便是责躬自毁的思想观念。其《别子馥》诗云:

嗟余少闻识,柔弱无威仪。隐忧神不泰,多虑志恒衰。

又《责躬诗呈子馥》云:

嗟余冲暗,凭宠疏慢。庄既偏严,柔复致患。阙

---

① 〔清〕张祥龄:《受经堂集》,《新订六译馆丛书》附录。

林在木,乏鸣处雁。古人有言,无礼当遣。嘉我君子,悯忠垂眷。

长期处于自损性的认知状态,必然导致曾彦的抑郁心理和偏执人格,她的陈述总是充满喜静恶动、疏离人群的自处之道,但纵然如此她仍然愁心满怀,忧惧无定:

> 羁旅抱愁思,一日复一夕。终朝揽明镜,朱颜不如昔。色衰何足悲,但畏素心易。顾此微贱躯,寻欢难努力。(《增悲》)①
> 季秋商气厉,风景悽以瑟。仰聆离鸿声,俯察孤螿翼。慅慅迎霜条,荡荡蔽云月。室虚郁思满,物窘陶情寂。微姿敢自贤,弱质难胜敌。欲去怨隐踪,悲来欢歇迹。清宁无所为,养真尚寂蔑。(《秋日登池上亭呈子馥》)②
> 寝瘵既寡悰,犹易思陈戚。乃兹岁云暮,年华叹虚历。寒螿厉阶除,蟋蟀吟堂室。曾飚越窗楹,霜气侵重幕。耳目苦烦嚣,微响心忡惕。药饵焉能益,天损当安适。养生尚静漠,贤达鲜疾疫。嗟余冲且暗,少小多艰厄。既惭采蘩诗,复乏螽斯德。怨与欢相争,荣与义相敌。谨练丹石心,歧路良无惑。

---

① 肖亚男编:《清代闺秀集丛刊》第58册,第133页。
② 肖亚男编:《清代闺秀集丛刊》第58册,第12页。

(《寝疾》)①

在这样消极的心境之下,曾彦愈加醉心于雕琢辞藻,这也许不失为缓解内心痛苦和压抑的一种心理防御机制。她的五言诗写景状物细腻精微,又兼愁思缠绵,可谓会心于古人的寂寥情怀,有《立秋登楼观雨》诗作:

> 旅客漫愁思,何堪节候催。暑从林际散,秋自雨中来。远树轻烟合,遥山夕嶂开。野鸦归已尽,一鹤独徘徊。②

此外,曾彦又用意于拟古诗作,尤其善于模仿南朝乐府和宫体诗,其《学双行躔》诗写道:

> 可怜双行躔,纤纤似削成。感郎流盼及,步步艳郎心。合底绣芙蓉,双缕朱丝缚。他人若无睹,偏易引郎目。③

处在冷清孤独之中,又兼而又自怜自伤,她的诗风显得幽狭而悽艳。一首《佳人》似乎是想象远古,却又不无自我写

---

① 肖亚男编:《清代闺秀集丛刊》第58册,第30页。
② 肖亚男编:《清代闺秀集丛刊》第58册,第157页。
③ 肖亚男编:《清代闺秀集丛刊》第58册,第40页。

照的意味，她内心的绝境已经隐隐可见：

> 佳人居层楼，浮云四面封。女萝覆檐牖，幽阴锁帘栊。飞鸟不敢过，华日光难通。穷极人间事，情意犹未充。服药媚所欢，不畏毒其躬。念彼先贤泽，长叹泪零胸。思欲执之去，泾渭各异踪。虽云咫尺间，君门深九重。猛犬噬人肉，狺狺一何雄。已矣慎勿言，邪曲能害公。(《佳人》)①

这样的审美趣味经过主张诗学复古的王闿运揄扬奖掖，越发走向极端，甚至形销魂存、诗在人亡也在所不惜。曾彦还有《赋金纤纤琴》一诗云：

> 龙门百尺桐，孤生一何高。屡被飞霜催，其根终不摇。美质难永幽，班匠忽我招。雕琢制为琴，饰以独茧缲。既至人间世，兴衰遂相劳。幸列佳人侧，璀粲多光昭。芳年惜良夜，金炉焚兰椒。窈窕寄情志，清响荡喧嚣。愔愔绿水曲，雍雍白雪操。新声何嘹亮，流漫附激飙。牙旷难并居，双美忽光凋。寂寂遗所珍，冥冥归曾宵。君子信贞固，孤弦难独调。轻尘日以缁，芬芳日以销。升沉叹天命，委身托荒峤。崇隆壮黄屋，连冈隐松乔。幽人纵拂拭，英姿终潜

---

① 肖亚男编：《清代闺秀集丛刊》第 58 册，第 135 页。

韬。皓月冷千峰，木落风骚骚。扬声多烦冤，溯洄冲奔涛。哀响答空谷，芳魂来相要。愿随乘鸾去，共伴秦娥箫。览物感予怀，因之奏长谣。①

"哀响答空谷，芳魂来相要。愿随乘鸾去，共伴秦娥箫"四句俨然有离世解脱的旨趣，这种变相的厌世情绪在才女群体中相沿已久，在曾彦之前有吴江叶小鸾、长洲金纤纤，或者还应该加上一个虚构的扬州林黛玉，曾彦把金纤纤引为同调，显然是自我归属于这一谱系的。这些鲜活的生命一一走向夭折，对此旁观者乃至当事人都认为是宿命使然，所以一代又一代的才女和文人都选择了惋惜却默认的态度，但这种引人向死的价值导向刺激了后来者反思当时的女性文学存在的一些病态的质素。

实学：曾懿之思

物伤其类，对曾彦之死感怀至深的是其长姊曾懿，她最初对此的理解也与众人一样，以为"毕竟有才天亦妒"。② 但中年以后曾懿对闺阁才媛的教养模式和生活情态有了更深刻的反思，她认为女子工愁善病实缘于静志幽居的生活使四体不得舒

---

① 肖亚男编：《清代闺秀集丛刊》第 58 册，第 67 页。
② 〔清〕曾懿：《辛卯秋赴太和，阻雨六安，正白云在天，苍波无极，回忆故乡骨肉，大半天涯，死别生离，不胜悲感，因和杜陵〈秋兴八首〉，以寄兄弟姊妹》，其四是为仲仪、季硕而作，有"毕竟有才天意妒，忍教永别痛心驰"之句。见《古欢室诗词集》卷三《飞鸿集》。

展，肺气沉沉而不能吐故纳新，又兼作诗填词伏案劳心、情郁伤肝，以至内外交困，抑郁轻生。因此，曾懿一生都致力于提倡和实践养生立志、兴家救国的新女学观。有学者指出，曾懿此举代表了晚清激进知识分子将一切纳入"强国保种"大目标下的倾向和与传统决裂的信念，但她所体现出的过渡性，又揭示出这种倾向和决心之下传统持续不断的影响。① 这里所谓的"传统"，仅仅是指唯情唯美、纤弱优柔的闺阁才女文学传统。如果突破文学的视域，可以看到古代女教中还有以女红、烹饪、人事管理为内容的技能教育传统，只不过这些知识一般是在母女、婆媳或姊妹之间口头交流，手把手地传授，而很少形诸文字。近代女子公共教育体制的形成让曾懿对这些习以为然的知识有了学科化的认识，并将其条分缕析地整理归纳，形成了两部便于家庭实用的著述《医学篇》和《女学篇》（附《中馈录》）。而晚清时局带来的危机意识又激发了曾懿的社会责任感，她在母亲左锡嘉齐家之训的基础上，看到了女学改良对治国与救世的积极意义。《医学篇》和《女学篇》可以说是晚清开明士绅阶层对士族妇女教育的一种设计和期待，这种构想意味着新女学发展的一种可能性。

《曾氏家训》中"侍疾"一则有云："人子不可以不知医。"懂得基本的医药常识和养生法则是士族家庭的主妇应有

---

① 杨彬彬：《曾懿与晚清"疾病的隐喻"》，《中国社会科学院研究生院学报》2008年第2期。

的经验，①但不能以医家自命，因为长期以来从医的女性并不被社会舆论认可，甚至因为有可能牵涉家族阴暗的私事而背负了许多的恶名。②直到明代女医谈允贤将医学纳入家教的范畴，并且将医治的对象限制在亲故中的女眷之内，妇女从医才取得了合理的名声。谈允贤《女医杂言序》云："太宜人捐养，尽以素所经验方书并治药之具亲以授妾，曰：'谨识之，吾目瞑矣。'妾拜受感泣，过哀，因病淹淹，七逾月，母恭人钱私为妾治后事，而妾不知也。昏迷中，梦太宜人谓妾曰：'汝病不死，方在某书几卷中。依法治之，不日可愈。汝寿七十有三，行当大吾术以济人，宜毋患。'妾惊觉，强起检方调治，遂已全疗，是已知其验矣。相知女流眷属不屑以男治者，络绎而来，往往获奇效。……谨以平日见授于太宜人及所自得者，撰次数条，名曰《女医杂言》，将以请益大方家。"③

曾懿学医的过程和谈允贤非常相似，最初也是得自家学，后来结合自己患伤寒的经历检出医书中的验方。其《医学篇序》称："弱岁失怙，奉母乡居，而家藏医书，复甚齐备。暇时浏览，心窃好之。"因此，《医学篇》中辨证最详明的就是伤寒温病论，其次才兼及妇科、儿科和外科的常见病症。其中验方的受益者首先是她的家人，如："癸卯年治六儿

---

① 参见本书第三章《内闱的焦虑：陈尔士家书与嘉庆末年士族家政》。
② 梁其姿撰，蒋竹山译：《前近代中国的女性医疗从业者》，李贞德、梁其姿主编：《妇女与社会》，中国大百科全书出版社2005年版，第355—374页。
③ 胡文楷、王秀琴编：《历代名媛文苑简编》卷上，第17页。

喉痛，始用养阴清肺汤，虽见松象，尚未全愈。因思既发寒热，必感时气，遂以汤中加连翘、银花，引用竹叶心二钱，服之立刻见效，痛热均除矣。"又"余三妹仲仪，人本瘦弱，生第三胎，产时艰难，小儿下地即晕去，灌以生化汤，不效。彼时余为照料药饵，即查医书，审系气脱，非血晕，即私将临产所用之浓参汤掺半盏于二煎之生化汤内，当与服之，即苏。时余已廿岁，尚未出阁，亦未告诸一人。谁料吾妹又连生二胎，至第六胎血气愈亏，仍是小儿生下，气随脱而亡矣。噫，时余已归闽，不复见及，至今思之，深为痛悔"。然后推己及人，将该方广布以济世。《医学篇》的案例有："壬年外子权广德，八月廿八患间日疟，发时言语气不相续，惟云上下气不接，每发以前必打哈欠数十个，审系清阳不升，浊阴不降，故拟此方六味服之，一剂得微汗，气息平和，从此不发矣。截止之日系九月初五日也，特记之以便后人。"又"余癸卯年患春温，延入下焦，口渴唇焦，舌黑心烦，日晡发热，津液枯耗，已十分危险。诸医皆用小柴胡等，方不对症，迟延未服，延至下焦。后自拟服此方，后大战，床柱、地板皆为之震动。战后继之大汗，邪因之得解。后自拟龟板、鳖甲、牡蛎等药，随症加减而愈。后自查《条辨》云：'津液枯燥，服存阴药，液增欲汗，邪正努力纷争，则作战汗，战之得汗则生，汗不得出则死。'所幸病虽有十余日，未误服补剂，故战而得汗即愈。此方经验多人，真可传也"。从这个意义上来讲，《医学篇》可以说是"侍疾"之训在技术层面的延伸。当时湖南提学使吴庆坻正引进日本女子实践教育的经验,① 改革旧式女学的弊端,他读过《医学篇》之后,揭示了曾懿医学著述的核心观念,即"教育本原莫大乎尊生"。② 弃文学医改变了曾懿对生命的认知态度,扳正了才女就应该多愁多病、薄命轻生的偏见。而且,不断寻求验方的努力让曾懿一直保持着旺盛的求知欲,她的视域和思考的空间纵横于古今的医典病例,实证性思维能力不断强化,从而逐渐走出诗文中虚幻的主观想象世界,早年敏感多情的个性气质也渐趋理性。③

《女学篇》分"结婚""夫妇""胎产""哺育""襁褓教育""幼稚教育""养老"和"家庭经济学""卫生"九个部分,这个纲目的设计以及其中表达的观念明显受到近代女性教育改革的影响。《卫生》一章就直接引用日本教育家下田歌子的话作为总论:"日本女教育家下田歌子云:'纵令富贵安逸,苟有一人卧病,呻吟懊恼,则一家欢乐为之解散,和气洋洋之家庭忽变为暗澹悽悽之悲境。'旨哉斯言!"以幼儿教育为例,《襁褓教育》第五节"勿拘束"论道:"小儿居恒好动而恶静,乃天然之体,育于卫生,最为有益。切不可阻其生

---

① 实践教育是明治维新以后日本教育家下田歌子主张实行的女性教育模式,包括膳食、住居、被服、交际礼仪和卫生保健等方面的技能知识。参〔日〕饭冢幸子、大井县三代子《下田歌子と家政学》,《实践女子短期大学纪要》,2007年3月,第1—13页。

② 〔清〕吴庆坻:《医学篇序》:"夫人又以教育本原莫大乎尊生,于是上起灵素,下迄近代医家言,靡不研究,成《医学篇》一卷。"

③ 〔清〕曾懿:《菩萨蛮·春日病中寄叔俊四妹寿春》其七:"留春频缱绻,泪滴琉璃盏。生小太多情,多愁多病身。"

机，亦不可拘束过严，使小儿萎靡不振，致成窍于不灵之器矣。"这种教育观念重视人从初生时期开始体质和体能的自然发展，与曾懿尊生济世的医学思想互为表里。曾懿反思近世以来，士人家庭一味苛责子弟读书仕进，往往只重视儿童道德人格的完善和智育的片面发展，以静志问学、目不窥园式的童年生活为幼教的典范，偏狭的幼教模式造就了许多少年老成、心无外骛的文人学者。① 承平之时这样的士人群体固然可以带来学术文化的繁荣，但到清末国力式微之时，谦恭与文弱丝毫无益于外交方面的自立自强。曾懿将改造一代人才的体格气性之责任寄托于新式母教，实则是以家庭为过渡的载体，以求女子的才智应用于振兴国家的现实需要。

不过，曾懿似乎并不以新学自矜，反而自称是"取昔秉承母与姑之教为懿所身体力行者"而作，"外而爱国，内而齐家，精之及教育卫生之理，浅之在女红中馈之方"，"以之为家训也可，以之为女箴也可，以之为女教科书也亦无不可"（《女学篇自序》）。这种尊重传统的态度得到了清末立宪改良派士绅的一致认可。光绪二十九年（1903）年颁布的《蒙养院及家庭教育法章程》有如下规定：

> 保姆学堂既不能骤设，蒙养院所教无多，则蒙养所急者，仍赖家庭教育，惟有刊布女教科书之一法。

---

① 熊秉真：《好的开始：近世士人子弟的幼年教育》，《近世家族与政治比较历史论文集》，台湾"中央"研究院近代史研究所1991年版。

> 应令各省学堂，将《孝经》《四书》《列女传》《女诫》《女训》及《教女遗规》等书，择其最切要而极明显者，分别次序浅深，明白解说，编成一书，并附以图，至多不得过两卷，每家散给一本。并选取外国家庭教育之书，择其平正简易与中国妇道妇职不相悖者（若日本下田歌子所著《家政学》之类），广为译书刊布。

下田的女子实践教育的目标之一是追求"东洋女德之美"，塑造作为国民的"良妻贤母"，所因循仍然是以儒家家礼为核心的伦理规范，① 因此才能迅速被清末的政治改良派接受。而曾懿不啻是中国的下田歌子，让他们看到了中国女子教育改革的希望，端方就说：

> 近世开敏之士，多能知学问之不可已，而家诫闺范之书，尚少善本。袁幼菴观察淑配曾恭人，知多言之不如身教之入人深也。家庭之间，左准绳、右规矩，相夫教子，均有成绩，乃以中馈之暇，著为《女学篇》若干卷、《中馈录》若干卷。大率本其躬行心得，门分而事别之，反复详尽，谆谆乎勉行其所易，而不贵苟难，虽广之天下可也。世之学者，不胜

---

① ［日］小野和子《下田歌子と服部宇之吉》，《朝日ジャーナル》，1972年10月，第31—39页。

其好名欲速之心，日以著书立言为己任，往往偏于上达而忽于人之所甚易，读恭人是书，亦可知所从事矣。(《女学篇序》)

吴庆坻也说：

丙午（1906）之夏，庆坻既拜提学三湘之命，先游东瀛，考察学事。……比隶湘中，辄思略仿其意，以倡女子实践教育，而拯吾国女学之空虚与其傲诡泛滥之弊。洎与阳湖袁幼安观察定交，得读其德配华阳曾夫人《女学篇》及《中馈录》，乃叹其言之有当，而足以括中外兴学之旨也。且乎男位乎外，女位乎内，各有所事事也。女学日晦，才智坐槁，而数万万女子乃几若废人。矫之已甚者，又阴干乎阳，而驰放以为风尚。结婚而自由，夫妇而平等，一家之中，幼幼老老不问也，而侈言胞与；一身以内，生计卫生不讲也，而高语富强。斥米盐为麦杂，视主刀匕以为贱苦，而谬欲宰天下。昔日之患女子无学，自人人言女学，而女德益于是无极，礼教荡然，隐忧方大。然则夫人是书，殆有鉴于女界之变局，而示之以正轨者与？(《女学篇序》)

舶来的新女学容易被曾懿这样的具有高度文化修养的士族

妇女接受，但清末政治改良派还要着眼于女学的普世教化，而旧式女教传统积习已深，因此对旧学的因势利导与引介新学同样重要。《女学篇》凝结了清中叶以来阳湖左氏、华阳曾氏甚至包括后来曾懿所在的袁氏家族的管理教育经验。① 这三个家族先后相继、日趋鼎盛，更加强化了清末宪政对曾懿及其著作的重视与期待，这恰恰印证了十六年前左锡嘉的教女训言："盖内政之贤否，实关乎邦国之兴废、家世之盛衰。"

革命：曾兰之惑

曾懿的改良主张并没有成为辛亥革命以后女学发展的主流，民国初年四川女学界的代言人是一名叫曾兰的女性。光绪元年（1875）曾兰出生在成都文庙前街的一个士绅家庭，光绪十五年（1889）嫁给新繁吴虞，1912年起任四川《女界报》主笔，此后在吴虞的带动下写作了大量宣传女权思想、鼓吹妇女解放的文章，直至1917年病逝。从这些文章看来，曾兰的女学主张是完全从属于社会革命需要的，她所反对的恰恰是左锡嘉、曾懿等人积极维系的家族伦理以及女性才德。1917年1月，《戊午周报》第九号至第十二号发表了吴虞代她撰写的《女权平议复唐氏》，其中主要的观点就是以个人主义实现男女之绝对平等，以小家庭主义取代大家族之家长专制。所谓个人主义，即"我之为人，对于上天下地而中立，吾不赖他人

---

① 关于曾懿与袁学昌的家族后代，参见林玫仪：《试论阳湖左氏二才女之家族关系》。

而存在，他人亦不赖我而存在"，"人人崭焉露其头角，学问、道德、事业、工艺，皆将尽其个人之才力所及，探研所至，祖宗成法，高曾规矩，不足限其今后之精神"。所谓小家庭，即"夫妇同居，对于子女，仅负教养之责任。子女成人后，即离父母而自构新家庭是也"。[①] 她所援引以为驳论之助的是近代欧洲的启蒙主义思想，作于1912年的《女界缘起》说："欧洲自卢梭、福禄特尔、穆勒·约翰、斯宾塞尔诸鸿哲提倡女权，男女久归平等。"[②] 因此，对于晚清维新改良派从日本引进的"良妻贤母"之说，曾兰一并予以否定，所谓"振兴共和国之女学，以求步美洲妇女后尘，岂仅造就贤母良妻而已！而犹傲睨自若，以为尽女子教育之能事，诚不足以语国家百年之大计矣"[③]。主笔报界的契机也给曾兰带来了参与社会政治的机会，1912年5月23日，《女界报》主编孙少荆来函催稿，随信附上了四川省议会的入场券给曾兰，这使他们夫妇更加坚信女子应该有参政权，而不能止步于经营良妻贤母的家庭世界。

没有证据显示文庙前街的曾氏与华阳曾氏是同宗，但由于地缘文化的关系，曾兰似乎一直生活在曾门才女的映衬之下。她因长于篆书，去世之后华阳林山腴作挽文曰："蝎扁擅高

[①] 曾兰：《女权平议复唐氏》（吴虞代作），《定生慧室遗稿》卷上，1919年吴氏爱智庐刻本，南京大学图书馆藏。

[②] 曾兰：《女界缘起》，《定生慧室遗稿》卷上。

[③] 曾兰：《女界缘起》，《定生慧室遗稿》卷上。

名，比季硕风流，几行珍重瑶华字。"① 甚至吴虞也把他和昔日的闺秀相提并论，②的确，在曾兰与吴虞二十八年的家庭生活中，她仍然扮演着一个闺秀伴侣的角色。新婚之后的生活通常是午前随婆母打点女红，午后从吴虞读书问难。③ 光绪十八年（1892）吴虞母亲去世，次年他父亲因纳妾将儿子逐出家门，迫使吴虞同曾兰迁出成都文庙前街，僻居吴氏老家新繁韩村龚家碾。此后吴家父子为家产之事诉讼不绝，致使吴虞深受舆论非议，被四川教育总会会长徐炯等人逐出教育界。④ 经历这样的打击，吴虞对血缘亲情失望至极，转而倍加珍惜自己的小家庭生活。1914年，吴虞作《爱智庐同曾香祖玩月诗序》，其中有"偕孟光即甘长隐"之句，又说"惟予与香祖，喻濠梁之云乐，信缨冕之忘怀"。⑤ 同年，曾兰撰写了白话小说《孽缘》，讲述的是一个书香人家小姐的不幸命运，这本是为批判封建家庭的包办婚姻和市井人家的道德败坏，但曾兰刻意突出了主人公鲁惠的才情与品貌："（鲁惠）先世经营

---

① 吴虞：《悼亡妻香祖诗二十首》，《吴虞集》，四川人民出版社1985年版，第365页。香祖为曾兰的号。
② 吴虞：《悼亡妻香祖诗二十首》："远侪长离阁，近拟虔共（恭）室。"自注："《长离阁集》，孙渊如夫人王采薇著。采薇卒，渊如终身不继室，亦为佳偶难再得耳。《虔共（恭）室集》，汉州张子芯夫人曾季硕著。季硕，左冰如老人女也。"《吴虞集》，第369页。
③ 吴虞：《悼亡妻香祖诗二十首》："每于针线余，问难意不倦。"自注："先慈在日，君午餐前从先慈理针线，午餐后则从予读书为常。"
④ 吴虞：《家庭苦趣》，《吴虞集》，第18—20页。
⑤ 《吴虞集》，第33—34页。

商业，至女士的父亲，才讲求学术，家中藏书颇富。女士生来便秀丽明慧，不假妆饰，那丰神潇洒，超迈俊逸，和谢家道韫一样，有林下高风。""幼年曾读过书史，能通翰墨，言语隽妙，襟怀爽朗，尤喜阅东西洋名家小说，剪灯煮茗，娓娓清谭，如霏玉屑，令人忘倦。"① 这部作品虽然用白话写作，但又伏下一个"红颜薄命，今古同慨"的预言，使得小说因循了古典小说彩凤随鸦的情节套路，叙述的重心也变成对鲁惠遇人不淑的惋惜。现实悲剧的背后蕴含了曾兰才子佳人式的婚姻理想，正如小说开篇所言，聪明、美丽的姑娘"一定嫁个如意才郎，白头偕老"。这种根深蒂固的观念甚至影响到曾兰对西学的接受，她曾用白话文译介了《铁血宰相俾斯麦夫人传》，其中的措辞让一位十九世纪的欧洲妇女看起来像是中国士大夫家庭的贤内助。译文称："夫人资质颖敏，有机警，记忆力最强，言谈犀利，性情爽直，常当面折人的过错，不少避讳，所以人人都畏惮她，尊敬她。""夫人待遇（俾斯麦）公爵，注意甚为周挚，施爱极其真实……试想公爵出外就去登那烈焰腾腾的发言台，肆其舌战，归家又入于这平和的家庭，领取平和的幸福。忽然投身战场，忽然画眉绣阁，平生惊天动地的事业，腥风血雨的生涯，多擘画在红窗绮榻、喁喁私语的时候，真是奇了！公爵在外面的设施，不厌谲诈，独在家庭却温

---

① 曾兰：《孽缘》，原载于上海出版的《小说月报》第六卷第十号，后收入《定生慧室遗稿》卷下。

温蔼蔼,表示人以最佳的模范夫妇。"① 这或者就是她"求步美洲妇女后尘"的典范。

然而,在旧礼与新学的夹缝中,这对以伉俪情深自诩的夫妇并不如他们文字里面书写的那样美满。1915年4月14日,吴虞买妾李氏,曾兰替其开脸,次日吴虞便嫌弃新人不听教训,"非俟改过,断不赏脸",又因李氏将卧毯弄脏,就断定她"蠢而执拗,令人鄙厌"。② 吴虞的盛怒并不只针对地位卑微的妾侍,他真正计较的是家人对自己听命与否,曾兰也在约束之列。"阅香祖所抄《法政杂志》文苑,率尔简陋,心殊不悦,然意仍怜之。香祖近来作事颠倒,言语支离,常使人寡欢而尤好坚持与余相忤之言,反复累辩,不使余动怒生厌不止,似此漫不经心,屡诰不悛,余亦无法,惟远之而已。"③ 吴虞素有听戏的习惯,尤其追捧四川当红的男旦陈碧秀、游泽芳等人。1914年6月6日,吴虞有《观剧偶作》诗,致陈碧秀云:"登场一笑已千金,妩媚尤堪宛转吟。我试品题应首肯,才人丰韵美人心。"致游泽芳云:"身材窈窕意温柔,高致还应胜辈流。声调虽雌言语妙,桂花亭畔使人愁。"并自

---

① 曾兰:《铁血宰相俾斯麦夫人传》,《定生慧室遗稿》卷下。
② 吴虞:《吴虞日记》:"(乙卯四月)十四日,香祖与李姑娘开脸,以今日为三月之第一日子也。""十五,李姑娘不听教训,余大不喜,非俟改过,断不赏脸。""十六日,李姑娘将余卧毯污秽,蠢而执拗,令人鄙厌。"四川人民出版社1984年版,第184页。
③ 吴虞:《吴虞日记》,第130页。

注:"游泽芳演婢子尤妙能传神。"① 他认为在外吟咏声色聊以遣兴,只属一时逢场作戏,无伤大雅则可。② 然而,就算像吴虞这样以名士自居、弃名教如敝屣的激进派,对内人的要求仍然难以脱却相夫教子的传统思想:

> 思余早受家庭严酷摧残,几不免于死。保此家业,年逾四十,节衣缩食。送桓等(引注:指吴虞之女)读书,十年已来所费不少,而渠等于科学未能勤研深造,以求自立,归家诸事放任,毫不能助理。余令抄录文字,不过数页,又漫不经心如此。余安用辛苦养此无益之人,以自累哉,不胜愤恨。香祖暮气甚深,不能支配家事,整理秩然,由于终日不看一篇书,不知于一定时间处分一切,故诸事昏惰,雅趣全无。主妇之职,既不克尽,相夫教女,全无把握,推移度日,使余对于家庭颇生厌嫉,可慨也夫。③

这就使得曾兰这一代女性身上呈现出重重的文化错位,她本人在家塾中读着《论语》《史记》《文选》长大,又在社会潮流的促动之下驳杂而肤浅地接受了欧美的人权思想。而她的

---

① 吴虞:《吴虞日记》,第132页。
② 吴虞:《吴虞日记》,第153页。
③ 吴虞:《吴虞日记》,第335页。

女儿们无一例外都上的是美式的教会学校,以至吴虞有"毫不能助理"家事的遗憾。从旧式的闺秀到新式的知识女性,中国的末代才媛试图以一种尚不成熟的身份直面社会,却因此丢失了上千年来固守的家园阵地,随之而来的是家庭伦理的失衡以及社会如何给女性重新定位的问题。家庭作为社会的基本单元,这是繁衍种族的需要所决定的。纵然男女教育平等、智识相当、法律规定的权利和义务趋同,只要家庭结构仍然存在,家事劳动和家庭管理之责就必须有人承担。勤于内政的古代女性经过长期的经验积累,奠定了成熟的家政知识技能传统,而中国古代男性在这一领域的知识几乎是空白,也许这才是他们批评和抱怨的根源。苛责的背后或许隐藏着男性的焦虑与不安,如果女性完全抽身家庭、投入社会,实现所谓"不赖他人而存在"的个人主义,男性是否也可以不赖他人而存在?原来由女性担当的家政事务应该移交给谁,女性贡献给家庭的道德与智慧是否可以一笔抹杀,女性维系、组织的家庭秩序是否应该继续保持,这本是中国近代妇女解放的先驱们应该慎重考虑却始终没有慎重考虑的问题。

本章曾经发表于曹虹、蒋寅、张宏生主编:《清代文学研究集刊》第4辑,人民文学出版社2011年版。

附录　旧式女性作品的最后检阅

——试论胡文楷整理历代名媛文章的贡献

> 盖往昔妇女，井臼操劳，无才为德，相习安之。天才高隽者，或略经指示，便斐然成章。或观摩父兄，沾溉余艺，于针黹刀尺之间，为雪月风花之吟。至考订经史，及讲究经世之文，则犹凤毛麟角。此数千年来相承之风气也。
>
> ——顾廷龙《历代名媛文苑简编序》

附录　旧式女性作品的最后检阅

胡文楷（1901—1988），字世范，江苏昆山人，以编纂历代妇女著作目录称名于世。胡文楷汇编历代妇女著述的过程与现代中国的两家出版、藏书机构关系密切，一是商务印书馆，二是合众图书馆（后改称上海历史文献图书馆，最后并入上海图书馆）。1924年7月，胡文楷进入商务印书馆工作；1937年以后，日本占领上海，商务印书馆改名北迁，胡氏辞出，仍留沪上；1939年，叶景葵、张元济等人号召发起成立合众图书馆，延请顾廷龙南下主持馆务；1941年5月，胡文楷由任心白（忏庵）引荐，结识顾廷龙，随后应邀去合众图书馆协助编目。因为这样的机缘，胡文楷搜寻妇女著作的渠道大为拓宽，在集成性的著述如《历代名媛书简》《历代名媛文苑简编》问世以后，胡文楷早期的一些摘编资料手稿便赠予合众图书馆。这批手稿见证了胡文楷数十年征集文献的苦心孤诣，也透露了《历代妇女著作考》成书以前胡氏曾经有过的多种著述计划。其中一种是因战乱未能问世的《历代名媛文苑》，后来以选本的形式在商务印书馆出版，题名为《历代名媛文苑简编》。该书的选文范围和编纂体例在历代闺文总集中独树一帜，尤其凸显了清代女性文章的成就。胡文楷选文所持的文章学观念代表了在桐城派古文选集的影响下，文学史对女性文章的重新审视和定位。

一、胡文楷手稿与历代名媛文章

1947年,由王秀琴发起编纂、胡文楷补辑成书的《历代名媛文苑简编》在商务印书馆出版,顾廷龙为之作序称胡氏"勤搜博访,凡女子佳作,多方假录,成《历代名媛文苑》若干卷、《闺秀艺文志》若干卷、《历代名媛传略》若干卷"。顾先生作序之时,这三种类型的著作有的尚未定名,篇卷也仍在扩充之中。现存的胡文楷著述手稿大致不出这三种类型,[①] 就笔者搜访所及,其中大部分都藏在上海图书馆,另有少数几种藏于中国国家图书馆和南京图书馆,见下表:

附录表1 历代名媛文章馆藏情况汇总

题名、卷数	序跋(年份)	递藏钤印	现藏机构	备注
玉峰闺秀诗不分卷			南京图书馆	
闺秀文抄不分卷	胡文楷序(1942) 胡文楷跋(1949)		上海图书馆	

---

① 本文涉及的手稿,仅限胡文楷辑录整理妇女著作的撰述。此外,胡氏还抄录了不少女性诗文别集,此类文献不在本文讨论之列。

续表

题名、卷数	序跋（年份）	递藏钤印	现藏机构	备注
女子书信（又名历代名媛书简）八卷		上海历史文献图书馆藏印	中国国家图书馆、上海图书馆	部分篇目为铅印剪报粘贴
闺秀艺文志			上海图书馆	
闺秀艺文志补遗		上海历史文献图书馆藏印	上海图书馆	
清闺秀艺文略补			上海图书馆	
宋代闺秀艺文考略			上海图书馆	
怀琴室闺秀书目	胡文楷序	合众图书馆藏印	上海图书馆	
昆山胡氏仁寿堂藏闺秀书目		昆山胡氏藏书印	中国国家图书馆、上海图书馆	
名媛文苑小传二卷			上海图书馆	
女子文学史稿十一卷			上海图书馆	

每部手稿的大致内容，已经有学者做过专门介绍。① 值得进一步关注的是，从稿本《闺秀文抄》《名媛文苑小传》到后来印刷出版的《历代名媛文苑简编》，显示了胡文楷整合编辑历代女性文集的过程。② 《闺秀文抄》是胡文楷搜求闺文的一个缩影，稿本卷端有民国三十六年（1947）十月六日胡氏题识云：

> 是册于民国二十五年编名媛文苑时，托南京国学图书馆汪霭亭先生检查闺秀诗词集，有妇人序跋者钞出（文集全钞计得汪嫈《雅安书屋文稿》、张纨英《餐枫馆文集》、徐叶昭《职思斋学文稿》三种）。但有序跋者计得商景兰《锦囊集》《吴中十子诗钞》、郑兰孙《莲因室诗词集》三种，汇订成册，邮寄沪滨。及抗战军兴，此事中辍。今《文苑简编》已出版，谨将此底本捐赠合众图书馆。

《闺秀文抄》摘录文章共计26篇，含序跋、书启、题词、辞赋诸体，其中6篇入选《历代名媛文苑简编》。《名媛文苑

---

① 杜海华：《胡文楷的妇女文学研究述略》，《文史知识》2009年第12期；刘咏聪：《胡文楷、王秀琴夫妇整理中国女性文献之成绩》，曾一民主编：《林天蔚教授纪念文集》，文史哲出版社2009年版，第233—246页。后文承香港浸会大学历史系刘咏聪教授惠赠，特此鸣谢。

② 鉴于尺牍文体在古代女性文学史上的独特意义，《女子书信》（《历代名媛书简》）的成书问题，笔者拟另行撰文讨论。

小传》是女性文家小传，此为单行本，与文选分开。该书收录历代女性文家191人，其中182人有传，剩下9人仅列目而已。较之胡文楷二十多年所搜集的女性文章而言，《小传》只是其中一部分人的传记。《简编》凡例称"历年采访，得集六百，篇约二千"，最后选出166家，文277篇。据此可以推测，稿本《名媛文苑小传》或为未定本。

二、选文范围与编纂体例

胡文楷发心汇集历代妇女文章，始于其妻王秀琴的提议。① 经过十余年的搜求，至民国二十九年（1940），已经收录了诗文集200余种，从中辑选《历代名媛文苑》五十卷。当年，胡文楷将该书的目录寄送给商务印书馆张元济，谋求出版，拟定名为《清代玉台文粹暨历代名媛文苑》。张元济复信道："惟际此时局，公司自顾不暇，实无余力堪以代为发行。商之岫翁（引注：指王云五），意见相同。谨将原著缴上，即祈察收为幸。"② 次年，胡文楷应顾廷龙邀请，至合众图书馆参与编目工作，时逢叶景葵（揆初）、叶恭绰（遐庵）、张元济（菊生）、李宣龚（拔可）、陈敬第（叔通）诸家藏书捐赠合众图书馆，胡文楷即利用编目之暇，在馆内"从容摘

---

① 胡文楷：《历代名媛书简跋》："昔先室山阴王秀琴从余问字，叹彤编之凋零，慨然矢意搜集。"
② 张元济：《张元济全集》第二卷《书信》，商务印书馆2007年版，第563页。

抄",扩充了名媛文苑的篇目。① 其间,如《闺秀文抄》一般,请托朋友自别处代抄汇录者,也所在多有。等到抗战胜利后,检点箧笥,"名篇宏著,粗具于是",编成百卷。可惜的是,这个百卷本的历代名媛文苑全编从未出版面世,顾廷龙解释说:"值兹国事蜩螗,物力维艰,难悉刊布。第念名媛之文,搜集匪易,沉惧有所放失,爰先勒为简编,选订二卷。"② 这个选本便定名为《历代名媛文苑简编》(下文略称《简编》),于民国三十六年(1947)在商务印书馆出版。

《简编》凡例称:"历年采访,得集六百,篇约二千。约选十之一二,以为代表之作。"胡文楷的编选,裁去十之八九,其界定的范围如何?去取的标准又如何?顾廷龙指出:"自汉迄明为上卷,志在采辑遗佚,凡习见者不录;以清代及国初之作为下卷,计得闺集百家,而撷其精英。"(《简编》序)所谓"习见者",大致包括前代编选的若干种女性文集,胡文楷在《简编》序言里曾作过回顾:

> 顾闺阁有作,诗词多而文少,而文集之存于世者,尤为难得。其有纂选闺文者,颜竣、殷淳之书,世已不传。宋真宗命陈文僖公集妇人文章十五卷,又未刊行。晚明以来,闺文总集,有郦琥《彤管遗编》、张之象《彤管新编》、田子艺《诗女史》、

---

① 胡文楷:《历代名媛文苑简编后序》,商务印书馆1947年版。
② 顾廷龙:《历代名媛文苑简编序》,商务印书馆1947年版。

方维仪《宫闱文史》、王玉映《名媛文纬》、赵问奇《古今女史》、江邦申《玉台文苑》、江邦玉《续玉台文苑》，流传盖寡。清初新城王西樵有《燃脂集》二百三十余卷，网罗宏富，蔚然巨帙，未经镂版，旋即散佚。道光间，长沙周荇农辑《宫闱文选》，于赵、江之书，且犹未见，疏漏可知。

历代闺文总集中，明崇祯间杭州书坊问奇阁主人赵世杰所编的《古今女史》兼选女子诗、文，在民国时期曾经被拆分为《历代女子诗选》《历代女子文选》，由扫叶山房再版面世。① 胡文楷又经朋友相助，从故宫博物院图书馆抄得《玉台文苑》副本。② 鉴于前述诸集的编选情况，胡文楷首先意识到，清代女性文章数量可观，却一直未受到应有的重视。③ 因此，《历代名媛文苑》原本有意突出清代闺文总集的特色，1940年初步拟定书名时便称"清代玉台文粹暨历代名媛文苑"。在删减后的选本里面，也将清代单列一卷，形成了《简编》兼顾断代与文体分类的综合性体例。

---

① 胡文楷编《昆山胡氏仁寿堂藏闺秀书目》著录《历代女子文选》一部，即"扫叶山房本《古今女史》"。又谭正璧《中国女性文学史》（百花文艺出版社1991年版）第二章《汉晋诗赋》第七节《左棻及两晋诗人》所列参考书，有赵世杰《历代女子文集》，此即用《古今女史》改编以后的名称。

② 胡文楷在《历代名媛文苑简编后序》中写作："北平故宫博物院图书馆贮有江氏《玉台文苑》，赖孙君子书之助，托友录副。"

③ 周寿昌本拟在《宫闱文选》之外，"别辑国朝女士文选一书"，但后来并没有实现。见清代周寿昌《宫闱文选·例言》，道光二十六年（1846）刻本。

兹就选文数量及文体排序先后，将前代闺文总集与《历代名媛文苑简编》列表对比如下：

附录表2　清代之前的闺文总集与《历代名媛文苑简编》收录对比详情

序号	玉台文苑（汉-明）	续玉台文苑（汉-明）	古今女史（汉-明）	宫闱文选（周-明）	历代名媛文苑简编 上（汉-明）	历代名媛文苑简编 下〔清〕
1	赋22	赋7	赋25	赋27	论6	论4
2	楚辞4	诏3	文1	骚7	序15	序45
3	诏7	令2	序18	诏22	后序1	后序3
4	册文1	表1	传3	敕7	跋3	跋9
5	敕2	疏6	疏9	制31	引1	引2
6	令3	启2	表8	诰6	题辞4	书后4
7	表9	书30	书9	册4	读5	题辞4
8	上书10	传2	状1	令6	评1	弁言1
9	疏7	拟1	启2	赦文2	疏3	书6
10	状1	纪1	牒1	玺书5	表1	启1
11	启3	序15	诏7	表13	状4	赠序3
12	牒1	引2	策1	疏11	书27	寿序3
13	书43	跋4	敕2	上书5	启2	传6
14	词5	赞9	玺书2	启2	寿序1	事略1
15	传3	论6	令2	牒3	诏2	碑1
16	序14	行状1	书37	状1	御札1	墓志铭1

324

续表

序号	玉台文苑(汉-明)	续玉台文苑(汉-明)	古今女史(汉-明)	宫闺文选(周-明)	历代名媛文苑简编上(汉-明)	历代名媛文苑简编下〔清〕
17	引 3	祭文 10	歌 2	对 1	诰 1	墓碣 2
18	记 2	杂著 6	词 3	文 2	檄 2	墓表 1
19	颂 13		引 4	书 34	传 5	记 3
20	赞 16		跋 2	序 18	述 2	箴 4
21	论 1		论 1	颂 10	纪 1	铭 4
22	铭 3		语 2	赞 16	墓志 1	颂 3
23	诔 8		记 2	传 1	记 2	赞 11
24	哀册 1		颂 13	论 1	铭 2	赋 16
25	墓铭 2		赞 17	说 1	戒 2	祭文 7
26	祭文 3		铭 3	记 5	赞 7	哀词 2
27	杂文 4		哀册文 2	诫 2	赋 10	吊文 3
28			祭文 10	铭 6	骚 3	诔 1
29			志铭 2	诔 5	七 1	
30			行状 1	哀辞 1	祭文 7	
31			诔 7	碑文 2	祝文 2	
32				墓志 1		
33				祭文 3		

周寿昌《宫闺文选》序言称:"兹编仿照《昭明文选》体例,微加变通,类异则增其条,文阙则减其目。"历代女子文

章的编选多在宋代以后，由于女子无缘于科举时文的揣摩练习，唐宋古文对明代以前的女性文章影响还比较有限，① 明、清两代的选家因循《文选》体例分类，也比较符合实际。

《简编》参照的选文体例与前人有所不同，凡例中称："是书体例，依《涵芬楼古今文钞》子目编次。"《涵芬楼古今文钞》是清末民初一部规模宏大的文选，成书于清宣统二年（1910），至民国九年（1920）已经重印了三次，在民国五年（1916）由于"购求读者甚众"，又以"简编"的形式节选出版，其流布之广、影响之大，可见一般。② 胡文楷曾回忆："1924年初商务（印书馆）江伯训先生来昆（山）相访。……因问楷当代文人谁最著名，余谓林琴南文似昌黎，高深难学，余素崇拜者吴翼亭（曾祺）先生，取法欧、曾，谨严有法，条理明晰。"③ 这里提到的吴曾祺，就是《涵芬楼古今文钞》的编选者，他所接续的是姚鼐《古文辞类纂》的分类原则。《文钞》问世之初，有绍介书评称：

> 自梁昭明太子成《文选》一书，即以辨体为主。惟其中分析之端，间有未惬人意。而后之断代为书

---

① 曹虹：《柔翰健笔：明代女性的文章造诣》，《江西师范大学学报》2010年第5期。

② 慈波：《选文与论文：从〈涵芬楼古今文钞〉到〈涵芬楼文谈〉》，《社会科学研究》2010年第6期。

③ 胡文楷：《我与商务印书馆》，见高翰卿等著：《商务印书馆九十五年——我和商务印书馆：1897—1992》，商务印书馆1992年版，第272页。

者，如《唐文粹》《宋文鉴》《南宋文范》《金文雅》《元文类》《明文在》，洎近人之《国朝文录》，大都祖萧氏成规，无能起而更正。

独桐城姚惜抱先生，始著《古文辞类纂》。其入选者，凡区为十三类：曰论辩第一、曰序跋第二、曰奏议第三、曰书牍第四、曰赠序第五、曰诏令第六、曰传状第七、曰碑志第八、曰杂记第九、曰箴铭第十、曰颂赞第十一、曰辞赋第十二、曰哀祭第十三。数千年来，文章缘起，尽具于斯。较之前之《文苑英华》，后之《八代文粹》，俱为胜之。顾其为书为例甚严，入选者势不能多，故只能挈其大纲，未暇析及细目，读者犹以为憾。

友人吴君翼庭（曾祺），好古士也。爰遍采古今各体，按姚氏之书，以类相从，一类之中，或广为十余类，或数十类。又为《文体刍言》一卷，以冠编首。其于各体之中，或古有而今无，或古无而今有，或名同而实则异，或名异而实则同，靡不本本原原。①

对于选文而言，讲究文章辨体有助于厘清各体的源流递变，尤其是到了清末民初，集成历代文章之际，总结文体发展的脉络成为一代选家之使命。文体分类的细化，有助于拓展选

---

① 《绍介批评：涵芬楼古今文钞》，《教育杂志》1910年，第二卷第12期。

文的外延，使选集更具有包容性，符合大型文章总集的编纂需要。胡文楷搜求闺文的初衷是汇编《历代名媛文苑》，纵然数量较之历代文章不过微乎其微，但集成性的思路与吴曾祺如出一辙。正如顾廷龙所说，"盖所以表章女学，取便讽诵，藉为旧文之总汇"，而且"历代名媛文章之变迁，亦将觇之于此"。(《简编序》)

三、文章学渊源

选本编排的方法是选者文章观的外化，从《简编》的选文范围和体裁分类排序可以看出，胡文楷的文章学观念也受到了吴曾祺的影响。对胡文楷来说，吴曾祺是商务印书馆的前辈，他1906年就进入商务印书馆工作，借助于商务印书馆的典藏，编纂了大量的图书。针对《涵芬楼古今文钞》的审美旨趣、分类标准等编选原则，还专门撰写了一部文话，名为《涵芬楼文谈》，其中有云：

> 作文之法，首在辨体。……大凡辨体之要，于最先者，第识其所由来；于稍后者，当知其所由变。故有名异而实则同，名同而实则异；或古有而今无，或古无而今有；一一为之考其源流，追其派别，则于数千年间体制之殊，亦可以思过半矣。[1]

---

[1] 吴曾祺：《涵芬楼文谈》辨体第六，王水照主编：《历代文话》第七册，复旦大学出版社2007年版，第6575—6576页。

附录　旧式女性作品的最后检阅

　　文体是作家感受世界、阐释世界的工具，文体代变具有深刻的文学史意味。胡文楷遍观历代名媛文苑，鉴于女性文章文体的盛衰消长趋势，在《简编》的辑选中也着意凸显不同历史阶段的文体特色。《简编》上下卷所选"赋"体文数量与前人所选相当，但位置却摆在倒数第五，而将女子文章中不多见的"论"体排在了首位，可见胡文楷重视古文的编选意图。还有清代序跋篇目的激增，《简编》上卷入选26篇、下卷入选68篇，① 而且后者还只是在清代闺集百家中"撷其精英"的结果，可见清代女性文家笔下的序跋在数量和质量上都有长足进步。这意味着女性作家之间交往的频繁，女性文学圈和女性自我批评氛围的形成。

　　吴曾祺认为，"文之大者，自宜以识为主，使胸次廓然，常有俯仰古今之慨。每论一事，而识解固自不凡，一切迂庸腐陋之谈，可以一扫而尽。盖凡事可袭而为，惟识不可强。"② 胡文楷编辑历代闺文以前，女性作家所擅长的体裁通常被认为是诗、词、曲以及押韵的弹词，韵文的音乐性、抒情性似乎更切合女性温柔婉约的特质，③ 而古文与女性则几乎是绝缘的。因为她们没有习文应举的人生际遇，缺乏宗经览史的求知经历，只在中馈缝纫之余偶尔接触到一些小说、弹词故

---

① 沿用《涵芬楼古今文钞》的分类标准，这里的"序跋"类包括序、后序、跋、引、题辞、书后、读、评、弁言九种。见吴曾祺《文体刍言》序跋类第二，《涵芬楼文谈附录》，《历代文话》第七册，第6636—6637页。
② 《涵芬楼文谈》治史第二，《历代文话》第七册，第6569页。
③ 谭正璧：《中国女性文学史》，第17页。

事。而且她们一生之中，大多时间足迹不出闺门，交往不过亲眷数人，眼界所及无非楼台院落、花鸟风月，以其阅历有限，故被认为缺乏写作文章的学识胸襟。古代才女留给后世这样的印象，一方面固然是由于传世的妇女著作以诗词居多，另一方面也是缘于女性文章没有受到应有的重视。胡文楷曾回忆妻子王秀琴初识女性文章时的阅读体验：

> 昔亡室山阴王秀琴读《闺墨萃珍》，至宋谢枋得妻李氏《托孤母氏书》、明张铨妻霍氏《守窦庄谕将士血书》，未尝不服其同仇敌忾、临难不苟。而正史列女传不载其文，致忠贞节烈湮没不彰，为可慨也。其后读商景兰《未焚草序》、李愫《霜猿集序》，祁中丞、史相国之殉难，大义凛然，其家族惧不免于祸，托文墨以见志，宜其辞之惨怆忉怛，致有余痛。由是知闺阁之文，有裨风教，而存史氏之佚，未可概以吟风弄月而忽之。（《简编后序》）

对女性文章的发现和重读，促使读者反思认为女性文学"吟风弄月"、无补于世的成见是否恰切，并开始认可女性文学的社会功能，从而肯定女性的见识胸襟。

汉唐时期女性撰文的动机往往和她们的社会身份密切相关，由宫闱后妃撰写的诏、令、制、诰、敕、表、上书、册文等应用文体占了相当的篇幅，因循体例者较多，作家的个性风格尚不突出。宋代以后闺阁才女逐渐成为写作的主流群体,带有作家个体情感色彩、思想见解的各色文章日臻成熟。对于文学史而言,这意味着女子的智识修养正在历练扩张,以往被视为男子才能操觚染翰的庄严文体,也不乏跨越性别界限的大胆尝试。① 早在清末,吴曾祺就已经主张文章本位的集选标准:

> 凡文集中必当有数篇大题目,遂以明人归震川虽称作者,而名位太卑,不及交王公大人为憾事。而国朝随园文集,每闻一贵人没,必为之作碑志一篇,以张其游道之广,是亦不可以已乎。夫史馆所登,何一非名臣功绩,而人无有取而读之者,惟其文不能工故也。如其果工,往往有闾巷轶闻、士夫潜德,经学士文人为之叙述,而读者不觉欹歔欲绝。则知文之足传,固不在彼而在此明矣。②

二十多年过去,胡文楷撷取闺文之英,也是依据以文存人的原则。他将女性作家的外延由宫闱、闺阁普及到了民人犯妇,《简编》卷上就选录了明永乐年间福建建宁府浦城县招贤里民人李淳奴的犯奸供状。

---

① 参见本书第五章。
② 吴曾祺:《中学国文教科书例言》,《东方杂志》1909 年第 6 卷第 1 期。

331

结论

　　胡文楷征文考献的归宿是规模宏大、体例严整的《历代妇女著作考》，该书的问世是20世纪下半叶的事，在此之前胡文楷原拟撰写一部《女子文学史》。与史志目录相比，文学史除了选录作家作品以外，还要体现对作家作品的优劣判断，文学批评的部分正好整合传统文献分类中集部诗文评的材料。胡文楷手书的《女子文学史稿》在汇集女子诗文评论方面做足了功夫，其中提到的《神释堂脞语》《玉镜阳秋》《宫闺氏籍艺文考略》等书，原本已经比较罕见，通过胡文楷的引述，保存了部分珍贵内容，至今仍然为学界所转引。可惜《女子文学史稿》未能完成，而胡文楷的文学批评观则转而体现到对历代女子文章的编选中。《简编》是以古文为重心的一部闺文选集，其分类体例可以溯源至《古文辞类纂》的创例，曾经被称作是"旧式女性作品的最后检阅"①。不过，就胡文楷的编选宗旨而言，时风的影响也是显而易见的。从娱情审美到经世致用的文章学思想转变，从鉴赏、消费女性到提倡女性社会价值的文化心理转变，决定了胡文楷甄选闺文时与赵世杰、江元禧等人迥然不同的编辑立场。当时，古代女性的诗词创作已经得到充分的认识和肯定，女性诗词总集的编选已经十分常见，谭正璧等人又进而拓展了对古代女性俗文学创作的总结和评价，弹词、小说等体裁也被纳入女性文学史的视

---

① 薛冰：《旧书笔谭》，浙江摄影出版社1997年版，第161页。

野，唯独古代女子文章缺乏完善的归纳总结，《简编》的出现无疑填补了这个空白。

本文曾经发表于《古籍研究》总第 60 卷，安徽大学出版社 2013 年版。

参考文献*

一、国内部分

（一）著述类

B

〔唐〕白居易著，朱金城笺校：《白居易集笺校》，上海古籍出版社2020年版。

C

〔清〕陈尔士：《听松楼遗稿》，道光元年（1821）刻本。
〔清〕陈弘谋辑：《五种遗规》，乾隆培远堂刻汇印本。
〔清〕陈维崧著，〔清〕冒褒注：《妇人集》，《丛书集成初编》本，商务印书馆1936年版。

＊ 此处参考文献仅按照作者音序排序。

〔清〕虫天子辑：《香艳丛书》，团结出版社2005年版。

陈法驾等修：《（民国）华阳县志》，1934年华阳县署刻本。

陈顾远：《中国婚姻史》，《民国丛书》第三编，社会科学总论类15，上海书店1991年版。

陈先行：《打开金匮石室之门：古籍善本》，上海文艺出版社2003年版。

D

丁福保辑：《清诗话》，上海古籍出版社1978年版。

杜松柏主编：《清诗话访佚初编》（八），新文丰出版公司1987版。

F

〔宋〕范晔：《后汉书》，中华书局1973年版。

冯尔康：《清代人物传记史料研究》，商务印书馆2000年版。

G

〔清〕顾春：《天游阁集》，宣统二年（1910）风雨楼本。

〔清〕归懋仪著，赵厚均点校：《归懋仪集》，人民文学出版社2022年版。

[美]高彦颐著，李志生译：《闺塾师：明末清初江南的

才女文化》，江苏人民出版社2005年版。

高翰卿等著：《商务印书馆九十五年——我和商务印书馆：1897—1992》，商务印书馆1992年版。

H

〔清〕郝懿行：《晒书堂集》，光绪十年（1884）东路厅署刊本。

〔唐〕韩愈著，马其昶校注，马茂元整理：《韩昌黎文集校注》，上海古籍出版社2021年版。

何冠彪：《生与死：明季士大夫的抉择》，联经出版公司2005年版。

胡适：《胡适文存》第3册，华文出版社2013年版。

胡文楷、王秀琴编：《历代名媛文苑简编》，商务印书馆1947年版。

胡文楷编：《历代名媛书简》，商务印书馆1941年版。

胡文楷编著，张宏生等增订：《历代妇女著作考（增订本）》，上海古籍出版社2008年版。

胡晓明、彭国忠主编：《江南女性别集》初编上册，黄山书社2008年版。

胡晓明、彭国忠主编：《江南女性别集》三编，黄山书社2012年版。

胡晓明主编：《历代女性诗词鉴赏辞典》，上海辞书出版社2016年版。

胡晓真：《明清文学中的西南叙事》，台湾大学出版中心2019年版。

胡云翼：《女性词选》，亚细亚书局1928年版。

黄永川：《中国插花史》，西泠印社出版社2017年版。

黄稚荃：《杜邻存稿》，四川人民出版社1990年版。

J

〔明〕江元禧编：《玉台文苑》，《四库全书存目丛书》

〔清〕计六奇辑：《明季南略》，清钞本。

〔清〕季娴：《闺秀集》，《四库全书存目丛书》集部414册，齐鲁书社1997年版。

〔清〕金堡：《遍行堂集》，乾隆五年（1740）刻本。

蒋寅主编：《中国古代文学通论（清代卷）》，辽宁人民出版社2005年版。

K

〔清〕况周颐撰、王幼安校订：《蕙风词话》，人民文学出版社1960年版。

L

〔南朝梁〕刘勰著，詹锳义证：《文心雕龙义证》，上海古籍出版社1989年版。

〔清〕李慈铭著，由云龙辑：《越缦堂读书记》，中华书局

1963 年版。

〔清〕陆烜:《梅谷十种》,乾隆刻本。

〔唐〕柳宗元:《柳河东集》,上海古籍出版社 2008 年版。

〔唐〕罗虬等编著,付振华、程杰译注:《花九锡·花九品·花中三十客》,湖北科技出版社 2022 年版。

[美]刘若愚著,田守真、饶曙光译:《中国的文学理论》,四川人民出版社 1987 年版。

李修生主编:《全元文》,江苏古籍出版社 1998 年版。

李贞德、梁其姿主编:《妇女与社会》,中国大百科全书出版社 2005 年版。

廖平:《新订六译馆丛书》,存古书局汇印本,1921 年。

林丹娅:《中国女性与中国散文》,云南人民出版社 2007 年版。

林纾:《韩柳文研究法》,商务印书馆 1913 年版。

刘声木:《续补汇刻书目》,刘氏《直介堂丛刻》铅印本,1929 年。

M

〔清〕毛奇龄:《毛西河先生全集》,嘉庆元年(1796)萧山陆凝瑞堂补刊本。

〔清〕冒襄:《巢民文集》,康熙刻本。

〔清〕缪荃孙著,张廷银、朱玉麒主编:《缪荃孙全集》,凤凰出版社 2014 年版。

［美］曼素恩著，定宜庄译：《缀珍录》，江苏人民出版社2005年版。

［美］曼素恩著，罗晓翔译：《张门才女》，北京大学出版社2015年版。

马衡：《凡将斋金石丛稿》，中华书局1977年版。

毛立平：《清代嫁妆研究》，中国人民大学出版社2007年版。

N

［唐］南卓等撰：《羯鼓录 乐府杂录 碧鸡漫志》，古典文学出版社1957年版。

南京博物馆编：《温·婉——中国古代女性文物大展》，译林出版社2015年版。

P

［清］潘衍桐：《两浙輶轩录》，清光绪刻本。

［清］彭孙遹著，霍西胜点校：《彭孙遹集》，浙江古籍出版社2016年版。

潘光旦：《明清两代嘉兴的望族》，上海书店1991年版。

潘光旦：《潘光旦文集》，北京大学出版社2000年版。

Q

［清］钱陈群：《香树斋文集》，《四库未收书辑刊》第九

辑19册，北京出版社1997年版。

〔清〕钱谦益：《列朝诗集小传》，上海古籍出版社1983年版。

〔清〕钱谦益著，〔清〕钱曾笺注，钱仲联标校：《钱牧斋全集》，上海古籍出版社2003年版。

〔清〕钱泰吉：《甘泉乡人稿》，《续修四库全书》集部1519册，上海古籍出版社2002年版。

〔清〕钱仪吉：《定庐集》，民国年间刊本。

〔清〕钱仪吉：《衎石斋记事稿》，《续修四库全书》集部第1508册，上海古籍出版社2002年版。

〔清〕钱仪吉：《衎石斋记事续稿》，《续修四库全书》集部1509册，上海古籍出版社2002年版。

〔清〕钱仪吉：《庐江钱氏艺文略》，盋山精舍校录本。

〔清〕钱仪吉：《文端公年谱》，《北京图书馆藏珍本年谱丛刊》第93册，北京图书馆出版社（今国家图书馆出版社）1999年版。

〔清〕钱仪吉撰，钱骏祥续编：《庐江钱氏年谱续编》，1918年版。

〔清〕乾隆御定，乔继堂整理：《唐宋诗醇》，上海科学技术文献出版社2020年版。

〔清〕屈大均：《明四朝成仁录》商务印书馆1947年影印《广东丛书》本。

〔清〕全祖望《鲒埼亭集外编》，嘉庆十六年（1811）

刻本

钱寅：《彭绍升评传》，花木兰文化事业有限公司 2022 年版。

S

〔清〕单士釐：《闺秀正始再续集》，1911 年活字印本。

〔清〕邵廷采：《思复堂文集》，光绪十九年（1893）会稽徐氏（友兰）铸学斋刊本。

〔清〕邵廷采：《西南纪事》，《台湾文献史料丛刊》第五辑，大通书局 2009 年版。

〔清〕沈彩著：《春雨楼稿》，民国十三年（1924）影印手稿本。

〔清〕沈德潜辑评：《清诗别裁集》，乾隆二十五年（1760）教忠堂刻本。

〔清〕沈善宝：《名媛诗话》，光绪鸿雪楼刻本。

〔清〕宋琬：《安雅堂未刻稿》，乾隆三十一年（1766）刻本。

［日］市川本太郎：《孟子文章法的研究》，《信州大学纪要》1953 年第 5 期。

T

〔晋〕陶渊明著，袁行霈笺注：《陶渊明集笺注》，中华书局 2003 年版。

〔明〕唐顺之：《荆川集》，《文渊阁四库全书》本。

〔清〕陶善：《琼楼吟稿》，光绪九年（1883）刻本。

谭正璧：《中国女性文学史》，百花文艺出版社 1991 年版。

W

〔北齐〕魏收：《魏书》，中华书局 1974 年版。

〔明〕王思任著，李鸣注评：《王思任小品全集详注》，北京联合出版公司 2018 年版。

〔明〕吴讷著，于北山校点：《文章辨体序说》，人民文学出版社 1962 年版。

〔清〕汪辉祖著，王宗志等注释：《双节堂庸训》，天津古籍出版社 1995 年版。

〔清〕王昶著，周维德辑校：《蒲褐山房诗话新编》，齐鲁书社 1988 年版。

〔清〕王初桐纂述，陈晓东整理：《奁史》，文物出版社 2017 年版。

〔清〕王端淑：《吟红集》，顺治十七年（1660）刻本。

〔清〕王端淑辑：《名媛诗纬初编》，康熙六年（1667）清音堂刻本。

〔清〕王芑孙：《碑版广例》，《石刻史料新编》第三辑第 40 册，新文丰出版公司 1985 年版。

〔清〕王贞仪撰、肖亚男点校：《德风亭初集》，中华书局

2020 年版。

〔清〕魏宪辑：《百名家诗选》，康熙间魏氏枕江堂刻本。

〔清〕温睿临：《南疆逸史》，清傅氏长恩阁抄本。

〔清〕吴骞：《愚谷文存》，《续修四库全书》集部 1454 册，上海古籍出版社 2002 年版。

〔清〕伍涵芬编，杨军校注：《说诗乐趣校注》，齐鲁书社 1992 年版。

〔唐〕王维著，赵殿成笺注：《王右丞集笺注》，上海古籍出版社 1998 年版。

王力坚：《清代才媛文学之文化考察》，文津出版社有限公司 2006 年版。

王水照：《历代文话》，复旦大学出版社 2007 年版。

吴承学：《晚明小品研究》，江苏古籍出版社 1998 年版。

吴承学：《中国古代文体学研究》，人民出版社 2011 年版。

吴钢主编、王京阳点校：《全唐文补遗·千唐志斋新藏专辑》，三秦出版社 2006 年版。

吴虞：《吴虞集》，四川人民出版社 1985 年版。

吴虞：《吴虞日记》，四川人民出版社 1984 年版。

X

〔南朝梁〕萧统编，〔唐〕李善注：《文选》，上海古籍出版社 1986 年版。

〔明〕徐渭著，周中明校注：《四声猿》，上海古籍出版社

1984年版。

〔明〕徐媛：《络纬吟》，《四库未收书辑刊》第七辑第16册，北京出版社1997年版。

〔清〕项鸿祚著，曹明升点校：《项莲生集》，浙江古籍出版社2018年版。

〔清〕萧穆：《敬孚类稿》，光绪三十三年（1907）刻本。

〔清〕徐士俊、汪淇辑评：《分类尺牍新语初编》，《四库全书存目丛书》集部第396册，齐鲁书社1997年版。

〔清〕徐夜著，武润婷、徐承诩校注：《徐夜诗集校注》，山东大学出版社1997年版。

〔清〕徐鼒：《小腆纪传》，光绪年间金陵刻本。

［日］小尾郊一著，邵毅平译：《中国文学中所表现的自然与自然观：以魏晋南北朝文学为中心》，上海古籍出版社2014年版。

谢国桢：《增订晚明史籍考》，上海古籍出版社1981年版。

谢正光、范金民编：《明遗民录汇辑》，南京大学出版社1995年版。

熊秉真：《童年忆往：中国孩子的历史》，广西师范大学出版社2008年版。

薛冰：《旧书笔谭》，浙江摄影出版社1997年版。

薛海燕：《近代女性文学研究》，中国社会科学出版社2004年版。

Y

〔明〕叶绍袁：《甲行日注》，陈文新译注：《日记四种》，湖北辞书出版社1997年版。

〔明〕袁宏道著，钱伯城笺校：《袁宏道集笺校》，上海古籍出版社2018年版。

〔清〕严可均辑：《全上古三代秦汉三国六朝文》，上海古籍出版社2009年版。

〔美〕伊沛霞著，胡志宏译：《内闱：宋代的婚姻和妇女生活》，江苏人民出版社2004年版。

扬之水：《终朝采绿：扬之水书话》，浙江人民出版社1997年版。

杨庆存：《"文以载道"与中国散文》，广东人民出版2019年版。

姚平：《唐代妇女的生命历程》，上海古籍出版社2004年版。

余英时：《士与中国文化》，上海人民出版社2003年版。

Z

〔明〕张岱著，云告点校：《琅嬛文集》，岳麓书社2016年版

〔明〕赵世杰等编：《精刻古今女史》，崇祯元年（1628）刻本。

〔清〕曾彦：《虔恭室遗集》，光绪十七年（1891）刻本。

〔清〕曾彦：《桐凤集》，光绪十五年（1889）刻本。

〔清〕曾懿：《古欢室集》，光绪三十三年（1907）刻本。

〔清〕章学诚：《章氏遗书》，1922年吴兴刘氏嘉业堂刊本。

〔清〕章学诚著，叶瑛校注：《文史通义》，中华书局1985年版。

〔清〕赵棻：《滤月轩文集》，同治十二年（1873）《荔墙丛刻》本。

〔清〕周寿昌：《宫闺文选》，道光二十六年（1846）刻本。

〔清〕左辅：《杏庄府君自叙年谱》，《北京图书馆藏珍本年谱丛刊》第118册，北京图书馆出版社（今国家图书馆出版社）1999年版。

〔清〕左锡嘉、曾咏：《曾太仆左夫人合稿》，光绪十七年（1891）晋昌官署刻本。

〔宋〕真德秀：《文章正宗》，《景印文渊阁四库全书》集部第1355册，台湾商务印书馆1986年版。

［日］滋贺秀三著，张健国、李力译：《中国家族法原理》，法律出版社2003年版。

曾兰：《定生慧室遗稿》，1919年吴氏爱智庐刻本。

曾枣庄、刘琳主编：《全宋文》，上海辞书出版社、安徽教育出版社2006年版。

张丽杰：《明代女性散文研究》，中国社会科学出版社2009年版。

张晓宇：《奁中物：宋代在室女"财产权"之形态与意义》，江苏教育出版社2008年版。

张元济：《张元济全集》，商务印书馆2007年版。

张仲礼著，费成康、王寅通译：《中国绅士的收入》，上海社会科学院出版社2001年版。

赵尔巽等：《清史稿》，中华书局1977年版。

赵树功：《中国尺牍文学史》，河北人民出版社1999年版。

赵园：《明清之际士大夫研究》，北京大学出版社2014年版。

郑逸梅：《尺牍丛话》，上海古籍出版社2004年版。

钟慧玲：《清代女诗人研究》，里仁书局1989年版。

钟叔河编：《周作人文类编·上下身》，湖南文艺出版社1998年版。

周骏富编：《清代传记丛刊》学林类24，明文书局1985年版。

周绍良、赵超编：《唐代墓志汇编》，上海古籍出版社1992年版。

（二）论文类

C

曹虹：《柔翰健笔：明代女性的文章造诣》，《江西师范大学学报（哲学社会科学版）》2010年第5期。

陈宝琳：《陆烜〈奇晋斋丛书〉初探》，《东吴中文研究集刊》第十九期，2013年10月。

陈平原：《古典散文的现代阐释》，《中山大学学报（哲学社会科学版）》2004年第6期。

陈千里：《"绮罗香泽"唯本色——清代女作家沈彩的文学评论》，《文学与文化》2022年第4期。

陈允吉：《论敦煌写本〈王道祭杨筠文〉为一拟体俳谐文》，《复旦学报（社会科学版）》2006年第4期。

慈波：《选文与论文：从〈涵芬楼古今文钞〉到〈涵芬楼文谈〉》，《社会科学研究》2010年第6期。

D

戴路：《礼仪话语建构：南宋荐举制度与谢启的文体功能》，《四川大学学报（哲学社会科学版）》2020年第1期。

杜海华：《胡文楷的妇女文学研究述略》，《文史知识》2009年12期。

F

［加］方秀洁：《性别与传记：清代自我委任的女性传记作者》，《社会科学》2020年第1期。

［加］方秀洁、董伯韬：《从边缘到中心：媵妾们的文学志业》，《跨文化研究》2016年第1期。

[日] 饭冢幸子、大井県三代子《下田歌子と家政学》,《実践女子短期大学纪要》,2007年3月,第1—13页。

G

顾敦鍒:《李笠翁朋辈考》,《之江学报》1935年第4期。

郭英德:《论〈中国古代散文研究文献集成〉的编纂宗旨》,《文艺研究》2015年第8期。

H

何冠彪:《书全祖望答诸生问〈思复堂集〉帖后》,《清史论丛》第六辑,中华书局1985年版。

贺国强、魏中林:《论秀水派》,《深圳大学学报（人文社会科学版）》2007年第5期。

侯体健:《复调的戏谑:〈文房四友除授集〉的形式创造与文学史意义》,《学术月刊》2018年第2期。

黄晓丹:《从林下之风到闺房之秀:盛清女性写作背后的身份认同》,《齐鲁学刊》2013年第5期。

L

李金松:《用典与骈文的文本形态》,《文艺理论研究》2023年第2期。

李菁:《论沈彩的文学创作及其特点》,《嘉兴学院学报》2019年第3期。

李新达：《张岱与〈石匮书〉》，《河北大学学报》1984年第2期。

林丹娅：《从闺阁诗到散文：从秋瑾看女性写作近代之变》，《妇女研究论丛》2014年第6期。

林玫仪：《试论阳湖左氏二才女之家族关系》，台湾"中央"研究院《中国文哲研究集刊》2007年第30期。

林语堂：《我的话：论幽默》，《论语（半月刊）》第33期，1934年1月16日。

凌冬梅：《扫花女史沈彩藏书、抄书、刻书述略》，《山东图书馆学刊》2013第6期。

刘咏聪：《胡文楷、王秀琴夫妇整理中国女性文献之成绩》，曾一民主编：《林天蔚教授纪念文集》，文史哲出版社2009年版，第233—246页。

刘正刚：《明末清初战争中女性遭受性暴力探析》，《妇女研究论丛》2004年第1期。

罗晓翔：《足行万里书万卷——清代女作家王贞仪的游历与社交生活》，唐力行主编：《江南社会历史评论》第4期，商务印书馆2012年版。

P

〔清〕彭玉嵌：《铿尔词》上，《词学季刊》1934年第1卷第4期。

〔清〕彭玉嵌：《铿尔词》下，《词学季刊》1934年第2

卷第1期。

Q

岂明（周作人）：《夜读抄》之二十二，《人间世》第9期，1934年8月。

钱南秀：《中典与西典：薛绍徽之骈文用事》，南京大学古文献所、中文系编：《中国古代文学文献学国际学术研讨会论文集》上册，凤凰出版社2004年版。

钱志熙：《论谢灵运隐逸行为与思想——以〈山居赋〉为中心》，《湖南师范大学（社会科学学报）》2023年第2期。

S

［美］孙康宜，马耀民译：《明清女诗人选集及其采辑策略》，《中外文学》第23卷第2期。

沈津：《"书中自有颜如玉"——说女子抄书》，宫晓卫主编：《藏书家》第20辑，齐鲁社2016年版。

束莉：《魏晋南北朝女性的经世实践与文体成就》，《南开学报（哲学社会科学版）》2014年第2期。

孙春青：《古代女性散文创作性别文化内涵初探》，《南开学报（哲学社会科学版）》2019年第4期。

T

唐新梅：《中文古籍专题数据库研究支持功能分析——以

麦基尔大学"明清妇女著作"数字计划为例》，程焕文、沈津、王蕾主编：《2014年中文古籍整理与版本目录学国际学术研讨会论文集》（下），广西师范大学出版社2015年版。

W

［美］魏爱莲，刘裘蒂译：《十七世纪中国才女的书信世界》，《中外文学》1993年第6期。

王水照、朱刚：《三个遮蔽：中国古代文章学遭遇"五四"》，《文学评论》2010年第4期。

吴曾祺：《中学国文教科书例言》，《东方杂志》1909年第6卷第1期。

X

［日］小野和子《下田歌子と服部宇之吉》，《朝日ジャーナル》，1972年10月。

萧燕婉：《清末乱世を生きた女流诗人：左锡嘉と「孤集舟入蜀图」を中心に》，《九州中国学会报》2008年第46期。

肖亚男：《清代才女王贞仪〈德风亭初集〉三篇作品辨伪》，《励耘学刊（文学卷）》2014年第2期。

肖亚男：《清代才女王贞仪独尊儒学思想探析》，《国际儒学》2023年第1期。

肖亚男：《王者辅事迹编年》，《国学学刊》2021年第3期。

熊秉真:《好的开始:近世士人子弟的幼年教育》,《近世家族与政治比较历史论文集》,"中央"研究院近代史研究所编辑出版,1991。

熊秉真:《中国近世士人笔下的儿童健康问题》,《"中央"研究院近代史研究所集刊》第23期,1994年6月。

徐清泉:《论隐逸文化在中国传统文学艺术发展中的意义》,《文学评论》2000年04期。

徐文绪:《清代女学者王贞仪和她的〈德风亭初集〉》,《文献》1980年第1期。

徐雁平:《课读图与文学传承中的母教》,《古典文献研究》第十二辑,凤凰出版社2008年版。

Y

亚卢(柳亚子):《女雄谈屑》,《女子世界》第10期,1904年9月。

颜建华:《清代女性骈文作家及其创作述略》,《中国文学研究》2006年第1期。

杨彬彬:《曾懿与晚清"疾病的隐喻"》,《中国社会科学院研究生院学报》2008年第2期。

Z

张丽杰:《明代编纂刊刻女性文集的选文标准及其目的》,《社会科学辑刊》2010年第2期。

张丽杰：《明代人对明代女性散文的编撰刊刻》，《内蒙古大学学报（哲学社会科学版）》2010年第6期。

张丽杰《明代女性散文中显现出的吴越地区江南女性的生态观》，《语文学刊》2014年第9期。

周小英：《女性画学著作的第一部书〈春雨楼书画目〉（上）》，《新美术》2009年第6期。

（三）未出版著作

G

郭英德：《中国古代散文学会第十四届年会致辞》，《中国古代散文学会第十四届年会暨全国学术研讨会论文集》，2023年7月。

H

韩荣荣：《得书香翰墨之趣的沈彩词》，《中国词学学会第八届年会暨2018词学国际学术研讨会论文集》（叁）（会议版），2018，第214—219页。

K

康维娜：《清代浙江闺秀文章研究》，南开大学博士学位论文，2010年。

L

刘天祥：《乾嘉才媛王贞仪研究》，台湾清华大学硕士学位论文，1991年。

刘湘兰：《中国古代散文文体概论》，中山大学博士学位论文，2007年。

M

孟玉芳：《乾隆皇帝对女画家陈书作品的鉴藏及其原因》，中央美术学院硕士学位论文，2009年。

Q

瞿慧远：《左锡嘉及其诗词稿研究——以生平境遇为主》，台湾政治大学硕士学位论文，2007年。

W

王云平：《王贞仪〈德风亭初集〉研究》，安徽大学硕士学位论文，2007年。

X

徐梦：《清代女词人对〈漱玉词〉》的接受研究》，陕西理工大学硕士学位论文，2020年。

Z

张敏：《王端淑研究》，南京师范大学硕士学位论文，2007年。

二、国外部分

（一）英文

Susan Mann, Yu-yin Cheng: *Under Confucian Eyes: Writings on Gender in Chinese History*, Berkeley and LosAngeles: University of California Press, 2001。

Wilt Idema, Beata Grant: *The Red Brush: Writing Women of Imperial China*, Cambridge, Mass: Distributed by Harvard University Press, 2004。

（二）日文

［日］合山究：《明清时代の女性と文学》，汲古书院2006年版。

［日］吉川幸次郎、小川环树：《中国の散文》，筑摩书房1984年版。

［日］狩野直喜：《清朝の制度と文学》，みすず书房1984年版。

［日］小野和子：《中国女性史》，平凡社1978年版。

后　记

本书是我探索清代女性文章的小结，也是我研究中国古代女性文学系列专著的第一部。回顾当初起笔之时，古代女性文章存量有多少，是否像女性诗词一样值得关注，都还在存疑之间。因此，本书所做的基础工作就是对古代女性文章文献的梳理，以及对其文章价值的衡量。泛览诸家别集之后，计划进行专题研究的清代女性文家本有七位，除目前呈现的五位，还有汪嫈和袁镜蓉。后来读到台湾暨南国际大学黄诗棨的硕士论文《惟恐人知语不惊？——论清汪嫈的文学生活》和香港大学中文学院杨彬彬教授的文章 Family "Drama" and Self-Empowerment Strategies in the Genealogy Writings of Yuan Jingrong 袁镜蓉（1786—ca. 1852），珠玉在前，本书无甚高论，不如搁笔。在拟定本书的撰写体例时采用了以作家为纲的形式，是参考了中国古代女性文学研究发轫时期的代表作，如黄嫣梨《汉代妇女文学五家研究》《清代四大女词人：转型中的清代知识女性》等。作为一部具有尝试意味的专著，书中有些笔墨难免稚拙，聊可安慰的是，本书的出版或许能够改变学界长期以来轻视中国古代女性文章的成见。

书成付梓之际，惊闻母校德高望重的周勋初先生逝世，回望东南，遥寄哀思，往事历历涌上心头。廿年前入学之初，周先生在迎新会上的讲话让我真正确立了向学之志。在后来学习的六年间，曹虹师悉心教导，我虽不敏，也算粗知学问门径。毕业后若干年，同辈中佼佼者各有所成，东南宗风薪火相传，我所散发的不过萤光一点，但目之所及、心之所向，与同侪并无二致。另外，得益于南京大学重视国际交流的优良传统，我获得国家留学基金委资助，在博士二年级赴日本国立奈良女子大学留学。奈良女大是历史悠久的女子高等教育专门学校，教育传统、学科建制和课程设置都带有浓厚的女性性别色彩，处于这样的氛围中，自然会留意到性别视野下社会历史所呈现的不同面貌。奈良女大人间文化研究科的导师野村鲇子教授当时是日本关西女性学会的召集人，受业期间承蒙老师多番指点，还专程从台湾代为检索复印了不少资料，让我拓展了全新的研究视野。与此同时，适逢台湾"中央"研究院文哲所胡晓真女士在京都大学讲学，经野村老师引荐，我有幸向晓真老师请益，得知哈佛大学组织的学术团队曾经译介过中国古代女性文章，结集在 *The Red Brush*: *Writing Women of Imperial China* 一书中，翻阅之后开阔了多个章节的写作思路。凡此种种，莫不令我铭心感激。

后记

六年前，我有幸加入西南交通大学人文学院古代文学专业团队，开启了学术生涯的新篇章。同仁中较我年长的前辈宽以待人、奖掖后进，年轻的同事则启我以新知卓见，本书正是在这样奋发有为的风气带动下最终完稿。书成后得到西南交通大学"双一流"学科建设专项经费资助，离不开人文学院领导和中国语言文学系学科带头人的关心和提携。最后，还要特别感谢巴蜀书社沈泽如和王楠两位女士的精心编辑，为拙稿增色不少。少年时代学习古文的启蒙读本正是巴蜀书社 1997 年版的《古文观止译注》，而今自己研究古代文章的小书也在巴蜀书社出版，前缘后继或许冥冥之中自有天意！

唐新梅
2024 年 6 月 26 日记于江畔寓所北窗下